천사학 ①

ANGELOLOGY
by Danielle Trussoni

이 도서의 국립중앙도서관 출판시도서목록(CIP)은
서지정보유통지원시스템 홈페이지(http://soeji.nl.go.kr)와
국가자료공동목록시스템(http://www.nl.go.kr/kolisnet)에서 이용하실 수 있습니다.
(CIP제어번호: CIP2013021740)

천사학

A N G E L O L O G Y

1

대니얼 트루소니 장편소설 | 남명성 옮김

문학동네

안젤라에게

차례

ANGELOLOGY

신학의 한 분야인 천사학天使學은 천사학자의 존재를 통해 완성된다. 천사학자는 천사 조직에 관한 이론적 연구와 인류 역사를 통한 예언자적 임무를 수행한다.

일러두기

1. 본문의 옮긴이주는 *로, 원주는 숫자로 표시했습니다.
2. 강조의 의미로 쓴 고딕체는 원서에서 이탤릭체로 표시된 부분입니다.
3. 성서 인용 구절은 가톨릭 새 공용성경(2005)을 참조했습니다.

불가리아, 로도피 산맥, 악마의 목구멍 동굴

1943년 겨울

천사학자들은 시체를 자세히 살폈다. 썩은 흔적도 없이 멀쩡했다. 피부는 양피지처럼 희고 부드러웠다. 생기를 잃은 옥색 눈동자는 하늘을 보고 있었다. 시원한 이마와 조각 같은 어깨 위로 흘러내린 곱슬곱슬한 금빛 머리칼은 후광처럼 보였다. 옷도 아주 깨끗했다. 옷을 짜는 데 쓰인 하얗게 빛나는 금속 재질의 실이 정확히 무엇인지는 아무도 알아내지 못했다. 마치 땅속 깊은 동굴이 아니라 프랑스 파리의 병원에서 방금 숨을 거둔 시체처럼 깨끗했다.

천사가 이렇게 잘 보존된 상태로 발견되었다는 사실은 전혀 놀라울 게 없었다. 손톱은 굴 껍데기의 안쪽처럼 무지갯빛으로 빛났다. 호리호리하고 매끈한 배에는 배꼽이 보이지 않았고 피부는 섬뜩하리만치 투명했다. 시체의 모든 것이 알고 있던 그대로였다. 심지어 날개의 위치마저 정확했다. 하지만 천사학자들이 답답한 도서관에 틀어박혀 길을 안내해줄 지도라도 되는 양 앞에 펼쳐놓고 연구하던 15세기 그림들의 복사본 속 존재들에 비하면 훨씬 매력적이고 생기가 넘쳤다. 그들은 학자 인생 내내 이 순간을 기다려왔다. 그들 중 아무도 인정하지 않겠지만, 내심 고고학 유적지에서 발굴된 것처럼 모든 뼈와 섬유조직이 분쇄된 괴물 같은 시체를 기대하기도 했다. 하지만 실제로 발견된 건 이런 모습이었다. 섬세하고 가느다란 손, 뾰족한 코, 얼어붙은 것처럼 굳게 다문 분홍색 입술. 천사학자들은 묘한 기대를 품고 시체 주위를 서성거렸다. 천사가 눈을 깜박이며 잠에서 깨어나길 바라기라도 하듯이.

첫번째 하늘

마음을 다스리는 법을 찾아
더 나은 삶을 살고자 하는 이에게
이 이야기를 들려주노니,
지옥의 동굴을 향해
뒤돌아본다면
아무리 소중한 것이라도
아래를 보는 순간 잃고 말리라

_보이티우스 『철학의 위안』

뉴욕 주, 밀턴, 허드슨 리버 밸리, 세인트로즈 수녀원

1999년 12월 23일 새벽 네시 사십오분

에반젤린은 해가 뜨기 전에 잠에서 깼다. 4층은 조용하고 어두웠다. 밤늦게까지 기도하다 잠든 수녀들을 깨우지 않도록 조용히 신발과 스타킹, 치마를 챙겨서 품에 안고 맨발로 공동 화장실로 향했다. 화장실의 희뿌연 창문으로 새벽안개에 덮인 수녀원 마당이 보였다. 눈 쌓인 넓은 안마당은 허드슨 강가까지 이어졌다. 강가에 현수막처럼 늘어선 메마른 나무들이 수면에 비쳤다. 세인트로즈 수녀원은 위태로워 보일 만큼 강에 바짝 붙어 있어서 낮에는 건물이 두 개로 보였다. 땅 위의 수녀원과 달리 물에 비친 수녀원은 너울거리는 물결에 가볍게 흔들렸다. 마치 종이를 접어 똑같이 찍어낸 그림처럼 두 건물이 이어져 보였지만, 여름에는 강을 지나는 바지선이, 겨울에는 강 가장자리에 언 얼음이 그런 환영을 깨뜨렸다. 에반젤린은 새하얗게 눈 덮인 강변을 따라 흐르는 시커먼 강물을 지켜보았다. 이제 곧 아침 햇살이 강물을 금빛으로 물들일 터였다.

에반젤린은 세면대로 몸을 숙이고 얼굴에 찬물을 끼얹어 꿈의 잔재를 떨쳐냈다. 꿈의 내용은 기억나지 않았지만 그 느낌만은 그대로 남아 있었다. 불길한 예감이 파도처럼 밀려와 머릿속을 장막으로 덮는 듯한. 제대로 설명할 수 없는 외롭고 혼란스러운 감정. 여전히 잠이 덜 깬 채 무거운 무명 잠옷을 벗었다. 썰렁한 화장실의 냉기에 몸이 부르르 떨렸다. 에반젤린은 면으로 된 하얀 팬티와 속셔츠(이 년마다 단체로 구입해 세인트로즈 수녀원의 모든 수녀에게 나눠주는 일반적인 내의다)만 입고 서서 평가하는 듯한 분석적인 눈으로 거울에 비친 몸을 바라보았다. 가느다란 팔과 다리, 납작한 배, 헝클어진 갈색 머리칼. 가슴 위로는 금 펜던트가 자리잡고 있다. 거울에 비친 그 모습은 그저 졸음을 참는 젊은 여인이었다.

에반젤린은 찬 공기에 다시 몸을 부르르 떨고 옷가지를 바라보았다. 그녀는 똑같은 모양의 무릎까지 오는 검은색 치마 다섯 벌과 겨울에 입는 검은색 터틀넥 스웨터 일곱 벌, 여름에 입는 검은색 반팔 면 셔츠 일곱 벌, 검은색 울 스웨터 한 벌, 하얀색 면 속옷 열다섯 벌과 꽤 많은 검은색 나일론 스타킹을 갖고 있었다. 필요한 것보다 많지도 적지도 않았다. 터틀넥 스웨터를 입고 머리띠를 이마에 단단히 동인 다음 검은색 베일을 고정했다. 스타킹과 모직 치마에 다리를 꿰어넣고 단추를 채우고 지퍼를 올리고는 무의식중에 재빨리 치마의 주름을 폈다. 몇 초 사이에 은밀한 모습은 사라지고 그녀는 '영원한 경배 프란체스코 수녀회'의 에반젤린 수녀가 되었다. 묵주를 손에 들자 변신은 완벽히 끝났다. 그녀는 화장실 끝에 놓인 커다란 빨래통에 잠옷을 넣고 하루를 맞이할 준비를 마쳤다.

에반젤린 수녀는 열여덟 살 때 모든 과정을 마치고 수녀 서원을 한 후 오 년째 매일 새벽 다섯시에 기도를 올려왔다. 열두 살 때부터 이곳에서 살아온 그녀는 사람들이 아주 친한 친구의 성격을 잘 아는 것처럼 수녀원 구석구석을 잘 알았다. 아침마다 수녀원 건물을 통해 예배당으로 향하는 길은 훤히 꿰고 있었다. 모퉁이를 돌아 내려가는 에반젤린의 손가락은 나무 난간을 따라 쓰다듬듯이 움직였고, 신발은 계단을 스치듯이 밟았다. 이 시간의 수녀원은 늘 텅 빈 채 푸르스름한 빛에 감싸여 음울한 분위기를 풍겼다. 하지만 해가 뜨면 세인트로즈 수녀원은 활기로 넘쳐나는 근면과 신앙의 벌집이 되어 방마다 경건한 모습으로 일하거나 기도를 올리는 수녀들로 반짝였다. 고요함은 금세 사라지고 계단들, 휴게실과 회의실, 도서관, 식당, 그리고 벽장처럼 좁은 수십 개의 침실은 금세 활기찬 수녀들로 북적거릴 터였다.

에반젤린은 세 층 아래까지 쉬지 않고 달려내려갔다. 예배당까지는 눈을 감고도 갈 수 있었다.

1층에 도착한 에반젤린 수녀는 세인트로즈 수녀원의 척추라 할 수 있는 웅장한 중앙 복도로 들어섰다. 오래전 세상을 떠난 수녀원장들과 유명한 수녀들의 초상화, 그리고 수녀원 건물의 옛 모습을 담은 액자들이 벽에 걸려 있었다. 액자 속에서 내려다보는 수백 명의 여자들은 복도를 지나 예배당으로 가는 모든 수녀에게 자신이 아주 오래되고 고귀한 모계사회의 일원이라는 사실을 일깨워주었다. 죽었든 살았든 그곳의 모든 수녀는 공통되는 한 가지 소명을 바탕으로 얽힌 관계였다.

예배에 늦을 수 있다는 걸 알면서도 에반젤린 수녀는 복도 중간에 멈춰 섰다. 거기엔 비테르보의 성녀 로사의 초상을 넣은 금박 액자가 걸려 있었다. 수녀원의 이름은 그녀의 이름을 따서 지은 것이었다. 작은 두 손을 모아 기도를 올리는 성녀 로사의 머리 주위에는 희미한 후광이 빛나고 있었다. 성녀 로사의 삶은 짧았다. 세번째 생일이 지나자마자 천사들의 음성이 들리기 시작했다. 천사들은 그녀에게 귀기울이는 세상 모든 사람에게 자신들의 메시지를 전하라고 했다. 성녀 로사는 이교도 마을에서 하느님과 천사들의 말씀을 전하다가 마녀로 몰려 죽음으로써 젊은 여자의 신분으로 성인의 자격을 얻었다. 마을 사람들은 성녀 로사를 기둥에 묶고 불을 질렀다. 놀랍게도 성녀 로사는 불길에 휩싸인 뒤에도 타지 않고 세 시간 동안 천사들과 이야기를 나누었다. 어떤 이들은 천사들이 몸으로 그녀를 감싸 보호했다고 믿었다. 결국 성녀 로사는 불길 속에서 세상을 떠났지만, 기적처럼 시체는 전혀 훼손되지 않았다. 성녀 로사가 죽고 수백 년이 지나 사람들은 그녀의 썩지 않은 시체를 모시고 비테르보의 거리를 행진했는데 젊은 육신 그대로인 시신에는 그 어떤 시련의 흔적도 남아 있지 않았다.

시간을 떠올린 에반젤린은 그림에서 고개를 돌리고 복도 끝으로 걸어갔다. 수태고지 장면이 새겨진 육중한 나무문이 수녀원과 성당의 경계를 이루고 있었다. 경계 한쪽에는 에반젤린 수녀가 수수한 수녀원에 발을 디디고 서 있고, 출입문 너머에는 장엄한 성당 건물이 솟아 있다. 수녀원 카펫 위를 벗어나 녹색 줄무늬가 있는 연한 장밋빛 대리석 바닥으로 내려서자 발소리가 사뭇 또렷하게 들렸다. 문턱을 한 발짝 넘은 것에 불과했지만 양쪽의 차이는 어마어마하게 컸다. 공기는 향내와 섞여 무거워졌고 스테인드글라스를 통해 비치는 햇빛은 푸르게 젖어 있었다. 하얀 회반죽을 바른 벽에서 커다란 석재 벽으로 바뀌었다. 천장은 높이 솟았다. 금빛으로 휘황찬란하게 빛나는 신新로코코 양식이 금세 눈에 익었다. 수녀원 건물을 벗어난 에반젤린은 공동체와 봉사의 책무를 벗고 천상의 영역으로 들어섰다. 하느님과 성모마리아, 천사들의 세계였다.

처음 세인트로즈 수녀원에서 살기 시작했을 때 에반젤린은 '천사들의 마리아 성당'에 천사들의 모습이 지나치게 많다고 생각했다. 어린 그녀에게는 천사들이 위압적으로 너무 많은 곳을 장식하고 있다는 느낌이었다. 건물의 갈라지거나 구부러진 곳마다 천사들이 있었다. 다른 장식이 들어설 틈이 없었다. 치품천사*들이 중앙 돔을 둘러싸고 있었다. 제단 양쪽 구석에는 대천사**의 대리석 상이 있었다. 기둥마다 금빛 후광과 트럼펫, 하프, 작은 날개들이 상감으로 새겨져 있었다. 신도들이 앉는 긴 의자마다 양끝에 푸토***의 얼굴이 빽빽하게 조각되어 박쥐 떼처럼 보이는 게 마치 최면을 거는 듯했다. 화려한 장식들이 하느님께 올리는 공물이자 헌신의 상징이라는 걸 모르지 않았지만, 에반젤린은 내심 실용성에만 충실한 수녀원이 더 좋았다. 정식으로 수녀가 되기 전에는 처음 수녀원을 세운 사람들이 못마땅했다. 그렇게 많은 돈을 왜 좀더 좋은 일에 쓰지 않았을까. 하지만 수도복을 입은 뒤부터 다른 것들과 마찬가지로 호오도 변했다. 착의식着衣式 자체가 아주 조금씩 그녀를 획일적인 사람으로 바꿔놓은 것 같았다. 수녀로 오 년을 보내고 났을 때, 그녀 안의 어린 여자아이는 거의 사라지고 없었다.

잠시 멈춰 선 에반젤린은 성수에 집게손가락을 담갔다가 이마와 심장, 왼쪽 어깨와 오른쪽 어깨를 짚으며 십자성호를 그었다. 그리고 '십

---

* 아홉 등급의 천사 가운데 가장 높은 천사.

** 여덟번째 계급의 천사.

*** 큐피드와 같은 발가벗은 어린아이의 상(像).

자가의 길 14처'와 등받이가 꼿꼿한 붉은 참나무 신도석과 대리석 기둥을 차례로 지나 좁다란 로마네스크 양식의 성당 안으로 나아갔다. 아직 해가 어스름한 시간이었다. 긴 의자들 사이 넓은 중앙 통로를 따라 성배와 종과 예복들이 굳게 잠긴 벽장 속에서 미사를 기다리는 성구 보관실로 들어갔다. 그리고 성구 보관실 끝에 붙어 있는 문으로 다가섰다. 에반젤린은 숨을 깊이 들이마시면서 곧 어마어마하게 밝은 빛에 노출될 사람처럼 눈을 꼭 감았다. 떨리는 가슴으로 차가운 놋쇠 문고리에 손을 얹고 밀었다.

수녀들이 경배를 올리는 작은 예배당이 한눈에 들어왔다. 사방이 금빛으로 빛나서 마치 에나멜을 입힌 파베르제의 달걀* 한가운데 들어온 느낌이었다. 영원한 경배 프란체스코 수녀회의 비공개 예배당은 가운데가 높이 솟은 돔으로 되어 있고 사방 벽은 거대한 스테인드글라스로 가득 채워져 있었다. 예배당을 장식한 작품들 가운데 최고 걸작은 제단 뒤로 높이 걸린 '바이에른 창문'**이었다. 세 개 층으로 나뉜 하늘에 속하는 천사들이 묘사되어 있었다. 첫번째 하늘에는 치품천사, 지품천사, 좌품천사가 그려져 있었다. 두번째 하늘은 주품천사와 역품천사, 능품천사로 채워졌고, 세번째 하늘은 권품천사와 대천사 그리고 천사가 차지하고 있었다. 세 개의 하늘이 한데 어우러져 아름다운 천상의 합창, 하늘의 목소리를 이루었다. 매일 아침 에반젤린 수녀는 어마어마하게 크고 번쩍거리는 창문에서 날아다니는 천사들을 바라보며 그들의 본디 광채는 어떨지 상상해보려 애썼다. 마치 열을 내뿜듯 스스로 빛을 발할

---

* 제정 러시아 시대의 보석 세공 명장 칼 파베르제가 만든 달걀 모양 장식품.

** 스테인드글라스의 한 종류로, 1842년 바이에른의 왕 루트비히 1세가 쾰른 대성당에 기증한 창문에서 유래했다.

것만 같았다.

에반젤린 수녀는 매일 새벽 네시부터 다섯시까지 예배를 맡은 버니스 수녀와 보니파시오 수녀를 흘깃 보았다. 두 수녀는 제단 앞에 무릎을 꿇고 칠십 년 된 묵주의 나무 구슬을 손가락으로 어루만지고 있었다. 기도의 첫 구절을 말할 때처럼 마지막 구절에도 진심을 담으려는 듯했다. 두 수녀는 맡은 시간 외에도 늘 복장을 완전히 갖추고 예배당에 나란히 무릎을 꿇고 앉아 낮이나 밤이나 기도를 올렸다. 순백의 대리석 제단 앞에서 입술까지 똑같이 움직였다. 두 사람이 경배를 올리는 대상은 별이 광채를 내뿜는 모양의 성광聖光 속에 숨겨져 있었다. 제단 위 높은 곳에 놓인 성광의 찬란한 금빛에는 하얀색 성체聖體가 들어 있었다.

영원한 경배 프란체스코 수녀회는 처음 수녀회를 설립한 프란체스카 수녀원장이 19세기 초에 예배를 시작한 이래 단 하루, 단 한 시간, 단 일 분도 멈추지 않고 기도를 올려왔다. 거의 이백 년이 지난 뒤에도 예배는 계속 이어졌으며, 세계에서 가장 길고 고집스럽게 이어지는 예배로 기록되었다. 이곳 수녀들은 무릎을 굽히고 가볍게 묵주를 돌리고 매일 한 번씩 수녀원과 예배당을 오가는 일이 생활의 전부였다. 매시간 수녀들은 두 명씩 예배당으로 와서 십자성호를 긋고 하느님 앞에 겸허히 무릎을 꿇었다. 그들은 아침 햇살 속에서도, 촛불 아래서도 기도를 올렸다. 평화와 은혜를 위해 기도했고 인류의 고통이 멈추길 기도했다. 아프리카와 아시아, 유럽, 아메리카 대륙을 위해 기도했다. 산 자와 죽은 자를 위해 기도했다. 이 타락하고 타락한 세계를 위해 기도했다.

버니스 수녀와 보니파시오 수녀는 동시에 성호를 그으며 예배당을 나갔다. 두 사람은 검은 치마—전통적인 방식으로 만들어져 제2차 바티칸공의회 이후 제정된 에반젤린 수녀의 수녀복보다 길고 무거웠다—를 대리석 바닥에 끌며 다음번 예배를 올릴 수녀들에게 자리를 내주었다.

에반젤린 수녀는 폭신한 방석에 무릎을 묻었다. 방석은 방금까지 있던 버니스 수녀의 체온으로 따뜻했다. 십 초 뒤 에반젤린과 짝이 되어 기도하는 필로메나 수녀도 옆자리에 와서 무릎을 꿇었다. 두 사람은 여러 세대 전부터 계속되어온 기도, 영원한 희망의 고리처럼 수녀회의 모든 수녀들 사이에 이어져온 기도를 이어나갔다. 유리 덮개 안에서 맞물린 톱니바퀴들이 부드럽게 규칙적으로 돌아가는 작고 복잡한 모양의 금 괘종시계가 다섯시를 알렸다. 에반젤린의 가슴에 안도감이 밀려들었다. 천상과 지상의 모든 것이 완벽하게 예정대로였다. 에반젤린은 고개를 숙이고 기도를 시작했다. 다섯시 정각이었다.

최근 몇 년 동안 에반젤린은 함께 기도를 올리는 동료 필로메나 수녀를 도와 세인트로즈 수녀원 도서관에서 일했다. 분명 매력적인 업무는 아니었다. 포교활동이나 새로운 수녀를 맞는 일처럼 관심을 받지도 못했고 자선을 베푼다는 만족을 느낄 수도 없었다. 낮은 지위를 강조하기라도 하듯 에반젤린의 사무실은 수녀원에서 가장 낡은 곳에 있었다. 1층 도서관 중에서도 복도를 따라 꽤 떨어진 외풍이 심한 곳이었다. 여기저기 균열이 생긴 파이프들이 지나고 남북전쟁 시대의 유물 같은 창문이 달린 방은 눅눅해 곰팡이가 잘 슬었다. 에반젤린은 매년 겨울 코감기를 달고 살았다. 지난 몇 달 사이 호흡기질환도 여러 번 앓았고, 그래서 자주 숨이 찬 게 전적으로 추운 사무실 탓이라고 여겼다.

그나마 한 가지 장점은 경치가 좋다는 것이었다. 그녀가 책상으로 쓰는 커다란 탁자는 허드슨 강이 내려다보이는 북동쪽 창가에 있었다. 여름이면 창문에 습기가 잔뜩 차 바깥세상이 열대우림처럼 고온 다습한 느낌을 주었고, 겨울이면 서리 낀 창문 너머로 금방이라도 펭귄 한 무리가 어기적거리며 나타날 것 같았다. 그럴 때면 얇게 낀 얼음을 페이퍼나이프로 밀어내고 창밖을 내다보았다. 화물열차가 강을 따라 달리고 바지선이 강물 위로 지나갔다. 자리에 앉으면 수녀원 안마당을 둘러싼 두꺼운 돌담이 보였다. 돌담은 수녀들과 바깥세상을 분리하는 난공불락의 경계였다. 수녀들 스스로 속세와 물리적으로 격리했던 19세기에 쌓아올린 돌담은 지난 시대의 유물에 불과했지만 그들 머릿속에는 여전히 거대한 장벽으로 남아 있었다. 높이가 1.5미터에 폭이 60센티미터나 되는 돌담은 순수한 세계와 세속적인 세계 사이의 확실한 장애물이었다.

에반젤린은 매일 아침 다섯시 기도를 마치면 식사를 하고 아침 미사에 참석한 다음 창문 아래 삐걱거리는 탁자가 놓인 자신의 사무실로 갔다. 그녀는 탁자를 업무용 책상이라고 생각했다. 비록 서랍도 없고 필로메나 수녀의 사무실에 있는 마호가니 책상처럼 반질반질 윤이 나지도 않았지만. 그래도 넓고 깔끔한데다 필요한 물품을 제법 갖추고 있었다. 그녀는 매일 아침 탁상달력을 똑바로 놓고 필기구를 정리하고 머리카락을 베일 뒤로 가지런히 밀어넣은 후에 일을 시작했다.

수녀원으로 오는 편지 대부분이 천사들을 표현한 여러 예술작품—수녀원에 있는 전체 예술작품 목록을 도서관에서 보관하고 있다—과 관련한 것들이어서 모두 에반젤린이 도맡아 처리했다. 에반젤린은 매일 아침 1층에 있는 선교국宣教局에 들러 수녀원으로 온 편지들이 든 검은색 천주머니를 사무실로 가져와 분류했다. 수녀원으로 온 모든 편지를 체계적인 방식(먼저 날짜순으로 정리하고 같은 날짜의 우편물은 보낸 사람 이름순으로 정리했다)으로 철한 다음 세인트로즈 수녀원의 공식 편지지를 이용해 답신을 보냈다. 답신은 훨씬 따뜻하고 도서관과 바로 연결된 필로메나 수녀의 사무실에 가서 전동 타자기로 마무리했다.

조용하고 규칙적이고 해야 할 일이 분명한 우편 업무는 에반젤린에게 잘 맞았다. 스물세 살인 에반젤린은 자신의 외모와 성격, 그러니까 커다란 녹색 눈동자와 검은 머리칼, 새하얀 피부, 얌전한 태도가 마음에 들었다. 종신서원을 마치고 에반젤린은 평생 입을 수녀복으로 평범한 검은 옷을 선택했다. 장신구는 걸치지 않았지만 금 펜던트만은 예외였다. 작은 리라 모양의 펜던트는 원래 어머니의 물건이었다. 순금으로 정교하게 만든 골동품은 아름다웠지만, 에반젤린에게는 순전히 심적 가치만 있는 물건이었다. 어머니가 돌아가신 뒤 물려받은 목걸이였기 때문이다. 목걸이는 할머니 가브리엘라 레비 프란체 발코가 어머니의 장례식에서 전해준 것이었다. 에반젤린을 성수반聖水盤으로 데려간 할머니는 목걸이를 성수로 가볍게 닦아 목에 걸어주었다. 할머니의 목에도 똑같이 생긴 리라가 빛나고 있었다. "안젤라가 그랬던 것처럼 낮이든 밤이든 절대로 몸에서 떼어놓지 않겠다고 약속해다오." 할머니가 말했다. 할머니는 에반젤린의 어머니 이름을 경쾌하게 발음했다. 첫번째 음절은 들릴 듯 말 듯, 두번째 음절을 강하게 소리내는 식이었다. 에반젤린은 다른 누구보다도 할머니의 발음이 마음에 들었다. 어린 마음에 할머니의 말투를 연습해서 완벽하게 흉내내기도 했다. 이제는 할머니도 부모님처럼 생생한 기억 속 존재로만 남았다. 하지만 살갗 위로 느껴지는 목걸이는 그녀에게 늘 어머니, 할머니와 견고하게 연결되어 있다는 느낌을 주었다.

에반젤린은 한숨을 내쉬고는 하루치 편지를 탁자 위에 늘어놓았다. 일을 시작할 시간이었다. 편지 하나를 골라 페이퍼나이프의 은 칼날로 봉투를 가르고 접힌 편지지를 꺼내 탁자에 펼쳐놓고 읽기 시작했다. 평소 자주 보던 종류의 편지가 아님을 한눈에 알 수 있었다. 다른 편지들처럼 지난 이백 년 동안 끊임없이 경배의 기도를 드려온 수녀들을 칭송하거나 그동안 수녀원에서 베푼 자선활동 또는 세계 평화를 위한 헌신을 언급하지 않았다. 어려운 사람들을 위해 기부를 하겠다거나 유산을 수녀원에 넘기겠다는 것도 아니었다. 그저 불쑥 요청부터 꺼냈다.

친애하는 세인트로즈 수녀원 관계자께

제 고객의 의뢰를 받아 조사하는 과정에서, 록펠러 가문의 안주인이자 예술계 후원자로 유명했던 애비게일 앨드리치 록펠러 여사와 세인트로즈 수녀원 이노센타 원장이 록펠러 여사가 사망하기 사 년 전인 1943년에서 1944년 사이에 잠시 연락을 주고받았다는 것을 알게 되었습니다. 최근 저는 이노센타 원장이 보낸 편지 몇 통을 우연히 발견했고 이를 통해 두 사람이 어떤 관계가 있었음을 알아냈습니다. 록펠러 가문에 대한 다른 학술자료에서는 두 사람이 알고 지냈다는 내용을 도저히 찾을 수가 없어 혹시 이노센타 원장이 받은 편지들이 수녀원에 보관되어 있는지 문의하고자 합니다. 보관되어 있다면 제가 세인트로즈 수녀원을 찾아가 편지를 열람할 수 있게 허락해주시면 감사하겠습니다. 제게 내어주시는 시간이 소중함을 잘 알고 있으며, 모든 비용은 저를 고용한 의뢰인이 기꺼이 부담할 것입니다. 주실 도움에 미리 감사드리며 이만 줄입니다.

V. A. 베를렌

에반젤린은 편지를 두 번 읽고는, 평소처럼 철해 보관하는 대신 자리에서 일어나 곧장 필로메나 수녀의 사무실로 향했다. 그리고 수녀원 공식 편지지를 한 장 꺼내 타자기에 끼우고는 여느 때보다 좀더 활기차게 타이핑해나갔다.

친애하는 베를렌 씨에게

세인트로즈 수녀원은 역사를 연구하는 분들을 대단히 존경합니다만, 개인적인 연구나 출판을 목적으로 저희가 보유한 자료나 천사들을 표현한 예술작품을 열람하는 것은 현재 방침상 허가하지 않고 있습니다. 정말 죄송합니다.

하늘의 은총이 함께하길
영원한 경배 프란체스코 수녀원
에반젤린 안젤리나 카치아토레

에반젤린은 편지 맨 아래 서명을 하고 수녀원 공식 인장을 찍은 다음 접어서 봉투에 넣었다. 봉투에 상대방의 뉴욕 주소를 타이핑하고 우표를 붙여서 윤기가 흐르는 책상 가장자리에 줄지어 늘어놓은 발송 예정 편지들 위에 얹었다. 에반젤린이 뉴펄츠에 있는 우체국으로 갖고 나가기를 기다리는 편지들이었다.

에반젤린이 쓴 답신은 쌀쌀맞게 느껴질 수도 있었다. 하지만 필로메나 수녀에게서 비전문가들이 수녀원 자료에 접근하지 못하게 하라는 특별 지시를 받은 터였다. 뉴에이지*에 빠진 사람들이 수호천사니 뭐니 떠들어대기 시작하더니 최근에는 아마추어 연구자들이 수녀원에 접근하는 경우가 꽤 잦았다. 사실 불과 육 개월 전에도 에반젤린은 그런 사람들이 관광버스를 타고 단체로 찾아오겠다는 요청을 거절한 적이 있었다. 그녀는 수녀원을 찾아오는 사람들을 차별하고 싶지는 않았다. 하지만 다른 수녀들은 수녀원이 보유한 천사 관련 작품들에 특별한 자부심을 갖고 있었고, 자신들이 수행하는 엄숙한 소명에 수정구슬이나 타로카드에 심취한 아마추어가 관심을 보이는 걸 그다지 달가워하지 않았다.

에반젤린은 쌓아둔 편지들을 만족스러운 눈으로 바라보았다. 오후에 바로 우체국으로 가져가 부칠 예정이었다.

문득 베를렌이라는 사람이 보낸 편지 가운데 뭔가 이상한 점이 있다는 생각이 들었다. 에반젤린은 치마 주머니에 넣어둔 편지를 꺼내 다시 읽어보았다. 이상하다는 생각이 든 것은 록펠러 여사가 세인트로즈 수녀원의 이노센타 원장과 1943년에서 1944년 사이에 잠시 연락을 주고받았을 수도 있다고 말한 부분이었다.

편지에서 언급한 시기가 마음에 걸렸다. 1944년은 수녀원에서 중대한 사건이 벌어진 해였다. 그 중요성을 간과할 수 없는, 수녀원 역사에 남을 큰일이었다. 에반젤린은 도서관 쪽으로 걸음을 옮겼다. 작은 독서용 스탠드가 하나씩 놓인 반질거리는 오크 탁자들을 지나 도서관 가장 안쪽에 자리잡은 검은색 금속 방화문 앞에 섰다. 주머니에서 열쇠 꾸러미를 꺼내 자료실 문을 열었다. 에반젤린은 문을 밀며 혹시 1944년에

* 기존의 서구식 가치와 문화를 배척하고 종교, 의학, 철학, 천문학, 환경, 음악 등의 영역에서 집적된 발전을 추구하는 신문화운동.

벌어진 사건이 어떤 식으로든 베를렌이라는 사람의 요청과 관련있는 것은 아닐까 생각했다.

자료의 양에 비해 자료실이 도서관에서 차지하는 면적은 턱없이 작았다. 좁은 방에 철제 선반이 줄지어 있고 그 위에 보관용 상자들이 깔끔하게 정리되어 있었다. 보관 방식은 간단하고 체계적이었다. 신문기사를 오려둔 자료는 자료실 왼편의 상자들에 담겨 있었다. 수녀원으로 온 공문서나 이미 사망한 수녀들이 남긴 편지, 일기, 예술작품 같은 개인적인 물품은 오른편에 있었다. 상자들은 겉에 적힌 연도순으로 선반 위에 줄지어 자리잡고 있었다. 수녀원이 세워진 1809년부터 올해 1999년까지 쭉 이어졌다.

에반젤린은 기사들이 어떤 식으로 정리되어 있는지 잘 알고 있었다. 예전에 필로메나 수녀의 지시로 오래되어 찢어지기 쉬운 신문기사를 투명 비닐에 넣어 보관하는 일을 지겹도록 했었기 때문이다. 신문기사를 잘라내고 테이프로 붙인 다음 철해서 중성지로 만든 상자에 넣어 보관하는 일을 그렇게 오래 했음에도, 원하는 기사를 즉시 찾아내지 못한다는 게 분했다.

에반젤린은 1944년 초에 벌어진 사건의 전모를 정확하고 생생하게 알고 있었다. 그해 겨울 수녀원에 불이 나 건물 위쪽 층의 대부분이 타버렸다. 에반젤린은 사고 당시 수녀원 건물을 찍은 사진을 직접 비닐에 넣어 정리한 적이 있었다. 오래되어 누렇게 색이 바랜 사진이었다. 불길이 지붕을 집어삼켜버렸고, 구식 소방차들이 눈 쌓인 안마당을 가득 메웠으며, 구식 복장—버니스 수녀와 보니파시오 수녀의 옷과 크게 다르지 않았다—의 수녀들 수백 명이 멍하니 서서 자신들의 집이 불타는 광경을 지켜보고 있었다.

에반젤린은 원로 수녀들에게서 그때 일을 전해들었다. 추웠던 2월의 그날, 수백 명의 수녀들이 눈 덮인 마당에 서서 벌벌 떨며 수녀원 건물이 녹아내리는 모습을 지켜보았다. 앞뒤 가리지 않는 수녀 몇 명이 다시 건물로 들어가 유일하게 불이 번지지 않은 동관 계단을 타고 위로 올라갔다. 그리고 철제 침대와 책상, 이불 따위를 있는 대로 모아 4층 창문을 통해 아래로 내던졌다. 어떻게든 소중한 재산을 구해보려 애쓴 것이었다. 수녀들이 모아둔 만년필이 든 철제 상자도 안마당으로 던져졌다. 상자가 언 땅에 부딪혀 부서지자 잉크병들이 수류탄처럼 허공을 날았다. 잉크병이 폭발하듯 깨진 자리에는 진한 얼룩이 커다랗게 생겼다. 멍이 들듯 빨갛고 검고 파랗게 눈밭이 젖어들었다. 안마당에는 금세 찌그러진 침대와 물에 흠뻑 젖은 매트리스, 부서진 책상, 연기에 시커메진 책들이 잔뜩 쌓였다.

불길은 단 몇 분 만에 수녀원 본관까지 번졌다. 재봉실을 덮쳐 검은 모슬린과 흰 면 다발을 집어삼키고, 바로 옆 자수실로 옮겨가 부활절 바자회에서 판매하려고 보관해둔 자수품과 레이스들을 잿더미로 만들었다. 그러고는 마침내 휴지를 꼬아 만든 노란색 수선화와 갖가지 색깔의 장미 수백 송이를 넣어둔 창고로까지 번졌다. 공장에서나 사용하는 커다란 탈수기 여러 대와 석탄 다리미들이 있는 거대한 세탁실도 온통 불길에 휩싸였다. 표백제가 든 단지들이 폭발하면서 더욱 거세진 불길이 아래층 전체에 유독성 연기를 퍼뜨렸다. 순간적인 열기에 깨끗하게 세탁해둔 수녀복 오십 벌이 순식간에 사라져버렸다. 늦은 오후 불길이 증기를 내뿜으며 뭉게뭉게 피어오르는 연기로 바뀔 무렵 세인트로즈 수녀원은 새까맣게 탄 나무와 불에 달궈진 양철 지붕 덩어리가 되고 말았다.

마침내 에반젤린은 '1944'라고 적힌 상자 세 개를 찾아냈다. 화재에 관한 뉴스가 1944년 중반까지도 신문 지상에 오르내렸다는 사실을 확인한 에반젤린은 상자 세 개를 모두 선반에서 내려 포개올린 다음 한꺼번에 들고 자료실 밖으로 나왔다. 문은 엉덩이로 밀어서 닫았다. 그녀는 다시 춥고 쓸쓸한 제자리로 돌아와 상자 안의 자료를 살펴보기 시작했다.

퍼킵시 지역 신문에 났던 자세한 기사에 따르면, 화재는 수녀원 4층의 사분면 중 정확히 어딘지 알 수 없는 지점에서 시작해 건물 전체로 퍼졌다. 흐릿한 흑백사진에서 숯덩이가 된 기둥들이 그대로 드러난 수녀원 건물을 볼 수 있었다. 사진 아래에는 '새벽 화염이 휩쓸고 간 밀턴의 수녀원'이라는 캡션이 붙어 있었다. 에반젤린은 기사를 읽고 이 사고로 애비게일 록펠러 여사와 서신을 주고받았을지도 모르는 이노센타 원장을 포함해 수녀 여섯 명이 연기에 질식해 숨졌다는 사실을 알아냈다.

사랑하는 수녀원이 불길에 휩싸인 사진을 보고 오싹해진 에반젤린은 숨을 깊이 들이마셨다. 그러고는 다른 상자를 열고 비닐에 든 신문기사 뭉치를 뒤적거리기 시작했다. 2월 15일 무렵 수녀들은 수녀원 지하실로 거처를 옮겨 간이침대에서 자고 부엌에서 요리와 목욕까지 해결하며 건물 수리를 도왔다. 수녀들은 다행히 피해를 입지 않은 예배당에서 한 시간 간격으로 교대하며 아무 일도 없었던 것처럼 기도를 올렸다. 신문기사를 훑어보던 에반젤린은 그 말미에서 놀라운 내용을 발견했다.

수녀원은 거의 전소되었지만, 알려진 바에 따르면 록펠러 가문에서 거액의 기부금을 내놓아 영원한 경배 프란체스코 수녀회의 세인트로즈 수녀원과 천사들의 마리아 성당이 원래 모습을 되찾을 수 있을 전망이다.

에반젤린은 신문기사를 도로 넣고 상자들을 쌓아 자료실에 가져다놓았다. 밖으로 나오던 중에 '1940~1945 기타 자료'라고 적힌 상자가 눈에 띄었다. 이노센타 원장이 애비게일 록펠러처럼 유명한 사람과 연락을 주고받았다면 여기에 편지를 보관해두었을 수도 있었다. 에반젤린은 상자를 차가운 리놀륨 바닥에 내려놓고 그 앞에 웅크리고 앉았다. 옷감과 비누, 양초 등의 물품을 구매한 영수증과 1941년 크리스마스 행사 계획표, 이노센타 원장이 새로 수녀가 되려는 지원자들에 관해 교구 책임자와 주고받은 편지 등 갖가지 자료가 보였다. 하지만 아쉽게도 별다른 것은 더 없었다.

뒤적이던 자료를 다시 상자에 담으며 에반젤린은 이노센타 원장의 개인 자료는 다른 곳에 보관되어 있을지 모른다고 생각했다. 그런 자료가 들어 있을 법한 상자는 너무 많았다. '선교사업' 또는 '해외 자선활동'이라고 적힌 상자들일 가능성이 높았다. 다른 상자를 뒤져보려던 에반젤린은 성당 물품 구입 영수증 묶음 아래서 흰 봉투 하나를 발견했다. 꺼내보니 이노센타 원장 앞으로 온 편지였다. 보낸 사람 주소가 우아한 손글씨로 적혀 있었다. '뉴욕 주, 뉴욕 시, 54번가 10W. 애비게일 록펠러 드림.' 에반젤린은 온몸의 피가 머리로 몰리는 것 같았다. 베를렌이라는 사람의 주장이 옳다는 증거가 나온 것이다. 이노센타 원장은 실제로 애비게일 록펠러와 연락을 주고받은 사이였다.

에반젤린은 주의깊게 살펴보다 봉투를 열었다. 얇은 편지지 한 장이 손에 툭 떨어졌다.

친애하는 이노센타 원장님

로도피 산맥에 있는 우리의 관심사에 기울인 노력이 성공적이었다는 기쁜 소식을 전합니다. 원장님의 가르침이 탐사 진척에 큰 도움이 되었고, 외람되지만 저도 조금이나마 힘을 보탰습니다. 셀레스틴 클로셰트가 2월 초 뉴욕에 도착할 예정입니다. 곧 더 많은 소식을 듣게 되실 겁니다. 그때까지 건강하시길 빕니다.

1943년 12월 14일

A. A. 록펠러

에반젤린은 손에 든 편지를 멍하니 보았다. 도무지 이해할 수가 없었다. 왜 애비게일 록펠러 같은 사람이 이노센타 원장에게 편지를 썼을까? '로도피 산맥에 있는 우리의 관심사'란 무슨 말일까? 록펠러 가문은 왜 세인트로즈 수녀원의 화재 복구 비용을 내놓았을까? 뭐가 뭔지 전혀 알 수 없었다. 에반젤린이 알기로 록펠러 가문은 가톨릭을 믿지 않았다. 이 지역 교구와는 어떤 연관도 없었다. 남북전쟁 후 대호황시대에 막대한 부를 쌓은 다른 가문—바로 떠오르는 게 밴더빌트 가문이었다—들처럼 수녀원 근처에 땅이 있는 것도 아니었다. 하지만 그런 거액의 기부금을 내놓은 데는 분명 그럴 만한 이유가 있을 터였다.

에반젤린은 록펠러 여사가 보낸 편지를 접어 치마 주머니에 넣었다. 자료실에서 도서관으로 발걸음을 옮기던 그녀는 금세 공기가 더워지는 걸 느꼈다. 난로 열기에 도서관은 후끈했다. 그녀는 베를렌이라는 남자에게 쓴 편지를 집어들고 벽난로 쪽으로 갔다. 모서리에 불꽃이 옮겨붙자 분홍색의 고급 편지봉투가 까맣게 타들어가기 시작했다. 에반젤린은 문득 순교한 비테르보의 성녀 로사를 떠올렸다. 이글거리는 불꽃에 맞서는 가냘픈 소녀의 환영이 눈앞에 어른거리다 순간적으로 사라졌다. 마치 난로 속에서 피어오른 검은 연기에 실려가버린 것 같았다.

뉴욕 시, 8번가 노선 A 급행열차, 콜럼버스 서클 역

자동문이 스르르 열리더니 한 줄기 차디찬 바람이 전동차 안으로 밀려들어왔다. 베를렌은 외투를 여미고 플랫폼에 내려섰다. 드레드록 머리를 한 남자 두 명이 〈징글벨〉을 레게 스타일로 시끄럽게 부르고 있었다. 익숙한 리듬이 좁은 플랫폼에서 움직이는 사람들의 열기와 뒤섞였다. 베를렌은 사람들을 따라 넓고 지저분한 계단을 올라가 눈 덮인 지상으로 나왔다. 추위 때문에 금테 안경이 뿌예졌다. 얼음이 잔뜩 깔린 겨울 오후로 들어서자 반쯤 눈이 먼 채 차가운 도시를 헤매는 느낌이 들었다.

안경에 서린 김이 사라지자 크리스마스 휴일을 맞아 쇼핑 분위기로 무르익은 거리가 한눈에 들어왔다. 지하철 입구에는 겨우살이 장식이 달렸고 구세군에서 나온 산타클로스 복장의 남자는 빨간 냄비 옆에 서서 전혀 기쁘지 않은 표정으로 종을 흔들고 있었다. 크리스마스 분위기를 물씬 풍기는 꼬마전구들이 가로등을 빨간색과 녹색으로 장식했다.

목도리와 무거운 외투로 차디찬 바람을 막고서 바삐 지나가는 수많은 사람들을 보고 베를렌은 손목시계로 날짜를 확인했다. 크리스마스까지 겨우 이틀밖에 남지 않았다는 사실에 깜짝 놀랐다.

매년 크리스마스에 관광객들이 뉴욕으로 몰려왔고, 매년 베를렌은 12월 내내 시내에 얼씬도 하지 않고 그리니치빌리지에 있는 조용한 작업실에 박혀 지내겠다고 맹세했다. 지난 몇 해 동안 맨해튼에서 크리스마스를 보내면서도 그는 어찌어찌 그 분위기에 휩쓸리지 않고 잘 버텨왔다. 중부에 사는 그의 부모는 매년 여러 가지 선물이 담긴 소포를 보내왔고, 그는 어머니와 통화하며 소포를 풀곤 했다. 하지만 크리스마스 기분을 내는 건 거기까지였다. 크리스마스 당일엔 그냥 친구들을 만나 마티니에 얼큰하게 취해서는 액션 영화를 보러 갔다. 일종의 전통이 된 이런 일이 올해는 특히 더 기다려졌다. 지난 몇 달 동안 너무 일에 매달렸던 터라 며칠 쉰다는 생각만으로도 기분이 좋았다.

베를렌도 사람들을 밀치며 걷기 시작했다. 염화나트륨을 잔뜩 뿌린 인도를 걷자니 낡은 구두에 더러워진 눈이 들러붙었다. 도대체 왜 이 의뢰인은 따뜻하고 조용한 고급 식당을 두고 센트럴파크에서 만나기를 고집하는지 알 수 없었다. 이번 일이 그렇게 중요하지만 않았다면—사실 당장 돈 나올 구석이 없었다—베를렌은 조사한 내용을 우편으로 보내겠다고 우겼을 터였다. 하지만 몇 달이나 걸려 준비한 자료이니만큼 알아낸 것들을 제대로 설명할 필요가 있었다. 게다가 의뢰인 퍼시벌 그리고리는 자기가 편지에 지시한 것을 정확히 따르길 원했다. 그리고리가 달에서 만나자고 했어도 베를렌은 어떻게든 갈 방법을 찾아냈을 것이다.

베를렌은 길을 건너려고 차들이 뜸해지길 기다렸다. 콜럼버스 로터리 한가운데 서 있는 동상이 보였다. 으리으리한 크리스토퍼 콜럼버스 동상은 센트럴파크의 앙상하고 구불구불한 나무들을 배경으로 높은 대리석 기둥 위에 서 있었다. 베를렌이 보기엔 흉물스러운데다 덩치만 큰 조각에 지나지 않았고 너무 화려해서 주변과 어울리지도 않았다. 동상 옆을 지나면서 보니 받침돌 위에 돌로 된 천사 조각상이 있었다. 천사는 지구 모양의 대리석 구球를 짚고 있었다. 어찌나 생생한지 기념탑에서 홀로 떨어져나와 분주히 돌아다니는 택시들 위를 날아서 센트럴파크 위의 희뿌연 하늘로 떠오를 것만 같았다.

앞에 보이는 공원에는 앙상한 나무들과 눈 덮인 산책로가 이리저리 뒤엉켜 있었다. 베를렌은 프라이팬에서 피어오르는 한 줄기 열기에 양손을 비벼대는 핫도그 장수를 지나고, 유모차를 미는 보모들을 지나고, 잡지 가판대 앞을 지났다. 공원 가장자리에 있는 벤치들은 텅 비어 있었다. 제정신인 사람이라면 이렇게 추운 오후에 산책을 나올 리 없다.

베를렌은 다시 한번 시계를 들여다보았다. 약속 시간에는 이미 늦었다. 다른 약속이었다면 늘 있는 일이니 크게 걱정하지 않았을 터였다. 그는 대개 예정된 시간보다 오 분에서 십 분쯤 늦게 움직였다. 그러면서 자신이 게으른 건 예술가적 기질 때문이라고 생각했다. 하지만 오늘은 시간을 지켜야 했다. 틀림없이 의뢰인은 초 단위는 아니더라도 분 단위로 시간을 재며 기다릴 것이다. 베를렌은 연청색 바탕에 노란 백합 문장이 자잘하게 들어간 1960년대 에르메스 넥타이를 똑바로 고쳐맸다. 이베이 경매에서 건진 물건이었다. 그에게는 어떤 상황이 벌어질지 예상할 수 없거나 불편한 자리가 될 것 같으면 옷장에서 가장 괴상한 옷을 꺼내 입는 습관이 있었다. 무의식적으로 저지르는 자멸행위였다. 그러지 않으려고 해도 정신을 차려보면 이미 늦은 뒤였다. 첫 데이트를 할 때나 면접을 볼 때가 특히 문제였다. 서커스 천막에서 뛰쳐나온 듯 서로 어울리지도 상황에도 맞지 않는 총천연색 옷차림새로 자리에 나갔으니. 의뢰인과 만나기로 약속한 오늘도 그는 분명 초조했다. 오래된 넥타이 말고도, 그는 빨간색 세로줄무늬 셔츠, 하얀색 코르덴 스포츠 재킷, 청바지 차림에 가장 좋아하는 스누피 양말(예전 여자친구한테 선물받은 것이었다)까지 신고 있었다.

옷깃을 단단히 여미면서, 베를렌은 부드럽고 차분한 회색 모직 외투에 몸을 숨길 수 있어 그나마 다행이라고 생각하며 차가운 공기를 깊이 들이마셨다. 그리고 바람이 채갈까봐 걱정하듯 서류 봉투를 손으로 꼭 움켜쥐고 소용돌이치는 눈송이들 사이를 뚫고 센트럴파크 안으로 걸어 들어갔다.

뉴욕 시, 센트럴파크 남서쪽 출입구

바삐 걷는 크리스마스 쇼핑객들 뒤로 얼음처럼 차가운 고요함 속에 존재감을 감춘 유령 같은 형체가 공원 벤치에 앉아 있었다. 큰 키에 창백한 얼굴, 도자기처럼 연약해 보이는 퍼시벌 그리고리는 소용돌이치는 눈보라와 분간이 어려울 지경이었다. 그는 외투 주머니에서 하얀 실크 손수건을 꺼내더니 입을 막고 격렬하게 몸을 떨며 기침을 했다. 경련을 일으킬 때마다 시야가 흔들리며 희미해졌고, 그러다 잠깐 멎으면 다시 초점이 맞았다. 실크 손수건이 파란 핏방울로 얼룩졌다. 눈 속에 박힌 사파이어처럼 찬란한 파란색이었다. 더는 부정할 수 없다. 지난 몇 달 동안 상황은 점점 더 심각해졌다. 피에 젖은 손수건을 길가에 휙 집어던지는데 등의 살갗이 쓸리며 따끔거렸다. 그렇게 작은 움직임에도 어찌나 몸이 불편한지, 순간적으로 고문이라도 당하는 것 같았다.

퍼시벌은 파텍필립 순금 손목시계를 들여다보았다. 베를렌에게 연락해 약속을 확인하면서 절대 늦지 말고 열두시 정각까지 오라고 말한 게 바로 전날 오후였다. 그런데 벌써 열두시 오분이었다. 화가 난 퍼시벌은 차가운 공원 벤치에 등을 기대고 지팡이로 꽁꽁 언 땅바닥을 두드렸다. 상대가 누구든 기다리는 건 질색이었다. 하물며 보수를 후하게 지급하며 일을 시킨 사람을 기다려야 하다니. 전날 오후 두 사람은 통화를 하면서 별다른 인사치레 없이 형식적으로 해야 할 말만 주고받았다. 퍼시벌은 전화로 일 얘기를 하는 게 싫었다. 그런 식의 대화는 절대 신뢰할 수 없었다. 그럼에도 베를렌이 무엇을 찾아냈는지 물어보고 싶은 마음을 억누르기란 결코 쉽지 않았다. 퍼시벌과 그의 가족은 이미 오랜 세월 동안 미국에 있는 수십 개의 수도원에 대해 광범한 자료를 수집해왔다. 그런데 베를렌이 허드슨 강 근처에서 우연히 흥미로운 걸 발견했다고 주장한 것이다.

두 사람이 처음 만났을 때 퍼시벌은 베를렌을 갓 경영대학을 졸업하고 예술 시장에서 출세해보려 허우적대는 사람쯤으로 생각했다. 그는 아무렇게나 헝클어진 검은 곱슬머리에 옷차림은 어울리지도 않았고 자기비하가 심했다. 퍼시벌이 보기에 베를렌의 예술적 기질은 그 나이의 남자들이 으레 가지고 있는 딱 그만큼이었다. 옷차림부터 태도까지 모든 게 미숙했고 유행에 휘둘렸다. 아직 세상에서 제자리를 찾지 못한 사람처럼. 퍼시벌이 고용할 부류의 사람이 아닌 것만은 틀림없었다. 나중에 알고 보니 베를렌은 미술사 전문가면서 화가로 대학에서 시간강사 일을 했고 밤에는 예술품 경매장에서 일했다. 의뢰를 받아 연구나 조사를 할 때도 있었다. 틀림없이 스스로 자유분방한 보헤미안이라고 생각할 터였다. 시간관념이 부족한 보헤미안. 그럼에도 젊은 베를렌은 그동안 자신이 숙련된 전문가임을 보여주었다.

마침내 서둘러 공원으로 들어서는 베를렌이 보였다. 벤치로 다가오더니 숨을 헐떡거리며 손을 내밀었다. "그리고리 씨, 늦어서 죄송합니다."

퍼시벌은 베를렌과 악수하며 싸늘하게 말했다. "지나치게 정확한 내 시계를 보니 칠 분이나 늦었군. 우리집 일을 계속하려면 다음엔 시간을 정확히 지켜야 할 거야." 퍼시벌이 눈을 치켜뜨고 노려봐도 베를렌은 전혀 위축되지 않는 것 같았다. 퍼시벌은 공원 안쪽으로 손짓하며 말했다. "걸으면서 얘기할까?"

"그러시죠." 베를렌은 퍼시벌의 지팡이에 눈길을 주며 덧붙였다. "아니면 그냥 여기 앉아서 얘기해도 괜찮습니다. 원하신다면요. 그게 더 편할 수도 있겠네요."

퍼시벌은 벤치에서 일어나서 눈 덮인 산책로를 따라 공원 안쪽으로 들어갔다. 그는 금속 지팡이 끝으로 꽁꽁 언 바닥을 가볍게 두드리며 걸었다. 얼마 전까지만 해도 그는 베를렌처럼 잘생기고 강인했으며 바람이 불든 서리가 내리든 날이 춥든 아무렇지도 않았다. 대단한 추위가 몰려왔던 1814년, 템스 강이 얼어붙고 살을 에는 듯한 바람이 불던 날에 런던을 몇 킬로미터나 걸으면서도 집안에 있는 듯 몸이 따뜻하게 느껴지던 일이 떠올랐다. 그때는 아예 지금과 다른 존재였다. 힘과 아름다움이 절정에 달했었다. 하지만 이제는 차가운 바람만 맞아도 온몸이 아팠다. 다리에 경련이 일었지만 관절통 때문에 멈춰 설 수도 없어 계속 걸어야 했다.

"뭔가 찾았다고 했지?" 한참 만에 퍼시벌이 눈길도 돌리지 않고 말했다.

"말씀드린 걸 가져왔습니다." 베를렌은 겨드랑이에 끼고 있던 서류봉투를 자랑스럽게 내밀었다. 검은 곱슬머리가 흘러내려 눈을 가렸다. "신성한 양피지 두루마리죠."

퍼시벌은 베를렌의 농담에 어떻게 반응해야 할지 몰라 잠시 말을 잃고 넘겨받은 종이봉투의 무게를 가늠해보았다. 만찬용 접시만큼이나 크고 무거웠다. "뭔가 그럴듯한 걸 찾아왔어야 할 거야."

"매우 만족스러우실 겁니다. 보고서는 전화로 말씀드린 수녀회의 역사부터 시작합니다. 수녀원에 거주하는 사람들의 신상과 프란체스코 수녀회의 철학, 영원한 경배 프란체스코 수녀회 도서관에 소장된 값을 매길 수 없을 만큼 귀한 책과 그림의 목록, 그리고 수녀원의 해외 전도 활동을 요약한 내용이 포함돼 있습니다. 조사할 때 사용한 자료들은 목록으로 정리했고 원본은 따로 있습니다."

퍼시벌은 봉투를 열고 자료를 넘겨가며 대충 훑어보더니 거만하게 말했다. "이런 건 흔한 내용이잖아. 애초에 자네가 왜 이 수녀원에 주목했는지 모르겠군."

그 순간 무언가가 퍼시벌의 눈길을 끌었다. 그는 봉투에서 서류 한 묶음을 꺼내 뒤적거렸다. 수녀원 설계도로 보이는 종이 여러 장을 펼치자 끄트머리가 바람에 팔락거렸다. 직사각형 평면도와 둥그런 탑, 수녀원과 성당 건물을 연결하는 좁은 통로, 널찍한 입구를 나타내는 일련의 그림들이었다.

"설계도면들이죠." 베를렌이 말했다.

"어떤 종류의 도면이라는 거지?" 퍼시벌은 자료를 뒤적이며 입술을 깨물었다. 첫번째 설계도에 직인과 날짜가 찍혀 있었다. 1809년 12월 28일.

"제가 보기에 이 도면들은 세인트로즈 수녀원을 창립한 원장이 승인하고 도장을 찍어준 원본입니다." 베를렌이 말했다.

"이중에 수녀원 안마당 도면도 있나?" 퍼시벌이 도면을 좀더 자세히 들여다보며 물었다.

"건물 내부도 있습니다." 베를렌이 말했다.

"이걸 어디서 찾았지?"

"뉴욕 주 북부에 있는 카운티 법원 자료실에서 발견했습니다. 왜 이 자료가 거기 보관되어 있었는지 아는 사람도 없고 이 도면들이 사라진 걸 눈치채는 사람도 없을 겁니다. 조사해보니 1944년 수녀원에 화재가 난 다음 그리로 옮겨졌더군요."

퍼시벌은 베를렌을 똑바로 보았다. 뭔지 모르지만 여전히 불만족스러운 모양이었다. "그런데 이 도면들이 뭐가 중요하다는 건가?"

"이건 그냥 흔해빠진 도면이 아닙니다. 여길 보세요." 베를렌은 희미한 팔각형 구조물 그림을 손으로 가리켰다. 그림 윗부분에 '예배당'이라고 쓰여 있었다. "정말 멋진 그림입니다. 비율과 입체감을 잘 아는 사람이 그린 거죠. 엄청나게 정확하고 자세합니다. 다른 것들과는 차원이 달라요. 처음에는 엉뚱한 자료가 섞였나보다 생각했습니다. 스타일이 지나치게 달랐거든요. 하지만 다른 것들처럼 직인과 날짜가 찍혀 있었습니다."

퍼시벌은 도면을 가만히 들여다보였다. 예배당 도면은 무척 공들여 그린 것이었다. 제단과 입구에 특별히 관심을 기울인 듯했다. 예배당 내부에는 일련의 동심원들이 그려져 있었다. 그 중심에는 둥지 속에서 보호받는 알처럼 황금색 문장紋章이 자리해 있었다. 여러 장의 도면을 살펴본 퍼시벌은 그 문장이 도면마다 그려져 있다는 걸 알게 되었다.

"자, 이 문장의 의미가 뭐라고 생각하지?" 퍼시벌은 문장을 손가락으로 짚으며 물었다.

"저도 흥미롭더군요." 베를렌이 외투 안쪽에 손을 넣어 다른 봉투를 꺼내며 말했다. "그래서 좀더 조사를 했습니다. 이건 기원전 5세기 트라키아 지방*의 동전을 본뜬 겁니다. 진품은 일본에서 자금을 대서 발굴한 유적지에서 출토됐습니다. 지금의 불가리아 동부 지방인데 한때는 트라키아의 중심이었던 곳입니다. 트라키아는 5세기 유럽에서 보자면 일종의 문화적 안식처 같은 곳이었죠. 진짜 동전은 현재 일본에 있어서 이 복제품으로 조사할 수밖에 없었습니다."

베를렌은 봉투를 열어 확대 복사한 동전 사진을 퍼시벌에게 내밀었다.

"동전이 발굴된 건 이 문장이 설계도면에 그려지고 백 년도 더 지나서입니다. 그래서 놀랍다는 겁니다. 문장뿐 아니라 도면들도요. 제가 조사한 바에 따르면 이 모양은 트라키아 동전들 가운데서도 매우 독특한 것 같습니다. 그 시대 동전에는 대부분 헤르메스나 디오니소스, 포세이돈처럼 신화 속 인물의 두상을 그려넣었습니다. 그런데 이 동전에는 악기가 그려져 있어요. 바로 오르페우스의 리라죠. 메트로폴리탄 미술관에 트라키아의 동전이 여러 개 있습니다. 직접 보고 왔어요. 관심이 있으면 그리스 로마 관으로 가보시죠. 아쉽게도 이런 모양의 동전은 전시된 것이 없더군요. 이건 아주 독특한 물건입니다."

퍼시벌 그리고리는 짜증을 억누르면서 땀이 묻어 미끈거리는 지팡이의 상아 손잡이를 꽉 움켜쥐었다. 하늘에서 떨어지는 굵고 축축한 눈송이들이 나뭇가지들 사이로 날아와 보도에 내려앉았다. 베를렌은 퍼시벌이 진행하는 일이 설계도나 문장과는 아무 상관이 없다는 걸 전혀 모르는 게 분명했다.

"잘 알겠소, 베를렌 씨." 퍼시벌은 최대한 허리를 똑바로 펴고 베를

* 발칸 반도 동남부에 있는 지방.

렌을 날카롭게 쳐다보았다. "하지만 이게 다가 아닐 텐데?"

"네?" 베를렌이 이해가 안 간다는 듯 물었다.

"당신이 찾아낸 설계도면들은 흥미로운 유물이야." 퍼시벌이 고압적인 태도로 자료를 돌려주며 말했다. "하지만 이런 건 당장 중요한 일이 아니네. 애비게일 록펠러가 이 수녀원과 연관이 있다는 걸 알았다면 수녀원에 접근할 방법을 찾았어야지. 그 일은 어떻게 돼가고 있나?"

"바로 어제 수녀원에 요청했습니다. 답신을 기다리고 있죠."

"기다리고 있다고?" 퍼시벌은 짜증스러운 듯 목소리를 높였다.

"수녀원 자료실에 들어가려면 허가를 받아야 합니다."

베를렌은 얼굴을 살짝 붉히는가 싶더니 머뭇거리는 표정을 지었다. 거의 알아차릴 수 없을 정도였지만 퍼시벌은 자신 없는 듯한 그의 행동에 의심이 솟구쳤다. "기다리긴 뭘 기다려. 우리 가족이 원하는 정보를 찾아내거나 못 찾아내거나 그뿐이지. 그동안 충분한 시간을 줬고 지원도 많이 해줬어."

"수녀원을 방문하지 않고는 할 수 있는 게 없어요."

"방문 허가를 받는 데 얼마나 걸리지?"

"쉽지 않을 겁니다. 일단 수녀원에 들어가는 데도 공식 허가가 필요해요. 설령 허락을 받고 자료를 조사한다 해도 쓸 만한 걸 찾아내려면 몇 주는 걸릴 겁니다. 연초에 북쪽으로 가볼 예정입니다. 시간이 많이 걸릴 일입니다."

도면을 접어 베를렌에게 되돌려주는 그리고리의 두 손이 떨렸다. 그는 짜증을 누르며 지폐가 가득 든 봉투 하나를 외투 안주머니에서 꺼냈다.

"이게 뭡니까?" 봉투 안을 들여다본 베를렌이 흠칫 놀라며 물었다. 빳빳한 백 달러짜리 지폐가 가득 들어 있었다.

퍼시벌은 한 손을 베를렌의 어깨에 올렸다. 인간의 온기가 주는 느낌은 생소하지만 매력적이었다. "얼마 안 되지만, 차비라고 해두지." 퍼시벌은 앞서서 콜럼버스 서클 쪽으로 발걸음을 옮기며 말했다. "난 자네가 해 지기 전까지 해낼 수 있을 거라 믿어. 이건 귀찮은 일을 감수하는 데 대한 보너스야. 일단 조사를 마치고 애비게일 록펠러가 이 수녀원과 연관이 있다는 증거를 가져오면, 나머지 얘기는 그때 하기로 하지."

뉴욕 주, 밀턴, 세인트로즈 수녀원

에반젤린은 텔레비전이 있는 휴게실을 지나 4층 복도 맨 끝에 있는 삐걱거리는 철문을 열고 곰팡이가 핀 계단으로 들어섰다. 부드러운 나무 계단을 조심스럽게 밟고 올라갔다. 둥그렇게 굽어진 축축한 돌벽을 따라 올라가면 수녀원 안마당 위로 높이 솟은 탑이 나왔다. 탑은 수녀원 건물의 윗부분 중 유일하게 원래 모습을 그대로 간직한 곳이었다. 예배당에서 시작되는 탑은 안쪽 벽에 나선형 계단이 2층과 3층을 지나 4층으로 연결되어 있었다. 수녀들은 이 계단을 통해 4층 침실에서 예배당으로 곧장 내려갈 수 있었다. 탑은 한밤에 기도를 하러 예배당에 가야 하는 수녀들을 위해 만들어진 지름길이었지만, 모두 이미 오래전부터 그곳 대신 중앙 계단을 이용하고 있었다. 중앙 계단은 난방이 되고 전기도 들어오기 때문이었다. 1944년 화재 당시 불길은 탑까지 미치지 않았지만 에반젤린은 나무 계단에서 연기 냄새가 나는 것 같았다. 흡사 탑이 연기에 섞인 끈적이는 타르를 들이마신 채로 호흡을 멈춘 것 같았다. 탑에는 아예 전기선을 들인 적이 없다. 빛이라고는 동쪽 곡면曲面을 채운, 상단이 뾰족한 아치형 창문의 묵직한 규산염 유리를 통해 들어오는 햇빛뿐이었다. 이제 고작 정오였지만 이곳엔 유리창을 흔드는 끈질긴 북풍에 밀려온 차디찬 어둠만이 가득했다.

에반젤린은 차가운 유리창에 양손을 대고 밖을 내다보았다. 저멀리 무기력한 겨울 햇빛이 제법 높게 솟은 언덕들 위로 떨어지고 있었다. 12월 가운데 가장 햇빛이 풍성한 날인데도 초점이 흐린 렌즈를 통해 보는 것처럼 주위가 어두웠다. 여름철 오후에는 나무들 위로 환한 햇빛이 모이듯 쏟아지고 잎사귀들은 무지갯빛으로 빛났다. 겨울 햇빛이 아무리 강하다고 해도 여름에 비할 수는 없었다. 사오 주 전만 해도 적갈색, 붉은색, 오렌지색, 노란색으로 물든 나무 잎사귀들이 색색의 천을 이어놓은 듯한 모습으로 갈색 유리 같은 강물 위에서 반짝거렸다. 에반젤린은 뉴욕의 당일치기 여행객들이 사과나 호박을 따러 가는 길에 기차를 타고 허드슨 강 동쪽을 따라 달리며 아름다운 경치를 물끄러미 바라보는 모습을 떠올렸다. 하지만 지금은 나무들이 벌거벗고 언덕은 눈으로 덮였다.

에반젤린이 혼자 탑에 숨어 시간을 보내는 일은 매우 드물었다. 많아야 일 년에 한두 번 정도였다. 왠지 수녀원 생활에 집중이 안 되고 혼자 조용히 생각할 시간이 필요하면 그녀는 탑에 숨어들었다. 수녀가 사색을 위해 다른 수녀들에게서 떨어져나와 혼자 시간을 보내는 건 보통은 있을 수 없는 일이었다. 그래서 한 번 그런 짓을 하고 나면 며칠 동안 후회하곤 했다. 그렇다고 아예 탑에 오지 않을 수는 없었다. 탑에 혼자 있으면 마음이 누그러지는 게 느껴졌다. 계단을 오르면 머릿속이 깔끔하게 정리되었고 창밖 경치를 내다보면 정리된 마음이 한결 더 명료해졌다.

에반젤린은 창가에 서서 아침에 자신을 깨운 꿈을 떠올렸다. 어머니가 나타나 부드럽게 말을 건넸는데 무슨 뜻인지 알아들을 수 없었다. 어머니의 목소리를 다시 들어보려고 애쓰던 때의 괴로움이 아침 내내 머릿속에서 떠나지 않았다. 그래도 어머니를 생각하는 자신이 싫지는 않았다. 자연스러운 일이기 때문이다. 오늘 12월 23일은 돌아가신 어머니 안젤라의 생일이었다.

어머니에 대한 에반젤린의 기억은 부서진 조각들뿐이었다. 금빛 머리카락, 수화기에 대고 프랑스어로 빠르고 감미롭게 말하던 목소리, 유리 재떨이에 올려둔 담배와 에반젤린의 눈앞에서 이리저리 스러지는 담배연기. 믿을 수 없을 만큼 키가 커 보이는 어머니의 그림자가 파리 14구의 아파트 벽에 흐릿하게 비치던 모습도 기억났다.

어머니가 세상을 떠난 날 에반젤린의 아버지는 빨간 시트로엥 DS를 몰고 학교로 그녀를 데리러 왔다. 학교에 아버지 혼자 왔다는 것부터 이미 예삿일이 아니었다. 부모님은 같은 일을 했다. 이제야 안 사실이지만 워낙 위험한 일이라 두 사람은 함께가 아니면 어디에도 가지 않았다. 에반젤린은 아버지가 울었다는 것을 한눈에 알아보았다. 눈이 퉁퉁 붓고 얼굴은 창백했다. 자동차 뒷자리에 앉아 외투 매무새를 고치고 가방을 무릎 위에 올려놓자 아버지는 이제 어머니를 볼 수 없다고 했다. "엄마가 어디 갔어요?" 에반젤린은 아버지가 무슨 말을 하는 건지 이해해보려고 애썼지만 그저 혼란스럽기만 했다. "어디 갔어요?"

아버지는 말해줘도 이해할 수 없을 거라는 듯 고개를 저었다. "엄마를 빼앗겼어."

나중에 어머니가 납치당해 살해됐다는 걸 알았을 때, 에반젤린은 아버지가 왜 그렇게 표현했는지 이해할 수 없었다. 어머니는 단순히 누군가에게 빼앗긴 게 아니라 살해된 것이고, 해가 지평선 너머로 지면 하늘에서 빛이 사라지듯이 세상에서 완벽하게 소멸되었기 때문이다.

워낙 어렸을 때 일이어서 에반젤린은 어머니가 얼마나 젊은 나이에 죽었는지 이해하지 못했다. 하지만 시간이 지나고 매년 생일마다 그 나이 때 어머니의 모습을 그려보며 점점 실감하게 되었다. 열여덟 살이 되던 해 어머니는 아버지를 만났다. 열여덟 살이 되던 해 에반젤린은 영원한 경배 프란체스코 수녀회의 수녀가 되었다. 스물세 살, 현재 에반젤린의 나이에 어머니는 아버지와 결혼했다. 그리고 서른아홉 살 때 어머니는 살해당했다. 에반젤린은 울타리를 타고 기어올라가는 등나무 덩굴처럼 자신의 삶을 어머니의 삶과 연결했다. 어머니가 없어도 괜찮다고, 아버지가 나름대로 최선을 다했다고 생각하려고 아무리 애를 써도, 어머니가 없다는 건 매일 매 순간 마음에 걸렸다.

에반젤린은 프랑스 파리에서 태어났다. 몽파르나스에 있는 아파트에서 아버지, 어머니와 함께 살았다. 아파트 구석구석은 마치 어제까지 그곳에서 살았던 것처럼 기억이 생생했다. 복잡한 구조의 아파트에는 우물반자로 꾸민 천장 높은 방들이 서로 연결되어 있고 커다란 창문을 통해 방안 가득 회색빛 입자가 들어왔다. 욕실은 이상하리만치 넓었다. 적어도 세인트로즈 수녀원의 공동 화장실만큼은 컸다. 에반젤린은 어머니가 벗은 옷을 욕실 벽 높은 곳에 걸어두던 모습을 기억했다. 가벼운 봄 드레스와 옷걸이에 살짝 묶어둔 화사한 붉은색 스카프 밑에는 에나멜 가죽 샌들이 놓여 있어 투명인간이 옷을 입고 서 있는 것처럼 보였다. 자기磁器 욕조는 욕실 한가운데 웅크리고 있었다. 그것은 생물체처럼 단단하고 묵직했으며, 입술에 물이 번질거리는 모습으로 발을 오그리고 앉아 있었다.

영화 속 장면이라도 되는 양 자꾸만 되풀이해 떠오르는 또다른 기억은 어머니가 돌아가신 그해 둘이 함께 걸었던 일이다. 두 사람은 손을 잡고 포장된 보도와 자갈길을 따라 걸었다. 어머니는 걸음이 무척 빨라 에반젤린은 뒤처지지 않으려고 거의 뛰다시피 했다. 봄이었다. 그래, 아파트 창문마다 놓인 꽃들의 색깔이 갖가지였던 걸 생각하니 봄이었던 것 같다.

그날 오후 어머니는 긴장하고 있었다. 에반젤린의 손을 꼭 잡고 대학교 교정을 가로질렀다. 웅장한 주랑현관이며 넓은 마당에 느긋해 보이는 사람들이 넘치는 걸로 보아 에반젤린은 그곳이 대학교라고 생각했다. 건물이 유별나게 오래돼 보였지만 파리는 미국과 비교해 모든 게 아주 오래된 것처럼 보이는 곳이었다. 특히 몽파르나스와 카르티에라탱 지역은 더 그랬다. 어쨌든 한 가지는 확실했다. 어머니는 우글거리는 인파 속에서 누군가를 찾고 있었다. 사람들 사이로 에반젤린을 끌고 다니면서 서둘러야 한다는 듯 아플 만큼 손을 꼭 쥐었다. 마침내 중년 여자가 두 사람에게 인사를 건네더니 가까이 와 어머니의 양쪽 뺨에 입을 맞추었다. 검은 머리의 중년 여자는 조각 같은 어머니의 사랑스러운 얼굴이 세월에 약간 온화해진 듯한 모습이었다. 에반젤린은 할머니 가브리엘라를 알아보았지만 직접 말을 걸어서는 안 된다는 것을 알고 있었다. 안젤라와 가브리엘라는 자주 다투었고 에반젤린은 그 사이에 끼어들고 싶지 않았다. 시간이 많이 흘러 할머니와 에반젤린 모두 미국에서 살게 되었을 때 에반젤린은 할머니에 대해 많은 걸 알게 되었다. 그제야 할머니를 제대로 이해할 수 있었다.

오랜 세월이 흐른 지금까지도 여전히 마음에 들지 않는 점은 어머니와 함께 걸었던 기억 가운데 지나칠 만큼 정확히 머릿속에 남은 모습이 말도 안 되게 따분한 것이라는 사실이었다. 그건 바로 무릎까지 올라오는 어머니의 갈색 가죽 부츠와 연한 색 청바지였다. 이유는 알 수 없지만 에반젤린은 어머니의 부츠를 매우 자세히 기억했다. 여러 겹의 가죽을 겹쳐 만든 뒤축, 발목부터 장딴지까지 이어진 지퍼, 벽돌과 돌 바닥에 부딪히며 소리를 내던 밑창. 그런데 아무리 기억해내려 애써도 어머니의 손이나 어깨의 곡선은 떠오르지 않았다. 흐릿한 시간의 안개 속에서 에반젤린은 어머니의 본질을 잃어버렸다.

무엇보다 에반젤린을 괴롭혔던 건 어머니의 얼굴을 기억해내는 능력을 상실하고 말았다는 사실이었다. 그녀는 사진을 통해 어머니가 키가 크고 날씬하며 살결이 하얗고 가끔은 머리를 야구모자 안에 집어넣어 1960년대 보이시한 프랑스 여배우처럼 보이기도 했다는 걸 알았다. 하지만 사진 속 어머니의 얼굴들은 너무 제각각이어서 하나의 전체적인 이미지를 만들어낼 수가 없었다. 옆모습을 보면 콧날이 날카롭고 입술이 얇았다. 앞모습이 조금 더 보이는 사진에서는 뺨이 통통하게 튀어나와 거의 아시아인처럼 보였다. 정면을 응시한 사진을 보면 커다랗고 파란 눈이 다른 모든 걸 압도했다. 에반젤린이 보는 어머니의 얼굴은 빛과 카메라의 위치에 따라 수시로 변했고, 확실한 건 아무것도 없었다.

에반젤린의 아버지는 어머니가 죽은 뒤로 어머니 이야기를 피했다. 에반젤린이 어머니에 대해 물으면 못 들은 척 그냥 돌아서버리곤 했다. 하지만 저녁식사에 와인을 곁들인 날이면 감질날 만큼 조금씩 어머니 이야기를 들려주었다. 어머니는 밤새 연구실에서 일하고 새벽에 집으로 돌아오는 일이 잦았다고 했다. 또 일에 몰두한 나머지 책이나 서류를 어질러놓곤 했다. 그리고 파리를 떠나 바닷가에서 살고 싶어했다. 에반젤린이 태어나 무척 기뻐했다고도 했다. 짧지 않은 시간을 함께 사는 동안 아버지는 어머니에 대해 깊은 이야기를 하고 싶어하지 않았다. 어머니에 대해 묻는 에반젤린에게 고통과 위안을 동시에 주는 유령을 맞이하는 듯한 태도를 보였다. 과거를 증오하는 동시에 사랑한 에반젤린의 아버지는, 안젤라의 유령을 반기면서도 유령 같은 건 존재하지 않는다고 스스로 설득하는 사람처럼 보였다. 에반젤린이 보기에 아버지는 분명 한순간도 멈추지 않고 죽은 어머니를 사랑했다. 재혼도 하지 않았고 미국에서 친구도 별로 사귀지 않았다. 그리고 오랜 세월 동안 일주일에 한 번씩 파리로 전화를 걸어 몇 시간이고 이야기를 하곤 했다. 에반젤린은 부엌에 앉아 화려한 음악 같은 아버지의 목소리에 가만히 귀기울였다.

아버지는 에반젤린이 열두 살 때 그녀를 세인트로즈 수녀원에 데려가 수녀들에게 맡기고 그들의 세계를 믿으라고 했다. 하지만 당시 에반젤린에게 신앙이란 소중하지만 성취할 수 없는 것, 많은 사람이 가졌지만 자신에게는 허락되지 않은 무언가였다. 시간이 흐르면서 에반젤린은 아버지가 신앙보다는 순종을, 창의성보다는 훈련을, 감정보다는 자제를 더 중시한다는 걸 알게 되었다. 시간이 흐르면서 그녀는 판에 박힌 일과에 얽매이게 되었다. 그러면서 어머니와 할머니의 모습, 자신의 모습을 잃어버리고 말았다.

아버지는 종종 수녀원으로 그녀를 찾아왔다. 회의실에서 에반젤린을 만날 때면 아버지는 꼼짝 않고 소파에 앉아 진행중인 실험의 결과를 지켜보는 것처럼 그녀를 주의깊게 바라보았다. 에반젤린의 얼굴을 골똘히 들여다볼 때면 딸의 얼굴이라는 망원경을 통해 사랑하는 아내의 모습을 볼 수 있기라도 한 것 같았다. 하지만 사실 에반젤린은 어머니와 조금도 닮지 않았다. 오히려 할머니 가브리엘라와 더 닮았다. 하지만 아버지는 그런 사실은 무시하기로 마음먹은 것 같았다. 삼 년 전 세상을 떠난 아버지는 살아 있는 동안 하나밖에 없는 딸이 유령을 닮았다는 확신을 결코 버리지 않았다.

에반젤린은 목걸이를 힘껏 움켜쥐었다. 리라의 날카로운 부분이 손바닥 깊이 파고들었다. 서둘러야 했다. 도서관에 있어야 할 그녀가 어디 갔는지 다른 수녀들이 궁금해할 게 분명했다. 머릿속에서 부모님 생각을 떨쳐내고 당장 해야 할 일에 집중해야 했다.

에반젤린은 허리를 구부려 내려가면서 탑 안쪽의 거친 벽돌을 손가락으로 더듬어 바닥에서 세번째 단의 약간 덜컹거리는 부분을 찾았다. 틈새에 손톱을 넣고 흔들리는 벽돌을 뽑아냈다. 벽돌 뒤 숨은 공간에서 폭이 좁은 철제 상자를 꺼냈다. 차가운 금속 상자를 만지는 것만으로도 마음이 편안해졌다. 단단한 감촉이 오래전 기억이 주는 비현실적인 느낌을 상쇄해주는 것처럼.

에반젤린은 상자를 바닥에 내려놓고 뚜껑을 열었다. 안에는 가죽끈으로 묶은 작은 일기장이 들어 있었다. 가죽끈에는 금으로 만든 천사 모양 걸쇠가 달려 있었다. 천사의 몸통은 길고 가늘었고 눈에는 파란색 사파이어가 박혀 있었다. 천사의 날개 부분을 누르자 걸쇠가 풀리며 에반젤린의 무릎 위에서 일기장이 펼쳐졌다. 가죽끈이 낡아서 제본이 헐거웠다. 첫 페이지에 '천사학'이라는 단어가 금박으로 찍혀 있었다. 에반젤린은 책장을 넘기며 손으로 그린 지도들과 갖가지 색깔의 잉크로 쓴 메모를 훑어보았다. 여백에는 천사나 악기들이 그려져 있었다. 중간에 악보만 한가득 채운 페이지도 있었다. 역사적 사실에 관한 분석이나 성서 속 이야기들이 쓰인 페이지가 꽤 많았고, 마지막 4분의 1쯤에는 에반젤린이 도무지 이해할 수 없는 숫자와 수식이 잔뜩 쓰여 있었다. 원래 할머니가 보관하던 일기장인데 지금은 에반젤린이 갖고 있었다. 그녀는 가죽 표지를 손으로 쓰다듬어보았다. 일기장에 쓰인 비밀을 이해할 수 있었으면 하고 바라면서.

에반젤린은 일기장 뒤에 끼워둔 사진을 꺼냈다. 어머니와 할머니가 서로 껴안고 찍은 사진이었다. 에반젤린이 태어난 해였다. 그녀는 사진 귀퉁이에 찍힌 날짜와 자신의 생일을 비교해보고 사진을 찍을 당시 어머니가 임신 삼 개월째였다는 걸 알아냈다. 하지만 겉으로는 아이를 가진 표가 전혀 나지 않았다. 사진을 물끄러미 내려다보고 있자니 가슴이 아팠다. 사진 속 어머니와 할머니는 행복해 보였다. 두 사람을 다시 만날 수만 있다면 무엇이든 내놓을 수 있다는 생각이 들었다.

에반젤린은 최대한 고민을 감추고 일부러 활기찬 표정을 지으며 도서관으로 돌아왔다. 불이 꺼졌는지 도서관 중앙에 놓인 돌 난로에서 차가운 바람이 한 줌 불어와 치맛자락이 펄럭였다. 그녀는 업무용 탁자에 올려두었던 검은색 카디건을 가져와 어깨에 걸치고는 직사각형의 도서관 한가운데로 갔다. 벽난로는 길고 추운 겨울에 아주 유용했다. 누군가 연통을 열어둔 게 틀림없었다. 에반젤린은 연통을 닫는 대신 활짝 열었다. 그리고 장작 수레에서 옹이 박힌 소나무 장작 하나를 꺼내 난로 한가운데 넣고 불쏘시개에 불을 붙여 장작 주변에 놓았다. 풀무의 놋쇠 손잡이를 잡고 불이 제대로 붙을 때까지 몇 번 바람을 불어넣었다.

세인트로즈 수녀원은 천사에 관한 자료를 다수 보유하고 있는 것으로 신학계에서 유명했지만 에반젤린은 그런 자료를 거의 들여다보지 않았다. 수녀원이 소장한 자료들 중 일부는 1809년 수녀원이 생겼을 때부터 보관해온 것들로 천사가 등장하는 미술작품과 천사학 서적의 역사, 중세 천사학의 도식을 옮긴 자료, 토마스 아퀴나스와 성 아우구스티누스가 세계에서 천사의 역할을 어떻게 보았는지에 대한 연구자료 등이 포함되어 있었다. 천사의 형체를 다룬 자료도 상당히 많았지만 내용이 매우 학술적이어서 대부분의 수녀들은 별 관심을 두지 않았다. 특히나 천사에 관해 깊이 생각하지 않는 젊은 수녀들은 더더욱. 수녀원은 뉴에이지 풍조를 곱지 않은 시선으로 보았지만, 도서관에는 그런 가벼운 자료도 있었다. 고대부터 현대에 이르기까지 다양한 천사 숭배를 다룬 책이나 수호천사의 현시에 관한 내용도 찾아볼 수 있었다. 삽화가 가득한 화보집도 많았다. 그중 에반젤린은 에드워드 번존스*의 작품집이 가장 마음에 들었다.

난로 맞은편 벽에는 도서관의 대출기록장을 올려두는 탁자가 있었다. 수녀들은 대출기록장에 책 제목만 적으면 원하는 만큼 방에 가져가서 읽을 수 있었고 아무 때나 반납하면 되었다. 엉터리에 가까운 관리 방식이었지만 어찌된 일인지 아무 문제 없이 돌아갔다. 여자들뿐인 수녀원의 직관적인 시스템이 잘 돌아가는 것처럼. 예전부터 그랬던 건 아니었다. 19세기, 그러니까 대출기록장을 사용하기 전에는 책이 아무 규칙 없이 도서관을 나갔다가 돌아왔고 빈 서가에 아무렇게나 쌓여 있곤 했다. 그러니 원하는 책 한 권을 찾아내는 일에도 갑작스러운 기적을 바라야 할 판이었다. 도서관은 20세기에 들어서며 루크레치아 수녀(1851~1923)가 알파벳 순서대로 자료를 정리하고 나서야 혼란에서 벗어났다. 루크레치아 수녀를 뒤이어 사서를 맡은 드루실라 수녀(1890~1985)가 듀이의 십진분류법을 적용하려 하자 수녀들은 난리를 피우며 반대했다. 그러나 도서관 전체를 체계화하겠다는 엄포에 굴

* 중세 응용미술을 부활시키는 데 중요한 역할을 한 19세기 영국 화가.

복하고는 대출기록장을 만들고 방으로 가져가는 책들의 제목을 파란색 잉크로 적어놓자는 제안에 동의했다.

좀더 실리적인 데 관심이 있었던 에반젤린은 도서관의 자료보다는 수녀원에서 운영하는 지역 봉사단체의 목록을 들여다보는 편이 낫다고 생각했다. 수녀원은 퍼킵시에서 무료 급식소를, 밀턴에서는 세계 평화 연구 모임을 운영했고, 세인트로즈 구세군에서 매년 헌옷을 수거해 우드스톡부터 레드훅에 이르는 지역에 기부했다. 하지만 수녀원의 다른 모든 수녀처럼 에반젤린도 천사에 대해 기본적인 것은 배웠다. 천사들은 세상이 생겨나기 전에 창조됐다는 것, 그래서 하느님이 천지를 창조할 때 천사들의 목소리가 공허 속에서 울렸다는 사실(창세기 1장 1절~5절). 또 천사들은 영적이며 찬란한 빛을 내는 천상의 존재지만 인간의 언어를 사용했다. 유대인 학자들은 천사들이 히브리어를 사용한다고 했고 기독교인들은 라틴어나 그리스어를 사용한다고 했다. 천사가 모습을 드러내는 일은 성서에 거의 등장하지 않지만—야곱이 천사와 씨름한 일(창세기 32장 24절~30절), 에제키엘의 환시(에제키엘서 1장 1절~14절), 마리아에게 예수 잉태를 알린 일(루카복음서 1장 26절~38절) 정도이다—그런 순간들은 놀랍고 성스러웠다. 하늘과 땅 사이에 존재하던 거미줄처럼 미세한 장막이 찢어지고 모든 인간이 경이로운 천상의 존재를 목격하는 순간이었다. 에반젤린은 종종 육체를 가진 인간과 영적 존재인 천사가 살갗에 바람이 스치듯 실제로 만나는 것이 얼마나 경이로운 일일까 생각했다. 하지만 결국 천사의 모습을 마음속에서 그리려 애쓰는 일은 체로 물을 뜨려는 것과 마찬가지라고 결론지었다. 그럼에도 세인트로즈 수녀원의 수녀들은 노력을 멈추지 않았다. 천사에 관한 책들이 도서관 서가에 끝도 없이 쌓여 있었다.

필로메나 수녀가 갑자기 난로로 다가와 옆에 서는 바람에 에반젤린은 깜짝 놀랐다. 검버섯이 핀 통통한 몸은 마치 배처럼 보였고 골다공증으로 예전보다 키가 줄어들었다. 에반젤린은 필로메나 수녀가 최근 들어 모임을 깜박 잊거나 열쇠를 잃어버리곤 해서 걱정이었다. 필로메나 수녀와 같은 세대의 수녀들—젊은 수녀들은 그들을 원로 수녀라고 불렀다—은 훨씬 더 나이가 들기 전까지는 현역에서 은퇴할 수 없었다. 제2차 바티칸공의회 이후 수녀회의 수녀 수가 급격하게 줄었기 때문이었다. 그 가운데서도 특히 업무가 많은 필로메나 수녀는 지쳐 보였다. 어떻게 보면 윗세대 수녀들은 제2차 바티칸공의회의 개혁으로 은퇴할 기회를 빼앗겼다고 할 수 있었다.

에반젤린은 개혁의 대부분이 유익했다고 믿었다. 개혁 덕분에 그녀는 구식 프란체스코 수녀회 복장에서 벗어나 좀더 편한 수녀복을 선택할 수 있었고, 현대적인 교육을 받을 수 있는 기회를 이용해 근처 바드대학에서 역사를 공부했다. 반대로 원로 수녀들의 의견은 오래전 그대로 얼어붙어 있는 것 같았다. 하지만 이상하게도 에반젤린은 루스벨트 대통령 시대와 대공황, 제2차 세계대전을 거치며 가치관을 형성한 원로 수녀들과 의견을 같이할 때가 많았다. 특히 백네 살로 수녀원 최고령자인 루도비카 수녀와 마음이 잘 맞았다. 루도비카 수녀는 에반젤린을 불러 옆에 앉혀놓고 옛날 이야기를 들려주었다. "그때는 요즘처럼 자유방임이니 뭐니 하며 제 인생은 제멋대로 살겠다고 하는 꼴은 볼 수 없었지." 루도비카 수녀는 휠체어에 앉아 앞으로 몸을 숙이며 말하곤 했다. 그럴 때면 무릎 위에 올려놓은 비쩍 마른 양손이 바르르 떨렸다. "뭘 가르쳐야 하는지도 모르고 고아원이나 교구 학교에 가서 아이들을 만나야 했다고! 온종일 일하고 밤새 기도했어! 난방도 안 되는 방에서!

차가운 물로 목욕하고 저녁으론 귀리와 감자를 먹었지! 책이 부족할 때면 존 밀턴의 『실낙원』을 몽땅 외워 그 아름답디아름다운 구절을 암송해가며 가르쳤어. '그것은 지옥의 뱀, 그놈이 교만하여 / 그의 모든 반역천사의 무리들과 함께 / 하늘에서 쫓겨났을 때, 질투와 복수심에 불타, / 인류의 어머니를 속인 것이다. 그는 / 천사들의 도움 받아 / 반역하기만 하면, 동료들 이상의 영광을 얻을 수 있고, / 지고하신 분과 동등해지리라고 / 믿고서, 대망을 품고 / 하느님의 보좌와 그 주권에 맞서 / 불경스런 전쟁, 오문불손한 싸움을 하늘에서 / 헛되이 일으켰더니라.' 아이들도 외웠느냐고? 당연하지! 나도 이런 말 하기 슬프지만 요새 교육은 온통 장난과 놀이뿐이야."

변화에 대한 극심한 의견 차이에도 불구하고 수녀들은 가족을 이루어 화목하게 살았다. 수녀들은 세속의 사람들과 달리 변화무쌍한 바깥세상으로부터 보호받았다. 19세기 후반 세인트로즈 수녀원은 건물과 대지를 사들였고, 시설을 현대화하라는 유혹에도 흔들림 없이 빚을 얻지 않고 재산을 지켰다. 그들은 소유한 땅에서 과일과 채소를 기르고 직접 키우는 닭들로부터 하루에 사십여 개씩 달걀을 얻었다. 식료품 창고에는 잼이 가득했다. 수녀원은 더할 나위 없이 안전했고 먹을 것과 의약품도 잔뜩 쌓여 있었다. 게다가 지적으로나 영적으로 필요한 것들까지 대단히 잘 갖춰져 있어, 수녀들은 가끔 제2의 대홍수 같은 게 허드슨 강을 덮친다 해도 건물 앞뒤의 무거운 철문을 모두 닫아걸고 창문을 단단히 봉하기만 하면 지금껏처럼 기도를 올리고 자급자족하며 몇 년이고 버틸 수 있을 거라고 농담을 하곤 했다.

필로메나 수녀는 에반젤린의 팔을 잡아끌며 그녀의 사무실로 향했다. 그리고 책상 위로 허리를 숙이고 넓은 소맷자락으로 타자기 글쇠를 덮어가며 서류들을 뒤적거렸다. 필로메나 수녀가 에반젤린의 사무실을 뒤지는 일은 드물지 않았다. 눈이 나빠 앞이 거의 안 보이는 필로메나 수녀는 얼굴에 비해 너무 크고 알이 두꺼운 안경을 끼고 있었고, 그런 수녀가 이런저런 물건을 뻔히 보이는 곳에 두고도 찾아헤매고 있으면 에반젤린이 곧잘 도와주었다. "아무래도 도움을 좀 받아야겠군요." 필로메나 수녀가 한참 만에 말했다.

"찾는 게 뭔지 말씀해주시면 기꺼이 도와드릴게요." 에반젤린이 말했다.

"분명히 천사 관련 자료에 대한 편지가 한 장 왔을 텐데…… 뉴욕에서 젊은 남자가 페르페투아 원장께 전화를 했대요. 연구원인지 컨설턴트인지 뭐 그런 사람이라더군요. 우리한테 편지를 보냈다는데, 혹시 그런 편지 받았나요? 내가 봤다면 잊었을 리가 없는데. 페르페투아 원장님은 우리가 수녀원의 방침을 변함없이 지키고 있는지 확인하고 싶어했어요. 즉시 답신을 보냈다고 하면 아주 좋아하실 거예요."

"그 편지는 오늘 왔어요." 에반젤린이 말했다.

안경 너머로 에반젤린을 뚫어져라 보는 필로메나 수녀의 커다란 눈이 촉촉하게 젖은 것처럼 보였다. "그럼 편지를 읽었나요?"

"물론이죠. 전 편지가 오는 즉시 열어보는걸요." 에반젤린이 말했다.

"정보를 요청하는 내용이었나요?"

에반젤린은 자신이 맡은 일에 대해 이렇게 직접적으로 질문을 받는데 익숙지 않았다. "사실은 여기 자료실에 와서 이노센타 원장님에 대한 자료를 찾아볼 수 있도록 허락해달라는 내용이었어요."

필로메나 수녀의 얼굴에 어두운 그림자가 스쳤다. "그 편지에 답신을 보냈나요?"

"늘 하던 식으로 처리했습니다." 에반젤린은 작성한 답신을 보내지 않고 태워버렸다는 말은 하지 않았다. 누군가를 속인다는 게 영 낯설었다. 필로메나 수녀에게 이렇게 쉽게 거짓말을 할 수 있다니 불안하기 짝이 없었다. 하지만 에반젤린은 말을 이었다. "비전문가에게 자료실을 공개할 수 없다는 건 잘 알고 있습니다. 그런 요청은 거절하도록 돼 있다고 편지를 썼어요. 물론 정중하게요."

"좋아요." 필로메나 수녀는 에반젤린을 유심히 바라보며 말했다. "우리 수녀원을 외부에 공개할 때는 극도로 신중해야 해요. 페르페투아 원장님이 그런 요청은 절대 들어주지 말라고 특별히 지시를 내렸어요."

에반젤린은 페르페투아 원장이 수녀원의 자료에 대해 그런 생각을 갖고 있다는 것이 전혀 놀랍지 않았다. 원장은 통명스럽고 곁을 쉽게 내주지 않는 사람인데다 에반젤린이 자주 만날 수도 없었다. 자기주장이 강하고 저돌적으로 수녀원을 이끄는 그녀를 두고 원로 수녀들은 검소한 생활 태도는 훌륭하지만 사고방식이 지나치게 현대적이라며 흠을 잡았다. 사실 페르페투아 원장이 원로 수녀들에게 받아들이라고 요구한 변화는 심각한 게 아니었다. 그저 거추장스러운 모직 수녀복을 벗고 가벼운 옷으로 바꿔입으라는 것이었지만, 원로 수녀들은 아무도 따르지 않았다.

에반젤린이 뒤돌아 사무실에서 나가려고 하자 필로메나 수녀가 목청을 가다듬었다. 용건이 아직 끝나지 않았으니 나가지 말라는 뜻이었다. 필로메나 수녀는 말했다. "난 오래전부터 자료실에서 일했어요. 요청을 받으면 아주 신중하게 다뤘죠. 귀찮게 구는 학자들과 작가들, 사이비 종교인들의 요청을 거절한 게 한두 번이 아니에요. 입구를 지키는 수호자의 책임은 정말 막중해요. 혹시 이상한 편지가 있으면 내게 보고해주면 좋겠어요."

"물론이에요." 이렇게 대답한 에반젤린은 필로메나 수녀의 목소리에서 느껴지는 열의에 혼란스러웠다. 결국 호기심을 이기지 못하고 한마디 덧붙였다. "좀 이상한 게 있어요, 수녀님."

"뭐죠?" 필로메나 수녀가 물었다.

"혹시 이노센타 원장님에게 뭔가 특이한 점이 있었나요?"

"특이하다고요?"

"미술사를 전문으로 하는 연구원이 관심을 가질 만한 점이 있었나요?"

"그런 사람이 무슨 일로 관심을 갖는지 도통 모르겠네요." 필로메나 수녀는 혀를 차며 문으로 향했다. "미술사 분야에서 연구할 그림과 조각이 넘쳐나 학자들이 엉뚱한 데 신경쓸 시간이 없으면 좋겠는데. 하긴 우리가 가진 천사 관련 그림들 정도 되면 관심을 안 가질 수가 없겠죠. 어쨌든 아무리 조심해도 지나치지 않아요. 혹시 또다른 요청이 오면 내게도 알려줄 거죠?"

"물론이에요." 에반젤린이 말했다. 심장이 비정상적으로 빨리 뛰었다.

젊은 조수 에반젤린이 이상하다고 느낀 필로메나 수녀가 한 걸음 가까이 다가섰다. 에반젤린은 희미한 광물 냄새를 맡았다. 땀띠약이나 관절염에 바르는 크림 냄새 같았다. 필로메나 수녀는 오동통한 손으로 에반젤린의 손을 꼭 잡았다. "걱정할 거 없어요. 그자들은 못 들어와요. 아무리 애를 써도 우리는 문을 꼭 닫아둘 테니까."

"수녀님 말씀이 옳아요." 에반젤린은 어리둥절했지만 웃음을 지어 보이며 대답했다. "걱정해주셔서 고마워요, 수녀님."

"고맙긴, 뭘." 필로메나 수녀가 하품을 하며 말했다. "혹시 무슨 일이 더 생기면, 오후에는 4층에 있을 테니 그렇게 알고 있어요. 이제 곧 낮

잠 잘 시간이군."

필로메나 수녀가 사라지자마자 에반젤린은 죄책감에 빠져 방금 둘 사이에 무슨 일이 벌어진 건지 골똘히 생각했다. 윗사람에게 있는 그대로 털어놓지 않은 게 후회스러웠다. 하지만 필로메나 수녀가 그 편지에 보인 이상한 반응과, 세인트로즈 수녀원의 자료를 절대 외부 사람들에게 노출시키지 않으려는 태도는 이해할 수 없었다. 물론 그들이 열심히 노력해 어렵사리 이루어낸 차분하고 조용한 환경을 보호해야 한다는 건 에반젤린도 이해했다. 편지에 대해 필로메나 수녀가 지나치게 예민하게 굴긴 했지만 그렇다고 해서 그렇게 뻔뻔스럽게 거짓말을 해야 했을까? 어쨌든 그녀는 원로 수녀에게 거짓말을 했다. 이건 숨길 수 없는 사실이었다. 게다가 그런 짓을 저지르고도 호기심은 여전히 해결되지 않았다. 이노센타 원장과 록펠러 여사는 도대체 어떤 관계였을까? '수녀원을 외부 사람들에게 개방하는 일은 없을 것이다'라는 필로메나 수녀의 말은 무슨 뜻일까? 수녀원의 아름다운 책과 그림들을 좀 공유한다고 무슨 해가 된단 말인가? 무엇을 숨겨야 하는 걸까? 에반젤린은 인생의 거의 절반을 세인트로즈 수녀원에서 보냈지만 이곳에서 이상한 점은 발견하지 못했다. 영원한 경배 프란체스코 수녀원의 생활은 평범하기 그지없었다.

에반젤린은 치마 주머니에 손을 넣어 얇은 반투명 편지지에 쓰인 오래된 편지를 꺼냈다. 화려하고 부드러운 필체였다. 그녀는 위아래로 물결치는 글자들을 눈으로 따라가며 어려움 없이 읽었다. "원장님의 가르침이 탐사 진척에 큰 도움이 되었고, 외람되지만 저도 조금이나마 힘을 보탰습니다. 셀레스틴 클로셰트가 2월 초 뉴욕에 도착할 예정입니다. 곧 더 많은 소식을 듣게 되실 겁니다. 그때까지 건강하시길 빕니다. A.

A. 록펠러."

에반젤린은 뜻을 이해하려고 애쓰며 편지를 다시 한번 읽었다. 그리고 얇은 편지지를 조심스레 접어서 주머니에 넣었다. 애비게일 록펠러의 편지가 무슨 의미인지 알아낼 때까지는 일이 손에 잡히지 않을 것 같았다.

뉴욕 시, 어퍼이스트사이드 5번가

퍼시벌 그리고리는 엘리베이터를 기다리며 지팡이 끝으로 바닥을 톡톡 두드렸다. 날카로운 금속성 소리가 규칙적으로 울렸다. 그가 소유한 이 건물—센트럴파크를 내려다보는 건물들 가운데 유일하게 제2차 세계대전 전에 생긴 건물이다—의 오크 패널을 두른 로비는 워낙 익숙해 이제 눈길도 가지 않았다. 그리고리 가문이 이곳 펜트하우스에서 산 지 오십 년이 넘었기 때문이다. 퍼시벌도 자신을 존경스러운 눈빛으로 바라보는 경비원과 입구 안쪽에 줄지어 놓인 난초 화분들, 광택이 흐르는 흑단과 자개로 장식한 엘리베이터, 대리석 바닥을 타고 번지는 벽난로의 환한 빛과 따뜻한 열기가 신기하게 느껴지던 때가 있었다. 하지만 이제는 온몸의 관절이 삐걱거리는 소리와 한 걸음씩 내디딜 때마다 무릎이 터져나갈 듯한 통증 말고는 아무것도 느낄 수 없었다. 문이 열리고 엘리베이터 안으로 들어서던 그는 반들거리는 안쪽 벽에 비친 구부정한 자신의 모습을 보고는 얼른 고개를 돌렸다.

엘리베이터가 13층에 멈추자 그는 대리석으로 꾸민 현관에 들어서서 그리고리 저택의 출입문을 열었다. 고전과 현대의 감각이 뒤섞이고 윤기나는 목재와 반짝거리는 유리로 꾸며진 자기만의 공간에 들어서자 어깨를 짓누르던 긴장이 순식간에 풀렸다. 그는 자기 그릇 속 실크 쿠션 위에 열쇠 뭉치를 올려놓고 묵직한 캐시미어 코트를 벗어서 등받이가 높은 가죽 의자에 던져두고는 트래버틴으로 장식한 복도를 따라 걸었다. 커다란 방들이 펼쳐졌다. 거실, 서재를 지나 들어선 넓은 식당 천장에는 4단으로 길게 늘어진 베네치아 샹들리에가 달려 있었다. 큰 전망창 밖에서 눈보라가 어지러이 춤추었다.

제일 안쪽에 어머니가 기거하는 위층으로 올라가는 거대한 계단이 보였다. 슬쩍 위를 올려다본 퍼시벌은 위층 거실에 어머니 친구들이 모여 있다는 걸 알아차렸다. 거의 매일 밤낮을 가리지 않고 손님들이 드나들었다. 어머니는 갑작스럽게 파티를 열어 근처에 사는 친한 이들의 주목을 받으며 이야기를 들려주는 그런 생활에 점점 익숙해져갔다. 가장 큰 이유는 어머니가 파티를 통해 힘을 얻기 때문이었다. 어머니는 자신이 만나고 싶은 사람만 불렀고, 어두운 굴속 같은 자신만의 공간에서 그들에게 둘러싸인 채, 바깥세상이 아무리 지루하고 비참하게 흘러가도 신경쓰지 않았다. 지난 몇 해 동안 어머니는 집 밖으로 거의 나가지 않았다. 가끔 나갈 일이 있어도 퍼시벌이나 퍼시벌의 여동생과 함께, 그것도 밤에만 나갔다. 그리고 그런 식의 삶을 점점 더 편안해했다. 매일 파티를 벌이며 갇혀 지내면서도 불평하는 법이 거의 없었다.

퍼시벌은 위층에 있는 사람들의 주의를 끌지 않도록 조심하며 조용히 복도 끝 욕실로 들어가 소리나지 않게 문을 잠갔다. 몸을 재빨리 움직여 고급스러운 모직 재킷을 벗고 실크 넥타이를 풀어 타일 바닥에 떨구었다. 떨리는 손으로 자개 단추 여섯 개를 아래부터 풀었다. 마지막으로 셔츠를 벗은 다음 벽에 걸린 커다란 거울 앞에 몸을 쭉 펴고 섰다.

손을 펴 가슴을 쓰다듬자 서로 겹친 여러 개의 가죽끈이 만져졌다. 정교한 가죽 그물 같은 기구가 상체를 감싸고 있었다. 가죽끈을 전부 채우면 검은색 코르셋을 입은 것처럼 보였다. 가죽끈은 어찌나 팽팽하게 조이는지 살 속으로 파고드는 것 같았다. 어떤 모양으로 고정해도 가죽끈은 늘 지나치게 죄어들었다. 퍼시벌은 숨을 몰아쉬며 작은 은제 버클에 달린 가죽끈을 하나씩 하나씩 주의깊게 풀었다. 마지막 끈을 풀자 가죽이 타일 바닥을 때리는 소리가 울리고 마침내 몸을 감싸고 있던 장치가 바닥에 떨어졌다.

맨살이 드러난 가슴은 매끄러웠다. 배꼽도 젖꼭지도 없는 새하얀 피부는 떼어놓은 밀랍 덩어리 같았다. 그는 굳은 어깨를 풀면서 거울에 비친 자신의 몸을 바라보았다. 어깨, 길고 마른 팔, 깎아놓은 듯한 몸통의 곡선. 등뼈 중간쯤에는 뼈가 드러난 무른 혹 두 개가 보였다. 가죽끈에 잔뜩 눌리고 땀범벅이 된 모습이었다. 퍼시벌은 거의 사라지다시피 뭉개진 날개를 보고 놀라움과 고통을 동시에 느꼈다. 한때는 튼튼하고 풍성하고 금빛 언월도偃月刀처럼 멋지게 휘던 날개였다. 겨우 뿌리만 남은 날개는 병에 걸려 시커멓게 변했고 깃털은 말라비틀어졌으며 뼈는 퇴화된 상태였다. 등 한가운데 벌어진 두 군데 상처의 피부는 벗어지고 파랗게 변했다. 상처에서 나온 피가 끈적끈적하게 굳어 시커멓게 죽은 뼈 주위에 엉겨붙어 있었다. 붕대로 동여매기도 하고 계속 깨끗이 닦아내면서 온갖 노력을 기울였지만 상처는 도무지 낫지 않았고 통증도 줄지 않았다. 하지만 진정한 고통은 날개가 흔적도 없이 사라지고 난 뒤에 찾아올 터였다. 그를 다른 사람과 구별지어주었던 것, 다른 이들이 부러워하던 것이 사라질 테니까.

처음 증상이 나타난 건 십 년 전이었다. 날개깃과 깃대가 이어지는 부분을 따라 곰팡이 같은 게 살짝 나타났다. 구리 표면에 생기는 녹처럼 녹색 인광을 띠었다. 그저 단순한 감염이라고 생각했던 퍼시벌은 날개를 깨끗이 닦고 다듬었다. 깃털을 일일이 기름으로 닦아내기도 했지만 나아질 기미가 보이지 않았다. 채 몇 달도 지나지 않아 날개 길이는 절반으로 줄었다. 짙은 금빛을 내뿜던 건강한 날개의 빛은 바래고 말았다. 예전에는 날개를 쉽게 접을 수 있었다. 화려한 깃털들이 부드럽게 접혀 등에 가볍게 달라붙었다. 하늘하늘한 황금빛 날개는 등을 따라 난 홈으로 접혀들어갔다. 그러면 겉에서는 날개가 전혀 보이지 않았다. 날개는 실제로는 몸의 일부이지만, 건강하기만 하면 겉으로는 거의 홀로그램처럼 보였다. 날개는 천사의 몸과 마찬가지로 실재하지만 물질의 법칙에 구애받지 않았다. 퍼시벌은 옷을 여러 겹 입고도 허공에 날갯짓을 하듯이 쉽게 날개를 펼칠 수 있었다.

하지만 이제는 날개를 전혀 오므릴 수가 없었다. 사라지지 않는 흔적은 오히려 점점 초라해지는 자신의 모습을 상기시켰다. 고통이 온몸을 짓눌렀다. 이제 그는 전혀 날지 못했다. 깜짝 놀란 퍼시벌의 가족은 전문가를 불렀다. 전문가들은 가족이 가장 듣고 싶지 않았던 진단을 내렸다. 퍼시벌이 그들 사회에 퍼지던 퇴행성 질환에 걸렸다는 것이었다. 의사들은 퍼시벌의 날개가 죽어가면서 온몸의 근육도 힘을 잃을 거라고 했다. 그러다 결국 휠체어 신세를 지게 될 것이고, 양날개가 완전히 사라지고 뿌리까지 녹아 없어지면 죽을 거라고 했다. 여러 해 동안 치료를 했지만 병의 진행속도를 늦추었을 뿐 멈추지는 못했다.

퍼시벌은 수도꼭지를 틀고 얼굴에 차가운 물을 끼얹어 온몸에 느껴지는 열기를 가라앉히려고 애썼다. 가죽끈으로 만든 장치를 하면 갈수록 약해지는 근육 때문에 제대로 펴지지 않는 등을 펼 수 있었다. 몇 달 전부터는 장치를 반드시 착용해야 했고 그후로 통증은 점점 심해졌다. 가죽끈이 살을 파고드는 느낌은 도무지 익숙해지지가 않았다. 버클은 바늘처럼 날카로웠고 끈이 닿은 곳은 살이 떨어져나가는 것처럼 얼얼했다. 같은 병에 걸린 이들은 대개 세상을 등지고 사는 경우가 많았다. 하지만 퍼시벌은 도저히 그런 운명을 받아들일 수 없었다.

퍼시벌은 베를렌이 건네준 종이봉투를 꺼내들었다. 묵직한 봉투가 기분 좋게 느껴졌다. 잡아놓은 새를 천천히 즐기는 고양이처럼 조심스럽게 내용물을 꺼내 대리석 세면대 위에 올려놓았다. 그는 도움이 될 만한 내용이 있기를 바라며 보고서를 읽었다. 베를렌의 보고서는 상세하고 빈틈없었다. 모두 사십 쪽에 달하는 보고서는 처음부터 끝까지 글자가 상당히 빽빽했다. 하지만 모두 읽어보니 새로운 내용은 전혀 없었다.

퍼시벌은 베를렌의 보고서를 봉투에 도로 넣고 길게 한숨을 한 번 내쉬고는 가죽끈 장치를 착용했다. 가죽끈이 몸을 꽉 조였지만 아까보다는 훨씬 덜 괴로웠다. 얼굴색이 돌아오고 떨리던 손가락도 조금 안정을 되찾았다. 옷을 입고 보니 퍼시벌은 자신이 누구를 만날 수 있는 몰골이 아니라는 걸 깨달았다. 옷은 땀에 젖어 온통 구겨졌고, 금발은 잔뜩 헝클어졌고, 눈은 충혈돼 있었다. 어머니가 초췌한 그의 모습을 본다면 수치스러워할 게 틀림없었다.

퍼시벌은 머리를 매만지며 욕실에서 나와 어머니를 찾아나섰다. 넓은 계단을 따라 올라가자 크리스털 잔들이 부딪치는 소리, 현악사중주 음악 소리, 어머니가 부른 손님들의 높고 날카로운 웃음소리가 점점 커졌다. 계단 끝까지 올라간 퍼시벌은 잠시 멈춰 서서 숨을 골랐다. 조금만 움직여도 진이 다 빠졌다.

어머니가 있는 위층은 백작 부인이 여는 야간 연회처럼 늘 꽃과 하인, 가십거리로 가득했다. 그런데 오늘은 오십 명도 더 되어 보이는 사람들이 모여 생각보다 훨씬 화려한 파티가 벌어지고 있었다. 사람들 머리 위로 높이 솟은 천장에 창문이 여러 개 나 있었지만 눈이 덮여서인지 실내는 평소처럼 환하지 않았다. 벽에는 그리고리 가문이 지난 오백 년 동안 수집한 그림들이 줄지어 걸려 있었다. 대부분 그리고리 가문 사람들이 혼자 보고 즐기려고 박물관과 수집가들에게서 사들인 것이었다. 모든 작품이 걸작이었고 진품이었다. 그리고리 가문은 진품을 이 집에 걸어두고 대신 정교한 복제품을 세상에 유통시켰다. 작품들은 매우 세심한 주의를 요했다. 온도 조절은 물론 전문가들을 동원해 주기적으로 청소도 해야 했지만, 충분히 그럴 가치가 있는 작품들이었다. 네덜란드 거장의 작품이 많았고 일부는 르네상스 시대 작가의 작품이었다. 19세기 판화도 몇 점 있었다. 거실 중앙 벽면 전체에는 그 유명한 히에로니무스 보슈의 세 폭짜리 그림 〈쾌락의 정원〉이 걸려 있었다. 천국과 지옥을 소름 끼치도록 묘사한 작품이었다. 퍼시벌은 이 기괴한 그림 속 모습을 구석구석 뜯어보며 자랐다. 지상에서의 삶을 묘사한 가운데 패널은 어린 퍼시벌에게 인간의 속성을 일찌감치 가르쳐주었다. 그는 특히 보슈가 묘사한 지옥에 나오는 소름 끼치는 모양의 악기들에 매료되었다. 류트*와 북들을 온갖 모양으로 해부해놓은 모습이 흥미로웠다. 현재 마드리드 프라도 미술관에 걸려 있는 완벽한 복제품은 퍼시벌의 아버지가 개인적으로 돈을 들여 그리게 한 것이었다.

---

* 만돌린과 비슷한 모양으로 가장 오래된 현악기 가운데 하나.

퍼시벌은 지팡이의 상아 손잡이를 꽉 쥐고 사람들 사이를 지나갔다. 그도 평소에는 방탕한 파티를 잘 참아냈지만 몸 상태가 나빠진 지금은 거실을 가로질러가는 것만으로도 힘이 들었다. 예전 동창생의 아버지가 보여 퍼시벌은 고개를 끄덕이며 알은체를 했다. 그 가족은 몇 백 년 동안 그리고리 가문과 가까이 지내왔다. 남자는 깨끗하고 하얀 날개를 드러낸 채 다른 이들과 떨어져 서 있었다. 퍼시벌은 예전에 함께 저녁 식사를 한 적이 있는 여자 모델을 발견하고 살짝 미소지어 보였다. 투명하고 파란 눈이 사랑스러운 스위스 명문가의 아가씨였다. 아직 너무 어린 탓에 날개가 돋아나지 않아서 정확한 혈통은 파악할 방법이 없었다. 하지만 퍼시벌은 그녀의 가문이 유서 깊고 영향력도 크다는 걸 잘 알았다. 병에 걸리기 전만 해도 어머니는 그 여자와 결혼하라며 퍼시벌을 설득하곤 했다. 언젠가 그들 사회의 강력한 구성원이 될 여자니까.

오래전부터 알고 지낸 집안의 친구들은 그런대로 참고 견뎌줄 만했다. 그리고 그쪽이 그도 편했다. 하지만 사교계에 새롭게 등장한 벼락부자 펀드매니저나 언론계 거물들, 또는 뭐 얻어먹을 것 없나 하며 퍼시벌의 어머니에게 매달려서 환심을 사려는 족속들을 보면 구역질이 났다. 물론 그리고리 가문과는 수준이 다른 자들이었다. 하지만 그리고리 가문이 바라는 절대적 복종과 자율적 판단 사이에서 아슬아슬하게 균형을 잡는 걸 보고 있으면 불쌍하다는 생각도 들었다. 그들은 퍼시벌의 어머니 주위에 모여 그녀더러 노블레스 오블리주의 본보기라며 칭찬과 아부를 쏟아내곤 했다. 다음날 오후에 그리고리 저택에서 열리는 파티에도 초대받으려고 안간힘을 쓰는 것이다.

퍼시벌은 마음 같아서는 가문 전체가 외부와 단절된 생활을 하게 하고 싶었다. 하지만 어머니는 도무지 외로움을 견디지 못했다. 퍼시벌은 어머니가 세상에서 설 자리를 잃어버린 그들 종족의 끔찍한 현실을 받아들이지 않으려고 즐거움을 좇는 것인지도 모른다고 생각했다. 그리고리 가문은 아주 오래전부터 동맹을 맺고 친구들과 친척들로 구성된 조직에 의지해 신분과 재산을 지켜왔다. 구대륙에서 그리고리 가족은 그동안 가문이 이루어온 역사와 따로 떼어낼 수 없을 만큼 깊이 연결되어 있었다. 하지만 뉴욕에서는 무슨 일을 하더라도 새로운 역사를 만들어야만 했다.

여동생 오털리가 희미한 햇빛을 받으며 창가에 서 있었다. 키가 190센티미터로 크지도 작지도 않은 그녀는 가슴이 깊이 파인 드레스를 입었다. 과한 옷차림이었지만 원래 취향이 그랬다. 금발은 말아 단단히 올려붙이고 입술을 밝은 분홍빛으로 칠했는데 어울리지 않게 너무 어려 보였다. 오털리도 한때는 눈이 번쩍 뜨일 만큼 아름다웠다. 근처에 서 있는 스위스 모델 아가씨보다 더 사랑스러웠다. 하지만 백여 년에 걸쳐 파티와 부적절한 관계를 흥청망청 즐기는 사이 아름다움은 재산과 함께 눈에 띄게 줄었다. 이제 오털리도 이백 살에 가까운 중년이었고, 감추려고 애써도 피부는 플라스틱 마네킹처럼 변해갔다. 아무리 노력해봐야 19세기 때의 외모를 되찾을 수는 없었다.

퍼시벌을 발견한 오털리가 천천히 다가와 긴 팔로 팔짱을 끼더니 병자를 부축하듯 사람들 사이로 걸음을 옮겼다. 파티에 모인 모든 사람이 오털리를 바라보았다. 오털리와 직접 사업을 해보지 않은 사람들도 있었지만, 워낙 다양한 가족 위원회에서 일을 하고 줄기차게 사교활동을 즐기는 그녀를 모르는 사람은 없었다. 주변 친구들과 지인들은 오털리를 두려워했다. 그 누구도 오털리 그리고리의 심기를 건드릴 엄두를 내지 못했다.

"어디 숨어 있었던 거야?" 오털리가 뱀처럼 눈을 가늘게 뜨며 퍼시벌에게 물었다. 그녀는 아버지가 사는 런던에서 나고 자랐다. 그러잖아도 사무적인 영국식 억양이 화가 나니 더욱 날카롭게 변했다.

"내가 없다고 외로울 일은 없었을 텐데?" 퍼시벌이 우글거리는 사람들을 흘깃 보며 대답했다.

"어머니와 함께 있으면 외로울 일이 없긴 해. 어째 이 모임은 매주 더 화려해진다니까." 오털리가 퉁명스럽게 대꾸했다.

"어머니가 여기 계시기는 한 거냐?"

짜증스러운지 오털리의 표정이 굳어졌다. "마지막으로 봤을 땐 옥좌에 앉아서 찬양을 받고 있었어."

두 사람은 거실 맨 끝으로 향했다. 벽 한쪽을 차지한 프랑스식 유리창은 두껍고 투명한 유리 너머 안개가 자욱한 눈 덮인 도시 위로 날아오르라며 유혹하는 것처럼 보였다. 그리고리 가문을 포함해 품위 있는 집안이면 모두 부리고 있는 하인 계급인 아나킴이 두 사람 앞으로 재빨리 다가와 "샴페인 더 드릴까요?"라고 묻고는 얼른 사라졌다. 온통 검은색으로 차려입은 아나킴은 주인으로 받들어 모시는 자들에 비해 키와 골격이 작았다. 퍼시벌의 어머니는 하인들이 손님들과 확실히 구분될 수 있도록, 검은 옷을 입는 것 말고도 늘 날개를 드러내고 있게 했다. 모양이나 폭 등 그들의 날개는 한눈에 봐도 차이가 확연했다. 순수 혈통인 손님들의 날개는 강인하고 깃털이 많은 데 비해 하인인 아나킴들의 날개는 얇은 막으로 되어 있어 잿빛 산광을 투영한 거미줄 같았다. 곤충의 날개처럼 아예 구조가 달랐다. 그래서 재빠르고 한 치도 틀림없이 정확하게 날 수 있었다. 노랗고 큰 눈에 광대뼈가 튀어나왔고 피부는 창백했다. 퍼시벌은 제2차 세계대전 때 아나킴이 하늘을 나는 것을 본 적이 있다. 독일의 런던 공습 때 대피하는 사람들 위로 하인들이 떼 지어 날다가 내려앉는 모습이었다. 사람들은 겁에 질려 이리저리 흩어졌다. 그 사건을 목격한 퍼시벌은 왜 아나킴을 변덕스럽고 예측할 수 없는 존재라고 하는지, 왜 그들은 윗사람을 받드는 하인 노릇만 해야 하는지 이해했다.

퍼시벌은 몇 걸음 뗄 때마다 그리고리 가족의 친구들이며 지인들과 마주쳤다. 사람들이 든 샴페인 잔이 조명을 받아 반짝거렸다. 삼삼오오 나누는 이야기들이 부드럽게 녹아들어 마치 하나의 긴 대화 같은 인상을 남겼다. 휴가 이야기, 요트와 새로 시작하는 사업 이야기가 얼핏 들렸다. 그런 화젯거리와 번쩍거리는 다이아몬드, 날카로운 웃음소리가 어머니 친구들의 특징을 잘 보여주었다. 여기저기 자리잡고 선 손님들이 그를 보았다. 그가 신은 신발, 손목에 찬 시계를 눈여겨보고는 잠시 말을 멈추고 그가 짚은 지팡이까지 유심히 살폈다. 그러다 오털리를 알아보고 나서야 병색이 완연하고 매무새가 헝클어진 신사가 바로 퍼시벌 그리고리 3세, 그리고리 가문의 이름과 재산을 물려받은 계승자라는 사실을 알아차렸다.

마침내 두 사람은 어머니인 스네자 그리고리 앞에 도착했다. 스네자는 그녀가 가장 좋아하는 긴 소파에 앉아 있었다. 나무틀에 뱀이 새겨진 고딕 양식의 큼직하고 아름다운 소파였다. 스네자는 뉴욕으로 이사한 뒤 수십 년 동안 꾸준히 몸무게가 늘었다. 그래서인지 헐렁한 실크 가운 같은 옷만 입었다. 깃털이 풍성하고 화사한 빛으로 반짝이는 양날개는 가보를 전시하듯 가장 아름다운 각도로 접어놓은 모습이었다. 어머니에게 다가가던 퍼시벌은 그녀의 날개가 뿜어내는 광채에 눈이 멀 것 같았다. 우아한 어머니의 날개는 깃털 하나하나가 제각각 다른 색으로 반짝거렸다. 스네자의 날개는 가문의 자랑이었다. 그들이 가진 아름다움의 정점이자 순수한 혈통의 증거였다. 퍼시벌 외할머니의 날개는 스네자처럼 갖가지 색을 띠었을 뿐 아니라 활짝 펼치면 폭이 11미터에 달할 만큼 넓어서 천 년에 한 번 나올까 말까 했으며, 이는 그리고리 집안의 수준이 다르다는 걸 보여주었다. 프라 안젤리코나 로렌초 모나코, 보티치니가 천사를 그릴 때 모델이 돼주었다는 소문도 있을 정도였다. 스네자는 날개가 핏줄과 가문, 사회적 위치를 드러내는 상징이라고 말했다. 날개를 제대로 드러내기만 해도 권력과 명성을 얻을 수 있었다. 오텔리와 퍼시벌에게서 가문을 이어받을 후계자를 얻지 못해 스네자는 실망이 컸다.

바로 이런 이유로 퍼시벌은 늘 오텔리가 날개를 감추고 있는 게 불만이었다. 그녀는 다른 이들과 달리 날개를 펼쳐 보이지 않고 몸에 바짝 붙여 숨겨두었다. 미국에서 가장 명망 있는 천사 가문의 일원이 아니라 그저 그런 잡종인 것처럼 굴었다. 퍼시벌은 날개를 오므려 숨길 수 있는 능력이 훌륭한 도구라는 걸 알고 있었다. 다른 이들과 뒤섞여 살아야 하는 사회에서는 더욱더. 날개를 잘 숨길 수 있으면 들키지 않고 인간 사회에서 살아갈 수 있다. 하지만 이렇게 사사로운 자리에서 날개를 숨기는 건 상대방을 모욕하는 행동이었다.

스네자 그리고리는 오텔리와 퍼시벌을 맞으며 그들이 키스할 수 있도록 한 손을 들어올렸다. "내 천사들." 깊은 곳에서 우러나오는 듯한 스네자의 목소리에 독일 억양이 희미하게 남아 있었다. 어린 시절을 오스트리아의 합스부르크 왕가에서 보낸 영향이었다. 그녀는 잠시 말을 멈추고 오텔리가 목에 건 목걸이를 유심히 바라보았다. 분홍색 공 모양 다이아몬드 하나를 고전적으로 세공한 목걸이였다. "아주 멋진 목걸이구나." 스네자는 딸의 목에서 그렇게 멋진 보물을 찾아낸 것이 놀랍다는 듯 말했다.

"기억 안 나요?" 오털리가 가볍게 대꾸했다. "할머니가 쓰시던 거잖아요."

"그래?" 스네자는 엄지와 검지로 다이아몬드를 들어서 빛에 비춰가며 살펴보았다.

"분명히 알아봐야 하는데 이상하게 낯설구나. 내 방에서 가져간 거니?"

"아니요." 오털리가 왠지 몸을 사리며 대답했다.

"그거 지하 금고에서 가져온 거 아냐?" 퍼시벌이 물었다.

입술을 오므리며 노려보는 오털리의 표정에 퍼시벌은 공연한 말을 했다는 걸 알아차렸다.

"그럼 그렇지, 어쩐지 이상하다 했네. 지하 금고에 가본 지 하도 오래돼서 뭐가 있었는지도 까맣게 잊었나봐. 할머니가 쓰던 패물이 전부 이렇게 화려한가?" 스네자가 말했다.

"모두 멋지죠, 어머니." 오털리가 긴장한 듯 대답했다. 그녀가 어머니 몰래 금고에서 물건을 빼내 쓴 건 꽤 오래전부터였다.

"이 목걸이는 특별히 마음에 드는구나. 언제 한밤중에 금고에 가봐야겠다. 물건들이 제대로 있는지 조사도 할 겸." 스네자가 말했다.

오털리는 망설이지 않고 목걸이를 빼내 어머니 손에 넘겨주었다. "어머니가 하면 예쁠 거예요." 오털리는 이렇게 말하고는 스네자가 뭐라고 대꾸하는 게 듣기 싫은지 아니면 보석을 빼앗겨 화난 표정을 들키기 싫은지 바로 돌아서서 사람들 사이로 조용히 사라졌다. 드레스가 물에 젖은 듯 몸에 달라붙었다.

스네자는 목걸이를 들어올려 불빛에 비춰보았다. 공 모양의 화염처럼 보였다. 그녀는 비즈가 수놓인 클러치 백에 목걸이를 챙겨넣었다. 그러고는 하나밖에 없는 아들이 자신의 승리를 목격했다는 사실이 갑자기 떠오르기라도 한 듯 퍼시벌을 향해 고개를 돌렸다. "재미있구나. 재는 이십오 년 동안 내 보석을 훔쳐온 걸 내가 모르는 줄 알았나보지?"

퍼시벌은 웃으며 대답했다. "알고 있다고 말하지 않았으니까요. 말씀하셨다면 벌써 예전에 정신 차렸을 테죠."

스네자는 파리를 쫓듯 손을 흔들며 퍼시벌의 말을 반박했다. "난 우리집에서 벌어지는 일은 뭐든 알아." 스네자는 활처럼 구부러진 날개가 빛을 받을 수 있도록 소파 위에서 자세를 고쳤다. "네가 몸을 잘 돌보고 있지 않다는 것도 알지. 넌 더 쉬고 더 먹고 더 자야 해. 예전처럼 그냥 내버려둬도 만사가 잘 돌아가는 상황이 아니야. 이제 미래를 준비해야 해."

"안 그래도 이미 그러고 있어요." 퍼시벌은 어머니가 자신을 아직 백 살도 안 된 것처럼 대하며 이래라저래라 하는 게 짜증스러웠다.

"그래." 스네자는 아들이 화가 났다는 걸 알아챘다. "그 친구 만났지?"

"네." 퍼시벌이 대답했다.

"그래서 그렇게 언짢은 표정으로 올라온 거구나. 어떤 진전이 있었는지 내게 말하려고. 생각만큼 일이 잘 안 된 모양이지?"

"한 번이라도 잘된 적이 있었나요?" 그렇게 말하기는 했지만 퍼시벌은 실망한 기색을 감추지 않았다. "하지만 정말 이번만큼은 희망이 보였거든요."

"그래. 우리 모두 그랬지." 스네자는 이미 퍼시벌을 보고 있지 않았다.

"아래층으로 가요." 퍼시벌은 어머니가 소파에서 일어날 수 있게 손을 잡아주었다. "잠시 조용한 데서 드릴 말씀이 있어요."

"여기서 말하면 안 되는 거야?"

"내려가요. 여기서는 도저히 안 되겠어요." 퍼시벌은 불쾌한 표정으로 사람들을 보며 말했다.

스네자는 소파에서 일어나면서도 자신을 우러러보는 사람들이 하던 걸 멈추고 눈을 돌릴 만큼 멋진 장면을 연출해냈다. 양날개를 활짝 펼쳐 망토를 두른 것처럼 보이도록 한 것이었다. 그런 어머니를 지켜보던 퍼시벌은 질투로 몸이 떨렸다. 깃털이 풍성한 어머니의 건강한 날개는 화려하게 빛났다. 날개 끝부분의 장밋빛을 띤 작은 깃털이 등 쪽으로 갈수록 점점 커지며 번쩍거리고, 전체적으로 색깔이 조금씩 부드럽게 변하며 퍼져나갔다. 멀쩡하던 때 퍼시벌의 날개는 어머니의 날개보다 더 크고 멋지게 휘어졌다. 깃털 하나하나가 반짝거리는 금가루를 입힌 칼처럼 매끈했다. 퍼시벌은 어머니의 날개를 볼 때마다 다시 예전처럼 건강해지고 싶다는 생각을 떨칠 수 없었다.

스네자 그리고리는 손님들이 자신이 가진 천상의 미에 탄성을 올릴 수 있도록 잠시 멈춰 섰다가, 마치 게이샤가 합죽선을 순식간에 접는 것처럼 한순간에 날개를 접어 등에 바짝 붙였다. 퍼시벌에게는 그 모습이 놀라울 만큼 아름다워 보였다.

퍼시벌은 어머니의 팔을 잡고 부축하며 넓은 계단을 따라 아래층으로 내려갔다. 식당의 긴 탁자는 꽃과 도자기로 준비를 마치고 어머니의 손님들을 기다리고 있었다. 꽃 장식 사이에 배 하나를 입에 끼워넣은 채 통째로 구운 작은 돼지 한 마리가 놓여 있었다. 옆구리에 난 분홍빛 칼자국 사이로 육즙이 흘렀다. 창문 아래로 멀리 내려다보니 쥐새끼처럼 작고 까맣게 보이는 사람들이 차가운 바람을 뚫고 서둘러 움직이는 모습이 보였다. 집안은 따뜻하고 편안했다. 벽난로에서는 불꽃이 이글거렸고, 위층에서 이야기 소리와 부드러운 음악 소리가 나지막이 들려왔다.

스네자는 의자에 자리를 잡고 앉았다. "자, 말해봐. 원하는 게 뭐니?" 퍼시벌이 파티 중간에 데리고 나온 탓에 적잖이 짜증이 난 얼굴이었다. 그녀는 백금으로 만든 담뱃갑에서 담배를 한 개비 꺼내 불을 붙였다. "또 돈 얘기라면 이제 아버지한테 해야 한다는 건 너도 알겠지. 그 많은 돈을 그렇게 빨리 써버리다니 도무지 이해가 안 가는구나." 스네자는 갑자기 인자한 미소를 지었다. "그래, 솔직히 말하면 이해가 안 가는 건 아니란다, 얘야. 하지만 그런 이야기는 아버지한테 해야 해."

퍼시벌이 담뱃갑에서 담배를 한 개비 꺼내자 스네자가 불을 붙여주었다. 연기를 한 모금 들이마시자마자 퍼시벌은 실수였다는 걸 알아차렸다. 폐가 타들어가는 것 같았다. 기침이 터져나와 금방이라도 숨이 막힐 것 같았다. 스네자가 앞으로 밀어준 옥 재떨이에 간신히 담배를 비벼 껐다.

숨을 고른 퍼시벌이 말했다. "일을 맡긴 녀석이 전혀 쓸모가 없어요."

"그야 예상했던 일이지." 스네자가 담배를 한 모금 빨고 말했다.

"뭔가 알아냈다는데 우리에겐 아무 소용도 없는 거였어요." 퍼시벌이 말했다.

"알아내?" 스네자가 눈을 크게 뜨며 물었다. "정확히 뭘 알아냈는데?"

퍼시벌은 베를렌을 만난 일을 자세히 설명했다. 베를렌이 어리석게도 뉴욕 주 밀턴에 있는 한 수녀원의 설계도에 매달리고 있으며 마찬가지로 엉뚱한 고대 동전에 정신이 빠져 있다는 말을 꺼내자, 스네자는 화들짝 놀라 매끈하게 옻칠한 탁자를 문지르던 길고 새하얀 손가락을 멈추었다.

"놀랍구나. 넌 정말 그 친구가 찾아낸 게 아무 소용 없다고 생각하니?" 한참 뒤에 스네자가 말했다.

"무슨 말이에요?"

"넌 애비게일 록펠러와 연락했던 사람을 찾느라 더 큰 단서를 놓치고 있어." 스네자는 담배를 비벼 끄고는 다시 한 개비를 꺼내 불을 붙였다. "그 설계도라는 게 바로 우리가 찾던 것일지도 모르겠구나. 이리 줘봐라. 직접 확인해야겠어."

"베를렌더러 가지고 있으라고 했어요." 퍼시벌은 자신의 말에 어머니가 벌컥 화를 내리라는 걸 곧 알아차렸다. "그리고 어차피 세인트로즈 수녀원은 1944년 공격 때 전부 뒤졌었잖아요. 모조리 불타버려 남은 게 없어요. 놓친 게 있을 리 없다고요."

"그래도 직접 확인해야겠어." 스네자는 실망스러운 기색을 감추지 않았다. "당장 그 수녀원으로 가야 해."

퍼시벌은 실수를 만회할 기회를 놓치지 않았다. "이미 손을 써뒀어요. 베를렌이 자기가 알아낸 걸 확인하려고 지금 수녀원으로 가고 있거든요."

"그 친구도 우리 종족이던가?"

퍼시벌은 어떻게 대답해야 할지 몰라 잠시 어머니를 바라보았다. 자신이 예전부터 부리던 사람도 아닌 베를렌을 필요 이상으로 신뢰하고 있다는 걸 알면 펄쩍 뛸 게 틀림없었다. "외부 사람에게 일을 맡기는 걸 어떻게 생각하는지는 알아요. 하지만 걱정 마세요. 뒷조사를 철저히 한 친구니까요."

"물론 그랬겠지." 스네자가 담배연기를 내뿜으며 말했다. "예전에도 뒷조사를 철저히 하고 당했으니까."

"이제 시대가 바뀌었어요." 퍼시벌은 조심스럽게 말을 골랐다. 어머니의 비난에도 불구하고 그는 침착하게 굴기로 마음먹었다. "예전처럼 그렇게 쉽게 배신당하진 않아요."

"그래, 네 말이 옳아. 우린 새로운 시대에 살고 있지." 스네자가 바로 받아쳤다. "자유롭고 안락한 시대에 살고 있어. 들킬 염려도 없고 유례없을 만큼 많은 재산도 모았지. 무엇이든 할 수 있고 어디든 갈 수 있고 원하는 대로 살 수 있어. 하지만 동시에 우리 가운데 가장 뛰어난 자들이 자기만족에 빠져 약해진 시대이기도 하지. 질병과 퇴화의 시대이기도 하고. 너나 나나 위층에서 빈둥거리는 멍청한 녀석들 모두 언제든 정체가 드러날 수 있는 시대란 말이야."

"제가 자기만족에 빠져 산다고 생각하세요?" 그러지 않으려고 애써보았지만 목소리가 커지고 말았다. 퍼시벌은 지팡이를 손에 쥐고 나가버리려고 했다.

"지금 네 몸 상태로 봐서는 달리 생각할 여지가 없구나. 오털리의 도움이 필요하겠어." 스네자가 말했다.

"그야 당연하죠. 오털리도 저랑 같이 이 일을 시작했으니까요."

"네 아버지와 난 너희보다 한참 먼저 이 일을 했어. 우리 부모님은 내가 태어나기 전부터 이 일을 해왔고 그분들의 부모님도 마찬가지였어. 너는 그렇게 이어져내려온 이들 가운데 한 명일 뿐이야."

퍼시벌은 나무 바닥을 지팡이 끝으로 두드렸다. "하지만 제 몸이 이러니 마음이 급하지 않을 수가 없어요."

스네자가 지팡이를 흘깃 바라보았다. "네가 걸린 병이 우리 일에 새로운 의미를 주는 건 사실이야. 하지만 너는 네 병을 치료하려는 생각에 앞뒤를 못 가리고 있어. 오털리였다면 그 설계도를 그냥 지나치지 않았을 거야, 퍼시벌. 오털리였다면 벌써 수녀원에 가서 확인하고 있었을 거라고. 네가 얼마나 시간을 낭비했는지 생각해봐! 네 어리석은 판단 때문에 그 보물을 못 찾아내면 어쩔 거야?"

"그럼 제가 죽겠죠." 퍼시벌이 말했다.

스네자 그리고리는 부드럽고 하얀 손을 퍼시벌의 뺨에 댔다. 소파에서 한가롭게 파티를 즐기던 여인이 어느새 야망과 자부심으로 가득하고 위엄 넘치는 존재로 변해 있었다. 퍼시벌은 바로 그런 야망과 자부심이 존경스럽고 부러웠다. "그런 일은 없을 거다. 내가 막을 테니까. 가서 쉬어라. 베를렌 씨는 내가 처리하지."

퍼시벌은 일어서서 지팡이에 몸을 의지해 절룩거리며 밖으로 나갔다.

뉴욕 주, 밀턴, 세인트로즈 수녀원

베를렌은 르노—대학 다닐 때 산 1989년식 중고차—를 수녀원 앞에 세웠다. 연철로 된 출입문이 수녀원으로 들어가는 진입로를 막고 서 있었다. 결국 수녀원을 둘러싼 두터운 석회암 벽을 넘는 수밖에 없었다. 가까이서 보니 수녀원은 오기 전에 상상했던 모습대로 마법에 걸려 깊은 잠에 빠진 성처럼 고요하게 외따로 서 있었다. 네오고딕 양식의 아치와 탑들이 잿빛 하늘을 향해 솟아 있었다. 자작나무와 상록수들이 수녀원을 보호하는 것처럼 사면을 빽빽이 둘렀다. 건물 벽을 뒤덮은 이끼와 덩굴은 느리지만 끈질기게 건물에 대한 소유권을 주장하고 있었다. 마당 너머로 눈과 얼음이 덮인 강둑을 따라 흐르는 허드슨 강이 보였다.

눈 쌓인 자갈길을 걷는 베를렌의 몸이 와들와들 떨렸다. 이상하리만큼 추웠다. 센트럴파크를 나설 때부터 그를 짓누르던 느낌은 차를 몰고 밀턴까지 오는 내내 괴롭혔다. 한기를 쫓으려고 자동차 히터를 한껏 틀었지만 손발은 여전히 얼어붙은 것처럼 얼얼했다. 퍼시벌 그리고리와의 만남 때문일까. 정말 많이 아파 보이는 그를 보고 왜 마음이 흔들렸는지 알 수 없었다. 그리고리는 왠지 모르게 기괴하고 불안해 보였다. 콕 집어 말할 수 없는 뭔가가 있었다. 베를렌은 사람을 꿰뚫어보는 직감이 뛰어났다. 처음 만나는 사람이라도 금세 성격을 파악했고, 나중에 보면 첫인상과 다른 사람이 별로 없었다. 그리고리를 처음 보자마자 베를렌의 몸은 격한 반응을 보였다. 그리고리의 존재만으로도 힘이 쭉 빠졌다. 생기 없이 텅 빈 듯한 그에게서는 온기라곤 느껴지지 않았다.

오늘 오후에 만난 게 두번째였는데 아마 다시 만날 일은 없을 터였다. 그렇게 생각하니 마음이 놓였다. 수녀원을 무작정 찾아온 지금 일이 계획대로 잘 풀린다면 두 사람의 계약은 끝날 테고, 그게 아니라고 해도 그리고리는 오래 못 살 것 같았다. 낯빛이 어찌나 창백한지 파리하고 얇은 피부 속으로 이리저리 얽힌 파란 핏줄이 그대로 보일 정도였다. 열이 오르는지 눈이 시뻘게져 지팡이에 간신히 몸을 의지하고 있었다. 침대에 누워 있지 않고 눈보라 치는 공원에 나와 사람을 만난다는 게 이상할 정도였다.

하지만 더욱 말이 안 되는 일은 아무런 사전 연락도 하지 않고 베를렌을 무작정 수녀원으로 보낸 것이었다. 전문가답지 않고 충동적인 행동이었다. 그리고리처럼 망상에 사로잡힌 수집가나 저지를 법한 짓이었다. 사립 도서관을 방문하려면 정해진 절차에 따라 미리 허가를 받아야 한다. 게다가 이 수녀원 도서관은 다른 곳들보다 훨씬 더 보수적일 터였다. 베를렌이 생각하기에 세인트로즈 수녀원 도서관은 작고 별난 외관에 여기저기 고사리 화분이 놓여 있고 양과 아이들을 그린 괴상한 유화가 잔뜩 걸려 있을 것 같았다. 종교에 빠진 여자들 눈에는 그런 싸구려 장식들이 아름다워 보일 수도 있다. 사서를 맡은 수녀는 일흔 살쯤 먹어서 침울하고 창백한 얼굴에 온통 쭈글쭈글하고 자신이 지키는 그림들 가운데 어떤 걸 보더라도 감탄하는 법이 없는 사람일 것이다. 아름다움과 쾌락, 삶을 견뎌낼 수 있도록 해주는 이 두 가지 요소를 세인트로즈 수녀원에서는 절대 찾아볼 수 없으리라. 전에도 수녀원에 와본 적은 없었다. 베를렌의 가족은 모두 고등교육을 받은 불가지론不可知論 지지자들로 속으로 믿는 걸 절대 내색하지 않았다. 자신이 믿는 바를 입 밖에 꺼내면 모두 사라지기라도 할 것처럼 굴었다.

베를렌은 수녀원 현관의 넓은 돌계단을 걸어올라가 나무문을 두드렸다. 두세 번 두드리다가 초인종이나 인터폰처럼 수녀들을 부를 수 있는 장치가 있는지 찾아봤지만 아무것도 보이지 않았다. 자기 집도 두 번에 한 번은 현관문 잠그는 걸 잊어버리는 그는 매일 사색을 하며 지내는 수녀들이 이렇게 철통같은 보안체계를 갖추고 있다는 게 이상했다. 짜증을 내며 건물 옆쪽으로 걸어가면서 안주머니에서 건물 설계도를 꺼내 다른 입구가 없는지 살펴보기 시작했다.

강을 기준 삼아 살펴보니 중앙 출입문은 건물 남쪽에 있어야 했다. 그런데 실제로는 건물 서쪽에 정문을 보고 나 있었다. 지도를 보면(베를렌은 어느새 설계도를 지도처럼 생각했다) 성당과 예배당이 있는 건물이 부지 안쪽에 자리를 잡고, 수녀원은 그 앞에 좁고 긴 모양으로 서 있어야 했다. 하지만 도면을 잘못 읽은 게 아니라면 실제 건물들의 배치는 전혀 달랐다. 들여다보면 들여다볼수록 설계도와 눈앞에 보이는 실제 건물들의 모습은 영 딴판이었다. 이상하게 여긴 베를렌은 담장까지 다시 걸어나가 멀리 건물들을 살피며 설계도와 비교해보았다. 눈앞에 있는 두 건물은 도면과 전혀 달랐다. 설계도에서는 건물 두 채가 떨어져 있었는데 실제로는 오래된 것과 비교적 최근에 지은 것을 이어붙인 듯한 거대한 건물 한 채가 서 있었다. 두 개의 건축물을 칼로 잘라내 초현실적 콜라주 기법으로 붙인 듯했다.

그리고리가 이런 상황을 어떻게 받아들일지 베를렌은 알 수 없었다. 두 사람이 처음 만난 곳은 예술품 경매장이었다. 베를렌은 대호황 시대를 주름잡은 명가 소유의 그림과 가구, 책, 보석류를 경매에 붙이는 일을 돕고 있었다. 앤드루 카네기가 소장했던 고급 은제 세트, 금장식에다 헨리 플래글러의 이니셜을 새긴 크로케 나무망치 세트, 뉴포트에 있는 코닐리어스 밴더빌트 2세의 저택 '브레이커스'에서 나온 작은 넵투누스 동상 등이 경매에 올랐다. 경매는 활발하지 않았고 호가도 대부분 기대에 못 미쳤다. 그러나 퍼시벌 그리고리가 존 D. 록펠러의 부인 로라 셀레스티아 스펠먼, 또는 '세티'의 소장품을 높은 값에 사들이는 걸 보고 베를렌은 그에게 관심이 생겼다.

베를렌은 록펠러 가문에 관해 상당한 지식이 있었기 때문에 퍼시벌 그리고리가 사들인 물건들이 그다지 특별하지 않다는 걸 알고 있었다. 그런데도 그리고리는 그 물건들이 어지간히 갖고 싶었는지 가격을 꽤 높은 수준까지 올리며 경매에 참여했다. 마지막 물품의 경매가 끝나고 베를렌은 그리고리에게 다가가 축하 인사를 건넸다. 두 사람은 록펠러 가문 사람들에 관해 이야기를 나누었고 뒤이어 길 건너 술집에서 와인을 함께 마시며 대호황 시대의 영광이 어떻게 무너지게 되었는지 토론을 벌였다. 그리고리는 록펠러 가문에 대한 베를렌의 지식에 놀라고 뉴욕현대미술관의 소장품들을 연구한다는 말에 호기심을 보이더니, 혹시 같은 주제로 자기가 의뢰하는 연구를 해볼 생각이 있느냐고 물었다. 그리고 베를렌의 전화번호를 적어갔고 얼마 지나지 않아 그를 고용했다.

베를렌은 록펠러 가문에 특별한 애정이 있었다. 박사 논문의 주제도 애비게일 앨드리치 록펠러의 통찰력과 후원이 없었다면 존재할 수 없었을 뉴욕현대미술관의 초기 소장품에 대한 것이었다. 사실 베를렌은 미술사를 연구하기 전에 디자인을 공부했었다. 컬럼비아 대학교에서 미술사 강의를 몇 개 듣는 사이 흥미가 생겼고, 그후에는 모던 디자인에서 모더니즘의 근간에 있는 개념, 즉 전통을 깨뜨리고 과거보다 현재의 가치를 중요시하는 프리미티비즘으로 관심이 옮겨갔다. 그리고 결국은 세계에서 가장 웅장한 현대미술관을 세우는 데 도움을 준 한 여인에게 관심을 쏟게 되었다. 바로 애비게일 록펠러였다. 베를렌은 자신을 완벽하게 파악하고 있었다. 지도교수도 말했듯이 그는 진정한 학자 타입은 아니었다. 아름다움을 체계화해 이론으로 정리하고 각주를 붙일 능력이 없었다. 러시아 형식주의자들이 보여주는 지적인 엄숙함보다는 마티스가 보여주는 생생하고 심장이 멎을 듯한 색채가 더 좋았다. 논문을 쓰기 위해 조사를 하면서도 예술을 대하는 그의 태도는 변하지 않았다. 오히려 작품의 창작 동기를 알아내는 일에 흠뻑 빠졌다.

베를렌은 논문을 준비하며 애비게일 록펠러의 취향에 감탄하게 되었고, 같은 주제를 몇 년 연구하고 나서는 록펠러 가문이 예술품 시장에서 진행했던 거래에 관한 한 나름대로 전문가가 되었다. 논문 일부는 작년에 한 유명 예술 잡지에 게재되었고, 그 결과 베를렌은 컬럼비아 대학교에서 정식으로 교편을 잡게 되었다.

모든 게 계획대로 되었더라면 베를렌은 논문을 깔끔하게 마무리하고 좀더 공감대를 형성할 수 있는 내용을 더해 책으로 출판할 수도 있었다. 하지만 현재 상태는 엉망진창이었다. 모아둔 자료라 해봐야 그저 여러 사실과 잡다한 초상화가 이리저리 뒤섞인 게 전부였다. 수백 장이나 되는 문서를 모아두었는데 그중 대부분의 자료와 문서, 연구 내용은 그리고리가 개인적인 용도로 사용하겠다며 복사해 가져갔다. 베를렌은 자신이 모아둔 자료가 완벽하다고 생각했다. 그래서 그가 가장 열심히 조사한 시기, 즉 애비게일 록펠러가 뉴욕현대미술관에 열의를 보이던 시기에 그녀가 세인트로즈 수녀원과 연락을 주고받았다는 새로운 사실을 발견하고 상당히 놀랐다.

베를렌이 그 사실을 알게 된 것은 연초에 연구 자료를 찾으러 록펠러가 기록 보관소에 갔을 때였다. 그는 맨해튼에서 북쪽으로 40킬로미터를 달려 허드슨 강을 따라 단층집들이 그림처럼 줄지어 서 있는 슬리피 할로라는 마을로 향했다. 기록 보관소는 10만여 제곱미터에 이르는 사유지가 내려다보이는 언덕 위 거대한 석조 건물 안에 있었다. 이곳은 존 D. 록펠러 주니어의 두번째 부인 마사 베어드 록펠러의 소유였다. 베를렌은 르노를 세워두고 배낭을 한쪽 어깨에 멘 채 계단을 올라갔다. 한 가족이 어떻게 이렇게 어마어마한 재산을 모으고 한없이 아름다운 예술품에 둘러싸여 살 수 있었는지 도무지 이해가 되지 않았다.

기록 보관소 관리인은 컬럼비아 대학교 강사라고 표시된 교원증으로 베를렌의 신분을 확인하고 2층 열람실로 안내해주었다. 그리고리는 보수를 후하게 쳐주었다. 하루 일하고 받는 수고비로 아파트 월세를 감당할 수 있을 정도였다. 그래서 베를렌은 도서관의 평온한 분위기와 책 냄새를 맘껏 즐기며 체계적으로 정리된 여러 자료를 천천히 둘러보았았다. 관리인은 자동 온도제어시설이 돼 있는 보관실에서 문서 상자들을 가져와 베를렌 앞에 놓아주었다. 보관실은 콘크리트로 지은 커다란 별관에 따로 있었다. 애비게일 록펠러가 남긴 서류들은 일곱 가지로 분류되어 있었다. 서신, 개인 서류, 미술품 목록, 자선활동 관련 서류, 친정 앨드리치 그린 가문 관련 서류, 사망 관련 자료, 그리고 체이스가 쓴 애비게일 록펠러 전기였다. 각 분류마다 수백 건의 문서가 보관되어 있었다. 실로 엄청난 양이어서 정리하는 데만도 몇 주는 걸릴 것 같았다. 베를렌은 자료를 파고들며 메모와 복사를 했다.

베를렌은 보관소를 찾기 전에 미리 애비게일 록펠러에 관해 구할 수 있는 자료란 자료는 모두 다시 읽었다. 혹시 도움이 될 만한 특이한 내용, 지금까지 다른 현대미술사 학자들이 알아내지 못한 정보가 하나라도 있는지 확인하기 위해서였다. 다양한 전기를 읽은 그는 애비게일 록펠러가 로드아일랜드 주 프로비던스 카운티에서 보낸 어린 시절이나 존 D. 록펠러 주니어와의 결혼, 그뒤에 이어진 뉴욕 상류사회 생활에 관해 꽤 많은 걸 알고 있었다. 그녀가 벌인 저녁 만찬 파티를 상세히 기록한 내용과 다섯 아들, 반항적인 외동딸에 관한 이야기도 읽었다. 이런 내용은 모두 예술에 쏟은 그녀의 관심과 열정에 비하면 지루하기 짝이 없었다. 두 사람의 삶은 비교하기 어려울 만큼 달랐지만—베를렌은 한 칸짜리 아파트에서 살며 시간강사답게 재정적으로 불안정하고 계획성 없는 생활을 했고, 애비게일 록펠러는 20세기 최고 부자 가운데 한 명과 결혼했다—왠지 베를렌은 그녀가 가깝게 느껴졌다. 그는 현대미술을 사랑하게 된 그녀의 취향과 신비로운 열정을 이해할 수 있을 것 같았다. 그녀의 사생활에 대해서라면 이미 천 번도 넘게 살펴보았다. 그리고리가 원하는 새로운 걸 찾아낼 수 있으리라는 희망은 거의 없었다. 만일 그가 노다지를 찾아낸다면, 그게 아니더라도 최소한 의뢰인에게 쓸모가 있는 작은 단서 하나라도 찾아낸다면 정말이지 운 좋은 일이 아닐 수 없었다.

결국 베를렌은 이미 다른 학자들의 손을 수없이 거쳐간 서류와 편지들은 건너뛰고 체이스가 전기를 쓰기 위해 수집한 자료도 조사 대상에서 제외했다. 그러고는 미술작품들을 사들이거나 뉴욕현대미술관을 계획하던 시기의 관련 서류들이 든 상자부터 열었다. 바로 미술품 목록을 보관하는 3번 상자였다. 상자에는 사거나 기증받았거나 대여했거나 판매한 작품의 목록, 중국과 일본의 미술작품 정보, 미국 민속작품에 관한 자료들이 들어 있었다. 록펠러 가와 예술품을 거래한 업자들이 남긴 문서도 보였다. 하지만 몇 시간 동안 자료를 뒤져도 특별한 건 찾을 수 없었다.

결국 베를렌은 미술품 목록이 든 3번 상자를 반납하고 자선활동 관련 자료가 든 4번 상자를 관리인에게 요청했다. 특별한 이유가 있었던 건 아니었다. 단지 애비게일 록펠러의 자선활동 관련 서류는 대부분 기부 내역에 관한 삭막한 회계 자료여서 아마도 유일하게 그가 자세히 들여다보지 않은 자료이기 때문이었다. 상자를 받아 내용물을 살피기 시작하자 지루한 내용임에도 불구하고 애비게일 록펠러의 그림 취향을 발견했을 때처럼 그녀의 목소리가 흥미롭게 다가오는 기분이었다. 한 시간쯤 자료를 살펴보던 그는 몇 통의 묘한 편지를 발견했다. 네 통의 편지가 아무렇게나 뭉쳐둔 서류에 섞여 있었다. 편지는 기부 내역을 기록한 문서 사이에 잘 접어서 끼워둔 상태였는데, 원래 봉투에 그대로 들어 있고 별다른 설명이나 표시는 붙어 있지 않았다. 상자의 내용물을 표시한 목록을 읽어봤지만 그런 편지가 들었다는 설명은 전혀 없었다. 어찌된 일인지 알 도리는 없었으나 어쨌든 세월이 흘러 누렇게 바래 곧 바스러질 것 같은 편지가 눈앞에 있었다. 조심스레 만져보니 나방의 날개에 손을 댄 것처럼 손가락에 먼지가 묻어났다.

베를렌은 스탠드 불빛 아래 편지를 펼쳐놓고 자세히 들여다보았다. 편지 내용을 보자마자 왜 이 편지가 자료 목록에 포함되지 않았는지 알 수 있었다. 편지에는 애비게일 록펠러의 가족이나 활동, 가문 소유의 예술품들에 대한 직접적인 언급이 전혀 없었다. 내용이 그러하니 정확히 분류해 목록에 포함시킬 도리가 없는 게 당연했다. 심지어 애비게일 록펠러가 직접 쓴 편지도 아니고 이노센타라는 뉴욕 주 밀턴의 한 수녀원 원장이 쓴 편지였다. 밀턴은 들어본 적도 없는 곳이었는데, 지도를 찾아보니 뉴욕에서 북쪽으로 몇 시간 떨어진 허드슨 강가였다.

편지를 읽어내려갈수록 베를렌의 궁금증은 점점 더 커졌다. 이노센타가 가늘게 쓴 손글씨는 옛날식이었다. 유럽 스타일로 숫자를 좁게 쓰고 글자는 동글동글한 장식이 많고 가는 모양이었다. 분명 펜에 잉크를 묻혀 쓴 글씨였다. 편지를 모두 읽고서 알게 된 사실은 이노센타 원장과 록펠러 여사가 종교활동과 자선활동, 기금 모금활동에 공감대를 형성하고 있었다는 것이었다. 두 사람의 사회적 위치를 보면 그럴 만했다. 이노센타의 편지는 처음에는 스스로를 낮추듯 공손하고 상대를 존경하는 내용이었지만, 뒤로 갈수록 조금씩 정이 묻어나며 상대와 정기적으로 연락을 주고받았다는 인상을 풍겼다. 확실한 증거는 찾아낼 수 없었지만 왠지 두 사람이 편지를 주고받은 계기가 어떤 종교적 예술품이 아닐까 하는 직감이 들었다. 편지 내용을 이해하면 뭔가 알아낼 수 있으리라는 생각이 점점 강해졌다. 편지는 분명 그의 경력에 도움을 줄 수 있는 종류의 물건이었다.

베를렌은 보관소 관리인이 눈치채기 전에 재빨리 편지들을 배낭 안주머니에 밀어넣었다. 그리고 십 분 뒤에는 훔친 편지들을 무릎 위에 올려놓은 채 맨해튼의 아파트를 향해 속도를 높이고 있었다. 그때까지도 왜 편지를 몰래 들고 나왔는지 알 수 없었다. 그저 편지에 적힌 내용을 이해하고 싶다는 생각뿐이었다. 그리고리에게도 편지에 대해 알려야 했다. 어쨌든 록펠러 가의 기록 보관소까지 갈 수 있도록 비용을 댄 사람은 그리고리였으니까. 하지만 확실히 말할 수 있는 건 거의 없었다. 결국 그는 편지에 담긴 내용이 얼마나 중요한지 먼저 확인하고 그 다음에 그리고리에게 편지의 존재를 알리기로 했다.

수녀원 건물 앞에 선 베를렌은 설계도와 실제 눈앞에 있는 건물의 모습을 비교해가며 다시 한번 혼란에 빠졌다. 겨울 햇빛 한 조각이 손에 든 도면 위를 가로지르고 자작나무의 날카로운 그림자가 눈 위에 드리웠다. 기온이 빠른 속도로 떨어지고 있었다. 외투깃을 세우고 다시 한 번 건물 주위를 둘러보는 사이 구두가 진창에 잔뜩 젖었다. 이것 하나만큼은 그리고리가 옳았다. 수녀원에 들어가지 않고는 아무것도 알아낼 수 없었다.

건물을 절반쯤 돌았을 때 베를렌은 얼음으로 덮인 계단을 하나 찾아냈다. 그는 미끄러지지 않도록 금속 난간을 꼭 붙잡고 아래로 내려갔다. 지하 공간의 석재 아치형 입구에 문이 보였다. 손잡이를 돌려보니 열려 있었다. 베를렌이 들어선 곳은 축축한 돌 냄새, 썩어가는 나무 냄새와 먼지 냄새가 뒤섞인 어둡고 눅눅한 지하실이었다. 그는 희미한 조명이 눈에 익자 문을 꼭 닫고, 아무도 사용하지 않는 듯한 복도를 따라 세인트로즈 수녀원으로 들어갔다.

뉴욕 주, 밀턴, 세인트로즈 수녀원
천사 관련 작품 자료실

외부 손님들이 찾아올 때면 수녀들은 에반젤린에게 신성한 세계와 세속적인 세계를 연결하는 다리 역할을 믿고 맡겼다. 그녀는 수녀원을 잘 모르는 사람들도 편하게 해주는 재능이 있었고 다른 수녀들에게서는 찾아보기 어려운 젊고 현대적인 분위기를 풍겼다. 그래서 가끔은 수녀원 일을 해석해 바깥세상 사람들에게 전하는 일도 했다. 손님들은 대개 수녀복을 제대로 갖춰입고 검은 베일을 쓰고 투박한 가죽끈이 달린 신발을 신은 수녀가 한 손에는 성서를, 다른 손에는 묵주를 든 모습을 기대했다. 세상 온갖 슬픔을 다 가진 얼굴의 늙은 여인을 상상했다. 그러나 정작 그들을 맞이하는 사람은 에반젤린이었다. 젊고 예쁘고 재치 있는 에반젤린은 손님들이 품은 고정관념을 금세 씻어내주었다. 농담을 하거나 신문에서 본 이야기를 꺼내며 자기 의견을 말해 수녀원의 엄격한 이미지를 깨기도 했다. 에반젤린은 손님들을 이끌고 구불거리는 복도를 따라 걸으며 세인트로즈 수녀원은 현대적이며 새로운 생각을 받아들이려 노력한다고 설명했다. 전통적인 습관이 어느 정도 남아 있기는 하지만 중년 수녀들은 가을이면 나이키 운동화를 신고 강가에서 아침 산책을 하고 여름에는 버켄스톡 샌들을 신고 꽃밭에서 잡초를 뽑는다고도 했다. 겉으로 드러나는 모습에는 큰 의미가 없으며 가장 중요한 건 이백 년 전에 시작되어 중단되지 않고 엄격하게 이어져내려온 경배 의식이라고 설명했다. 그 덕에 처음엔 수녀원의 조용한 분위기와 엄정하게 시간을 지켜 예배를 올리는 수녀들, 하나같이 똑같아 보이는 수녀들의 모습에 놀란 방문객들도 수녀원이 바깥세상과 크게 다르지 않다고 느낄 수 있었다.

하지만 그날 오후 에반젤린의 태도는 전혀 달랐다. 도서관으로 들어오는 문가에서 낯선 사람을 본 그녀는 전에 없이 놀랐다. 입구 근처에서 뭔가 부스럭거리는 소리를 듣고 침입자가 있다는 걸 알았다. 고개를 돌린 에반젤린은 문에 기대서서 자신을 주시하고 있는 젊은 남자를 발견했다. 너무 놀라 몸에 전기가 통하는 것 같았다. 관자놀이에 힘이 들어가고 감각기관이 반응하며 눈앞이 흐려지고 귓속에서 작게 윙윙거리는 소리가 들렸다. 그녀는 허리를 곧추고 의식할 새도 없이 도서관을 지키는 수호신의 역할을 맡아 침입자에 맞섰다.

어찌된 영문인지 설명할 순 없지만 에반젤린은 문가에 선 남자가 다름아닌 그날 아침 읽은 편지를 보낸 사람이라는 걸 알 수 있었다. 그녀가 베를렌을 알아본 것은 의외였다. 에반젤린은 편지를 보낸 사람이 머리는 허옇게 세고 배가 불룩 나온 주름투성이 교수일 거라고 상상했지만 실제로 눈앞에 나타난 남자는 그보다 상당히 젊었기 때문이다. 얇은 금테 안경을 쓰고 검은 머리는 마구 헝클어진 채로 문가에 서서 망설이듯 서성거리는 남자는 어린 소년 같은 인상이었다. 남자는 어떻게 수녀원 안으로 들어왔을까. 아니, 그보다 도서관까지 들어오는 동안 어떻게 다른 수녀들과 마주쳐 쫓겨나지 않았을까. 에반젤린은 모든 게 불가사의했다. 인사를 건네며 맞아야 할지 아니면 다른 수녀들을 불러 건물 밖으로 내보내야 할지 알 수 없었다.

에반젤린은 치마를 조심스럽게 매만지고는 편지를 받아 처리한 사람으로서 해야 할 일을 하기로 했다. 우선 문 쪽으로 다가가며 남자에게 차가운 시선을 던졌다. "제가 뭐 도와드릴 일이 있나요, 베를렌 씨?" 그녀가 듣기에 자신의 목소리는 바람 부는 터널 안에서 울리는 것처럼 이상했다.

"저를 아십니까?" 베를렌이 말했다.

"그리 어렵지 않게 추측할 수 있죠." 에반젤린의 말투는 그녀의 의도보다 조금 더 딱딱했다.

"그럼 제가 수녀원의 다른 분과 이미 통화했다는 것도 아시겠군요. 성함이 페르페투아였던 것 같습니다. 여기 도서관에서 자료를 좀 봤으면 좋겠다고 말씀드렸거든요. 그리고 방문 일정을 잡고 싶다는 편지도 보냈습니다." 부끄러운 듯 뺨을 붉히며 말하는 베를렌을 보며 에반젤린은 태도를 누그러뜨리지 않을 수 없었다.

"저는 에반젤린 수녀라고 합니다. 직접 그 편지를 받았고 그래서 어떤 요청을 하셨는지 알고 있어요. 페르페투아 수녀원장님께 이곳에 직접 오셔서 자료를 조사하고 싶다는 뜻을 전달하셨다는 것도 잘 압니다. 하지만 오셔도 좋다는 허가는 못 받으셨을 텐데요? 사실 선생님께서 수녀원에 어떻게 들어오셨는지도 모르겠네요. 다른 때도 아닌 이 시간에요. 일요일 미사가 끝난 직후라면 제한구역에서 헤매는 분이 있을 수 있어요. 예배를 드리러 오신 분 중에 저희 생활공간이 궁금해 그런 분이 있었죠. 하지만 이렇게 오후 늦은 시간에 도서관까지 오시는 동안 다른 수녀님들과 마주치지 않았다는 건 놀랍네요. 어쨌든 선생님께서는 일단 선교국에 가서 출입 허가를 받으셔야 합니다. 방문객은 누구든 그렇게 하셔야 해요. 저와 같이 당장 선교국으로 가시거나 최소한 원장님께 말씀을 드려야 혹시라도……"

"죄송합니다." 베를렌이 끼어들었다. "잘못된 행동이라는 거 잘 알고 있습니다. 원래 허락도 받지 않고 이렇게 찾아오면 안 되는 일이죠. 하지만 저를 좀 도와주셨으면 합니다. 아무래도 전문가니까 제가 처한 어려운 상황을 해결해주실 수 있을 겁니다. 문제를 일으키려고 찾아온 건 절대 아닙니다."

에반젤린은 베를렌의 말이 진심인지 가늠해보려는 것처럼 잠시 상대를 바라보았다. 그리고 벽난로 앞에 놓인 나무 탁자를 가리키며 말했다. "문제가 생기더라도 제가 해결할 수 있겠죠, 베를렌 씨. 여기 앉으세요. 그리고 뭘 도와드리면 되는지 설명해보시죠."

"감사합니다." 베를렌과 에반젤린은 탁자를 사이에 두고 각자 의자에 앉았다. "편지를 보셨으니 아시겠습니다만, 저는 1943년 겨울 애비게일 록펠러와 세인트로즈 수녀원의 원장님 사이에 서로 연락이 오갔다는 증거를 찾고 있습니다."

에반젤린은 편지 내용을 떠올리며 고개를 끄덕였다.

"편지에 언급하지는 않았지만 사실 저는 책을 쓰는 중입니다. 원래는 박사 논문인데 책으로 묶어서 낼 수 있길 바라고 있습니다. 애비게일 록펠러와 뉴욕현대미술관에 관한 책이죠. 저는 제가 쓰는 책 내용에 관련된 서적과 미출간 문서들을 거의 빼놓지 않고 다 읽었습니다. 그런데 어디서도 록펠러 가와 세인트로즈 수녀원의 관계는 찾을 수 없었습니다. 수녀님도 아시겠지만, 정말로 록펠러 가와 수녀원 사이에 교류가 있었다면 이건 매우 중대한 발견입니다. 최소한 제가 연구하는 분야에서는 그렇습니다. 그런 발견이라면 앞으로 제 경력이 송두리째 뒤바뀔 수도 있습니다."

"아주 흥미롭군요." 에반젤린이 말했다. "하지만 제가 어떻게 도와드릴 수 있을지는 모르겠는데요?"

"이걸 좀 보시죠." 베를렌이 외투 주머니에 손을 넣어 문서 몇 장을 탁자 위에 꺼내놓았다. 문서에 그려진 그림은 언뜻 보기에는 그저 여러 개의 직사각형과 원 같았지만 자세히 들여다보면 건물을 묘사한 그림이었다. 종이를 손으로 반듯하게 펴며 베를렌이 말했다. "이건 세인트 로즈 수녀원의 설계도면입니다."

에반젤린은 탁자 위로 고개를 숙여 자세히 살폈다. "원본인가요?"

"그렇습니다." 베를렌은 문서를 넘겨가며 에반젤린에게 여러 각도의 수녀원 도면을 보여주었다. "여기 1809년이라고 쓰여 있죠. 수녀원을 설립한 원장의 서명도 있습니다."

"프란체스카 원장님이에요." 에반젤린은 정교하고 오래된 설계도에 관심이 생겼다. "프란체스카 원장님이 수녀원을 만들고 수녀회를 세우셨죠. 특히 성당은 대부분 직접 설계하셨어요. 예배당 건물은 온전히 원장님의 구상이었대요."

"설계도면마다 그분 서명이 있는 걸 봤습니다." 베를렌이 말했다.

"당연하죠. 그분은 다빈치처럼 다방면에 재주가 많으셨거든요. 그래서인지 설계도면을 꼭 직접 확인하겠다고 고집하셨다더군요."

"이걸 보세요." 베를렌은 탁자에 도면을 늘어놓으며 말했다. "지문이 있습니다."

에반젤린은 도면 위로 몸을 더 기울였다. 누렇게 바랜 종이 위에 작지만 확연한 타원형 잉크 자국이 보였다. 주위가 번져 있고, 오래된 나무의 나이테처럼 가운데 부분으로 들어갈수록 촘촘해졌다. 에반젤린은 프란체스카 원장이 직접 남긴 흔적일지도 모른다는 생각에 기분이 들떴다.

"아주 열심히 살펴보신 모양이네요." 에반젤린이 말했다.

"하지만 그래도 이해할 수 없는 게 한 가지 있습니다." 베를렌은 의자에 등을 기대며 말했다. "건물이 실제로 배치된 모습은 이 설계도면과 판이하게 달랐습니다. 건물 밖에서 돌아다니며 비교해봤는데 애초에 건물 방향이 아예 다르더라고요. 예를 들어 수녀원 건물은 전혀 다른 곳에 있었다는 거죠."

"맞아요." 에반젤린이 말했다. 그녀는 도면에 몰두한 나머지 베를렌에 대한 경계심은 잊어버렸다. "여기 건물들은 모두 보수하거나 다시 지었어요. 불이 나서 완전히 주저앉는 바람에 싹 바뀌었죠."

"1944년의 화재 말이군요." 베를렌이 말했다.

에반젤린이 눈썹을 치켜세웠다. "화재 사건을 아세요?"

"이 도면들이 수녀원을 떠나게 된 이유가 바로 그 화재니까요. 오래된 건물들의 설계도를 모아둔 보관소에서 찾아냈죠. 세인트로즈 수녀원은 1944년 2월에 준공검사를 다시 받았더군요."

"어떻게 이런 도면들을 공공 보관소에서 가져오실 수 있었죠?"

"빌린 겁니다." 베를렌은 멋쩍어하며 말했다. 그는 문서에 압인으로 찍힌 문장紋章을 손톱 끝으로 지그시 눌러 초승달 자국을 만들며 물었다. "이 문장이 뭘 뜻하는지 아십니까?"

에반젤린은 황금색 문장을 자세히 보았다. 인장이 찍힌 곳은 예배당의 정중앙이었다. "여기는 제단 근처 같네요. 하지만 정확한 위치는 모르겠어요."

에반젤린은 다시 흥미가 느껴져 베를렌의 얼굴을 자세히 살폈다. 처음에 베를렌은 그저 도서관에서 뭔가를 강탈해가려고 온 사람에 불과한 것 같았다. 하지만 이제 보니 왠지 순수했다. 보물찾기에 나선 십대 소년처럼 천진난만해 보이기도 했다. 하지만 아무리 그렇다 해도 자신이 남자를 필요 이상으로 따뜻하게 대하는 이유는 알 수 없었다.

에반젤린은 그런 마음을 전혀 내색하지 않았다. 그럼에도 베를렌은 처음보다 머뭇거리는 태도가 많이 사라졌다. 상대방의 감정이 변한 걸 눈치채기라도 한 것처럼. 그가 마치 처음 만난 사람처럼 얼룩 진 안경알 너머로 그녀를 빤히 보았다. 그리고 그녀에게서 눈을 떼지 못하며 물었다. "그게 뭐죠?"

"뭐가요?"

"목걸이요." 베를렌이 가까이 다가오며 말했다.

에반젤린은 베를렌이 자기 몸에 손을 댈까 두려워 얼른 몸을 빼다가 뒤로 넘어갈 뻔했다.

"죄송합니다. 저는 그저……"

"더는 말씀드릴 수 있는 게 없군요, 베를렌 씨." 에반젤린의 목소리가 갈라졌다.

"잠시만요." 베를렌은 도면을 뒤적거려 그중 한 장을 꺼내 에반젤린에게 건네주었다. "제가 보기에는 수녀님의 목걸이가 모든 걸 설명해주는 것 같습니다."

에반젤린은 받아든 도면을 탁자 위에 펼쳤다. 팔각형 예배당과 그 안의 제단, 조각상들이 그녀가 오랜 세월 매일같이 봐왔던 모습 그대로 정확히 그려져 있었다. 제단 중앙에는 금빛 문장이 찍혀 있었다.

"리라입니다. 보이세요? 똑같이 생겼어요." 베를렌이 말했다.

에반젤린은 떨리는 손으로 목걸이를 풀어 조심스럽게 도면 위에 올려놓았다. 금으로 된 목걸이 줄이 반짝거리는 별똥별 꼬리처럼 따라왔다. 어머니가 물려준 목걸이는 도면에 그려진 금빛 문장과 완벽히 똑같은 모양이었다.

에반젤린은 자료실에서 찾아내 치마 주머니에 넣어두었던 편지를 탁자에 꺼내놓았다. 바로 1943년 애비게일 록펠러가 이노센타 원장에게 보낸 편지였다. 그녀는 도면에 찍힌 문장과 목걸이의 모양이 같은 이유를 몰랐다. 그런데 왠지 베를렌이라면 알지도 모른다는 생각이 들면서 문득 자기가 찾은 편지를 보여주고 싶어졌다.

"이건 뭐죠?" 베를렌이 편지를 집어들며 물었다.

"오히려 선생님께서 제게 알려주셔야 할 것 같아요."

말은 그렇게 했지만 베를렌이 편지를 펼쳐 읽어내려가는 모습을 보며 에반젤린은 퍼뜩 의심이 들었다. 자신이 옳은 일을 하고 있는 걸까. 혹시 수녀원 자료를 외부 사람에게 보여줘서 수녀회에 문제가 생기는 것은 아닐까. 필로메나 수녀의 경고를 떠올리고는 걱정스러워졌다. 엄청난 실수를 저질렀다는 느낌을 떨칠 수 없었다. 하지만 결국은 자꾸만 커지는 기대를 안고 편지를 읽는 베를렌을 바라보기만 했다.

"이 편지를 보니 이노센타 원장과 애비게일 록펠러가 서로 알고 있었던 건 확실하군요." 베를렌이 한참 만에 말했다. "이걸 어디서 찾으셨어요?"

"보내신 편지를 읽고 오전에 자료실에서 조사를 좀 했어요. 이노센타 원장님에 대한 선생님의 생각이 분명히 틀렸을 거라고 생각했거든요. 그분과 록펠러 가의 연결고리는 없을 거라고 확신했어요. 록펠러 여사 같은 세속적인 사람과 관련된 자료가 여기 있으리라곤 생각 못 했죠. 주고받은 편지는 말할 것도 없고요. 이런 오래전 편지가 실제로 남아 있다는 것 자체가 정말 이례적인 일이에요. 사실 저는 선생님이 잘못 알고 있다는 걸 확인하려고 자료실을 뒤진 거였지만요."

편지에서 시선을 떼지 않는 베를렌을 보고 에반젤린은 자기가 한 말을 듣기나 했는지 궁금해졌다. 그는 한참 만에 주머니에서 종잇조각 하나를 꺼내더니 자신의 전화번호를 썼다. "애비게일 록펠러한테서 온 편지가 한 장 있었다고 하셨죠?"

"네. 방금 읽으신 그거요." 에반젤린이 말했다.

"그런데 이노센타 원장이 애비게일 록펠러에게 보낸 네 통의 편지는 모두 답신이었습니다. 그러니까 록펠러 여사가 보낸 다른 편지가 적어도 세 통이나 네 통은 더 자료실 어딘가에 남아 있을 겁니다."

"저희가 그런 편지를 못 보고 지나쳤을 수 있다고 생각하세요?"

베를렌은 전화번호를 적은 종이를 건넸다. "혹시라도 다른 걸 찾으면 전화 주시겠습니까?"

에반젤린은 종이를 받아 들여다보았다. 무슨 말을 해야 할지 몰랐다. 베를렌이 찾고 있는 걸 발견한다 해도 전화로 알려주긴 불가능할 터였다. "노력해보죠." 한참 만에 에반젤린은 말했다.

"고맙습니다." 베를렌은 감사의 마음을 담아 에반젤린을 바라보았다. "혹시 이 편지를 복사해가도 될까요?"

에반젤린은 목걸이를 다시 목에 걸고 베를렌을 도서관 출입문 쪽으로 안내했다. "이리로 오세요."

베를렌을 데리고 필로메나 수녀의 사무실로 간 에반젤린은 잔뜩 쌓인 세인트로즈 수녀원의 편지지 가운데 한 장을 건네주었다. "여기에 옮겨적으세요."

베를렌은 펜을 잡고 편지를 베껴쓰기 시작했다. 편지를 모두 베끼고 돌려줄 때 에반젤린은 그가 뭔가 궁금해한다는 걸 알아차렸다. 이제 만난 지 십 분밖에 안 되었는데도 그가 마음속으로 무슨 생각을 하는지 훤히 알 수 있을 것 같았다. 망설이던 베를렌이 물었다. "이 편지지는 어디서 난 건가요?"

에반젤린은 필로메나 수녀의 책상 옆에 쌓인 두꺼운 분홍색 편지지 묶음에서 한 장을 빼내 들어 보였다. 편지지 윗부분에 바로크 양식의 장미와 천사 그림이 있었다. 에반젤린은 천 번도 넘게 본 그림이었다. "그냥 저희가 쓰는 편지지예요. 왜 그러시죠?"

"이노센타 원장이 애비게일 록펠러에게 편지를 쓸 때 사용한 것과 같습니다." 베를렌은 새 편지지를 받아들더니 더 꼼꼼히 살펴보았다. "이 편지지 양식은 얼마나 오래된 건가요?"

"그 생각은 안 해봤네요. 아마 이백 년은 됐을 거예요. 수녀원의 상징인 문장은 초대 원장수녀님께서 만드셨으니까요."

"좀 가져가도 되겠죠?" 베를렌은 편지지 몇 장을 접어서 주머니에 넣었다.

"그럼요. 원하는 만큼 가져가세요." 에반젤린은 평범하기 짝이 없는 일에 관심을 보이는 베를렌을 이해할 수 없었다.

"감사합니다." 베를렌이 웃으며 말했다. 두 사람이 만난 후 처음 보이는 웃는 얼굴이었다. "이렇게 저를 도와주시면 안 되는 것 아닌가요?"

"사실은 선생님을 본 순간 경찰을 불렀어야 했죠."

"어떻게든 보답을 할 수 있으면 좋겠군요."

“그럼 이렇게 해주세요.” 에반젤린은 베를렌을 출입문 쪽으로 안내하며 말했다. “들키기 전에 얼른 나가세요. 그리고 혹시 다른 수녀님과 마주치더라도 저를 만났다거나 도서관에 왔었다는 말은 절대 하지 마세요.”

뉴욕 주, 밀턴, 세인트로즈 수녀원

베를렌이 수녀원 안에 있는 사이 눈은 더 쌓였다. 펑펑 내린 눈은 가느다란 자작나무 가지 위에 쌓이고 자갈이 깔린 보도를 감춰버렸다. 베를렌은 파란색 르노를 찾으려고 실눈을 뜬 채 철문 너머 어둠 속을 바라보았다. 하지만 주위가 어두운데다 눈까지 펄펄 내리는 바람에 도무지 앞을 제대로 볼 수 없었다. 등뒤의 수녀원 건물 역시 어둠 속으로 사라져버렸다. 눈앞에 보이는 건 갈수록 깊어지는 공허뿐이었다. 수녀원에 들어갔다 나온 사이 새로 얼어붙은 얼음을 조심조심 디디며 베를렌은 수녀원 마당을 천천히 빠져나갔다.

답답한 느낌이 들 만큼 따뜻하던 도서관을 나온 뒤라 상쾌한 공기는 더없이 달콤했다. 덕분에 일을 성공시켰다는 의기양양함도 더 커졌다. 어떻게 그럴 수 있었는지 모르겠지만 놀랍고 기쁘게도 그는 해낸 것이다. 에반젤린—도저히 에반젤린 '수녀'라는 생각은 들지 않았다. 수녀라고 하기에는 왠지 사람을 끄는 힘이 있는데다 지적인 매력이 넘치고 여성적이었기 때문이다—은 그가 도서관에 발도 디디지 못하게 막아야 마땅했지만 그러기는커녕 그가 가장 찾고 싶어하던 물건을 자진해 보여주기까지 했다. 애비게일 록펠러가 이노센타 원장에게 보낸 편지를 직접 본 지금 그는 애비게일 록펠러와 세인트로즈 수녀원의 수녀들이 무슨 일을 도모한 적이 있다고 확신할 수 있었다. 비록 편지를 복사하지는 못했지만 애비게일 록펠러의 손글씨를 알아볼 수 있었다. 이 성과는 그리고리를 만족시키는 것은 물론이고 그보다 더 중요하게는 베를렌 자신의 연구에 큰 도움이 될 터였다. 에반젤린이 편지 원본을 내주었더라면 더 좋았을 테지만. 아니, 애비게일 록펠러가 보낸 편지를 이노센타 원장의 편지만큼 여러 통 갖고 있다가 그에게 넘겨주었다면 훨씬 더.

앞에 보이는 정문 창살 너머로 자동차 전조등 불빛이 펑펑 쏟아지는 눈발을 뚫고 시야에 들어왔다. 검은색 무광 메르세데스 SUV 한 대가 모습을 드러내더니 르노 옆에 멈춰 섰다. 베를렌은 재빨리 빽빽한 소나무 뒤로 몸을 숨겼다. 밝은 전조등에 놀란 본능적인 움직임이었다. 바늘처럼 찔러대는 나뭇잎 사이로 지켜보는데 SUV에서 비니 모자를 쓴 남자가 내리고 뒤이어 키가 더 큰 금발 남자가 쇠지레를 들고 내렸다. 두 남자를 보는 순간 베를렌은 오후에 그리고리를 만났을 때와 같은 신체적인 반감을 느꼈다. 이제 겨우 완전히 사라졌다고 생각한 그 느낌이었다. 환한 전조등 불빛 때문에 실루엣이 하얗게 빛나는 두 남자는 실제보다 훨씬 위협적이고 덩치가 커 보였다. 음영의 대비 때문인지 눈과 뺨이 쑥 들어가 보이는 얼굴은 꼭 축제 때 쓰는 가면 같았다. 그리고리가 보낸 게 틀림없다. 베를렌은 남자들을 처음 본 순간 이미 깨달았다. 하지만 그리고리가 남자들을 보낸 이유는 도저히 알 수 없었다.

키가 큰 남자가 쇠지레 끝으로 르노의 창문에 앉은 눈을 쓸어냈다. 그러더니 느닷없이 쇠지레를 휘둘러 유리창을 깨뜨렸다. 갑작스러운 난폭한 상황에 베를렌은 깜짝 놀랐다. 남자가 창틀에 남은 유릿조각을 긁어내자 다른 남자가 차 안으로 손을 넣어 문을 열었다. 모든 동작이 재빨랐고 군더더기라곤 없었다. 두 남자는 글러브박스며 뒷좌석, 트렁크까지 뒤졌다. 그리고 베를렌의 운동가방에 있던 컬럼비아 대학교 도서관에서 대출한 책들을 쓸어담아 SUV에 옮겨실었다. 차를 샅샅이 뒤지는 남자들의 모습을 지켜보던 베를렌은 그리고리가 자신이 찾아낸 자료를 가로채려고 사람을 보냈다는 걸 깨달았다.

르노를 타고 뉴욕으로 돌아갈 수 없다는 건 확실해 보였다. 괴한들에게서 최대한 멀어져야 한다는 생각에 베를렌은 무릎을 꿇고 땅바닥을 기기 시작했다. 부드럽게 쌓인 눈이 몸 아래서 뽀드득 소리를 냈다. 울창한 소나무를 헤치며 나아가다보니 날카로운 송진 냄새가 코를 찔렀다. 나무들 사이에 몸을 숨긴 채 들키지 않고 수녀원으로 되돌아갈 수 있다면 놈들이 눈치채기 전에 빠져나갈 수도 있을 것 같았다. 숲이 끝나는 지점에서 베를렌은 몸을 일으켰다. 숨이 턱까지 차올랐고 몸 여기저기에 다져진 눈이 들러붙었다. 숲과 강 사이는 탁 트인 공간이라 들킬 각오를 해야 했다. 놈들이 베를렌의 자동차를 망가뜨리는 데 정신이 팔려서 그를 못 보는 게 유일한 희망이었다. 베를렌은 허드슨 강을 향해 내달렸다. 강둑에 이르러서야 뒤를 돌아보았다. 멀리 남자들이 SUV에 오르는 모습이 보였다. 하지만 차는 움직이지 않았다. 그들은 베를렌을 기다리고 있었다.

강바닥은 얼어붙어 있었다. 흠뻑 젖은 가죽구두를 내려다보며 베를렌은 분노와 좌절감을 맛보았다. 집에는 어떻게 가지? 그는 어딘지 알 수도 없는 곳에 버려졌다. 그리고리가 보낸 녀석들이 그의 노트며 자료 등 지난 몇 년 동안 공들여 모은 것을 몽땅 가져가버렸고 자동차까지 부숴버렸다. 그리고리는 1989년식 르노 R5의 부품을 구하기가 얼마나 힘든지 알기나 할까? 바닥이 닳아 미끄러운 구두를 신고 눈과 얼음이 덮인 숲을 헤매는 기분이 어떤지 알까?

베를렌은 주변을 둘러보고는 넘어지지 않게 조심조심 강둑을 따라 남쪽으로 움직이기 시작했다. 얼마 안 가 철조망이 나타나서 앞을 가로막았다. 아마도 수녀원 부지의 경계를 표시하는 역할 같았다. 거대한 돌담과 함께 이중으로 수녀원을 둘러싼 날카로운 울타리. 하지만 그에게는 탈출에 방해가 되는 또하나의 장애물일 뿐이었다. 철조망을 밟고 넘다가 외투가 찢어지고 말았다.

한참을 걷고 나서야 수녀원 땅을 벗어나 어둡고 눈 덮인 지방도로로 나올 수 있었다. 베를렌은 그제야 철조망을 넘을 때 손을 다쳤다는 걸 알아차렸다. 너무 어두워 상처가 어떤지 제대로 볼 수 없었지만 병원에 가서 꿰매야 할 것 같았다. 피 묻은 셔츠 소매를 걷고 가장 좋아하는 에르메스 넥타이를 풀어 상처 주위를 단단히 감쌌다.

베를렌은 지독한 길치였다. 하물며 밤인데다 눈보라까지 휘몰아치는 상황에서 허드슨 강가 주변 지역을 전혀 모르는 그는 어디가 어딘지 도무지 알 수 없었다. 도로에 지나다니는 차도 거의 없었다. 멀리서 전조등 불빛이 보이면 베를렌은 자갈이 깔린 갓길을 재빨리 벗어나 숲으로 이어지는 나무들 사이로 몸을 숨겼다. 주변을 지나는 지방도로와 고속도로가 수도 없이 많으니 언제 어떤 길을 맞닥뜨릴지 몰랐다. 하지만 그리고리가 보낸 남자들이 지금쯤 차를 몰고서 눈에 불을 켜고 그를 찾으러 다니리란 생각을 하지 않을 수 없었다. 겉으로 드러난 살갗은 찬 바람에 쓰라렸고 발은 얼어붙어 감각을 잃은데다 다친 손은 욱신거렸다. 멈춰 서서 손을 들여다보았다. 상처에 감은 넥타이를 단단히 죄다가 피를 흠뻑 빨아들인 실크를 보고 아름답다고 느꼈다. 그는 놀라울 만큼 무감해져 있었다.

몇 시간은 지난 것 같았다. 베를렌은 넓고 차가 제법 많이 다니는 고속도로에 들어섰다. 콘크리트가 군데군데 갈라진 편도 2차선 도로에는 제한속도 시속 90킬로미터라는 표지판이 서 있었다. 맨해튼 쪽으로 생각되는 방향을 향해 얼음과 자갈이 깔린 갓길을 걸었다. 바람이 살을 파고드는 것 같았다. 걷는 사이 점점 차량이 늘었다. 컨테이너에 광고를 붙인 대형 트럭과 각종 자재를 실은 평대 트럭, 승합차와 소형차들이 빠른 속도로 지나갔다. 지칠 대로 지친데다 찬 공기와 짙은 배기가스 때문에 숨쉬기가 고통스러웠다. 도무지 끝이 보이지 않는 고속도로와 살을 에는 바람, 지루하고 황량한 광경. 악몽 같은 탈산업 시대 예술작품 속에 떨어진 것 같았다. 빠른 걸음으로 걷는 사이 베를렌은 지나가는 차들을 보며 경찰차나 버스 같은 걸 얻어타고 이 추위에서 벗어날 수 있으면 좋겠다고 생각했다. 하지만 도로 위를 달리는 차들은 매정하게 곁을 스쳐지나가버렸다. 결국 베를렌은 한 손을 들어 보였다.

뜨거운 공기를 가르며 휙 지나간 트럭 한 대가 90미터쯤 앞에서 급히 브레이크를 밟아 끼익 소리를 내며 멈춰 섰다. 조수석 문이 활짝 열리는 걸 보고 베를렌은 재빨리 트럭을 향해 달려갔다. 운전석에는 수염이 덥수룩하게 난 뚱뚱한 남자가 야구모자를 쓰고 앉아 안됐다는 듯 베를렌을 보고 있었다. "어디로 가쇼?"

"뉴욕이요." 차 안의 따뜻한 기운이 벌써 온몸으로 느껴졌다.

"그렇게 멀리까진 안 가요. 하지만 괜찮다면 가까운 도시에 가서 내려요."

베를렌은 다친 손이 보이지 않게 얼른 외투 속 깊이 집어넣었다. "가까운 도시가 어딥니까?"

"밀턴에서 남쪽으로 24킬로미터쯤 떨어진 곳이요." 남자가 베를렌을 보며 말했다. "끔찍한 하루를 보낸 모양이군. 얼른 타요."

트럭은 십오 분가량 달리다가 예스러운 도시의 눈 쌓인 중심가에 베를렌을 내려주었다. 도로 양쪽으로 조그만 상점들이 늘어서 있었다. 눈보라 때문에 도시 전체가 폐쇄되기라도 한 양 거리에 사람이라고는 보이지 않았다. 상점 유리창들은 어두웠고 우체국 앞 주차장도 텅 비어 있었다. 길모퉁이 선술집의 창문에 걸려 번쩍거리는 맥주 그림이 유일하게 누군가 살아 있다는 느낌을 주었다.

베를렌은 여기저기 주머니를 더듬어 지갑과 열쇠가 제대로 있는지 확인했다. 그리고리가 준 돈 봉투는 재킷 안쪽 주머니에 단단히 넣어두었다. 봉투를 꺼내 혹시 돈을 잃어버리지 않았는지 확인했다. 다행히 돈은 그대로 있었다. 하지만 그리고리를 생각하자 화가 치밀어올랐다. 난 그동안 대체 뭘 한 건가? 몰래 뒤쫓아와서 차를 박살내고 겁을 주는 사람을 위해 일하다니. 베를렌은 애초에 퍼시벌 그리고리 같은 사람과 엮인 게 미친 짓이었다는 생각이 들었다.

뉴욕 시, 어퍼이스트사이드, 그리고리 펜트하우스

그리고리 가문은 1940년대 후반 빚더미에 시달리던 한 미국 재벌의 딸에게서 지금 살고 있는 펜트하우스를 매입했다. 넓고 으리으리한 펜트하우스는 여러 사람이 모이는 파티라면 질색인 총각에게는 지나치게 큰 공간이었다. 그러던 차에 어머니와 오털리가 들어와 위층을 차지하고 지내자 퍼시벌은 오히려 마음이 놓였다. 펜트하우스에 혼자 살 때는 복도를 청소하는 하인들의 모습이 보이지 않도록 문을 닫아둔 채 혼자 당구를 치며 시간을 보냈다. 무거운 녹색 벨벳 커튼을 치고 조명을 약하게 줄인 다음 스카치위스키를 연달아 마시며 큐를 잡고 매끈하게 닦은 공들을 그물 달린 구멍 속으로 쳐넣었다.

시간이 흐르면서 퍼시벌은 펜트하우스 여기저기를 새롭게 단장했지만 당구를 즐기던 방만은 1940년대의 모습 그대로 두었다. 낡은 듯한 가죽 가구와 플라스틱 버튼이 여러 개 달린 진공관 라디오, 18세기에 만든 페르시아 러그. 벚나무 책장에는 오래되어 퀴퀴한 냄새를 풍기는 책들이 가득차 있었지만 퍼시벌은 거의 손대는 일이 없었다. 그저 장식용인 책들은 모두 오래된 것들이어서 가치가 높았다. 송아지 가죽으로 장정한 책들은 대부분 그리고리 가문 사람들의 혈통과 위업에 대한 것이었다. 역사책, 회고록, 전쟁 대하소설, 연애소설 등 종류도 다양했다. 일부는 전쟁이 끝난 후 유럽에서 공수해왔고 나머지는 명망 있는 고서 거래상을 통해 구했다. 그리고리 가문의 오랜 친구인 그는 이들과 마찬가지로 런던에서 미국으로 온 사람이었다. 그에게는 그리고리 가문이 가장 원하는 것이 무엇인지 파악하는 예리한 감각이 있었다. 그들이 주로 원하는 책은 유럽의 정복 이야기나 식민지 건설의 영광, 서구 문명의 힘을 다룬 내용이었다.

당구대가 놓인 방은 독특한 냄새—비누와 가죽 세척제 냄새, 희미한 시가 향—마저 그대로였다. 퍼시벌은 여전히 그 방에서 보내는 시간을 즐겼다. 음료를 새로 내오는 하녀만 가끔 불렀다. 젊은 아나킴 여인인 하녀는 놀라울 만큼 입이 무거웠다. 그녀는 스카치위스키 한 잔을 퍼시벌의 손이 닿을 만한 곳에 내려두고 다 마신 잔을 재빨리 내가기만 했다. 그녀는 잘 훈련된 능숙한 솜씨로 그를 편안하게 해주었다. 그만 나가보라고 손을 휙 흔들기만 하면 얼른 모습을 감추었다. 퍼시벌은 항상 커다란 나무문을 조심스럽게 닫고 조용히 방을 나가는 그녀가 마음에 들었다.

퍼시벌은 안락의자에 앉아 스카치위스키가 담긴 크리스털 유리잔을 살짝 흔들었다. 그리고 천천히 두 다리를 낮은 의자 위로 뻗었다. 그는 어머니를 생각했다. 지금까지 힘들여 일을 진행해온 자신의 노력을 철저히 무시하는 어머니의 태도에 대해서도. 세인트로즈 수녀원에 관한 확실한 정보를 알아낸 건 퍼시벌이었으니 어머니는 그를 신뢰해야 마땅했다. 그런데도 어머니는 북부 지역으로 보낸 부하들의 지휘를 오털리에게 맡겼다.

퍼시벌은 위스키를 한 모금 마시고 동생에게 전화를 걸었다. 오털리가 전화를 받지 않자 짜증을 내며 시계를 확인했다. 동생이 먼저 전화를 했어야 할 시간이었다.

단점도 있었지만 오털리는 아버지를 쏙 빼닮았다. 약속을 잘 지키고 꼼꼼하고 아무리 급박한 상황에서도 매우 믿음직스러웠다. 퍼시벌의 생각이 맞다면 오털리는 이미 런던에 있는 아버지와 상의한 뒤 베를렌을 붙잡아 제거할 계획을 세웠을 것이다. 사실 아버지는 사무실에 앉아 전체적인 작전을 수립하고 오털리가 일을 진행하는 데 필요한 모든 걸 제공한다고 해도 놀랄 게 없었다. 아버지는 오털리를 가장 아꼈다. 아버지가 보기에는 오털리라면 절대 일을 망칠 리 없었다.

다시 시계를 들여다보던 퍼시벌은 겨우 이 분밖에 지나지 않았다는 걸 알았다. 오털리한테서 소식이 없는 걸 보니 뭔가 일이 생긴 모양이었다. 어쩌면 그들이 생각한 대로 일이 풀리지 않았는지도 모른다. 전에도 대수롭지 않게 여겼다가 곤경에 처했던 적이 있었다.

근육이 휴식을 거부하기라도 하듯 두 다리가 덜덜 떨렸다. 몸을 진정시키는 데 도움이 될까 해서 위스키를 한 모금 더 마셨지만 이런 상황에서는 전혀 효과가 없었다. 지팡이를 짚지 않고 의자에서 몸을 일으킨 퍼시벌은 절룩거리며 책장으로 갔다. 그리고 송아지 가죽으로 장정한 책 한 권을 꺼내 당구대 위에 얌전히 내려놓았다. 책을 펼치자 책등이 금방이라도 찢어질 것처럼 쩍쩍 소리를 냈다. 퍼시벌은 실로 오랫동안 이 『세대의 기록』을 들춰보지 않았다. 예전에 사촌 한 명이 결혼한다고 했을 때 신부 쪽 가문과 그리고리 가문의 관계를 찾아보았던 것이 마지막이었다. 결혼식에 어떤 중요한 사람들이 오는지 모른 채로 참석하면 늘 당황스럽게 마련이다. 특히 신부가 덴마크 왕족일 경우엔 더욱더 그렇다.

『세대의 기록』은 역사와 전설, 족보, 그가 속한 종족에 관한 예언을 한데 모아놓은 책이었다. 모든 네피림 아이가 학교를 졸업할 때 일종의 졸업선물로 한 권씩 받는 이 송아지 가죽 장정본에는 전쟁, 나라와 왕국의 건설, 충심으로 맺은 동맹, 십자군 원정, 기사도, 모험, 피를 뿌리는 정복 등 네피림들 사이에 오래전부터 내려오는 위대한 이야기들이 담겨 있었다. 퍼시벌은 가끔 책 속 이야기의 배경인 옛날에 태어났더라면 좋았을걸 싶었다. 그때라면 네피림들의 행동이 쉽게 드러나지도 않았을 테고 감시당할 위험 없이 모든 일을 조용히 처리할 수 있었을 것이다. 비밀 유지를 통해 그들의 힘은 더욱 강해지고 승리에 승리를 이어갈 수 있었으리라. 그런 조상들의 유산이 『세대의 기록』에 모두 기록되어 있었다.

퍼시벌은 굵은 글씨로 쓰인 첫 페이지를 읽었다. 여러 이름들의 목록으로, 복잡하게 퍼진 네피림 혈통의 역사, 즉 노아에서 비롯되어 여러 왕가로 퍼져나간 가문들을 정리한 도표였다. 노아의 아들인 야펫은 유럽으로 이주했고 그의 자손들은 그리스와 파르티아, 러시아, 북유럽에 널리 퍼져 권세를 굳혔다. 퍼시벌의 가족은 야펫의 넷째 아들인 야완의 직계 후손이며 최초로 '이방인들의 섬'을 식민지로 삼았다. 어떤 사람들은 그곳이 그리스라고 하고 어떤 사람들은 지금의 영연방 제도라고 했다. 야완에게는 형제가 여섯 명 있었는데 그들의 이름은 모두 성서에 기록되어 있다. 여자 형제도 여럿 있었지만 그들의 이름은 성서에 나오지 않는다. 그 남매들이 바로 유럽 전체에 힘과 영향력을 미친 근간을 마련했다. 여러 면에서 『세대의 기록』은 세계 역사의 요약본이었다. 또는 현대의 네피림들이 생각하는 것처럼 적자생존의 기록이라고 볼 수도 있었다.

여러 가문의 이름을 읽어내려가던 퍼시벌은 그들의 영향력이 한때는 절대적이었다는 것을 떠올렸다. 하지만 최근 삼백 년 동안 네피림 가문들은 쇠락해왔다. 예전에는 인간과 네피림 사이에 균형이 존재했다. 대홍수 이후 인간과 네피림은 거의 비슷한 비율로 태어났다. 하지만 네피림들이 인간들에게 깊은 관심을 보이더니 그들과 결혼하고, 결국 그들이 가진 가장 강력한 유전적인 특징을 희석시키는 결과를 낳고 말았다. 그 결과 지금은 오히려 인간의 성질을 더 많이 가진 네피림이 흔하고 순수한 천사의 특징을 가진 네피림은 드물었다.

네피림 한 명에 인간은 수천 명이 태어나는 상황이 되자 명문가에서는 인간 혼혈인 가족들을 어떻게 대할 것인지를 두고 설전이 벌어졌다. 일부는 그런 자들을 축출하거나 인간들만 사는 곳으로 쫓아내길 바랐다. 하지만 또다른 이들은 인간의 피가 섞인 자들도 나름대로 가치가 있으며 최소한 더 큰 목적을 위해 이용할 수는 있을 거라고 생각했다. 네피림 가문에 들어온 인간들과 좋은 관계를 유지하는 것은 일종의 전략이었으며 때에 따라 어마어마한 성과를 거둘 수도 있었다. 네피림 사이에서 천사의 특징이라고는 전혀 찾아볼 수 없는 모습으로 태어난 아이가 나중에 네피림을 낳을 수도 있기 때문이었다. 매우 드문 일이지만 전혀 없다고는 할 수 없었다. 이런 가능성에 대비하기 위해 네피림은 계급 구조를 유지했다. 부나 사회적 지위에 따른 카스트제도가 아니라—물론 전혀 영향이 없지는 않았다—신체적 특징과 혈통, '감시자'라고 불리던 천사 무리인 그들의 조상과 얼마나 닮았는지에 따른 계급이었다. 인간이 네피림 아이를 낳을 수 있는 유전적 가능성을 품고 있다면 네피림은 자신들의 몸에 이상적인 천사의 특징을 직접 간직하고 있었다. 네피림만이 날개를 가질 수 있었다. 그리고 퍼시벌의 날개는 지난 오백 년 동안 누구도 본 적이 없을 만큼 아름다웠다.

퍼시벌은 『세대의 기록』을 쭉 훑어보다가 중간쯤에서 아무 데나 펼쳐 읽어보았다. 벨벳과 실크를 두른 기품 있는 상인이 한 손에는 칼을, 다른 손에는 금 한 자루를 들고 서 있는 판화가 보였다. 상인 주위에는 끝이 보이지 않을 만큼 많은 여자와 노예가 무릎을 꿇은 채 명령을 기다리고 있다. 첩으로 보이는 여인은 상인 옆에 놓인 소파 위에 몸을 길게 뻗은 채 팔을 늘어뜨리고 있다. 퍼시벌은 그림을 손으로 문지르며 상인의 일대기를 한 줄로 요약한 캡션을 읽었다. "독특한 귀족으로 선단을 조직해 세계의 미개한 지역을 구석구석 누비며 야생을 정복하고 원주민들을 개화했다." 지난 삼백 년 동안 대단히 많은 변화가 일어났고 세계의 수많은 지역이 정복되었다. 그림 속 상인이 지금 세상을 본다면 자신이 살던 곳이라고는 상상도 못 할 것이다.

다시 책장을 넘기던 퍼시벌은 우연히 이 책에서 가장 좋아하는 이야기를 찾아냈다. 친가 쪽 삼촌이자 유명인인 아서 그리고리 경의 이야기였다. 어마어마한 재산가에 존경받는 네피림이었지만 퍼시벌은 아서 경을 대단한 이야기꾼으로 기억했다. 17세기에 태어난 아서 경은 대영제국의 초기 선박회사 여러 곳에 발 빠르게 투자했다. 동인도회사에 투자한 것만으로도 막대한 이익을 챙겼다. 저택을 포함한 영지와 별장, 농장, 도시의 아파트들이 그의 성공을 증명했다. 전 세계에 벌여놓은 사업을 감독하는 데 직접적으로 관여한 적은 없지만 퍼시벌은 삼촌이 세상을 돌아다니며 보물을 잔뜩 모았다는 것을 알고 있었다. 아서 경은 여행을 통해 큰 즐거움을 얻었고 특히 이국적인 오지를 돌아다니는 걸 좋아했다. 하지만 그가 멀리 여행을 떠난 근본적인 이유는 사업이었다. 퍼시벌은 책을 무릎 위에 펼쳐놓고 읽기 시작했다.

아서 경이 탄 배는 1857년 5월 악명 높은 폭동이 일어난 지 몇 주 후에 도착했다. 대반란은 바닷가에서 갠지스 평원까지 메루트와 델리, 칸푸르, 러크나우, 잔시, 괄리오르로 퍼져나갔고, 인도의 지배 체계에 대한 불만이 봇물처럼 터져나왔다. 소작인들이 지주를 공격하고 영국인들을 죽이거나 부상을 입혔다. 그들은 몽둥이든 칼이든 무기가 될 만한 것을 만들거나 훔쳐 손에 들었다. 칸푸르에서는 유럽에서 온 여자와 아이가 하루아침에 이백 명이나 학살당했고, 델리에서는 소작인들이 길에 뿌린 화약이 후춧가루처럼 보일 정도였다. 정신나간 녀석이 담배를 피우겠다고 성냥을 그었다가 폭발이 일어난 일도 있었다.

아서 경은 동인도회사가 혼란에 빠지는 걸 보고 자신의 이익이 타격을 받을지 모른다는 걱정에 어느 날 오후 총독을 자신의 저택으로 불러 이 끔찍한 사태에 어떻게 대처할지 의논하기로 했다. 총독은 뚱뚱하고 얼굴이 불그레하고 처트니라는 매운 양념을 좋아하는 남자였는데 한낮의 가장 더운 시간에 저택에 당도했다. 시중을 드는 어린아이 여럿이 따라와서 한 아이는 양산을, 다른 아이는 부채를, 또다른 아이는 쟁반에 아이스티를 담은 유리잔을 받쳐들고 있었다. 아서 경은 창문의 커튼을 모두 내렸다. 뜨거운 태양과 호기심 많은 외부인들의 시선을 차단하려는 것이었다.

"반란이라니, 좋은 환영인사는 아닌 것 같군요, 총독." 아서 경은 이렇게 말을 꺼냈다.

"압니다." 총독은 파랗고 큰 눈 위로 금테 단안경을 고쳐 쓰며 대답했다. "그리고 작별인사로도 좋지 않죠."

서로 마음이 잘 맞는다는 걸 알아차린 두 사람은 반란 문제를 논의했다. 그들은 몇 시간 동안 반란의 원인과 영향에 관해 심도 있는 의견을 나누었다. 마지막에 아서 경이 한 가지 제안을 했다. "본때를 보여야 합니다." 그러면서 발삼나무 상자에서 긴 시가를 꺼내 불을 붙였다. 라이터 옆면에 그리고리 가문의 문장이 새겨져 있었다. "놈들 마음에 두려움을 심어주는 게 중요합니다. 겁에 질려 고분고분해질 만큼 끔찍한 꼴을 보여줘야 됩니다. 마을을 하나 고릅시다. 마을 전체를 박살내면 폭동은 끝날 겁니다."

아서 경이 영국군에게 알려준 방법은 네피림들 사이에서는 이미 널리 알려진 것이었다. 그들은 수백 년 동안 상대방의 두려움을 불러일으키는 전술을 발전시켜왔다. 하지만 그렇게 많은 사람을 대상으로 삼은 적은 거의 없었다. 아서 경의 능숙한 명령에 따라 군인들은 한 마을의 사람들을 남녀노소 가리지 않고 모두 모아 시장으로 끌고 갔다. 아서 경은 윤기나는 검은 머리에 찢어진 눈, 밤색 피부를 지닌 여자아이 한 명을 골랐다. 아이는 큰 키에 수척하고 피부가 허연 아서 경을 신기하다는 듯 쳐다보았다. 영국인들은 다 희한하게 생겼지만 이 아저씬 더 이상해, 라고 말하는 듯했다. 어쨌든 아이는 얌전하게 아서 경이 시키는 대로 따랐다.

아서 경은 주민들의 시선을 아랑곳 않고 아이를 전쟁 포로들—마을 사람들은 이미 포로 신세였다—앞으로 데려간 다음 번쩍 안아올려 장전된 대포의 포신 속에 집어넣었다. 길고 아가리가 넓은 포신은 아이를 완전히 집어삼켰다. 보이는 건 안쪽에서 포신 끝을 꽉 잡고 있는 아이의 손뿐이었다. 아이는 우물에 빠지지 않으려고 매달리듯이 포신 끄트머리를 힘껏 붙잡고 있었다.

"점화!" 아서 그리고리 경이 명령했다. 젊은 군인이 떨리는 손으로 성냥불을 켜자 사람들 틈에서 아이의 엄마가 울부짖었다.

하지만 그것은 그날 아침 연이어 터진 포탄의 시작일 뿐이었다. 이백 명이나 되는 아이들이—칸푸르 학살에서 영국군은 아이만 정확히 이백 명을 골라내 죽였다—한 명씩 대포 속으로 끌려갔다. 총으로 위협하는 군인들 때문에 마을 사람들은 그저 지켜볼 수밖에 없었다. 대포가 뜨겁게 달아올라 몸부림치는 아이들을 들어 포신 속에 던지고 머리칼과 손톱까지 밀어넣는 군인들의 손가락이 까맣게 그을었다. 피의 숙청을 끝낸 군인들은 마을 사람들에게 머스킷 총을 겨누며 시장 광장을 치우라고 명령했다. 천막과 나무 덤불과 수레차마다 죽은 아이들의 살점이 붙어 있고 핏자국으로 땅이 벌겋게 얼룩졌다.

끔찍한 소식은 금세 주변 마을로 퍼졌고 이어서 갠지스 평원의 메루트, 델리, 칸푸르, 러크나우, 잔시, 괄리오르까지 알려졌다. 아서 그리고리 경의 예상대로 반란은 잠잠해졌다.

스네자가 등뒤에서 얼굴을 내밀며 말을 거는 바람에 퍼시벌은 책 읽기를 중단했다. "아, 아서 경이구나." 스네자의 날개가 드리운 그림자가 책 위에 떨어졌다. "그리고리 가문에서 가장 멋진 사람이었지. 네 아버지 형제 가운데 가장 마음에 들었어. 용기로는 당할 사람이 없었어! 전 세계에서 우리의 이익을 키워줬지. 마지막 가는 순간도 명예로웠더라면 좋았을 텐데."

퍼시벌은 어머니가 말하는 아서 경의 슬프고 가슴 아픈 죽음을 잘 알았다. 지금 퍼시벌이 걸린 병에 처음 감염된 그리고리 가문 사람이 바로 아서 경이었다. 아름다웠던 날개는 말라비틀어져 시커멓게 썩은 혹처럼 변했고, 십 년 동안 끔찍하게 고생한 끝에 폐가 다 망가졌다. 사백 살이 거의 다 되어 은퇴생활을 즐길 나이에 병에 굴복하고 만 그는 굴욕과 고통 속에서 세상을 떠났다. 많은 이들이 아서 경이 병에 걸린 이유가 다양한 하급 인간들, 비참하게 사는 식민지 항구의 인간들과 자주 접촉했기 때문이라고 생각했다. 하지만 사실 그리고리 가문 사람들은 병의 근원을 알아내지 못한 상태였다. 그들이 아는 것이라고는 아마도 치료법이 있으리라는 것뿐이었다.

1980년대에 스네자는 한 인간 과학자의 연구 내용을 손에 넣었다. 특정 음악이 질병을 치료하는 효과가 있다는 것이었다. 연구를 맡은 안젤라 발코라는 과학자는 유럽에서 활동하는 매우 유명한 천사학자 가브리엘라 레비 프란체 발코의 딸이었다. 안젤라 발코의 이론에 따르면 퍼시벌과 그와 같은 병을 앓는 자들을 다시 완벽한 천사의 모습으로 치유할 방법이 있다고 했다.

늘 그러듯 스네자는 아들의 마음을 고스란히 읽었다.

"너는 일부러 병을 고치지 않으려고 용을 쓰는 것 같다만, 네가 고용한 미술사학자라는 남자가 우리를 제대로 된 방향으로 이끄는 것 같구나."

"베를렌을 찾으셨어요?" 퍼시벌은 『세대의 기록』을 덮고 어머니를 향해 돌아서며 물었다. 어머니에게 인정받고 싶어하는 아이로 돌아간 기분이었다. "도면을 갖고 있던가요?"

"오털리한테서 연락이 오면 확실히 알 수 있겠지." 스네자는 퍼시벌이 들고 있던 『세대의 기록』을 집어가 뒤적였다. "처음 그 수녀원을 공격했을 때는 못 보고 넘어간 게 분명해. 하지만 또 실수하지 않으면 찾는 물건을 손에 넣을 수 있을 거야. 그리고 내 자랑인 네가 처음으로 혜택을 보게 될 거다. 네 몸이 나으면 우린 우리 종족의 구원자가 될 거야."

"멋지군요." 퍼시벌은 다시 날개가 돌아온다면 얼마나 멋질지 머릿속에 그려보았다. "직접 수녀원에 가봐야겠어요. 정말 그곳에 있다면 제가 직접 찾아내고 싶습니다."

"넌 몸이 안 좋잖니." 스네자는 잔에 담긴 위스키를 흘끗 보았다. "게다가 취했고. 오털리와 아버지가 해결하도록 두려무나. 너는 나랑 여기서 기다리자."

스네자는 『세대의 기록』을 겨드랑이에 끼고 퍼시벌의 뺨에 입을 맞추더니 밖으로 나갔다.

인생에서 가장 중요한 순간 뉴욕에 발이 묶여 기다릴 생각을 하니 분노가 치밀었다. 퍼시벌은 지팡이를 짚고 전화기 쪽으로 가 다시 한번 오털리의 번호를 눌렀다. 상대가 받기를 기다리는 동안 그는 곧 힘을 되찾을 수 있을 거라고 스스로를 안심시켰다. 다시 아름답고 강력한 존재가 될 것이다. 날개만 다시 생기면 그동안 겪은 모든 괴로움과 치욕은 영광으로 남을 터였다.

뉴욕 주, 밀턴, 세인트로즈 수녀원

일을 하거나 예배를 드리러 가는 수녀들 사이를 지나던 에반젤린은 자신을 유심히 쳐다보는 수녀들의 눈길에도 침착함을 잃지 않으려고 애썼다. 세인트로즈 수녀원에서는 즐거움이나 두려움, 고통, 후회 같은 감정을 겉으로 드러내는 것이 거의 용납되지 않았다. 하지만 감정을 감추는 것도 사실상 불가능에 가까웠다. 매일 함께 먹고 기도하고 청소하고 쉬다보니 한 사람이 조금이라도 행복해하거나 불안해하면 그 감정이 전체에 퍼져나갔다. 마치 모든 수녀가 보이지 않는 끈으로 연결되어 있는 것 같았다. 예를 들어 칼라 수녀가 화나 있으면 에반젤린도 금세 알아차렸다. 입가에 주름 세 줄이 잡히기 때문이다. 빌헬미나 수녀가 강가에서 아침 산책을 하다 졸았다면 그것도 바로 알 수 있었다. 미사를 드릴 때 눈빛에서 생기가 느껴지지 않기 때문이다. 사생활은 존재하지 않았다. 모두 가면을 쓴 채 남들이 너무 바빠 자신의 비밀을 눈치채지 못하길 바랄 뿐이었다.

수녀원과 성당을 연결하는 거대한 오크 문은 낮이고 밤이고 먹을 것을 넣어주길 기다리는 입처럼 커다랗게 열려 있었다. 수녀들은 칙칙한 수녀원과 화려하게 빛나는 성당 사이를 자유롭게 오갈 수 있었다. 에반젤린은 천사들의 마리아 성당으로 돌아갈 때마다 늘 집에 가는 기분이었다. 영혼이 육체의 속박으로부터 조금 풀려나는 것 같았다.

도서관에서 벌어진 일로 허둥대던 에반젤린은 마음을 가라앉히려고 성당 입구 옆 게시판 앞에 멈춰 섰다. 그녀가 도서관 업무 외에 추가로 책임지는 일 가운데 하나는 수녀들의 예배 시간을 정리해 게시판에 붙이는 것이었다. 짧게 그냥 시간표라고 불렀다. 그녀는 매주 기본적인 예배 시간표를 준비해두었다가 변동사항이나 서로 시간을 바꾼 사람 등을 꼼꼼히 기록한 다음 혹시 갑자기 아픈 사람이 생겼을 때 예배를 대신할 수 있는 수녀 명단까지 함께 만들어 커다란 코르크판에 붙였다. 필로메나 수녀는 늘 "시간표 업무를 절대 만만하게 봐서는 안 돼요!"라고 말했다. 일하다보니 정말 그랬다. 이따금 밤에 예배를 해야 하는 수녀들이 허옇게 센 머리를 스카프로 질끈 묶고 잠옷 차림으로 슬리퍼를 끌고 수녀원과 성당을 연결하는 복도를 걷다가 시간표를 확인하고 손목시계를 들여다보고는 서둘러 예배당으로 향하기도 했다. 수녀들은 이백 년 동안 영원한 경배를 이어올 수 있게 해준 시간표가 항상 옳다는 믿음을 갖고 있었다.

정확하게 일처리를 했다는 데 마음이 놓인 에반젤린은 게시판 앞을 지나 손가락을 성수에 담그고 한쪽 무릎을 꿇었다. 성당 안쪽으로 걸어 들어가자 늘 반복해온 행동에 마음이 차분해졌고 예배당에 가까워질수록 더욱 평온해졌다. 예배당 안으로 들어서니 오후 세시에서 네시 사이에 기도를 하는 디비니아 수녀와 다비다 수녀가 제단 앞에 무릎을 꿇고 있었다. 두 사람을 방해하지 않도록 주의하며 뒤쪽에 자리를 잡고 앉은 에반젤린은 주머니에서 묵주를 꺼내 알을 세기 시작했다. 에반젤린은 금세 기도에 빠져들었다.

늘 자신의 생각을 냉정하고 날카롭게 분석하고자 애쓰는 에반젤린에게 기도는 자기성찰의 기회이기도 했다. 어린 시절을 수녀원에서 보낸 에반젤린은 서원을 하고 새벽 다섯시 기도를 맡기 전에도 단편적으로 떠오르는 기억을 정리하기 위해 자주 예배당을 찾았다. 을씨년스럽고 두렵기만 한 그 기억들을 다시는 떠올리고 싶지 않았다. 어렸을 때부터 해온 이 의식이 싫은 기억을 잊는 데 큰 도움이 되었다.

하지만 오늘 오후 베를렌과 마주친 일이 그녀를 흔들어놓았다. 베를렌의 질문 때문에 잊고 싶었던 사건이 다시금 떠올랐다. 오늘 들어 벌써 두번째였다.

어머니가 세상을 떠난 후 에반젤린과 아버지는 프랑스를 떠나 미국 브루클린에 좁디좁은 싸구려 월세 아파트를 얻어 살았다. 주말이 되면 가끔 두 사람은 아침 일찍 전철을 타고 맨해튼으로 가 하루를 보내기도 했다. 두 사람은 개찰구를 통과해 사람들로 북적이는 지하도를 지나 환한 지상으로 올라갔다. 일단 시내에 들어오면 절대 택시나 지하철을 타는 법이 없었다. 계속 걸어다녔다. 아버지와 함께 맨해튼 거리를 몇 블록이고 걷고 또 걸으면서 에반젤린은 깨진 보도블록 사이에 낀 껌 찌꺼기나 사람들이 들고 있는 서류가방과 쇼핑백, 그리고 점심 약속이나 회의에 늦지 않으려고 바쁘게 움직이는 사람들을 구경했다. 정신없는 도심의 삶은 에반젤린과 아버지의 조용한 일상과는 너무도 달랐다.

두 사람이 미국으로 건너온 건 에반젤린이 일곱 살 되던 해였다. 영어를 하는 게 힘겨웠던 아버지와 달리 에반젤린은 새로운 언어를 금방

배웠다. 그녀는 영어를 듣는 데 흠뻑 빠져 별 어려움 없이 미국식 억양을 익혔다. 특히 1학년 때 담임선생님은 가장 두려웠던 'th' 발음을 제대로 할 수 있도록 도와주었다. 영어를 빨리 익힌 에반젤린도 'th' 발음만 만나면 혀가 얼어붙어 머릿속 생각을 제대로 표현할 수 없었다. 그녀는 'this' 'the' 'that' 'them' 같은 단어들을 제대로 읽을 수 있을 때까지 반복해서 연습했다. 일단 그 문제가 해결되자 에반젤린의 영어 발음은 미국에서 태어난 아이들만큼 명료하고 완벽해졌다. 아버지와 둘이 이야기할 때는 여전히 유럽에서 사는 것처럼 아버지의 모국어인 이탈리아어나 어머니의 모국어인 프랑스어를 썼다. 하지만 에반젤린은 이내 음식이나 사랑에 빠지듯 영어에 빠지기 시작했다. 사람들이 있는 곳에서는 노래처럼 들리는 아버지의 이탈리아어에 나무랄 데 없는 영어로 대꾸했다.

어린 에반젤린은 한 달에 몇 번씩 아버지와 맨해튼에 가면서도 그저 기분 좋은 외출 이상으로는 생각하지 못했다. 아버지는 이유를 말해주지 않았다. 그저 센트럴파크에 있는 회전목마를 태워주겠다거나 좋아하는 식당에서 외식을 하자거나 자연사박물관에 데려가주겠다고 할 뿐이었다. 자연사박물관에 가면 에반젤린은 천장에 매달린 거대한 고래를 보며 감탄했다. 고래의 훤히 드러난 아랫배를 숨까지 참아가며 찬찬히 뜯어보았다. 당시 아버지와 시내에 나갔던 일은 가슴 설레는 기억으로 남았지만, 나이가 들면서 생각해보니 그때 아버지의 진짜 목적은 몰래 사람들을 만날 기회를 만들려는 것이었다. 아버지는 센트럴파크에서 문서를 주고받거나 월스트리트 근처의 바에서 목소리를 낮춰 얘기를 나눴다. 외국인 외교관 여러 명과 점심을 먹기도 했는데 모두가 알아들을 수 없는 말을 빠르게 나누면서 와인을 따르고 정보를 교환했다.

어린 에반젤린은 아버지가 무슨 일을 하는지도, 어머니가 죽고 나서 아버지가 점점 더 일에 매달리고 있다는 사실도 몰랐다. 그저 아버지가 그녀를 즐겁게 해주려고 맨해튼에 가는 줄로만 알았다.

이 착각은 에반젤린이 아홉 살이던 어느 날 오후에 깨졌다. 햇볕이 아주 좋았지만 겨울의 날카로운 기운이 처음으로 바람에서 느껴지던 날이었다. 그날 아버지와 에반젤린은 평소처럼 미리 정해둔 곳으로 가지 않고 브루클린브리지를 건넜다. 아버지는 그녀를 데리고 말없이 다리를 고정하는 굵은 케이블들을 지나쳤다. 멀리 보이는 맨해튼의 마천루들 위로 햇빛이 비스듬히 비쳤다. 두 사람은 수 킬로미터를 걸은 끝에 워싱턴스퀘어파크에서 멈추었다. 아버지는 굳이 공원 벤치에서 잠깐 쉬자고 했다. 그날 오후 아버지의 행동은 지나치게 이상해 보였다. 눈에 띄게 초조해했고 담뱃불을 붙이는 양손은 덜덜 떨렸다. 아버지가 손가락을 움찔거린다거나 입술을 떨거나 하는 예민한 반응을 조금이라도 보일 때는 사실 엄청난 불안감을 숨기고 있는 것임을 에반젤린은 알고 있었다. 뭔가 잘못되었다고 느꼈지만 아무 말도 하지 않았다.

젊은 시절 에반젤린의 아버지는 잘생긴 청년이었다. 유럽에서 찍은 사진 속에서 그는 내려뜨린 검은색 곱슬머리로 한쪽 눈을 가리고 나무랄 데 없이 고급스러운 맞춤옷을 입고 있었다. 하지만 그날 오후 공원 벤치에 앉아 떨고 있는 아버지는 갑자기 늙고 지친 사람처럼 보였다. 아버지는 바지 주머니에서 손수건을 꺼내더니 이마의 땀을 훔쳤다. 에반젤린은 여전히 아무 말도 꺼내지 않았다. 혹시라도 입을 열었다간 두 사람 사이의 암묵적인 합의, 어머니가 죽은 뒤로 시작된 침묵의 소통을 깨뜨리게 될 터였다. 서로의 외로움을 존중하되 드러내지 않는 것이 그들의 방식이었다. 아버지는 걱정스러운 일이 있어도 절대로 털어놓지 않았다. 에반젤린에게는 속내를 내비치는 법이 없었다. 그날 아버지의 태도가 이상해서 여러 가지 자질구레한 일까지 자세히 기억하게 된 것인지 모른다. 아니면 그날 오후 워낙 대단한 일을 겪어서 시간이 흐른 뒤에도 자꾸 떠오르며 낙인이 찍힌 것처럼 기억에 박힌 것인지도. 어쨌든 에반젤린은 그날의 매 순간을 기억해낼 수 있었다. 말 한마디나 동작 하나하나, 심지어 아주 작은 감정의 변화까지도 그날 그 자리에 있는 것처럼 떠올릴 수 있었다.

"가자." 아버지는 손수건을 주머니에 넣더니 약속에 늦기라도 한 것처럼 벌떡 일어섰다.

메리제인 에나멜 가죽 구두를 신은 에반젤린의 발밑에서 낙엽이 바스락거렸다. 아버지는 에반젤린이 여자아이답게 입어야 한다고 생각했다. 그래서 에반젤린의 옷장에는 빳빳하게 풀을 먹인 면 원피스와 잘 다린 치마, 테일러칼라 재킷, 이탈리아에서 공수한 고급 구두들이 가득했다. 이런 차림은 청바지와 티셔츠를 입고 최신 유행의 테니스화를 신은 학교 친구들 사이에서 도드라졌다. 두 사람은 '카푸치노, 젤라토, 와인'이라고 쓰인 밝은 빛깔 간판들이 여기저기 보이는 우중충한 동네로 들어섰다. 에반젤린은 한눈에 그곳이 어디인지 알아차렸다. 예전에도 아버지와 자주 찾았던 '리틀 이탈리아' 지역이었다. 그녀가 잘 아는 동네였다.

두 사람은 인도까지 철제 테이블을 잔뜩 내놓고 장사를 하는 카페 앞에 멈춰 섰다. 아버지는 에반젤린의 손을 잡고 사람들이 북적거리는 가게 안으로 들어섰다. 달착지근한 냄새를 풍기는 따뜻한 공기가 머리 위로 쏟아져내렸다. 이탈리아의 모습을 담은 흑백사진이 화려한 금색 액자에 담겨 벽마다 걸려 있었다. 카운터 자리에서는 모자를 눈 위까지 눌러쓴 남자들이 신문을 펴들고 에스프레소를 마시고 있었다. 디저트가 가득한 유리 진열대가 에반젤린의 눈길을 끌었다. 배가 고팠던 그녀는 진열대 앞에 서서, 부드러운 조명 아래 설탕을 뒤집어쓴 채 꽃다발처럼 늘어선 케이크들 가운데 하나를 골라 먹을 수 있도록 아버지가 허락해주면 좋겠다고 생각했다. 미처 아버지에게 말을 꺼내기도 전에 카운터 안쪽에서 한 남자가 빨간색 앞치마에 손을 닦으며 나오더니 오랜 친구인 것처럼 아버지와 악수를 나누었다.

"루카." 남자가 따뜻한 미소를 지으며 말했다.

"블라디미르." 아버지도 웃으며 말했다. 에반젤린은 두 사람이 알고 지낸 지 매우 오래된 사이라는 걸 알 수 있었다. 아버지가 사람들 앞에서 이렇게 반가운 표정을 짓는 일은 거의 없었기 때문이다.

"어서 와. 뭘 좀 먹어야지." 블라디미르의 영어는 외국 억양이 심했다. 그는 의자를 하나 빼 아버지에게 권했다.

"전 괜찮아요." 아버지는 자리를 잡고 앉는 에반젤린을 가리키며 말했다. "하지만 이 녀석은 케이크에 홀딱 반한 것 같아요."

기쁘게도 블라디미르는 유리 진열장을 열더니 뭐든 먹고 싶은 걸 고르라고 말했다. 에반젤린은 설탕을 뿌린 꽃분홍색 크림 위에 군데군데 파란색 꽃 모양 마지팬을 올린 케이크를 골랐다. 깨질세라 조심스럽게 접시를 든 에반젤린은 높은 철제 테이블로 가서 앉았다. 메리제인 구두로 철제 등받이 의자 다리를 감쌌다. 바닥의 두꺼운 나무판자가 반짝거렸다. 블라디미르는 물잔을 가져와 케이크 접시 옆에 놓으며 아버지와 이야기를 나누는 동안 얌전하게 기다리라고 말했다. 에반젤린의 눈에 블라디미르는 무척 나이들어 보였다. 머리가 온통 하얗게 세고 얼굴에는 굵은 주름이 가득했기 때문이다. 하지만 왠지 농담을 주고받을 수 있을 것처럼 장난스러운 분위기가 느껴졌다. 에반젤린에게 한쪽 눈을 찡긋하는 걸 보니 아버지와 단둘이 할 이야기가 있는 모양이었다.

에반젤린은 기쁜 마음으로 혼자 남아 숟가락으로 케이크 한가운데를 푹 찔렀다. 케이크 안쪽에는 진한 버터크림이 가득 들었는데 먹어보니 약간 밤 맛이 났다. 아버지는 먹는 것에 무척 까다로워서 케이크처럼 사치스러운 군것질에는 돈을 많이 쓰지 않았다. 그래서 에반젤린은 단것을 별로 맛보지 못하고 자랐다. 케이크를 먹을 기회는 정말 드물었다. 에반젤린은 최대한 천천히 먹으며 맛을 오래 음미하기로 마음먹었다. 케이크를 먹는 동안 그녀의 관심은 오로지 맛있는 걸 먹는 순수한 기쁨에만 쏠렸다. 따뜻한 카페 안, 단골손님들이 떠드는 소리, 바닥을 비추는 밝은 햇빛, 이런 모든 것이 머릿속에서 사라졌다. 아버지가 블라디미르에게 그렇게 격정적으로 말하지만 않았더라면 그들의 대화에 귀기울일 일도 없었을 터였다. 두 사람은 몇 자리 건너 창가에 앉아 있었기 때문에 무슨 이야기를 나누는지 에반젤린도 충분히 알아들을 수 있었다.

"놈들을 꼭 봐야겠어요." 아버지가 담배에 불을 붙이며 말했다. "안젤라를 잃은 지 삼 년이 다 되어간다고요." 아버지가 돌아가신 어머니의 이름을 입에 담은 적은 거의 없었던 터라 그 말을 들은 에반젤린은 온몸이 얼어붙는 것 같았다.

"그들이 자네한테 진실을 숨길 권리는 없어." 블라디미르가 말했다.

그의 말에 아버지는 담배를 깊게 한 모금 빨더니 말했다. "전 무슨 일이 있었던 건지 알 권리가 있어요. 더군다나 전 안젤라가 진행한 연구에도 일조했다고요. 안젤라는 임신중이라 스트레스가 이만저만이 아니었죠. 저는 처음부터 함께했습니다. 안젤라가 여러 가지 결정을 내릴 수 있도록 도왔어요. 저도 에반젤린도 희생을 했어요."

"물론이지." 블라디미르가 말했다. 그러고는 웨이터를 불러 커피를 내오라고 했다. "자네는 모든 걸 알 권리가 있어. 다만 내가 하고 싶은 말은, 자네가 위험을 무릅쓰면서까지 얻어낼 가치가 있는 정보인지 생각해보라는 거야. 무슨 일이 벌어질지 생각해봐. 지금 자네는 안전해. 새 삶을 살고 있잖아. 그들은 자네를 잊었다고."

에반젤린은 자신이 두 사람 사이에 오가는 대화를 열심히 듣고 있다는 사실을 아버지가 눈치채지 못하길 바라며 케이크만 들여다보았다. 두 사람은 단순히 죽은 어머니 이야기를 하는 게 아닌 것 같았다. 그런데 에반젤린이 좀더 자세히 들으려고 몸을 앞으로 숙이는 바람에 테이블이 기울고 말았다. 물잔이 바닥에 떨어져 얼음 조각들이 마룻바닥 위에 흩어졌다. 깜짝 놀란 두 사람이 에반젤린 쪽으로 고개를 돌렸다. 에반젤린은 창피스러움을 감추며 냅킨으로 테이블 위에 엎질러진 물을 닦고는 아무 일도 없었던 것처럼 다시 케이크에 집중했다. 아버지는 나무라는 듯한 표정을 지어 보이며 자세를 고치고 다시 블라디미르와 대화를 나누기 시작했다. 들리지 않게 하려고 소곤거릴수록 에반젤린이 더 관심을 기울일 거라는 생각은 못 하는 모양이었다.

블라디미르는 한숨을 크게 쉬고 말을 이었다. "꼭 알아야겠다면 말해주지. 놈들은 창고에 잡혀 있어." 어찌나 작게 말하는지 에반젤린은 간신히 알아들었다. "어젯밤에 전화가 왔어. 세 명인데, 하나는 여자고 둘은 남자래."

"유럽에서요?"

"피레네 산맥에서 잡았다더군. 어젯밤 늦게 여기 도착했대. 사실 내가 직접 가서 보려고도 했어. 그런데 솔직히 말해서 더는 이 일을 못 하겠더라고. 우린 이제 늙었어, 루카."

웨이터가 두 사람이 앉은 테이블로 와 에스프레소 두 잔을 내려놓았다.

에반젤린의 아버지가 잔을 들어 한 모금 마셨다. "아직 살아 있겠죠?"

"팔팔하게 살아 있지." 블라디미르가 고개를 저으며 대답했다. "무시무시한 놈들이래. 아주 순수한 혈통이라더군. 어떻게 이곳 뉴욕까지 옮겼는지 도무지 알 수가 없어. 옛날에 이렇게 빨리 옮기려 했으면 배를 한 척 빌리고 선원 전부가 매달려야 했을 거야. 그들 말대로 정말 순종이라면 붙잡아둘 방법은 거의 없을 테고. 이런 일이 가능할 거라곤 생각도 못 했어."

"안젤라는 놈들의 육체적인 능력에 대해 저보다 훨씬 더 자세하게 알고 있었을 거예요." 아버지가 양손을 맞잡으며 말하더니 에반젤린의 어머니가 나타나기라도 한 것처럼 햇볕 가득한 창문 밖으로 눈길을 돌렸다. "집사람이 연구하던 주제가 바로 그거였거든요. 하지만 가장 혈통이 순수한 놈들까지 포함해 네피림이 전체적으로 약해지고 있다는 데는 모두 의견이 같았어요. 어쩌면 놈들이 약해져서 쉽게 잡힌 건지도 몰라요."

눈이 휘둥그레진 블라디미르가 에반젤린의 아버지 쪽으로 몸을 숙였다. "놈들이 멸종이라도 한다는 거야?"

"멸종이라고까지는 할 수 없어요. 하지만 놈들의 에너지가 심각할 정도로 약해졌다는 추측은 계속 나왔어요. 힘이 줄고 있다는 거죠."

"어떻게 그럴 수가 있지?" 블라디미르가 놀라며 물었다.

"안젤라는 언젠가 놈들과 인간의 피가 필요 이상으로 섞일 거라고 했어요. 지나칠 만큼 인간화돼서 놈들만의 신체적 특징을 유지할 수 없어지는 거죠. 제가 보기엔 진화가 아니라 퇴화에 가까운 것 같아요. 열등

한 종족인 인간과 너무 자주 번식했기 때문이겠죠."

아버지는 피우던 담배를 플라스틱 재떨이에 올려놓고 에스프레소를 한 모금 마셨다.

"천사는 다른 종족과 피를 섞지 않아야 천사의 특징을 유지할 수 있어요. 시간이 지나면 몸속에 흐르던 인간의 피가 놈들을 잠식해, 앞으로 태어날 놈들의 아이는 모두 하등하기 그지없는 생물이 되고 말 거예요. 수명도 짧고, 병에도 잘 걸리고, 윤리적인 생각을 가진 생물 말이에요. 놈들의 마지막 희망은 순수한 천사의 특징을 되살려내는 것이지만, 우리도 알다시피 그건 놈들이 해낼 수 있는 일이 아니죠. 이미 놈들한테 인간의 특성이 퍼진 상태니까요. 안젤라는 네피림이 인간들처럼 감정을 느끼기 시작한 것 같다고 했어요. 동정심, 사랑, 호의 같은 것 말이에요. 인간을 규정하는 모든 것이 그들에게도 나타나고 있을 거예요. 그런데 놈들은 그것을 아주 치명적인 약점이라고 생각해요." 에반젤린의 아버지는 그렇게 결론지었다.

블라디미르는 다시 한번 곰곰이 생각하는 듯 의자에 등을 기대고 팔짱을 꼈다. "멸종이 불가능한 일은 아니야." 한참 만에 그가 말했다. "하긴 뭐가 가능하고 뭐가 불가능하다고 말할 수 있겠어? 놈들의 존재 자체가 설명할 수 없는 일인걸. 하지만 자네하고 나는 놈들을 실제로 봤지. 놈들에게 많은 걸 잃었고." 블라디미르가 그의 눈을 바라보았다.

"안젤라는 네피림들의 면역체계가 인공 화학물질과 공해에 부정적인 반응을 보인다고 생각했어요. 그런 인위적인 성분들이 감시자로부터 물려받은 세포 구조를 파괴하고 암처럼 치명적인 병을 만들어낸다고 했죠. 또 지난 이백 년간 식습관이 바뀌면서 놈들 신체의 화학적인 성질이 변하며 생식기능에도 영향을 미쳤을 거라는 가설 역시 세웠었어요. 안젤라는 수명이 극단적으로 줄어드는 퇴행성 질병에 걸린 네피림을 여럿 붙잡아 연구했지만 확실한 결론에 도달하지는 못했죠. 왜 그런 병이 발생하는지는 아무도 밝혀내지 못했어요. 하지만 원인이 뭐든 놈들이 그 병을 막는 데 필사적이라는 건 틀림없어요."

"그 병을 막는 방법은 자네가 아주 잘 알고 있지." 블라디미르가 부드럽게 말했다.

"정확히 알고 있죠. 그걸 확인하려고 안젤라는 바로 블라디미르 당신이 주장한 여러 이론을 시험하기 시작했어요. 당신이 설명한 음악학적 이론이 생물학적으로도 영향을 미치는지 확인해보려고 한 거였죠. 제 생각엔 집사람은 뭔가 대단한 발견을 해내려던 참이었고, 그래서 살해된 것 같아요."

블라디미르가 에스프레소 잔을 만지작거리며 말했다. "천상의 음악을 연구하는 학문은 무기가 아니야. 혹시 무기가 된다면 좋겠다는 정도로만 생각해야지, 반드시 그렇다고 생각하면 너무 위험해. 다른 누구보다 안젤라가 잘 알고 있었을 테지."

"위험할 수도 있죠. 하지만 놈들이 퇴화의 치료법을 찾아낸다고 생각해봐요. 영영 못 찾아내게 막기만 한다면 놈들은 천사의 속성을 잃어버리고 좀더 인간에 가까워질 겁니다. 병에 걸리고 결국 죽겠죠."

"그렇게까지 일이 잘 풀릴 것 같지 않아. 그건 그저 희망사항일 뿐이야." 블라디미르는 고개를 저었다.

"그럴지도 모르죠." 에반젤린의 아버지가 말했다.

"그리고 만일 그렇게 된다 해도 우리에게 무슨 의미가 있지? 자네 딸에게는 무슨 의미가 있고? 확실하지도 않은 것 때문에 지금의 행복을 위태롭게 하려는 이유가 뭐야?"

"동등해지고 싶어서죠." 에반젤린의 아버지가 말했다. "우린 이 세계를 장악하고 있는 놈들의 기만적인 손아귀에서 벗어날 수 있어요. 근대사가 시작된 이래 처음으로 우리 운명을 스스로 결정할 수 있게 되는 거예요."

"멋진 꿈이군." 블라디미르가 생각에 잠긴 듯 말했다. "하지만 그건 환상에 지나지 않아. 우리는 운명을 스스로 결정할 수 없어."

"놈들을 서서히 약화시키는 게 신의 계획인지도 몰라요." 에반젤린의 아버지는 상대의 말을 듣지도 않고 말했다. "어쩌면 신은 놈들을 시원하게 한 방에 쓸어버리지 않고 오랜 세월에 걸쳐 멸종시키려 하는 것인지도 모르죠."

"하느님의 계획 운운하는 건 이미 오래전에 질렸어. 그건 자네도 마찬가지잖아, 루카." 블라디미르가 지친다는 듯 말했다.

"그럼 다시 우리에게 돌아오지 않겠다는 거예요?"

블라디미르는 신중하게 말을 고르듯 상대를 한참 바라보았다. "아까 한 말은 정말이야? 납치당했을 때 안젤라가 내 음악 이론을 시험하고 있었다고?"

깜짝 놀란 에반젤린은 혹시 잘못 들었나 귀를 의심했다. 어머니가 세상을 떠난 지 오래됐지만 그녀는 여전히 어머니가 어떻게 돌아가셨는지 자세히 알지 못했다. 그녀는 자세를 고치고 아버지의 표정을 살폈다. 놀랍게도 아버지의 눈에는 눈물이 가득 고여 있었다.

"안젤라는 네피림들이 유전적으로 약해지고 있다는 이론을 검증하는 중이었어요. 안젤라의 어머니 가브리엘라가 대부분의 자금을 지원하고 다른 기금도 마련하면서 그 일을 맡으라고 적극적으로 권하셨죠. 그렇다고 그분을 특별히 원망하는 건 아니에요. 가브리엘라는 오히려 그런 연구가 조직 내에서 가장 안전한 일이라고 생각하셨을 거예요. 그렇지 않다면 딸을 왜 굳이 학교랑 도서관에만 처박혀 있게 했겠어요? 가브리엘라는 안젤라가 실험실에서 모형 개발을 돕는 걸 항상 지켜보고 있었어요."

"혹시 안젤라가 납치된 게 가브리엘라 책임이라고 생각하는 거야?" 블라디미르가 물었다.

"누가 누구를 탓할 수 있겠어요? 안젤라는 어딜 가든 위험했어요. 가브리엘라도 안젤라를 보호할 수 없었던 게 분명해요. 하지만 분명한 일이 어디 있겠어요? 가브리엘라를 탓하느냐고요? 내가? 나였더라면 안젤라를 지킬 수 있었을까요? 그녀가 하고 싶어하는 일을 하도록 내버려둔 게 잘못이었을까요? 블라디미르, 제가 잡힌 놈들을 당장 봐야 하는 이유가 바로 이거예요. 이런 내 고통, 간절히 진실을 알고 싶어하는 중독과도 같은 괴로움을 이해할 수 있는 사람은 당신뿐이에요."

갑자기 웨이터가 다가와 시야를 가리는 바람에 에반젤린은 아버지를 보지 못했다. 대화를 엿듣는 데 너무 집중한 나머지 케이크는 까맣게 잊고 있었다. 절반쯤 먹은 케이크 가운데 부분에서 크림이 새어나왔다. 웨이터는 테이블 위를 치우고 남아 있던 물기도 닦아내더니 매정하게도 남은 케이크를 가져가버리고 말았다. 아버지 쪽으로 다시 고개를 돌려보니 블라디미르가 담배에 불을 붙여 무는 참이었다. 아버지가 앉았던 자리는 텅 비어 있었다.

에반젤린이 불안해하는 걸 알아차린 블라디미르가 옆으로 오라고 손짓했다. 에반젤린은 의자에서 뛰어내려 이리저리 둘러보며 아버지를 찾았다.

"루카는 널 봐달라고 부탁하고 잠시 어디 갔단다." 블라디미르가 친절한 웃음을 보이며 말했다. "기억 못 하겠지만 네가 아주 어렸을 때 우리는 만난 적이 있단다. 네 어머니가 몽파르나스에 있는 우리집에 널 데려왔지. 파리에서 살 때 아저씨는 네 엄마와 아주 잘 알고 지냈거든. 잠깐이지만 함께 일한 적도 있고. 둘도 없는 친구였지. 이렇게 케이크 만드는 사람이 되기 전에는 이 아저씨도 학자였단다. 그렇게 안 보이겠지만 말이야. 잠깐 기다리려무나. 아저씨가 갖고 있는 네 엄마 사진을 보여주마."

블라디미르가 카페 안쪽으로 모습을 감추자 에반젤린은 얼른 문밖으로 달려나갔다. 두 블록쯤 떨어진 곳에서 북적이는 사람들 틈에 섞인 아버지의 재킷을 찾아냈다. 그녀는 블라디미르 아저씨가 걱정할 거라거나 아버지에게 들키면 야단맞을지 모른다는 생각은 잊은 채 사람들 틈으로 뛰어들어 상점과 편의점, 주차된 자동차, 채소 노점 등을 지나쳤다. 모퉁이를 돌며 도로로 뛰어내리다 턱에 걸려 넘어질 뻔했다. 아버지가 앞에 있었다. 사람들 사이에서 또렷이 보였다.

아버지는 모퉁이를 돌아 남쪽을 향해 걸었다. 에반젤린은 한참 동안 아버지를 몰래 뒤따라갔다. 차이나타운을 지나 공장처럼 보이는 건물들이 모인 곳으로 들어섰다. 딱 맞는 가죽구두 때문에 발가락이 아팠다.

아버지는 음침하고 쓰레기가 널린 도로 끝에서 멈춰 섰다. 에반젤린은 거대한 파형 강판 창고의 입구 쪽으로 뚜벅뚜벅 걸어가는 아버지를 지켜보았다. 아버지는 무슨 일에 그렇게 열중해 있는지 몰라도 에반젤린이 다가가는 걸 전혀 눈치채지 못했다. 부르면 들릴 만큼 가까이 갔을 때, 창고 문이 활짝 열렸다. 아버지가 안으로 들어갔다. 너무 순식간에 벌어진 일인데다 달리 어쩔 도리가 없어서 에반젤린은 그 자리에 한동안 멍하니 서 있었다.

에반젤린은 묵직한 출입문을 밀고 먼지 쌓인 통로로 들어섰다. 혹시라도 아버지가 눈치챌까봐 구두 소리가 나지 않게 조심조심 알루미늄 계단을 올라갔다. 아버지가 아니더라도 창고 깊숙한 곳에 누가 있을지 알 수 없었다. 계단 꼭대기에 이른 에반젤린은 들키지 않도록 뺨을 무릎에 붙인 채 쪼그리고 앉았다. 지난 몇 년 동안 아버지는 자신이 하는 일에 에반젤린을 끌어들이지 않으려고 최선을 다했다. 에반젤린이 따라온 걸 알면 불같이 화를 낼 게 뻔했다.

어둡고 답답한 창고가 눈에 익을 때까지 약간 시간이 걸렸다. 어둠에 익숙해지자 넓고 텅 빈 실내가 제법 잘 보였다. 천장에 자동차만큼 커다란 우리 세 개가 매달려 있고 그 밑에 남자들이 서 있었다. 천장 쇠 들보에 쇠사슬로 매단 사각형의 철망 안에는 어떤 생명체들이 새장에 갇힌 새처럼 하나씩 들어 있었다. 그 가운데 하나는 격렬하게 화를 내고 있었다. 쇠창살을 양손으로 움켜쥔 채 밑에서 올려다보는 남자들을 향해 온갖 상욕을 내뱉었다. 다른 두 녀석은 지쳤는지 힘없이 축 늘어져 있었다. 약에 취했거나 얻어맞아 얌전해진 듯한 모습이었다.

자세히 아래를 살펴보던 에반젤린은 우리에 갇힌 자들이 실오라기 하나 걸치지 않았다는 걸 알아차렸다. 그런데 정제된 금으로 만든 막을 피부에 두른 듯, 아주 강한 빛이 몸을 둘러싸고 있었다. 셋 가운데 하나는 머리가 길고 작은 가슴이 달린데다 허리가 가는 걸 보니 여자였다. 다른 둘은 남자였다. 비쩍 마르고 머리칼이 없고 가슴이 밋밋한 남자들은 여자보다 키가 컸고 웬만한 성인 남자보다 60센티미터는 더 커 보였다. 쇠창살에는 꿀처럼 진득하고 반짝거리는 액체가 잔뜩 묻어 조금씩 흘러내리다가 바닥으로 뚝뚝 떨어졌다.

에반젤린의 아버지는 팔짱을 끼고 다른 남자들과 함께 우리 아래 서 있었다. 남자들은 과학실험 같은 걸 하는 모양이었다. 한 사람은 차트를, 다른 사람은 카메라를 들고 있었다. 거대한 발광판에 흉부 엑스레이 사진 세 장이 걸려 있었다. 유령처럼 하얀 폐와 갈비뼈가 시커먼 배경 위에서 도드라져 보였다. 그 옆의 탁자 위에는 주사기와 붕대 말고도 에반젤린이 모르는 의료 장비들이 잔뜩 놓여 있었다.

여자로 보이는 녀석이 머리를 쥐어뜯으며 우리 안에서 이리저리 서성거리기 시작했다. 입으로는 계속 남자들을 향해 소리를 질러댔다. 어찌나 힘이 넘치는지 움직일 때마다 우리를 지탱하는 쇠사슬이 금방이라도 끊어질 것처럼 끽끽거렸다. 그러다 불쑥 여자가 거칠게 몸을 돌렸다. 에반젤린은 자신의 눈을 믿을 수 없어 껌벅였다. 여자의 길고 유연한 등 한가운데 크게 휘어지는 모양의 날개가 양쪽으로 솟아 있었다. 놀란 에반젤린은 자기도 모르게 비명이 터져나올까봐 양손으로 입을 막았다. 여자 생물이 몸을 움직이자 날개가 양쪽으로 활짝 펼쳐지며 우리 안을 가득 채웠다. 휘어진 하얀 날개에서 부드러운 광채가 뿜어져나왔다. 쇠사슬에 매달린 우리가 천사의 무게 때문에 정체된 공기를 가르고 천천히 포물선을 그리는 모습을 보고 에반젤린은 감각이 예민해지는 걸 느꼈다. 자신의 심장박동 소리가 귀에 들리는 듯했고 호흡이 가빠졌다. 우리 안 생명체들은 매력적인 동시에 섬뜩했다. 무지갯빛으로 아름답게 빛나는 괴물이었다.

에반젤린은 여자가 날개를 활짝 펼친 채 우리 안에서 왔다갔다하는 모습을 지켜보았다. 매가 들쥐를 사냥하듯 아래에 있는 남자들을 날쌔게 덮쳐 게걸스럽게 먹어치울 듯한 기세였다.

"빨리 열어." 여자가 으르렁거렸다. 괴로운 듯 쉰 목소리가 귀에 거슬렸다. 뾰족하고 날카로운 날개 끝이 쇠창살 사이로 비어져나왔다.

에반젤린의 아버지가 차트를 든 남자를 향해 돌아섰다. "어떻게 할 겁니까?" 마치 희귀한 나비들로 가득한 포충망을 들여다보며 하는 말 같았다.

"최종검사 결과가 나오기 전까지는 시체를 어디로 보낼지 정확히 알 수 없습니다."

"애리조나에 있는 연구실로 되돌려보내 해부하고 문서화한 다음 보관하게 될 가능성이 가장 높습니다. 정말 멋진 놈들이에요."

"근력 측정은 했습니까? 혹시 힘이 약해진 것 같지는 않습니까?" 에반젤린은 아버지의 말에서 한 가닥 희망 같은 것이 느껴졌다. 확실하지는 않지만 왠지 돌아가신 어머니와 관련이 있을 것 같았다. "체액검사 결과는 어떻죠?"

"저놈들이 놈들의 조상과 같은 힘을 가졌느냐는 질문이라면, 그렇지 않습니다. 지난 몇 년 동안 본 놈들 가운데 가장 힘이 세긴 하지만 자극제에 반응을 보여 힘을 잃는 것은 확실합니다."

"좋은 소식이군요." 에반젤린의 아버지가 우리 쪽으로 한 걸음 다가서며 말했다. 그러더니 동물에게 명령하듯 우리에 갇힌 놈들을 향해 말했다. "악마들."

그 말을 들은 남자 생물 하나가 정신을 차렸다. 녀석은 하얀 손가락으로 쇠창살을 움켜쥐고는 몸을 완전히 일으켰다. "천사와 악마는 같아. 서로의 그림자일 뿐이지."

"네놈들이 이 땅에서 사라질 날이 올 거다. 언젠가는 네놈들을 모조리 없앨 수 있어." 에반젤린의 아버지가 말했다.

에반젤린이 미처 숨을 틈도 없이 아버지가 홱 돌아서더니 성큼성큼 계단 쪽으로 다가왔다. 계단 꼭대기에 몸을 잘 숨기기는 했지만 어떻게 빠져나갈지는 미처 생각해두지 못했다. 계단을 달려내려가 문을 열고 오후 햇볕이 강하게 내리쬐는 바깥으로 뛰쳐나가는 수밖에 없었다. 갑자기 밝아진 탓에 앞도 제대로 보이지 않는 채로 에반젤린은 뛰고 또 뛰었다.

뉴욕 주, 밀턴, 밀턴 바 앤드 그릴

베를렌은 술집 안의 북적거리는 사람들 사이를 뚫고 안쪽으로 들어갔다. 컨트리음악 소리 때문에 머리를 망치로 두드리는 것 같던 느낌이 오히려 없어졌다. 추위에 온몸이 뻣뻣하게 굳고 찢어진 손은 화끈거리는데다 아침식사 이후로 아무것도 먹지 못한 상태였다. 뉴욕에 있었다면 단골 태국 식당에서 음식을 포장해 집으로 갔거나 그리니치빌리지에서 친구들을 만나 한잔했을 터였다. 텔레비전에서 뭘 볼까 하는 것 말고는 걱정도 없었을 것이다. 그런데 그는 지금 어딘지도 모르는 동네의 허름한 술집에서 어떻게 하면 여기서 빠져나갈 수 있을지 고민하고 있다. 그래도 술집은 따뜻했고 생각할 공간이 되어주었다. 베를렌은 손가락에 감각이 돌아오길 바라며 양손을 맞잡고 비볐다. 일단 몸이 좀 녹아야 앞으로 어떻게 할지 생각을 정리할 수 있을 것 같았다.

베를렌은 길거리가 내다보이는 창가에 자리를 잡았다. 조용히 따로 앉을 만한 곳이 그곳뿐이었다. 햄버거와 코로나 맥주를 주문했다. 몸을 덥히려고 맥주를 단숨에 들이켜고는 한 병을 더 시켰다. 두번째 맥주는 알코올 기운이 자신을 조금씩 현실세계로 데려가주도록 천천히 마셨다. 손가락이 따끔거렸고 언 발이 녹기 시작했다. 상처의 통증도 조금씩 가라앉았다. 주문한 햄버거까지 먹고 나자 베를렌은 몸이 따뜻해지며 정신이 들었고 비로소 눈앞에 닥친 문제를 곰곰이 생각해볼 수 있었다.

그는 주머니에 넣어둔 종이를 탁자 위에 꺼내놓고 베껴쓴 문장을 다시 읽어보았다. 담배연기 사이로 어스레한 조명이 험한 날씨에 거칠어진 양손과 절반쯤 남은 맥주병, 엷은 분홍색 편지지를 비추었다. 꾸밈없고 단도직입적인 네 문장만으로 이루어진 짤막한 내용이었지만 베를렌에게는 어마어마한 가능성을 열어주었다. 물론 이노센타 원장과 애비게일 록펠러의 관계는 여전히 수수께끼였다. 어떤 프로젝트를 함께 진행했고 로도피 산맥에서 뭔가 성과를 거둔 것은 분명했다. 하지만 산에서 발견해 가져온 게 무엇인지 알아내려면 적지 않은 조사를 해야 할 것 같았다. 그러나 그 유물만큼이나 베를렌의 관심을 끄는 것은 셀레스틴 클로셰트라는 제3의 인물이 나타났다는 사실이었다. 지금까지 연구를 하면서 들어본 이름인지 기억을 되짚어보았다. 애비게일 록펠러와 함께 일했던 사람일까? 유럽 쪽 예술품 거래상이었나? 베를렌이 미술사라는 학문을 사랑하는 이유는 복잡한 삼각관계를 총체적으로 이해할 수 있기 때문이었다. 모든 작품에는 창조의 미스터리와 유통과정의 모험 그리고 세심한 보관이 얽혀 있었다.

그리고리가 세인트로즈 수녀원에 관심을 보이는 것 때문에 더 헷갈렸다. 그리고리 같은 자가 예술품에서 아름다움과 의미를 찾을 리는 만무했다. 그런 사람들은 반 고흐가 경매에서 최고가를 기록한 작품을 그렸다는 사실만 알 뿐 평생을 가도 그 이상은 이해하지 못했다. 그러니 문제의 작품은 금전적으로 상당한 가치를 가진 게 틀림없는 듯했다. 그렇지 않다면 그리고리가 그 물건을 찾으려고 시간을 허비할 리가 없다. 어쩌다 그런 자와 엮이게 됐는지 알다가도 모를 일이었다.

베를렌은 창밖의 어둠을 멍하니 바라보았다. 기온이 더 떨어졌는지 따뜻한 실내 공기와 맞닿은 창유리에 김이 서렸다. 간간이 지나는 자동차의 오렌지색 미등 불빛이 서리 낀 창문에 긴 자취를 남기며 사라졌다. 베를렌은 밖을 내다보며 어떻게 하면 집으로 돌아갈 수 있을지 궁리했다.

수녀원에 전화를 걸어볼까 싶기도 했다. 어쩌면 그가 도서관에서 만난 젊고 아름다운 수녀가 방법을 알려줄 수 있을 것 같았다. 그러다 갑자기 그녀 역시 위험에 처했을지도 모른다는 생각이 들었다. 그가 본 남자들이 그를 찾아 수녀원 안까지 침입했을 가능성도 얼마든지 있었기 때문이다. 하지만 베를렌이 수녀원 안에서 어디로 뭘 하며 돌아다녔는지 놈들이 알 리는 없을뿐더러, 에반젤린과 만난 일은 절대 알아내지 못할 터였다. 그를 만났을 때 에반젤린은 별로 달갑지 않은 표정이었다. 그러니 전화로 다시 목소리를 듣고 싶어하지도 않을 것 같았다. 어쨌든 당장 실행할 수 있는 방법을 찾아야 했다. 뉴욕 시내로 가는 버스나 기차는 밀턴이라는 곳에선 쉽게 찾을 수 있을 것 같지 않았다.

뉴욕 주, 밀턴, 세인트로즈 수녀원

에반젤린은 셀레스틴 수녀를 잘 알지 못했다. 휠체어에 앉아 생활하는 일흔다섯 살의 셀레스틴 수녀는 젊은 수녀들과 자주 어울리지 않았다. 아침마다 다른 수녀가 성당 입구까지 밀어다주는 휠체어에 앉아 미사에 모습을 드러냈지만 마치 신성불가침인 여왕처럼 혼자 멀찌감치 떨어져 앉았다. 늘 다른 수녀들이 식사를 방으로 가져다주었고 책도 에반젤린에게 지시하면 그녀가 시집과 역사소설을 한 아름 안고 셀레스틴의 방으로 찾아갔다. 필로메나 수녀가 다른 도서관에서 빌려온 프랑스어 작품들을 갖다준 적도 있었다. 그럴 때면 셀레스틴은 유난히 기뻐했다.

각자 맡은 일로 바쁜 수녀들이 1층 복도에 가득했다. 벽에 달린 전구들이 뿜어내는 희미한 불빛 아래 똑같은 흑백의 수녀복을 입은 수녀들이 매일 반복되는 허드렛일을 하고 있었다. 복도를 가득 메운 수녀들은 청소함을 열어 대걸레와 손걸레, 세제를 꺼내들고 저녁 청소를 시작했다. 모두 허리에 앞치마를 두르고 소매를 걷어올려 고무장갑을 꼈다. 늘 습하고 서늘한 실내에 곰팡이나 이끼가 끼지 않도록 커튼에 쌓인 먼지를 털고 창문을 열었다. 수녀들은 수녀원에서 필요한 일 대부분을 스스로 해낼 수 있다는 사실을 매우 자랑스러워했다. 저녁 시간 옹기종기 모여 즐거운 표정으로 허드렛일을 하는 수녀들을 보면 단순히 먼지를 털고 걸레질을 하는 게 아니라 뭔가 놀랄 만한 큰일을 함께 이루고 있는 듯한 착각이 들었다. 각자 맡은 소소한 허드렛일이 아닌 훨씬 중요한 일을 하고 있는 것 같았다. 사실이 그랬다. 마루와 난간을 깨끗이 닦는 것은 신에 대한 봉납이자 공공의 이익을 위한 기여였다.

에반젤린은 좁은 계단을 따라 예배당에서 4층으로 올라갔다. 셀레스틴 수녀의 방은 수녀원에서 가장 큰 방 가운데 하나였다. 복도 끝에 자리잡은 방에는 개인 욕실도 딸려 있는데 그 안에는 커다란 샤워기와 접이식 플라스틱 의자가 갖춰져 있었다. 에반젤린은 방에 틀어박혀 지내는 셀레스틴이 다른 수녀들과 달리 허드렛일을 하지 않는 걸 즐거워할지 아니면 감옥에 갇힌 것처럼 느낄지 궁금했다. 그렇게 꼼짝도 못하고 산다는 건 상상만 해도 끔찍했다.

주저하며 문을 세 번 두드렸다.

"네?" 셀레스틴의 목소리에 기운이 없었다. 프랑스에서 태어난 셀레스틴은 반백 년을 미국에서 살았지만 여전히 말투에 프랑스 억양이 강하게 남아 있었다.

에반젤린은 안으로 들어서서 문을 닫았다.

"누구죠?"

"저예요." 에반젤린은 혹시 방해가 될까봐 조용히 말했다. "도서관에서 일하는 에반젤린이요."

셀레스틴은 창가에 휠체어를 놓고 실로 뜬 담요를 무릎에 덮은 채 편안하게 앉아 있었다. 베일은 벗어두었는데 짧게 자른 머리는 숱이 많고 하얬다. 방 한구석에 놓인 가습기가 김을 뿜어내고 있었다. 다른 쪽 구석에서는 전기난로가 방을 덥혀 실내는 사우나 같았다. 담요까지 덮었는데도 셀레스틴은 추워 보였다. 침대에도 무릎에 덮은 것과 비슷한 뜨개 커버가 덮여 있었다. 젊은 수녀들이 원로 수녀들을 위해 뜬 것이었다. 셀레스틴은 에반젤린이 왜 왔는지 의아한 듯 실눈을 뜨고 쳐다보았다. "책을 더 가져온 건가요?"

"아니요." 에반젤린은 셀레스틴의 휠체어 옆에 자리를 잡고 앉으며 말했다. 옆에 놓인 마호가니 협탁 위에 책이 잔뜩 쌓여 있고 그 위에는 돋보기가 놓여 있었다. "아직 읽으실 책이 많아 보이네요."

"그래요. 읽을거리야 늘 많지." 셀레스틴이 창밖을 보며 말했다.

"방해해서 죄송해요, 수녀님. 한 가지 여쭤보고 싶은 게 있어서 왔어요." 에반젤린은 록펠러 여사가 이노센타 원장에게 보낸 편지를 주머니에서 꺼내 무릎 위에 펼쳤다.

셀레스틴은 하얗고 긴 손가락을 무릎에 가지런히 모으고 평가하는 듯한 차갑고 무심한 눈길로 에반젤린을 바라보았다. 약지에는 수녀원의 상징이 박힌 반지를 끼고 있었다. 셀레스틴 수녀의 나이라면 점심에 뭘 먹었는지도 기억하지 못할 수 있었다. 그런 사람이 수십 년 전 일을 기억하고 있을지 회의적이었다.

에반젤린은 헛기침을 하고는 입을 열었다. "오늘 오전에 자료실을 정리하다가 편지를 한 장 찾았는데 수녀님 이름이 있었어요. 그런데 어디에 보관해야 할지 모르겠더라고요. 어떤 일에 관한 편지인지 알려주시면 제자리를 찾아 넣어두려고 해요."

"제자리요?" 셀레스틴이 잘 모르겠다는 듯 물었다. "이렇게 나이 먹은 내가 뭔가를 제자리에 두는 데 도움이 될지 모르겠군요. 무슨 내용의 편지죠?"

에반젤린이 편지를 건네주자 셀레스틴은 편지지를 돌려 방향을 바로 잡았다.

"거기 돋보기 좀 줘요." 셀레스틴이 탁자를 향해 손을 흔들었다.

에반젤린은 셀레스틴의 손에 돋보기를 쥐여주고 편지를 읽는 그녀의 표정을 열심히 살펴보았다. 돋보기를 들이대 글자들을 훑자 편지지가 순간 한 장의 빛이 되었다. 셀레스틴의 표정으로 보아 뭔가 생각이 복잡해진 것은 분명했지만 편지 내용 때문인지는 알 도리가 없었다. 잠시 후 셀레스틴은 돋보기를 무릎 위에 내려놓았다. 에반젤린은 셀레스틴이 편지를 기억한다는 사실을 단박에 알 수 있었다.

"아주 오래전 편지군요." 마침내 셀레스틴이 입을 열었다. 그녀는 편지를 구겨버리더니 파란 핏줄이 드러난 손을 그 위에 올려놓고 말했다. "애비게일 록펠러라는 여자가 썼고요."

"네. 저도 서명을 읽었어요."

"이게 자료실에 있었다니 놀랍군요. 그자들이 전부 가져간 줄 알았는데."

"수녀님이라면 이 편지가 무슨 내용인지 대충 아실지도 모른다고 생각했어요." 에반젤린이 용기를 내어 말했다.

셀레스틴은 깊은 한숨을 쉬더니 잔뜩 주름진 눈을 돌려 다른 곳을 보았다. "이 편지는 내가 세인트로즈 수녀원에 오기 전에 작성된 거예요. 나는 큰 화재가 나기 일주일 전인 1944년 초에 여기 왔어요. 긴 여행 뒤여서 피곤한데다 영어를 한마디도 못했죠."

"혹시 록펠러 여사가 왜 이런 편지를 이노센타 원장님께 보냈는지 알고 계시나요?" 에반젤린은 포기하지 않고 다시 물었다.

셀레스틴은 휠체어에 앉은 채 허리를 곧게 펴고 무릎 위에 덮은 담요를 가지런히 정리했다. "나를 여기로 데려온 사람이 바로 록펠러 여사였죠." 지나치게 많은 걸 털어놓는 사람처럼 조심스러운 말투였다. "여기 올 때 탔던 차가 벤틀리였던 것 같아요. 프랑스산 말고는 아는 자동차도 거의 없지만. 정말이지 애비게일 록펠러에게 어울리는 차였어요. 록펠러 여사는 나이를 먹고 통통한 모습에 모피 코트를 입었고 내 꼴은 정반대였어요. 젊고, 이루 말할 수 없을 만큼 말랐었죠. 게다가 구식 프란체스코 수녀회 수녀복을 입고 있었고요. 이곳으로 오기 전 포르투갈에서 종신서원을 했는데 그곳에서는 여전히 그런 옷을 입었거든요. 차가 멈춰 서니 나와 비슷한 복장을 한 수녀들이 잔뜩 몰려왔어요. 모두 검은색 외투와 스카프 차림이었죠. 그날은 '재의 수요일'*이었어요. 수녀들 이마에 아침 미사에서 십자가 모양으로 그린 재가 남아 있어서 분명히 기억해요.

이곳 수녀님들이 보여준 따뜻한 환대는 절대 잊을 수가 없어요. 지나가는 내게 노래하는 것처럼 부드럽고 포근한 목소리로 속삭였어요. '잘 왔어요.' 세인트로즈 수녀원의 수녀들은 조용조용 속삭여줬죠. '잘 왔어요. 환영해요. 집에 잘 왔어요'라고요."

"제가 여기 왔을 때도 그렇게 반겨주셨어요." 에반젤린은 처음 수녀원에 왔던 날 오로지 아버지가 와서 다시 브루클린으로 데려가주기만 바랐던 것을 떠올렸다.

---

* 사순절이 시작되는 첫날로 미사에서 참회의 상징으로 재를 머리에 얹는 예식을 행한다.

"그래요. 나도 기억나요. 그때 무척 어렸죠." 셀레스틴이 말했다. 그러더니 에반젤린이 처음 수녀원에 온 날을 자신의 첫날과 비교해보기라도 하듯 잠시 말을 멈추었다. "이노센타 원장님이 우리를 맞으며 환영한다고 말했는데, 가만 보니 두 사람은 이미 서로 아는 사이였어요. 록펠러 여사가 '마침내 만나게 돼 정말 기쁘군요'라고 대답했죠. 그 순간 문득 궁금해졌어요. 수녀들이 나를 반기는 건지 아니면 록펠러 여사가 궁금해서 나와본 건지요. 내가 어떻게 보일지는 나도 잘 알았어요. 피곤에 지쳐 눈 밑에 다크서클이 생겼고 정상체중에 한참 못 미치는 상태였으니까요. 유럽에서 고생했던 것과 대서양을 건너온 것 가운데 어느 쪽이 더 괴로웠는지 알 수 없었죠."

에반젤린은 셀레스틴 수녀가 수녀원에 오던 날을 머릿속에 그려보려고 애썼다. 그녀의 젊은 모습을 상상하기란 쉽지 않았다. 셀레스틴이 처음 수녀원에 왔을 때는 지금의 에반젤린보다도 어렸다. "애비게일 록펠러가 수녀님에게 신경을 많이 썼겠군요."

"전혀 그렇지 않았어요. 록펠러 여사는 무도회에 처음 나가는 딸을 둔 부인처럼 이노센타 원장님께 나를 떠밀면서 잘 살펴보시라고 말했어요. 하지만 원장님은 무거운 출입문을 활짝 열고 서서, 몰려나온 수녀들에게 모두 돌아가 하던 일을 계속하라고 말할 뿐이었죠. 내 옆을 지나가는 수녀들의 옷에서 나는 냄새 때문에 그들이 한창 허드렛일을 하던 중이었다는 걸 알 수 있었어요. 나무 광택제랑 암모니아, 왁스 냄새가 풍겼거든요. 하지만 록펠러 여사는 아랑곳하지 않았어요. 내가 기억하기로 그녀는 뱀의 머리를 짓밟고 선 대천사 미카엘의 대리석 조각에 정신이 팔려 있었죠. 장갑 낀 손을 조각의 발 위에 올리더니 악마의 머리를 부수려고 힘을 준 그 부분을 손가락으로 쓰다듬었어요. 그 순간 그녀의 허연 목에 걸린 두 줄짜리 크림색 진주 목걸이가 눈에 띄었죠. 희미한 불빛 아래 반짝거리며 빛나는 진주알들은 물질적인 세상을 멀리하며 살았던 나조차 시선을 빼앗길 만큼 아름다웠어요. 유럽에서는 수많은 하느님의 자식들이 비참한 지경에 처해 있는데 미국 사람들은 모피와 진주로 치장하다니, 불공평하다는 생각을 하지 않을 수 없었어요."

에반젤린은 이야기가 이어지기를 바라며 셀레스틴을 보았다. 셀레스틴 수녀는 단지 이노센타 원장과 애비게일 록펠러의 관계를 알기만 하는 사람이 아니었다. 그녀는 두 사람 관계의 중심에 있었다. 에반젤린은 이야기를 계속해달라고 말하고 싶었지만 직접적으로 말하면 셀레스틴 수녀가 오히려 경계심을 품을까 두려웠다. 결국 이렇게 말했다. "그럼 록펠러 여사가 이노센타 원장님께 뭐라고 편지를 보냈는지 잘 아시겠네요."

"우리가 로도피 산맥에 갔던 건 모두 내 연구 덕분이었어요." 에반젤린은 자신을 바라보는 셀레스틴의 날카로운 눈빛이 왠지 걱정스러웠다. "동굴에서 그걸 찾아낼 수 있었던 것도 내 연구 덕분이었고요. 산속에선 모든 걸 계획대로 하기 위해 조심하고 또 조심했죠. 그들은 우리를 따라잡지 못했어요. 우리 대장이었던 세라피나 박사는 크게 안도했죠. 우리가 가장 우려하던 일이 바로 동굴에 도착하기 전에 붙잡히는 거였으니까요."

"동굴이요?" 에반젤린은 점점 더 혼란스러워졌다.

"우리 계획은 아주 철저했어요. 최첨단 장비와 카메라로 발견한 것들을 세세히 기록했고요. 카메라와 필름을 보호하는 데 각별히 신경썼죠. 발견한 것들은 완벽했어요. 그걸 천과 솜으로 싸맸죠. 정말 꽁꽁 싸맸어요." 셀레스틴은 강물이 불어났는지 살펴보듯 창밖을 응시했다.

"무슨 말씀이신지 못 알아듣겠어요." 에반젤린은 좀더 자세한 설명을 듣고 싶어 넌지시 물었다. "무슨 굴에서 뭘 발견했다는 거죠?"

셀레스틴 수녀는 에반젤린의 눈을 다시 한번 바라보았다. "우리는 그리스를 통해 로도피 산맥 쪽으로 차를 몰고 갔어요. 전쟁중이라 그쪽으로 갈 수밖에 없었죠. 미국과 영국이 산맥 서쪽인 소피아에 폭격을 퍼붓기 시작했을 때니까. 매주 폭격이 심해졌고 우리가 가려는 동굴에도 폭탄이 떨어질 수 있었어요. 수천 개나 되는 동굴 가운데 하나니까 정확히 그곳에 떨어질 확률은 거의 없었지만요. 어쨌거나 우리는 재빨리 행동을 개시했어요. 일단 애비게일 록펠러가 자금을 지원하기로 정해지자 나머지 준비는 순식간에 끝났죠. 천사학자들이 전부 소집됐어요."

"천사학자." 에반젤린이 천사학자라는 말을 되뇌었다. 익숙한 단어였지만 그런 말을 셀레스틴 수녀에게 할 수는 없었다.

셀레스틴도 에반젤린이 뭔가 이상하다는 낌새를 챈 것 같았지만 내색하지는 않았다. "'악마의 목구멍'에서는 적들이 우리를 공격하지 않았어요. 하지만 파리까지 뒤쫓아왔죠." 셀레스틴의 목소리에 점점 더 생기가 돌았다. 그러더니 눈을 크게 뜨고 에반젤린을 바라보았다. "그들은 파리에 도착하자마자 우리를 공격했어요. 첩자들을 총동원해서 존경하는 내 스승을 붙잡아갔죠. 나는 프랑스에 계속 있을 수 없었어요. 유럽에 남아 있는 건 너무 위험했어요. 미국으로 와야만 했죠. 그러고 싶은 마음은 전혀 없었지만요. 물건을 지키는 게 내 임무였어요. 우리가 발견한 걸 책임지고 맡았어야 했는데, 내가 할 수 있는 일이라곤 오직 달아나는 것뿐이었죠. 열심히 싸우는 동료들을 배신하고 나 혼자 떠났다는 생각은 지금도 변함없지만 달리 방법이 없었어요. 내 임무를 수행한 거니까. 다른 이들이 죽어갈 때 나는 뉴욕으로 오는 배에 올랐어요. 이미 모든 준비가 돼 있었죠."

에반젤린은 셀레스틴 수녀가 털어놓는 엉뚱한 이야기를 듣고도 아무렇지 않은 척하려고 애썼다. 하지만 들으면 들을수록 궁금한 것을 참기가 어려웠다. "록펠러 여사가 탈출을 도왔나요?"

"그분은 지옥으로 변해가던 유럽에서 내가 빠져나올 수 있도록 만반의 준비를 해주었어요." 셀레스틴이 에반젤린의 질문에 직접적으로 대답한 건 처음이었다. "난 포르투갈로 밀입국했지만 다른 동료들은 운이 없었어요. 남은 사람들이 모두 살아남지 못하리라는 건 떠날 때 이미 알고 있었죠. 무시무시한 악마들은 우리를 찾아내는 족족 죽였어요. 그게 그들의 방식이었죠. 잔인하고 사악하고 비인간적인 것들! 그들은 우리 모두가 죽을 때까지 결코 멈추지 않을 거예요. 지금도 우리는 쫓기고 있어요."

에반젤린은 깜짝 놀라 셀레스틴을 바라보았다. 그녀는 2차 세계대전이 실제로 어땠는지, 셀레스틴에게 그것이 어떤 두려움으로 남았는지 잘 알지 못했다. 그보다 셀레스틴이 너무 흥분해 혹시라도 잘못될까봐 겁이 났다. "진정하세요, 수녀님. 괜찮아요. 지금은 안전하시니까요."

"안전해?" 셀레스틴의 눈이 공포로 얼어붙었다. "그 누구도 절대 안전하지 않아. 자메(절대)."

"무슨 말씀이세요? 뭐가 위험하다는 거죠?" 에반젤린은 점점 더 걱정스러워지는 속마음을 숨기려고 짐짓 목소리를 가다듬으며 물었다.

셀레스틴의 목소리는 거의 속삭이는 것처럼 작았다. "'아 세트 에포크라, 일 이 아베 데 지앙 쉬르 라 테르, 에 오시 아프레 크 레 피스 드 디외 퓌르 위니 오 피유 데 옴 에 켈 뢰르 위르 돈 데 앙팡. 스 송 세 에로 시 파뫼 도트러푸아.'"

에반젤린은 프랑스어를 알았다. 프랑스 사람인 어머니는 그녀에게 늘 프랑스어로 말했다. 하지만 프랑스어를 제대로 들어본 건 거의 십오 년 만의 일이었다.

셀레스틴은 날카롭고 격렬하고 빠르게 같은 말을 영어로 되풀이했다. "'하느님의 아들들이 사람의 딸들과 한자리에 들어 그들에게서 자식이 태어나던 그때와 그뒤에도 세상에는 네피림이 있었는데, 그들은 옛날의 용사들로서 이름난 장사들이었다.'"

영어로 들은 내용은 귀에 익었다. 성서의 어느 부분인지도 금세 알 수 있었다. "창세기에 나오는 구절이군요." 에반젤린은 마침내 셀레스틴이 하는 말을 조금이라도 알아들었다는 생각에 마음이 놓였다. "저도 알아요. 노아의 홍수 직전 시대를 말하는 내용이죠."

"뭐라고?" 셀레스틴은 처음 보는 사람처럼 에반젤린을 보았다.

"방금 말씀하신 창세기 구절이요. 저도 잘 안다고요."

"아니. 절대 모를걸." 셀레스틴의 눈빛에 갑자기 적개심이 차올랐다.

에반젤린은 셀레스틴을 진정시키려고 손을 잡았지만 이미 늦은 후였다. 셀레스틴은 점점 더 흥분하며 화를 내더니 혼자 중얼거렸다. "태초에 인간과 하느님의 관계는 균형을 이루었어. 우주에는 질서가 있었지. 수많은 천사들은 엄격한 체계를 이루고 있었고 하느님이 가장 사랑해서 당신의 모습을 본떠 만든 인간 남자들과 여자들은 고통을 모른 채 행복하게 살았지. 괴로움은 없었어. 죽음도 없었어. 시간도 없었어. 그런 것들이 존재할 이유가 없었거든. 우주는 완벽하게 안정적이었고 앞으로 나아가길 거부할 만큼 순수했어. 하지만 천사들은 그런 상태가 편치 않았지. 그들은 인간을 질투하기 시작했어. 사악한 천사들이 인간을 유혹한 것은 자만에 빠진 결과였고 하느님을 괴롭히려는 목적도 있었지. 결국 천사도 인간과 함께 타락하고 말았어."

앞뒤 없는 말을 계속 늘어놓게 놔두면 좋을 것이 없다고 생각한 에반젤린은 셀레스틴이 떨리는 손으로 누르고 있는 편지를 조심스럽게 빼냈다. 그러고는 편지를 접어 주머니에 넣고 자리에서 일어났다. "용서하세요, 수녀님. 이런 식으로 귀찮게 해드릴 생각은 없었어요."

"가! 나를 가만히 내버려두고 당장 가버려!" 셀레스틴은 온몸을 부들부들 떨며 소리쳤다.

에반젤린은 머릿속이 혼란스럽고 조금 무섭기까지 해서 얼른 방문을 닫고 걷는 듯 뛰는 듯 좁은 복도를 따라 계단으로 향했다.

필로메나 수녀는 저녁식사 시간이 될 때까지 낮잠을 자는 경우가 많았다. 그래서 에반젤린이 텅 빈 도서관으로 돌아왔을 때 벽난로는 차갑게 식고 책을 옮기는 수레 위에 책장으로 돌아갈 시간을 기다리는 책이 잔뜩 쌓여 있었던 건 그다지 놀랄 일이 아니었다. 어지럽게 쌓인 책들을 무시한 채 에반젤린은 우선 불을 지펴 추운 실내를 덥히기로 했다. 장작 두 개를 난로에 넣고 그 아래 신문지를 구겨넣은 다음 성냥을 그었다. 불꽃이 자리를 잡자 그녀는 몸을 일으켜 차갑게 언 작은 손으로 주름진 치마를 폈다. 치마의 구김을 펴는 일이 정신을 집중하는 데 도움이 된다는 듯이. 한 가지는 확실했다. 셀레스틴 수녀가 들려준 이야기에서 힌트를 찾아내려면 최대한 정신을 집중해야 했다. 그녀는 치마 주머니에 넣어두었던 베를렌의 편지를 꺼내 읽었다.

제 고객의 의뢰를 받아 조사하는 과정에서, 록펠러 가문의 안주인이자 예술계 후원자로 유명했던 애비게일 앨드리치 록펠러 여사와 세인트로즈 수녀원 이노센타 원장이 록펠러 여사가 사망하기 사 년 전인 1943년에서 1944년 사이에 잠시 연락을 주고받았다는 것을 알게 되었습니다.

그저 세인트로즈 수녀원을 방문하고 싶다는 내용이었다. 희귀한 책이나 그림들을 소장한 곳이라면 주기적으로 이런 편지가 날아든다. 담당자인 에반젤린은 그저 간단하게 거절하는 답신을 보내고 영원히 잊어버리면 그만이었다. 하지만 이런 간단한 요구를 담은 편지 한 통이 모든 걸 뒤집어놓고 말았다. 에반젤린은 셀레스틴 수녀와 애비게일 록펠러, 이노센타 원장이 어떤 사람들이었는지, 또 천사학자들이 무슨 일을 했는지 궁금해서 도저히 견딜 수가 없었다. 그녀는 부모님이 어떤 일을 했는지 알고 싶으면서 한편으로는 무지의 사치를 누리고도 싶었다. 셀레스틴 수녀의 이야기가 귓가에 맴돌았다. 자신이 세인트로즈 수녀원에 와서 살게 된 게 다름아닌 셀레스틴 수녀의 이야기를 듣기 위해서였다는 생각마저 들었다. 그러면서도 혹시 셀레스틴이 과거에 겪은 일들이 자신이 겪은 일과 관계가 있을지도 모른다는 생각에 견딜 수 없을 만큼 마음이 흔들렸다.

쥐죽은듯 조용한 도서관이 그나마 위안이 되었다. 에반젤린은 벽난로 근처 탁자에 앉아 깡마른 팔꿈치를 탁자에 대고 두 손으로 턱을 괸 채 차분해지려 애썼다. 불을 지폈지만 벽난로에서는 여전히 찬 공기가 퍼져 강렬한 열기와 살을 에는 냉기가 묘하게 뒤섞인 기운이 피부에 닿았다. 에반젤린은 셀레스틴 수녀가 뒤죽박죽으로 들려준 이야기를 최대한 제대로 재구성하려 애썼다. 탁자 서랍에서 종이와 빨간 펜을 꺼내 몇 가지 단어를 써보았다.

악마의 목구멍 동굴

로도피 산맥

창세기 6장

천사학자

나아갈 길이 잘 보이지 않는 상황에 처하면 에반젤린은 젊은 여자라기보다 한 마리 거북에 가깝게 행동했다. 마음속 차갑고 어두운 공간으로 기어들어가 완벽하리만큼 차분하게 혼란이 지나가길 기다리는 것이다. 그녀는 거의 삼십 분이 지나도록 자신이 쓴 단어들만 내려다보았다. '악마의 목구멍 동굴, 로도피 산맥, 창세기 6장, 천사학자.' 만일 어제 누군가가 불쑥 이 종이를 눈앞에 들이밀며 에반젤린이 쓴 단어들이라고 했다면 그냥 웃고 말았을 것이다. 하지만 이 단어들은 셀레스틴 수녀가 들려준 이야기의 핵심이었다. 자신이 발견한 편지가 암시하듯 애비게일 록펠러가 이 일에 관여한 게 사실이라면 에반젤린은 그 내용을 어떻게든 알아내고 싶었다.

단어들 사이의 연관성이 자연스럽게 풀릴 때까지 머릿속으로만 고민해볼까 싶은 생각도 있었지만, 그녀는 아무 노력도 하지 않고 멍하니 기다릴 만큼 바보는 아니었다. 따뜻해진 도서관 안을 가로질러 책장에서 커다란 세계지도책을 꺼냈다. 탁자 위에 책을 펼친 다음 색인에서 로도피 산맥이 있는 페이지를 찾아 펼쳤다. 로도피 산맥은 유럽 남동부에 있는 작은 산맥으로 그리스 북부에서 불가리아 남부까지 이어져 있었다. 에반젤린은 혹시 '악마의 목구멍'이라는 지명이 없는지 살펴보았지만 다른 지역보다 높은 곳이라는 의미로 짙은 음영만 군데군데 칠해져 있을 뿐이었다.

에반젤린은 그리스를 통해 로도피 산맥으로 갔다는 셀레스틴의 말을 떠올리고는 바다에 둘러싸인 그리스 본토를 손가락으로 짚었다. 그리고 로도피 산맥이 시작되는 평원을 찾아냈다. 산맥 주위가 녹색과 회색으로 칠해진 걸 보니 사람이 별로 살지 않을 것 같았다. 제대로 된 도로라곤 카발라라는 트라키아 해 연안 항구도시에서 뻗어나온 것 하나뿐이었는데, 북쪽에 있는 여러 소도시와 마을도 이 도시에서 나온 도로로 이어졌다. 산맥 남쪽 그리스 반도 쪽으로 눈길을 옮기자 고전문학을 배울 때 자주 듣던 아테네와 스파르타의 이름이 보였다. 그리스 하면 에반젤린이 떠올리는 두 고대도시였다. 하지만 그리스의 북쪽 끝에서 불가리아와 경계를 이루는 작은 산맥 로도피는 처음 들어보는 이름이었다.

지도에서 더는 알아낼 것이 없다는 사실을 깨달은 에반젤린은 1960년대에 발행한 낡은 백과사전을 펼쳐 로도피 산맥을 찾았다. 페이지 중간쯤 입을 벌린 동굴의 모습을 담은 흑백사진 한 장이 박혀 있었다. 그리고 사진 아래 다음과 같은 설명이 있었다.

> '악마의 목구멍'은 로도피 산맥 중심에 깊게 파인 동굴이다. 산허리의 거대한 암반에 뚫린 좁은 틈 모양의 동굴은 아래쪽으로 매우 깊고, 단단한 화강암 사이로 바람이 세차게 불어 대단한 장관을 보여준다. 동굴 입구 안쪽에는 거대한 폭포가 바위를 평평하게 만들어 지하강을 형성했다. 동굴 끝에 자연스럽게 형성된 공간은 오랜 옛날부터 여러 전설을 만들어냈다. 초기 탐험가들은 이런 공간에서 기이한 불빛을 보고 희열을 느꼈다고도 하는데, 이런 현상이 일어난 배경은 자연적으로 발생한 가스인 것으로 보인다.

백과사전에 따르면 악마의 목구멍 동굴은 1950년대에 유네스코 세계문화유산으로 등재됐고 현기증이 날 만큼 아름다운 경관과 기원전 4, 5세기경 이 지방에 살았던 트라키아 사람들에게 미친 역사적, 신화학적 중요성 때문에 국제적인 문화재로 여겨지고 있었다. 동굴 구조에 대한 묘사도 상당히 흥미로웠지만 에반젤린은 역사나 신화와 관련된 중요성이 무엇인지가 훨씬 더 궁금했다. 그녀는 그리스와 트라키아의 신화에 관한 책 한 권을 펼쳤다. 그리고 최근 발굴된 트라키아의 유적지에 관한 내용을 한참 건너뛴 다음 아래와 같은 글을 찾아냈다.

고대 그리스인들은 악마의 목구멍 동굴을 신화에 등장하는 저승으로 가는 입구라고 여겼다. 트라키아 키코네스 부족의 왕 오르페우스는 사랑하는 부인인 에우리디케를 하데스의 손에서 구해내기 위해 이 동굴을 통해 저승으로 간다. 그리스신화에서 오르페우스는 인간에게 음악과 문학, 의학을 주었으며 디오니소스 숭배를 장려했다고 알려져 있다. 아폴론이 오르페우스에게 금으로 만든 리라를 선물하고 연주하는 법을 가르쳤기 때문에, 그의 음악에는 동물을 길들이고 물체에 생명을 불어넣고 저승에 사는 존재를 포함해 모든 피조물을 위로할 수 있는 힘이 있었다. 많은 고고학자와 역사가는 오르페우스가 평범한 인간들을 무아지경의 신비한 의식에 빠지게 했다고 주장한다. 트라키아 사람들이 디오니소스에게 바치는 광란의 의식을 벌이다 인간을 제물로 바치기도 했다는 추측도 있다. 카르스트지형으로 된 악마의 목구멍 동굴 바닥에는 썩어가는 팔다리 토막이 굴러다녔다고 한다.

에반젤린은 오르페우스가 등장하는 신화 이야기에 푹 빠졌다. 하지만 책에 실린 내용은 셀레스틴 수녀의 이야기와 별 상관이 없었다. 셀레스틴은 오르페우스나 그로부터 영감을 받아 디오니소스를 숭배했다는 무리에 관해서는 말하지 않았다. 그래서 자신이 다음에 이어지는 문단을 열중해서 읽고 있다는 데 스스로도 깜짝 놀라지 않을 수 없었다.

기원후 사람들은 악마의 목구멍이 반란을 일으켰다가 천국에서 추방당한 천사들이 떨어진 곳이라고 생각했다. 동굴 주변에 사는 기독교인들은 수직으로 날카롭게 뚫린 동굴 입구를 보고 루시퍼가 불길에 휩싸인 채 땅으로 떨어져 지옥에 처박히며 남긴 흔적이라 생각했으며 여기서 악마의 목구멍이라는 이름이 유래했다고 믿었다. 또 동굴이 타락천사뿐 아니라 위경僞經 에녹서에 등장하는 '신의 아들들'을 가둔 감옥이라고 믿는 이들도 오래전부터 있었다. 에녹서에는 '감시자'로, 성서에는 '하느님의 아들들'로 나오는 이 천사들은 하느님께 불복종해 미움을 샀다. 인간 여자들과 어울려 천사와 인간의 혼혈인 네피림 종족을 탄생시킨 것이다(창세기 6장 참조). 감시자들은 그렇게 죄를 저지르고 땅속 깊은 곳에 갇혔다. 그들의 지하 감옥에 대해서는 성서에도 반복적으로 언급된다. 유다서 1장 6절을 참조할 것.

에반젤린은 읽던 책을 그대로 둔 채 일어서서 도서관 한가운데 외다리 탁자 위에 놓인 신역新譯 성서 쪽으로 갔다. 그녀는 페이지를 넘기며 천지창조와 타락, 카인이 아벨을 살해하는 부분을 지나 창세기 6장에서 멈췄다.

1 땅 위에 사람들이 늘어나기 시작하면서, 그들에게서 딸들이 태어났다. 2 하느님의 아들들은 사람의 딸들이 아름다운 것을 보고, 여

자들을 골라 모두 아내로 삼았다. 3 주님께서 말씀하셨다. “사람들은 살덩어리일 따름이니, 나의 영이 그들 안에 영원히 머물러서는 안 된다. 그들은 백이십 년밖에 살지 못한다.” 4 하느님의 아들들이 사람의 딸들과 한자리에 들어 그들에게서 자식이 태어나던 그때와 그뒤에도 세상에는 네피림이 있었는데, 그들은 옛날의 용사로서 이름난 장사들이었다. 5 주님께서는 사람들의 악이 세상에 많아지고, 그들 마음의 모든 생각과 뜻이 언제나 악하기만 한 것을 보시고, 6 세상에 사람을 만드신 것을 후회하시며 마음 아파하셨다. 7 그래서 주님께서 말씀하셨다. “내가 창조한 사람들을 이 땅 위에서 쓸어버리겠다. 사람뿐 아니라 짐승과 기어다니는 것들과 하늘의 새들까지 쓸어버리겠다. 내가 그것들을 만든 것이 후회스럽구나!”

아까 오후에 셀레스틴 수녀가 인용한 게 바로 이 구절이었다. 에반젤린은 전에도 성서의 창세기 부분을 수백 번 넘게 읽었다. 어렸을 때 어머니가 큰 소리로 읽어준 창세기는 그녀가 난생처음 열중해서 들은 이야기였고, 그때까지 들어본 가운데 가장 극적이고 격정적이고 장엄한 이야기였다. 하지만 그러면서도 네피림이라는 이상한 생명체의 탄생이라든지, 인간이 백이십 년밖에 살지 못하는 벌을 받았다든지, 조물주가 당신의 피조물에 실망했다든지, 그래서 고의로 노아의 홍수를 일으켰다든지 하는 세세한 부분을 의식하며 이상하다고 생각해본 적은 단 한 번도 없었다. 공부를 할 때도, 수녀가 되려고 수련하며 세인트로즈 수녀원의 다른 수녀들과 성서를 두고 여러 차례 토론을 벌이면서도 이에 대해 거론한 적은 없었다. 에반젤린은 다시 한번 성서 구절을 읽고 깊이 생각해보았다. “하느님의 아들들이 사람의 딸들과 한자리에 들어 그들에게서 자식이 태어나던 그때와 그뒤에도 세상에는 네피림이 있었는데, 그들은 옛날의 용사들로서 이름난 장사들이었다." 그리고 다시 유다서를 찾아 읽었다. "자기 영역을 지키지 않고 거주지를 이탈한 천사들도 저 중대한 날에 심판하시려고 영원한 사슬로 묶어 어둠 속에 가두어두셨습니다."

머리가 아파와 에반젤린은 성서를 덮었다. 아버지의 목소리가 머릿속을 가득 채우며 그녀는 어느새 서늘하고 먼지 쌓인 창고 계단으로 돌아갔다. 메리제인 구두가 철제 계단을 사뿐사뿐 밟고 올라갔다. 날카로운 날개와 희미한 빛을 뿜어내는 살갗, 묘한 아름다움을 지닌 채 우리에 갇힌 존재가 머리 위에 다가왔다. 에반젤린은 오랫동안 그 모습은 자신의 상상력이 만들어낸 허상일지도 모른다고 생각해왔다. 그런데 그때 본 괴물들이 실제로 존재하며 그들 때문에 아버지가 자신을 수녀원으로 데려왔을지도 모른다고 생각하니 도저히 견딜 수가 없었다.

에반젤린은 일어서서 도서관 뒤쪽 잠금장치가 달린 유리 진열장 쪽으로 향했다. 책장에는 19세기 책들이 꽂혀 있었다. 세인트로즈 수녀원이 처음 생겼을 때부터 도서관에 있었으니 그곳에서 가장 오래된 책들이지만 다루고 있는 내용에 비하면 외형은 새 책이나 다름없었다. 에반젤린은 벽에 박힌 못에 걸린 열쇠로 진열장을 열고 책 한 권을 꺼내 조심스레 양팔로 감싸안고는 벽난로 근처 탁자로 돌아왔다. 『타락천사의 해부』라는 책이었다. 그녀는 책을 살펴보다가 부드러운 가죽 표지를 가만히 쓸어보았다. 급히 책장을 들추다 책등이 상할까봐 염려스러웠다.

에반젤린은 얇은 면장갑을 끼고 조심스레 책을 펼쳤다. 천사들의 어두운 면을 다룬 수백 페이지에 달하는 내용이 그녀를 기다리고 있었다. 페이지마다 담긴 글과 그림, 판화들은 어떤 식으로든 자연계의 질서를 어지럽힌 천사들의 죄악에 관련된 것이었다. 내용은 성서의 해석부터 악령을 쫓는 의식에 관한 프란체스코회의 입장까지 다양했다. 에반젤린은 책장을 넘겨가며 교회 역사에서 악마에 대한 논의가 벌어진 부분을 찾아 읽었다. 이상하게도 이곳 수녀원의 수녀들 사이에서는 악마를 두고 토론한 적이 한 번도 없었다. 그러나 한때 악마는 수많은 신학적 토론의 주제였다. 예를 들어 성 토마스 아퀴나스는 악마들이 바람과 폭풍을 일으키고 하늘에서 불비를 내리는 능력을 가졌다고 믿는 것이 정설이라고 주장했다. 탈무드에 따르면 악마는 일흔두 개의 집단으로 나뉘고 전체 수가 7405926이나 된다고 하는데, 기독교에서 직접 산출한 바가 없으니 에반젤린이 보기에 탈무드에 등장하는 수는 그저 추측에 불과한 것 같았다. 어쨌든 놀랄 만한 수였다. 책의 첫 장은 천사가 일으킨 반란의 역사적 정보를 담고 있었다. 기독교인과 유대인, 이슬람교도는 지난 수천 년 동안 타락천사의 존재에 대해 논쟁을 벌여왔다. 복종을 거부한 천사들에 관한 가장 구체적인 자료는 창세기에 나온다. 그러나 위경을 바탕으로 한 글들이 기원후 수백 년 동안 널리 유포되어 유대교와 기독교의 공통적인 천사 관념을 형성했다. 천사가 모습을 드러내고 인간을 찾아왔다는 이야기도 많았고, 천사의 본성에 관한 잘못된 지식도 널리 퍼졌다. 예를 들면 하느님이 인간을 감시하라는 특별한 임무를 주어 땅으로 보냈다는 천사들인 '감시자'와, 『실락원』을 통해 널리 알려진 것처럼 루시퍼를 추종해 반란을 일으켰다가 천국에서 추방당한 천사들을 혼동하는 일은 매우 흔했다. 감시자들은 베네 엘로힘, 즉 '하느님의 아들들'이라는 열번째 계급에 속하지만, 루시퍼와 반역을 일으킨 천사들, 즉 악마의 무리는 말라킴, 즉 역품천사라는 좀더 높은 계급이었다. 루시퍼는 영원한 불속에 던져진 반면 감시자들은 언제 풀려날지 알 수 없이 그저 감옥에 갇힌 것뿐이었다. 감시자들은 구덩이나 구멍, 동굴, 지옥 등으로 다양하게 번역할 수 있는 장소에 갇힌 채 풀려날 날만을 기다리고 있었다.

한참 책 내용에 몰두하던 에반젤린은 자기도 모르게 탁자 위에 펼친 책을 너무 꽉 누르고 있다는 걸 알아차렸다. 그녀의 시선은 책에서 떨어져 단 몇 시간 전에 처음 베를렌을 보았던 도서관 입구로 옮겨갔다. 정말이지 묘한 하루였다. 아침에 일어나 세수를 한 뒤 지금까지 겪은 모든 일이 현실이 아니라 꿈 같았다. 너무나 강렬한 인상을 풍기며 에반젤린의 삶에 뛰어든 베를렌은 마치 가족에 대한 기억처럼 그녀의 마음속에서 만들어낸 존재처럼 느껴졌다. 현실적인 동시에 비현실적인 존재였다.

에반젤린은 주머니에 넣어둔 베를렌의 편지를 꺼내 탁자 위에 펼쳐놓고 다시 한번 읽었다. 베를렌의 솔직하고 친근하고 지적인 태도가 그녀가 오랫동안 뒤집어쓰고 살아온 껍질을 깨고 들어오는 듯했다. 그의 모습은 수녀원 바깥에 다른 세상이 존재한다는 걸 일깨워주었다. 그는 전화번호를 남기고 갔다. 그래서는 안 된다는 걸 알지만 들킬 위험을 감수하고라도 베를렌과 다시 이야기를 해보고 싶었다.

수녀들이 바삐 오가는 1층 복도를 걸으면서 에반젤린은 왠지 조급해졌다. 기도 동역자 모임이 열리고 있는 휴게실과 공예교실이 진행중인 비테르보 아트센터 앞을 서둘러 지났다. 재킷을 챙겨입으러 방에 들르지도 않고 선교국에 들러 발송할 편지가 있는지 확인해보지도 않았다. 심지어 예배 시간표에 따라 예배가 제대로 진행되고 있는지 점검하지도 않았다. 그녀는 중앙 출입문을 통해 밖으로 나와 수녀원 마당의 남쪽, 벽돌로 지은 커다란 차고로 향했다. 벽에 걸린 회색 철제 사물함에서 열쇠 뭉치를 꺼낸 뒤 수녀원에서 사용하는 자동차에 올라타 시동을 걸었다. 영원한 경배 프란체스코 수녀회의 세인트로즈 수녀원에서 진정으로 혼자가 될 수 있는 공간은 문이 네 개 달린 갈색 세단 안뿐임을 에반젤린은 알고 있었다.

에반젤린은 수녀원 차를 타고 나가도 신경쓸 사람이 없을 거라 확신했다. 차를 몰고 우체국에 가는 일은 언제나 기다려졌다. 그녀는 이틀에 한 번 수녀원에서 밖으로 나가는 우편물을 천주머니에 담아 차에 싣고 허드슨 강을 따라 굽이굽이 이어진 2차선 9W 고속도로를 달렸다. 수녀원에 운전면허가 있는 수녀는 많지 않았다. 그래서 에반젤린은 우체국에 가는 것 말고 처방약을 찾아오거나 떨어진 사무용품을 보충하고 생일을 맞은 수녀의 선물을 사는 등의 다른 심부름도 도맡았다.

어떤 때는 오후에 차를 몰고 킹스턴-라인클리프 철교를 지나 강 건너 더체스 카운티까지 드라이브를 하기도 했다. 다리를 건널 때면 일부러 속도를 늦추고 창문을 연 채 아무렇게나 자란 버섯들처럼 강변에 띄엄띄엄 흩어진 건물들을 바라보곤 했다. 세인트로즈 수녀원 건물의 탑을 비롯해 여러 종교단체에서 소유한 수도원들도 보이고, 어딘가 모퉁이를 돌 때면 넓은 들판 한가운데 서 있는 밴더빌트 가문의 대저택도 볼 수 있었다. 다리가 높아서 수 킬로미터 떨어진 곳까지 보였다. 차가 바람에 조금씩 흔들릴 때면 무서워 온몸이 살짝 떨리기도 했다. 수면 위로 높이 지어진 다리 위에서 아래쪽을 내려다보면 하늘을 나는 기분이 어떨지 잠시나마 알 것 같았다. 에반젤린은 물 위를 지날 때의 자유로운 느낌이 좋았다. 아버지와 함께 자주 브루클린브리지 위를 걸었던 것의 영향 같았다. 다리를 건너면 유턴해서 다시 반대편으로 달리며 멀리 서쪽 하늘에 파란색과 보라색이 섞인 빛깔로 솟은 캐츠킬 산맥 줄기를 바라보기도 했다. 조금 전부터 떨어지던 눈송이들이 바람에 이리저리 흩날렸다. 다시 한번 다리를 타고 땅에서 높이높이 올라가자 에반젤린은 정신이 육체를 벗어나는 듯한 행복을 느꼈다. 아침에 예배당에서 가끔 느끼는 현기증과도 비슷한 느낌, 천지창조의 무한함에 대한 순수한 존경심과도 같은 느낌이었다.

에반젤린은 오후에 드라이브를 하면서 어지러운 마음을 달래곤 했다. 그럴 때면 항상 미래에 대한 고민으로 머릿속이 가득찼다. 그녀에게 미래란 정처 없이 영원히 걸어야 하는 어둡고 끝없는 길처럼 보였다. 하지만 오늘 9W 고속도로로 들어서면서는 다른 생각이 전혀 들지 않았다. 오직 셀레스틴 수녀가 들려준 기묘한 이야기와 갑작스럽게 그녀의 삶에 뛰어든 베를렌만 떠올랐다. 아버지가 살아 있었으면 좋았을 거라는 생각이 들었다. 경험이 풍부하고 지혜로운 아버지가 있었더라면 이런 상황에서 어떻게 해야 할지 물어볼 수 있을 텐데.

창문을 내리자 얼음처럼 차가운 바람이 자동차 안을 가득 채웠다. 한겨울이고 재킷도 걸치지 않았는데 살갗이 불타는 듯 뜨거웠다. 땀에 흠뻑 젖은 옷은 차갑게 느껴졌다. 백미러로 확인해보니 목에 붉은 두드러기가 돋아 있었다. 아메바처럼 생긴 얼룩이 에반젤린의 새하얀 피부를 붉게 물들였다. 마지막으로 이런 증상이 나타났던 건 어머니가 돌아가신 해였다. 그해 에반젤린은 원인을 알 수 없는 온갖 종류의 알레르기에 시달렸지만 수녀원에 온 뒤로는 말끔히 사라졌다. 기도와 명상으로 보낸 시간이 그녀의 몸에 안정과 위안의 보호막을 만들어준 모양이었다. 하지만 그것도 그녀가 과거와 맞설 수 있도록 해주지는 못했다.

고속도로를 빠져나온 에반젤린은 밀턴으로 가는 좁고 구불거리는 도로에 들어섰다. 울창하던 나무들이 어느새 드문드문해지더니 숲이 뚝 끊기고 눈이 펄펄 날리는 탁 트인 하늘이 보였다. 밀턴 시내 상점가로 들어섰지만 눈과 추위가 사람들을 집안으로 쫓아버린 듯 거리는 텅 비어 있었다. 에반젤린은 주유소로 가서 무연휘발유를 가득 채우고 건물 안으로 들어가 공중전화를 찾았다. 떨리는 손으로 동전을 집어넣고 베를렌이 알려준 번호를 누른 다음 기다렸다. 가슴이 두근두근했다. 신호음이 다섯 번, 일곱 번, 아홉 번 울리더니 자동응답기로 연결되었다. 그녀는 베를렌의 녹음된 목소리를 듣고는 아무 말도 하지 않고 수화기를 내려놓았다. 25센트 동전이 그냥 넘어갔다. 베를렌은 집에 없었다.

에반젤린은 다시 시동을 걸면서 속도계 옆에 박힌 시계를 흘깃 보았다. 일곱시가 다 된 시각이었다. 오후 업무를 빼먹은 건 물론이고 저녁 식사에도 늦었다. 필로메나 수녀가 도대체 어찌된 일인지 따지려고 기다릴 게 분명했다. 잘 알지도 못하는 남자에게 전화를 걸기 위해 차를 몰고 시내까지 오다니 정신이 나간 게 아닌가 싶어 분해졌다. 게다가 에반젤린의 이야기를 들으면 말도 안 된다고 웃어넘기거나 그녀가 미쳤다고 생각할 게 뻔했다. 차를 돌려 수녀원으로 돌아가려던 순간, 에반젤린은 그를 발견했다. 길 건너 성에가 잔뜩 낀 커다란 유리창 안쪽에 베를렌이 앉아 있었다.

뉴욕 주, 밀턴, 밀턴 바 앤드 그릴

베를렌은 자신이 도움이 필요한 상태—피를 흘렸고 오도 가도 못하는 신세에 이제는 멕시코 맥주에 잔뜩 취하기까지 했다—라는 걸 그녀가 눈치챈 건 기적이라고 생각했다. 아니 어쩌면 수녀원에서 오랫동안 연마한 그녀에게는 그가 이해하지 못할 특별한 비법이 있는지도 몰랐다. 어쨌든 에반젤린이 천천히 술집 문 쪽으로 걸어오고 있었다. 짧은 머리를 귀 뒤로 넘기고 너무도 완벽한 자세로. 그녀가 입은 검은 수녀복은, 상상력을 좀 발휘한다면 대학 시절 데이트 상대인 여자들의 침울한 옷차림과 닮았다. 베를렌은 어둡고 예술을 좋아하고 비밀이 많은 여자들을 웃게 할 수는 있었지만 잠자리까지 데려가지는 못했다. 에반젤린은 술집을 가로질러 성큼성큼 걸어오더니 맞은편에 자리를 잡고 앉았다. 큰 녹색 눈의 작은 요정 같은 그녀는 이런 술집에 와본 게 처음인 것 같았다.

베를렌은 자신의 어깨 너머로 술집 안의 당구대와 주크박스, 벽에 걸린 다트 판을 살피는 에반젤린의 모습을 지켜보았다. 자기 모습이 술집을 가득 메운 사람들과는 전혀 어울리지 않는다는 데는 조금도 개의치 않는 것 같았다. 그녀는 다친 새를 보는 듯한 표정으로 눈썹을 찡그리며 몇 시간 전 헤어진 뒤 무슨 일이 있었는지 설명해보라는 듯 베를렌을 바라보았다.

"차에 문제가 좀 생겼어요." 베를렌은 자신이 처한 상황을 최대한 간단히 설명했다. "그래서 여기까지 걸어왔습니다."

"이 눈바람 속에요?" 에반젤린이 깜짝 놀랐다.

"고속도로를 따라왔는데 중간에 좀 헤맸어요."

"걷기에는 너무 먼 곳까지 오셨군요. 동상에 걸리지 않은 게 놀랍네요." 약간 의심스럽다는 목소리였다.

"반쯤은 차를 얻어타고 왔어요. 다행이죠. 안 그랬으면 아직도 걷고 있다가 얼어서 뒈졌을 겁니다."

에반젤린이 그를 빤히 바라보았다. 베를렌은 혹시 저속한 말투에 기분이 상한 건가 싶었다. 어쨌든 에반젤린은 수녀이니 거친 말은 자제하려고 애쓰는 게 맞았다. 하지만 왠지 그녀의 속을 읽을 수가 없었다. 그녀는 베를렌의 고정관념 속 수녀와는 확연히 달랐다. 영원한 경배 프란체스코 수녀회의 수녀들은 엄격하고 유머감각이라곤 눈곱만큼도 없을 줄 알았는데 에반젤린은 젊고 재치 있고 지나치게 아름다웠다. 이유는 알 수 없지만 그녀에게는 뭐든 털어놔도 될 것 같았다.

"그런데 여긴 어쩐 일이십니까?" 베를렌은 얼른 유머감각이 살아나길 바라며 입을 열었다. "수녀님은 기도를 하든가 뭔가 착한 일을 하고 계셔야 하는 거 아닙니까?"

베를렌의 농담에 에반젤린이 미소지으며 말했다. "실은 선생님께 전화를 걸려고 시내까지 나온 거예요."

이번에는 베를렌이 놀랄 차례였다. 에반젤린이 자기를 다시 만나고 싶어할 거라곤 생각도 못 했다. "농담이시겠죠."

"아니에요." 에반젤린은 앞으로 흘러내린 검은 머리칼을 쓸어올렸다. 그러고는 자못 심각해졌다. "수녀원에는 사생활이 없어요. 위험하게 거기서 전화를 걸 수는 없었죠. 그리고 선생님께 제대로 묻지 못한 게 있었어요. 아주 조심스러운 문제인데, 선생님이 좀 도와주셨으면 해요. 선생님이 찾아내셨다는 편지에 관한 거예요."

에반젤린이 몹시 불안해 보여 놀란 베를렌은 코로나 맥주를 한 모금 들이켰다. 술집 의자에 엉덩이 끝만 걸치고 앉은 에반젤린은 짙은 담배 연기에 눈이 빨개지고 반지를 끼지 않은 길고 가느다란 손가락들이 겨울 추위에 잔뜩 튼 상태였다. 베를렌이 말했다. "제가 더 말씀드릴 게 있을지 모르겠군요."

"그 편지를 어디서 발견했는지는 말씀해주실 수 있죠?" 에반젤린이 탁자 위로 몸을 숙이며 물었다.

"애비게일 앨드리치 록펠러의 개인 서류들 사이에서 찾았습니다. 목록에는 포함돼 있지 않더군요. 사람들은 편지의 존재를 전혀 모르고 있었습니다."

"그래서 편지를 훔쳤나요?"

에반젤린의 질책에 베를렌은 뺨이 화끈거리는 것 같았다. "빌린 거죠. 무슨 내용인지 알아내고 나면 돌려줄 겁니다."

"편지가 몇 통이죠?"

"다섯 통이에요. 1943년에 오 주에 걸쳐 쓴 편지입니다."

"모두 이노센타 원장님이 쓰신 거고요?"

"록펠러 여사가 쓴 건 없었어요."

에반젤린은 뭔가 이야기를 더 해주길 바라는 얼굴로 베를렌을 바라보았다. 눈빛이 어찌나 강렬한지 베를렌은 흠칫 놀라지 않을 수 없었다. 그녀가 자신의 연구—그가 진행하는 조사에는 그리고리조차 별 관심을 갖지 않았다—에 관심을 보여서인지 아니면 워낙 심각해 보여서인지는 알 수 없지만 어떻게든 에반젤린을 기쁘게 해주고 싶었다. 지금껏 느끼던 두려움과 좌절, 무력감이 씻은 듯 사라졌다.

"혹시 편지에 세인트로즈 수녀원의 수녀님들에 관한 언급이 있다면 알고 싶어요." 생각에 빠졌던 베를렌은 에반젤린의 말에 정신을 차렸다.

"확실하지는 않지만 그런 내용은 없었던 것 같네요." 베를렌이 의자 깊숙이 앉으며 말했다.

"애비게일 록펠러의 일을 도와준 사람에 대한 내용이 전혀 없다고요? 수녀원이나 성당, 수녀를 언급한 게 전혀 없어요?"

베를렌은 에반젤린이 무슨 이야기를 하는 건지 도무지 감을 잡을 수 없었다. "편지를 전부 외우지는 못해요. 하지만 제가 기억하기로 세인트로즈 수녀원의 수녀 이야기는 전혀 없었습니다."

"하지만 애비게일 록펠러가 이노센타 원장님께 보낸 편지는 달라요." 에반젤린은 더는 침착함을 지키지 못하고 말소리가 주크박스 음악 소리에 묻히지 않도록 목청을 높였다. "록펠러 여사는 셀레스틴 수녀님 얘기를 했어요. '셀레스틴 클로셰트가 2월 초 뉴욕에 도착할 예정입니다'라고요."

"셀레스틴 클로셰트가 수녀였어요? 오후 내내 셀레스틴이 누군지 고민했는데……"

"지금도 살아 계세요." 에반젤린은 음악 사이로 간신히 알아들을 수 있을 만큼 목소리를 낮추었다. "그분은 아직 수녀원에 계세요. 멀쩡하게 살아 계시죠. 선생님이 가신 뒤에 그분을 만나러 갔어요. 연세가 많고 몸이 안 좋으시지만 이노센타 원장님과 애비게일 록펠러 사이에 오간 편지를 기억하시더군요. 편지에 등장하는 탐사에 대해서도 알고 계셨어요. 그리고 상당히 무서운 이야기를 많이 들려주셨어요."

"무슨 이야기였죠? 그분이 뭐라고 하시던가요?" 베를렌은 궁금해 견딜 수가 없었다.

"정확히 무슨 말인지는 알 수 없었어요. 수수께끼를 듣는 것 같았거든요. 무슨 뜻인지 알아내려고 애쓸수록 더 미궁에 빠져버렸어요." 에반젤린이 말했다.

베를렌은 안색이 백지장처럼 창백해진 에반젤린을 꽉 끌어안고 싶은 충동과 정신 차리라고 어깨를 흔들고 싶은 마음 사이에서 고민했다. 결국 둘 중 아무것도 못 하고 그저 코로나 맥주를 두 병 더 시킨 다음 손으로 베껴쓴 애비게일 록펠러의 편지를 꺼내 탁자 위로 내밀었다. "다시 읽어봐요. 혹시 셀레스틴 클로셰트라는 분이 로도피 산맥에서 세인트로즈 수녀원으로 무슨 유물을 운반했던 건 아닐까요? 그분이 혹시 로도피 산맥에 갔다 온 이야기는 안 하던가요?" 베를렌은 오늘 처음 본 사이라는 것도 잊은 채 손을 탁자 위로 뻗어 그녀의 손을 잡았다. "도와드리고 싶어서 그래요."

에반젤린은 슬쩍 손을 빼고 의심스러운 눈초리로 베를렌을 바라보다가 손목시계를 내려다보았다. "이제 가야 해요. 수녀원에서 나온 지 너무 오래됐거든요. 이 편지들에 대해서는 선생님도 저만큼이나 잘 모르시는 것 같네요."

웨이터가 다가와 맥주 두 병을 내려놓았다. "분명 편지가 더 있을 겁니다. 최소한 네 통은 더 있어야 해요. 이노센타 원장이 애비게일 록펠러에게 답장을 보냈을 테니까요. 그걸 찾아보시면 될 겁니다. 편지가 어디 있는지 셀레스틴 클로셰트라는 분이 알 수도 있고요."

"베를렌 씨." 에반젤린이 짐짓 딱딱하게 말을 꺼냈으나 그가 듣기에는 억지로 꾸며낸 듯했다. "지금 진행하시는 연구나 의뢰인을 위한 일 모두 잘되길 바라지만, 그렇다고 제가 대신해드릴 수는 없어요."

"이건 제 의뢰인과는 아무 상관 없습니다." 베를렌은 한동안 맥주를 들이켰다. "의뢰인은 퍼시벌 그리고리라는 사람입니다. 정말 끔찍한 자죠. 애초에 그런 자를 위해 일을 맡는 게 아니었어요. 사실은 아까 그자가 보낸 폭력배들이 제 차를 부수고 안에 있던 연구 자료를 몽땅 가져가버렸어요. 분명 뭔가 찾고 있었죠. 만일 그자가 원하는 물건이 우리가 찾아낸 편지라면요? 편지 이야기는 그자에게 꺼내지도 않았습니다만. 만일 그자도 편지를 찾고 있다면 나머지 네 통의 편지를 반드시 우리가 먼저 찾아내야 합니다."

"차를 부쉈다고요? 그래서 여기 발이 묶여 있었던 거예요?" 에반젤린이 믿을 수 없다는 듯 말했다.

"그건 괜찮아요." 베를렌은 대범하게 보이려 애썼다. "아, 사실은 괜찮지가 않아요. 절 기차역까지 좀 태워주셨으면 합니다. 그리고 셀레스틴 클로셰트 수녀님이 미국으로 뭘 가져왔는지 알고 싶습니다. 뭔가 가져왔다면 분명 세인트로즈 수녀원에 있겠죠. 그걸 찾아낸다면, 아니 편지라도 찾아낸다면 모든 일이 어떻게 돌아가는 건지 알 수 있을 겁니다."

에반젤린은 베를렌의 말을 생각해보는 듯 표정을 약간 누그러뜨렸다. "약속할 수 있는 건 없지만 한번 찾아보죠."

베를렌은 에반젤린을 얼싸안고 다시 만나 얼마나 기쁜지 말하고 싶었다. 당장 뉴욕으로 가서 함께 조사를 하자고 말하고 싶었다. 하지만 불안한 눈으로 그를 바라보는 에반젤린을 보고 마음을 접었다.

"가요." 에반젤린이 탁자 위에 내려놓았던 열쇠 뭉치를 집으며 말했다. "기차역까지 태워드릴게요."

뉴욕 주, 밀턴, 세인트로즈 수녀원

에반젤린은 식당에서의 단체 저녁식사에 참석하지 못했다. 점심부터 굶은 터라 배가 고파 미칠 지경이었다. 물론 주방을 뒤지면 뭔가 나올 터였다. 업소용 크기의 냉장고 안에는 늘 먹고 남은 음식들이 쟁반에 담겨 있었다. 하지만 음식 생각만 해도 속이 울렁거렸다. 허기를 무시하고 그녀는 식당으로 가는 계단을 지나쳐 도서관으로 향했다.

도서관 문을 열고 전등을 켠 에반젤린은 자리를 비운 사이 누군가 대신 청소를 했다는 것을 깨달았다. 표지에 가죽을 덧댄 대출기록장—오후에는 탁자 위에 펼쳐져 있었다—이 덮인 채 놓여 있었다. 소파 위에 잔뜩 쌓여 있던 책들도 모두 책장으로 돌아간 상태였다. 러그도 진공청소기로 세심하게 청소를 한 것 같았다. 자리를 비운 에반젤린을 대신해 다른 수녀가 일한 것이 분명했다. 에반젤린은 미안한 마음에 다음날 오후에는 두 배로 청소를 하리라 마음먹었다. 수많은 베일을 손으로 빨아야 해서 다들 싫어하는 세탁 일도 자원해야겠다고 생각했다. 자신이 맡은 일을 남에게 떠넘긴 건 잘못이었다. 한 사람이 자리를 비우면 나머지 수녀들의 일이 많아지는 법이다.

에반젤린은 가방을 소파에 내려놓고 벽난로 앞에 웅크리고 앉아 불을 지폈다. 금세 불빛이 바닥에 어른거리기 시작했다. 푹신한 소파에 몸을 묻고 다리를 꼬고 앉아 어지러웠던 하루를 정리해보려 애썼다. 마구잡이로 뒤섞인 정보들을 머릿속에서 재배열해보려고 했지만 도무지 마음대로 되지 않았다. 워낙 힘든 하루를 보낸 터라 소파 위에 몸을 쭉 펴고 눕자 벽난로의 열기에 마음이 편안해지며 금세 잠들고 말았다.

누군가 어깨에 손을 올리는 바람에 에반젤린은 잠을 깼다. 몸을 일으키고 보니 필로메나 수녀가 앞에 서서 매서운 눈으로 그녀를 바라보고 있었다. "에반젤린 수녀, 어디서 뭐하다 온 거죠?" 손은 여전히 에반젤린의 어깨 위에 놓여 있었다.

에반젤린은 눈을 껌벅거렸다. 워낙 달게 자고 있던 터라 금방 정신이 돌아오지 않았다. 책들이 가득한 책장과 불빛이 어른거리는 벽난로. 마치 깊은 물속에서 도서관을 바라보는 것 같았다. 에반젤린은 재빨리 발을 내려 바닥을 딛고 제대로 앉았다.

"셀레스틴 수녀가 우리 수녀원에서 가장 연로하신 분들 중 한 분이라는 건 에반젤린 수녀도 잘 알 거라 생각해요. 오후에 무슨 일이 있었는지는 몰라도 그분이 상당히 흥분하셨더군요. 내가 오후 내내 함께 있어드렸어요. 진정시키느라 정말 힘들었다고요." 필로메나 수녀가 에반젤린 옆에 앉으며 말했다.

"정말 죄송해요." 에반젤린은 셀레스틴이라는 이름을 듣자 퍼뜩 정신이 들었다. "자료실에서 찾아낸 게 있어서 여쭤보러 갔었어요."

"저녁에 가보니 좀 차분해지신 것 같더군요. 정확히 무슨 이야기를 나눈 거죠?" 필로메나 수녀가 물었다.

"괴롭히려는 뜻은 전혀 없었어요." 에반젤린은 셀레스틴 수녀에게 편지에 관해 직접 물은 게 우둔한 짓이었다는 걸 깨달았다. 그렇게 격한 대화가 오고갔는데 아무도 눈치채지 못할 거라고 생각하다니 너무 순진했다.

필로메나 수녀는 에반젤린이 고분고분 말을 들을지 재보듯 빤히 바라보았다. "셀레스틴 수녀가 이야기를 더 나누고 싶어하세요." 한참 만에 그녀가 말했다. "다녀와서 셀레스틴 수녀 방에서 있었던 일을 전부 보고하세요."

에반젤린은 필로메나 수녀의 행동이 어딘가 이상한 것 같았지만 무슨 뜻으로 하는 말인지 알 수 없어서 그저 그러겠다고 고개를 끄덕였다.

"또 그렇게 흥분하시면 안 되니 조심해서 대화를 나누도록 해요."

"잘 알겠습니다." 에반젤린은 일어서서 자신의 스웨터와 치마에 묻은 보푸라기를 떼어내며 대답했다. "지금 바로 갈게요."

"약속해요. 셀레스틴 수녀한테서 들은 이야기를 하나도 빼놓지 않고 내게 보고하겠다고." 에반젤린과 함께 도서관 출입문 쪽으로 가며 필로메나 수녀가 단호한 말투로 재차 말했다.

"그런데 왜 그러시는 거예요?" 에반젤린이 그 단호한 태도에 놀라 묻자, 필로메나 수녀는 마음이 누그러진 듯 멈춰 서서 대답했다.

"셀레스틴 수녀는 겉으로 보이는 것처럼 강인한 분이 아니에요. 그분이 위험해질까봐 그래요."

에반젤린이 왔다 간 지 몇 시간이 지난 지금 셀레스틴 수녀는 침대로 자리를 옮긴 상태였다. 저녁식사로 가져온 닭고기 수프와 크래커, 물은 손댄 흔적도 없이 침대 옆 협탁에 놓여 있었다. 가습기가 김을 뿜어내는 바람에 방은 축축한 안개에 휩싸인 듯했다. 휠체어는 방 한구석 창가로 밀려나 있었다. 커튼을 친 방은 깨끗하고 어두컴컴한 병실처럼 보였다. 에반젤린이 안으로 들어서 조용히 문을 닫자 수녀들로 북적이는 복도의 소음이 전혀 들리지 않아 더더욱 그랬다.

"들어와요. 들어와." 셀레스틴이 침대 쪽으로 오라고 손짓했다.

셀레스틴은 양손을 가슴 위에 포갰다. 에반젤린은 갑자기 늙은 수녀의 하얗고 가냘픈 손을 꼭 잡아 보호해주고 싶은 마음이 들었다. 왜 그런지는 알 수 없었다. 필로메나 수녀가 옳았다. 셀레스틴 수녀는 연약하기 그지없었다.

"보자고 하셨다면서요." 에반젤린이 말했다.

셀레스틴이 간신히 상체를 일으키더니 등뒤에 베개를 여러 개 받치고 앉았다. "아까 오후에 내가 했던 행동에 대해 용서를 빌고 싶었어요." 셀레스틴이 에반젤린의 눈을 보며 말했다. "왜 그랬는지 나도 잘 모르겠군요. 아주 오랫동안 입에 담지 않았던 이야기를 꺼냈기 때문일 수도 있겠죠. 시간이 많이 흘렀는데도 젊은 시절의 일들이 그토록 생생하고 괴로울 수 있다니 정말 놀라웠어요. 몸은 늙을지 몰라도 정신만은 주께서 지으신 대로 젊음을 유지하는 것 같아요."

"사과하실 필요 없어요." 에반젤린은 셀레스틴의 팔에 손을 가볍게 얹었다. 잠옷 아래로 만져지는 팔이 나뭇가지처럼 앙상했다. "제가 공연히 정신을 어지럽힌 것 같아요."

"솔직히 말하자면 그냥 놀란 것뿐이었어요." 화를 누르는 듯 셀레스틴의 목소리가 딱딱해졌다. "아주 오랫동안 머릿속에서 지웠던 일이었거든요. 언젠가 에반젤린 수녀에게 말해줘야 한다는 건 알았지만 더 나중일 거라 생각했죠."

에반젤린은 또다시 혼란스러워졌다. 셀레스틴은 에반젤린이 겨우 유지하는 감정의 균형을 제대로 무너뜨리는 방법을 아는 것 같았다.

"자, 저기 의자를 가져와서 앉아요. 할 이야기가 많아요." 셀레스틴이 방안을 둘러보고 말했다.

에반젤린은 구석에 있던 나무의자를 가져와 침대 옆에 놓고 앉아서 셀레스틴의 힘없는 목소리에 조심스레 귀를 기울였다.

"내가 프랑스에서 태어나 자랐고 제2차 세계대전 때 이곳 수녀원에 왔다는 건 알 거예요." 셀레스틴이 이야기를 시작했다.

"네, 알고 있어요." 에반젤린이 부드럽게 말했다.

"그럼…… 내가 하던 일과 내 나라 모두 나치에게 넘겨줬다는 것도 알겠군요……" 셀레스틴은 에반젤린의 눈을 바라보았다. 눈빛으로 그녀의 생각을 읽으려는 듯했다.

"전쟁 때문에 많은 사람들이 어쩔 수 없이 미국으로 피난 오지 않았나요?"

"나는 피난을 온 게 아니에요." 셀레스틴은 한 단어 한 단어 강조하며 말했다. "생활은 어려웠겠지만 프랑스에 남았어도 살 수 있었을 거예요. 혹시 알지 모르지만, 나는 프랑스에서 종신서원을 하지 않았어요." 셀레스틴은 손수건으로 입을 가리고 기침을 했다. "미국으로 오는 길에 포르투갈에서 수녀가 된 거예요. 그전에는 우리와 목적이 같은 다른 조직의 일원이었어요." 셀레스틴은 잠시 생각을 하는 듯 말을 멈추었다. "목적은 같았지만 접근 방식이 좀 달랐죠. 나는 1943년 12월에 그 조직을 빠져나왔어요."

에반젤린은 몸을 일으켜 물을 마시는 셀레스틴을 지켜보았다.

"나는 조직을 떠났지만 그들은 그렇게 생각하지 않았어요. 조직을 나오기 전에 마지막으로 한 가지 일을 수행해야 했죠. 나더러 미국으로 상자 하나를 운반해 뉴욕에서 어떤 사람에게 전달하라고 했어요."

"애비 록펠러군요." 에반젤린이 대담하게 말했다.

"처음에 록펠러 여사는 그저 조직의 뉴욕 모임에 나온 돈 많은 후원자에 불과했어요. 다른 수많은 사교계 여자들처럼 록펠러 여사도 원래는 단순한 호기심에서 시작했을 거예요. 내가 보기엔 부자들이 난초에 관심을 두는 것처럼 천사에 관심을 가진 것 같았어요. 열정은 넘치지만 실제 지식은 별로 없는 거죠. 솔직히 말해서 전쟁 전에 록펠러 여사가 정말 관심을 가졌던 게 뭐였는지 잘 모르겠어요. 하지만 전쟁이 터지자 아주 진지하게 우리 일에 개입하기 시작했어요. 덕분에 일이 활기차게 진행됐죠. 록펠러 여사는 유럽에 있는 우리를 지원하며 장비와 차량, 돈을 보냈어요. 우리 조직의 학자들은 전쟁에서 공공연히 어느 쪽을 편들지 않았어요. 우리는 기본적으로 평화주의자였고, 처음 생길 때부터 그랬던 것처럼 사적 자금을 운용했죠."

셀레스틴은 눈에 먼지가 들어간 것처럼 몇 번 눈을 깜박이더니 이야기를 이어나갔다.

"그러니 당연한 말이지만 개인 후원자들은 우리 조직의 생존에 꼭 필요했어요. 록펠러 여사는 뉴욕에서 우리 조직원들에게 피신처를 제공했어요. 유럽에서 빠져나올 방법을 마련해주고 직접 항구로 나와 맞아줬죠. 우리는 그녀의 도움으로 가장 중대한 임무를 수행할 수 있었어요. 바로 땅속 깊은 곳, 악惡의 한가운데로 들어가는 모험이었죠. 이전에 그곳의 탐사 기록을 발견한 후로 오랫동안 계획만 세우던 일이었어요. 과거의 탐사 기록은 1919년에야 세상의 빛을 보았어요. 두번째 탐사는 1943년에 진행했고요. 폭탄이 쏟아지는 발칸 반도에서 산속 깊이 들어가는 건 위험했죠. 하지만 우리는 록펠러 여사가 지원해준 최고 수준의 장비를 갖추고 있었어요. 전쟁 기간 동안 록펠러 여사는 우리 조직의 수호천사였다고 할 수 있어요. 물론 그렇게까지 말하고 싶지 않은 사람들도 있겠지만요."

"하지만 수녀님은 조직을 떠나셨군요." 에반젤린이 나직이 말했다.

"그래요. 왜 그래야 했는지는 자세히 설명하지 않겠어요. 그저 우리 임무에 계속 참여하고 싶지 않았다고 말하는 걸로 충분하겠죠. 미국에 도착하기도 전에 이미 내가 할 일이 더는 없다는 걸 깨달았어요."

셀레스틴이 발작적으로 기침을 했다. 에반젤린은 그녀가 몸을 일으켜 물을 마실 수 있도록 도와주었다. "산에서 돌아온 날 밤, 우리는 끔찍한 비극을 겪었어요. 나를 열다섯 살 때 뽑아서 공부시킨 세라피나 박사님이 위험에 빠진 거였죠. 난 정말이지 박사님을 사랑했어요. 당시 내 나이의 여자가 도저히 얻어낼 수 없는 교육과 출세의 기회를 주신 분이었거든요. 그분은 내가 조직에서 가장 높은 곳까지 올라갈 수 있을 거라고 믿었어요. 전통적으로 우리 조직원들은 수도사나 학자였고, 그 분들에게는 내가 가진 학문적 능력이 상당히 매력적이었죠. 나는 학교 성적도 꽤 좋았고 다양한 고대 언어에 대한 지식도 많았으니까요. 세라피나 박사님은 내가 정식 조직원이 될 수 있도록 해주기로 약속했고, 탐사를 마치면 조직이 보유한 종교와 학문 양 방면으로 방대한 자료를 마음껏 볼 수 있도록 해주겠다고 하셨죠. 박사님은 내게 무척 잘해주셨어요. 그런데 그날 밤 이후 내가 해온 모든 일이 갑자기 아무것도 아닌 게 돼버렸어요. 그분이 그런 일을 당한 건 모두 내 탓이에요."

에반젤린은 셀레스틴이 지나치게 흥분했다는 걸 알았지만 어떻게 해야 가라앉힐 수 있을지 알 수 없었다. "분명 수녀님은 최선을 다하셨을 거예요."

"당시엔 정말 슬퍼할 일이 많았죠. 에반젤린 수녀는 상상하기 어렵겠지만, 유럽에서 수백만 명이 죽어가고 있었어요. 그런데 내겐 당시 로도피 산맥에서의 임무가 가장 중요했어요. 세계에서 어떤 일이 벌어지고 있는지 충분히 이해하지 못했죠. 나는 오직 내 일, 내 목표, 내 개인적 출세, 내 명분에만 신경썼어요. 나처럼 젊은 학자들의 운명을 손에 쥐고 있는 위원회 사람들에게 잘 보일 생각밖에 안 했죠. 그렇게 맹목적이었던 건 분명 내 잘못이에요."

"죄송해요, 수녀님. 무슨 말씀인지 못 알아듣겠어요. 임무라뇨? 위원회는 또 뭐고요?" 에반젤린이 물었다.

에반젤린은 자신의 질문을 들은 셀레스틴의 얼굴에 조금씩 긴장감이 흐르는 걸 알아차렸다. 셀레스틴은 비쩍 마른 손을 밝은색 담요에 문질렀다.

"날 가르쳤던 분들이 그랬던 것처럼 있는 그대로 말할게요." 한참 만에 셀레스틴이 말했다. "날 가르친 선생님들은 나와 같은 이들에게 나를 소개하고 파리에 있는 천사학회의 귀중한 자료를 보여줄 수 있었어요. 나는 보고 만질 수 있는 확실한 증거를 통해 배울 수 있었죠. 하지만 에반젤린 수녀는 그냥 내 말을 믿어야 해요. 선생님들은 숨겨진 세계로 나를 부드럽게 인도했지만 나는 그렇게 해줄 수가 없군요."

에반젤린은 뭐라고 대꾸하려다가 셀레스틴의 표정을 보고 그만 얼어붙고 말았다.

"간단히 말하자면 우리는 전쟁중이에요." 셀레스틴이 말했다.

에반젤린은 뭐라고 대답할 수가 없어 그저 셀레스틴의 눈만 바라보왔다.

"인간 문명을 무대로 벌이는 영적인 전쟁이죠. 전쟁은 오래전 네피림들이 태어났을 때 시작됐어요. 네피림은 그때부터 이 지구에 살았고 오늘도 살고 있어요. 인류는 그때부터 그들과 싸웠고 지금도 싸우고 있죠."

"창세기를 읽고 그렇게 생각하시는군요." 에반젤린이 말했다.

"성서의 말씀을 있는 그대로 믿나요, 에반젤린 수녀?"

"전 성서를 두고 서약한 몸인걸요." 에반젤린은 자기 말이 떨어지기가 무섭게 셀레스틴이 날카롭게 묻자 깜짝 놀랐다. 마치 비난하는 듯한 목소리였다.

"창세기 6장이 일종의 우화고 비유로 이루어져 있다고 해석하는 사람들도 있어요. 나는 멋대로 해석하거나 내 경험만 가지고 말하는 게 아니에요."

"하지만 네피림이라는 존재에 대해 말하는 사람은 전혀 없잖아요. 여기 수녀원 수녀들이 그런 말을 하는 건 한 번도 못 들어봤는데요?"

"네피림, 거인, 옛날의 이름난 장사들. 모두 옛날에 천사의 후손을 가리키던 말이었어요. 초기 기독교 학자들은 천사가 실체 없는 존재라고 주장했죠. 아름답고 창백하고 빛을 뿜어내며 일시적이고 무형이고 고결한 존재라고 정의했어요. 천사는 하느님의 사자使者고 그 수도 무한히 많아요. 하느님의 뜻을 한 영역에서 다른 영역으로 전달하는 역할을 하죠. 하느님의 모습과 비슷하지만 진흙으로 만들어져 완벽하지 않은 존재인 인간은, 불꽃처럼 육체를 초월해 움직이는 천사들의 모습을 경외감에 사로잡혀 바라볼 수밖에 없어요. 몸에서 빛을 뿜어내고 빠른 속도로 움직이고 존재이유 자체가 성스러운 천사들은 인간보다 우월한 존재예요. 하느님과 피조물 사이를 매개하는 역할에 어울릴 만큼 아름답죠. 그런데 그들 가운데 일부가 반역을 일으켜 인간과 섞였어요. 그 불행한 결과가 바로 네피림이에요."

"인간과 섞여요?" 에반젤린이 물었다.

"여자들이 천사의 아이들을 잉태한 거죠." 셀레스틴은 잠시 말을 멈추고 제대로 알아들었는지 확인하듯 에반젤린의 눈을 똑바로 바라보았다. "기술적으로 어떻게 교배가 가능한지는 오랫동안 연구 대상이 됐어요. 몇백 년 동안 교회는 그런 일은 전혀 일어나지 않았다고 부인했죠. 창세기의 구절은 천사에게 육체적 속성이 없다고 생각하는 사람들에게는 난처하기 이를 데 없는 내용이니까요. 어쨌거나 일어난 현상을 설명하기 위해 교회는 천사와 인간 사이에서는 성적 접촉 없이 생식이 이루어진다고 주장하게 됐어요. 서로 영혼이 섞인 뒤 여자가 임신을 한다는 거죠. 그러나 그 후손이 신성한 존재가 아니라 사악하니 성모마리아의 동정녀 잉태와는 정반대라고 할 수 있어요. 내 스승 세라피나 박사님은 이게 말도 안 되는 소리라고 생각했어요. 그분은 천사들이 인간 여자들과 번식함으로써 스스로 육체를 가졌음은 물론 성교가 가능한 존재라는 걸 증명했다고 주장했죠. 천사의 육체는 생각보다 훨씬 인간에 가까울 거라고 생각하셨어요. 나중에 실제 탐사에서 우리는 천사의 생식기에 대한 증거자료를 확보하고 사진도 찍었어요. 그러니까 천사는, 뭐라고 해야 하나? 말하자면 천사도 번식을 위해 인간과 동일한 기관을 갖추고 있다는 걸 확실하게 밝혀냈어요."

"천사의 사진이 있다고요?" 결국 호기심에 굴복한 에반젤린이 물었다.

"10세기에 살해된 남자 천사의 사진이죠. 사람들 말에 따르면 인간 여자와 사랑에 빠진 천사들은 남자였어요. 그렇다고 해서 여자 천사가 존재할 가능성을 배제하는 건 아니에요. 감시자들 가운데 3분의 1은 사랑에 빠지지 않았다고 해요. 그렇게 하느님께 순종한 천사들은 천국으로 돌아가 지금까지 머물고 있다 하죠. 내 생각에 그들은 여자 천사들일 거예요. 남자 천사들처럼 유혹에 빠지지 않은 거죠."

셀레스틴은 힘에 부치는 듯 깊은 한숨을 한 번 쉬고 자세를 고친 뒤 다시 말을 이었다.

"지상에 남은 천사들은 여러 면에서 특이했어요. 그들이 얼마나 인간과 비슷했는지 알면 알수록 놀라워요. 그들이 하느님께 반기를 든 것은 자유의지에 따른 행동이었어요. 에덴동산에서 잘못된 선택을 한 아담과 이브의 행동이 연상되죠. 또한 반역을 저지른 천사들은 인간만의 독특한 사랑 방식을 터득했어요. 모든 걸 바쳐 맹목적으로, 무모하게 사랑한 거죠. 그들은 천국 대신 열정을 택했어요. 도저히 이해할 수 없는 선택이에요. 특히 에반젤린이나 나처럼 그런 사랑을 해볼 기회를 포기한 사람들은 더욱 이해할 수 없겠죠."

셀레스틴은 앞으로 사랑 없는 삶을 살아야 하는 에반젤린이 딱하다는 듯 미소를 지어 보였다.

"이렇게 생각하니 아주 멋져 보이지 않나요? 사랑을 느끼고 함께 겪어내는 그들의 능력은 그들이 저지른 그릇된 행동을 이해할 수 있게 해주죠. 하지만 하늘은 이해해주지 않았어요. 감시자들은 가차없이 처벌받았어요. 천사와 인간 여자 사이에서 태어난 무시무시한 괴물들은 세계에 큰 고통을 가져왔거든요."

"그리고 수녀님은 그들이 아직도 이 세상에 존재한다고 믿으시는군요." 에반젤린이 말했다.

"여전히 세상에 있다는 건 알아요. 하지만 그들은 오랜 세월에 걸쳐 진화했어요. 현대에 접어들면서는 새로운 이름 아래 정체를 감추었고요. 오래된 가문과 어마어마한 재산 그리고 뒤를 캘 수 없는 조직의 비호를 받으며 숨어 살죠. 평범한 인간들 사이에 그들이 숨어 있다는 걸 상상조차 하기 어렵겠지만 나는 분명히 말할 수 있어요. 일단 존재를 인정하기만 하면 세계 어디서나 그들을 찾을 수 있을 거라고요."

셀레스틴은 조심스럽게 에반젤린을 바라보았다. 자신이 한 말을 얼마나 받아들이는지 가늠해보는 것 같았다.

"여기가 파리였다면 구체적이고 반박의 여지가 없는 증거를 보여줄 수 있었을 텐데…… 목격자들이 작성한 자료를 읽을 수도 있고 어쩌면 탐사 때 촬영한 사진도 볼 수 있을 거예요. 지난 수백 년 동안 천사학을 연구해온 성 아우구스티누스와 아퀴나스, 밀턴, 단테 같은 사상가들이 남긴 방대하고 멋진 유산을 바탕으로, 에반젤린 수녀가 우리 주장을 확실히 받아들일 수 있을 때까지 차근차근 설명해줄 수도 있을 거예요. 대리석 복도를 지나 역사 기록을 보관해둔 공간으로 직접 안내해줄 수도 있고요. 우리는 각 천사의 계급을 정확히 정리한 가장 정교하고 자세한 도표를 지속적으로 작성해 보관했어요. 이런 작업을 통해 우주는 질서를 유지하는 거죠. 프랑스 사람들의 사고는 지극히 논리정연해요. 데카르트 철학이 그 증거죠. 데카르트 철학 덕분에 프랑스 사람들이 논리적인 게 아니라요. 나는 이런 체계적인 공부를 하면서 더없이 마음의 안정을 얻었어요. 어쩌면 에반젤린 수녀도 그럴 수 있지 않을까요?"

에반젤린은 어떻게 대답해야 할지 몰라 셀레스틴 수녀의 설명을 더 듣기로 했다.

"물론 시대가 바뀌었어요. 예전에는 천사학이 신학의 아주 큰 부분을 차지했죠. 왕과 교황이 신학자들의 연구를 지원하고 예술가들을 후원해 천사를 그리도록 했어요. 유럽에서 가장 명석한 학자들이 천사의 계급과 존재이유를 두고 토론을 벌이기도 했고요. 하지만 이제 이 세상에는 천사가 설 자리가 없어요."

셀레스틴은 지식을 전해주면서 전에 없던 힘이 솟는 듯 에반젤린 쪽으로 몸을 기울이며 다가앉았다.

"한때 천사는 아름다움과 선의의 전형이었지만 우리가 사는 지금 시대는 천사에 관심조차 갖지 않아요. 물질주의와 과학이 천사는 존재하지 않는다고 선언하고, 결국 연옥처럼 애매한 영역에 속한 존재로 만들고 말았어요. 과거 사람들은 무조건 직관적으로 천사를 믿었어요. 지성이 아닌 영혼으로 받아들인 거죠. 하지만 이제는 증거가 필요해요. 천사가 실제로 존재한다는 걸 의혹 없이 증명해줄 물건이나 과학적 자료를 찾죠. 하지만 만일 그런 증거가 실제로 존재한다면 무슨 난리가 나겠어요? 천사가 존재한다는 확실한 증거가 드러난다면 어떤 일이 벌어질 것 같아요?"

셀레스틴은 한참 말이 없었다. 지쳤거나 생각에 잠긴 것 같았다. 반대로 에반젤린은 두려워지기 시작했다. 셀레스틴의 이야기는 에반젤린이 오후에 혼자 찾아보았던 신화 쪽으로 나아가고 있었다. 소름 끼치는 우연의 일치였다. 그녀는 끔찍한 괴물이 존재한다는 사실을 확인하고 싶은 게 아니라 그런 주장을 지울 근거를 원했다. 그러나 셀레스틴은 아까처럼 다시 흥분하기 시작한 것 같았다.

"수녀님." 에반젤린은 셀레스틴이 지금까지 한 말이 모두 자신의 환상이었다고, 지루하고 재미없는 현실을 은유적으로 표현한 것이었다고 털어놓길 바랐다. "그냥 지어낸 이야기였다고 말씀해주세요."

"약 먹을 시간이군요. 좀 꺼내주겠어요?" 셀레스틴이 협탁을 가리키며 말했다.

협탁을 향해 돌아서다가 에반젤린은 몸이 굳었다. 이른 오후에는 책만 여러 권 쌓여 있던 곳에 지금은 약병이 잔뜩 놓여 있었다. 한두 개가 아닌 걸로 봐서 셀레스틴 수녀는 심각한 만성질환을 앓고 있는 게 분명했다. 에반젤린은 오렌지색 플라스틱 약병 하나를 들어 자세히 살펴보았다. 라벨에는 셀레스틴의 이름과 복용량 그리고 약 이름이 적혀 있었다. 이름이라고는 하지만 들어본 적도 없는데다 도저히 발음할 수 없는 음절의 연속에 불과했다. 에반젤린은 늘 건강했다. 병을 앓아본 경험이라면 최근 기침감기로 고생한 것 정도였다. 에반젤린의 아버지는 세상을 떠나던 순간까지 원기 왕성했으며 어머니는 한창때 죽었다. 당연하게도 그녀는 누군가 질병으로 괴로워하는 모습을 본 적이 없었다. 손상된 육체를 달래고 유지하기 위해 각종 약을 복잡하게 먹어줘야 한다는 생각을 해본 적이 없다는 것을 새삼 깨닫고 그 사실이 부끄러웠다.

에반젤린은 협탁 서랍을 열었다. 암 치료약의 부작용에 관한 팸플릿에 약 이름과 복용 일정이 적힌 종이가 함께 묶여 있었다. 숨이 막히는 것 같았다. 셀레스틴 수녀가 암 환자라는 사실을 왜 아무도 말해주지 않은 걸까? 자신의 호기심을 채우려는 욕심에 상대방의 몸 상태는 전혀 눈치채지 못했던 걸까? 에반젤린은 셀레스틴 옆에 앉아 정확한 분량의 약을 준비했다.

"고마워요." 셀레스틴은 약을 받아서 물과 함께 삼켰다.

에반젤린은 지금까지 왜 아무것도 몰랐던 건지 뼈저리게 후회되었다. 셀레스틴에게 너무 많은 걸 묻지 않으려고 자제하려 했지만 아까 들었던 이야기가 도대체 무슨 말인지 어떻게든 알아내고 싶은 마음도 여전했다. 당장 셀레스틴이 알약을 삼키려고 애쓰는 모습을 보면서도 수수께끼를 풀고 싶은 마음만 간절했다. 수녀원과 후원자 록펠러 여사,

천사를 연구하는 학문의 관계를 알고 싶었다. 그리고 무엇보다 중요한 건 에반젤린 자신이 그 기묘한 연결고리들과 어떤 연관이 있는가 하는 점이었다.

"자꾸 여쭤봐서 죄송해요." 에반젤린은 말과 달리 물러서지 않는 자신이 꼭 죄를 짓는 기분이었다. "그런데 록펠러 여사가 어떻게 우리를 도우러 오게 된 거죠?"

"당연히 록펠러 여사에 대해 알고 싶겠죠." 셀레스틴은 살짝 미소지으며 말했다. "하지만 놀랍게도 에반젤린 수녀는 이미 오래전부터 모든 걸 알고 있었어요."

"무슨 말씀이세요? 록펠러 여사가 수녀원에 관심을 갖고 있었다는 건 오늘에야 알았는데요." 에반젤린이 말했다.

셀레스틴은 깊은 한숨을 내쉬었다. "처음부터 이야기해야겠군요. 1920년대 우리 조직에서 최선두에 있던 학자는 라파엘 발코 박사였어요. 그분은 내 스승이신 세라피나 발코 박사님의 부군이셨죠."

"저희 할아버지 성함이 라파엘 발코인데요?" 에반젤린이 말했다.

셀레스틴은 덤덤한 눈빛으로 에반젤린을 보았다. "알아요. 그들이 결혼한 건 내가 파리를 떠난 다음이지만. 그보다 훨씬 이전에 라파엘 박사는 어떤 기록을 찾아냈어요. 우리 조직의 설립자 중 한 분인 클레마티스 신부가 어느 동굴에서 고대 유물인 리라를 발굴했다는 사실을 담은 자료였어요. 그 리라는 그때까지만 해도 학자들의 많은 연구를 통해 추측만 무성하던 물건이었죠. 그에 관한 전설은 널리 알려졌지만 실제로 존재하는지 여부는 확인하지 못하던 때였어요. 라파엘 박사가 자료를 발견하기 전까지는 그 동굴도 그저 오르페우스 신화와 관련이 있다고만 알려져 있었죠. 아는지 모르겠지만 사실 오르페우스는 실존했던 인물이에요. 카리스마와 예술적 재능 그리고 음악적 능력으로 명성과 권력도 누렸던 사람이죠. 그런 사람들이 대개 그렇듯 그는 세상을 떠난 후 하나의 상징이 되었어요. 록펠러 여사는 우리 조직에 속한 지인을 통해 리라의 존재를 알게 되었죠. 그래서 리라를 찾아낼 수 있다는 믿음으로 탐사를 지원한 거예요."

"예술적인 면에서 관심을 가졌다는 건가요?"

"록펠러 여사는 예술적인 취향이 훌륭한 만큼 고대 유물의 중요성도 잘 아는 사람이었어요. 나중에는 우리 조직의 대의명분을 잘 이해했겠지만, 처음에는 투자 관점에서 접근했어요."

"그럼 사업 파트너였던 셈인가요?"

"그런 투자를 받았다고 해서 우리 탐사의 의미가 깎이는 건 아니에요. 우리는 그전부터 오랫동안 리라를 찾아내기 위한 탐사를 계획하고 있었거든요. 록펠러 여사의 도움은 목적을 달성하기 위한 하나의 수단에 불과했어요. 우리는 늘 우리만의 계획을 갖고 있었죠. 하지만 록펠러 여사의 지원이 없었다면 해낼 수 없었을 거예요. 전쟁중이라는 위험과 무자비하고 강력한 적이 있음에도 동굴에 제대로 도착했다는 것 자체가 놀라웠죠. 하늘에 계신 분의 도움과 보호가 없었더라면 도저히 성공할 수 없었을 거예요."

힘겹게 숨쉬는 모습을 보니 셀레스틴은 몹시 피곤한 모양이었다. 하지만 이내 다시 말을 이었다.

"세인트로즈 수녀원에 도착한 나는 우리가 로도피 산맥에서 발견한 물건이 든 상자를 이노센타 원장님께 드렸어요. 원장님은 리라를 록펠러 여사에게 맡겼죠. 록펠러 가문의 재산은 어마어마했어요. 파리의 우리 조직 사람들은 상상도 못 할 정도였죠. 나는 록펠러 여사가 리라를 보관하겠다고 해서 한결 마음이 놓였어요."

셀레스틴은 리라에 대해 생각하는 듯 잠시 멈추었다가 말했다. "그렇게 그 보물과 관련한 내 임무는 모두 끝났다고 생각했어요. 하지만 그건 착각이었죠. 리라를 잘 보호해줄 거라고 믿었던 애비게일 록펠러가 우리를 배신할 줄은 몰랐어요."

"배신을 해요?" 에반젤린은 놀라 순간적으로 숨이 멎는 것 같았다. "어떻게요?"

"록펠러 여사는 로도피 산맥에서 발견한 보물을 위험으로부터 지키겠다고 했어요. 그리고 약속을 지나치게 훌륭하게 지켰죠. 보물을 넘겨받고 나서 사 년이 지난 1948년 4월 5일에 세상을 떠나고 만 거예요. 보물을 숨긴 곳을 아무에게도 말하지 않고요. 리라가 숨겨진 장소는 그녀와 함께 세상에서 사라지고 말았죠."

너무 오래 앉아 있어서인지 에반젤린은 다리가 저렸다. 그녀는 일어나 창가로 걸어가서 커튼을 젖혔다. 고작 이틀 전이 보름이었지만 시커먼 구름이 하늘을 가리고 있었다. "그게 그렇게 귀중한 건가요?" 한참 만에 에반젤린이 물었다.

"상상을 초월할 만큼 귀중하죠. 천 년이 넘는 연구 끝에 마침내 동굴에서 찾아낸 것이었는걸요. 오랜 세월 인간의 노동력을 착취해 영화를 누려온 그 생명체들도 우리와 마찬가지로 그 보물을 찾기 위해 온갖 노력을 기울였어요. 우리를 감시하고 우리 움직임을 연구하고 조직원들 사이에 첩자를 숨겨두고, 가끔은 우리에게 공포를 안겨주려고 조직원들을 납치해 살해했죠."

에반젤린은 바로 어머니를 떠올렸다. 그녀는 아버지가 들려준 이야기 말고도 뭔가 더 있을 거라고 의심해왔다. 하지만 셀레스틴 수녀가 말하는 자들이 어머니의 죽음과 관련있을 거라고 생각하니 상상만 해도 무시무시했다. 그녀는 어떻게든 견뎌내기로 마음먹고 다시 질문을 던졌다. "하지만 왜 일부만 해쳤죠? 그들의 힘이 그렇게 강하다면 이쪽을 전부 죽일 수도 있잖아요. 왜 수녀님이 속한 조직 전체를 쓸어버리지 않은 거죠?"

"그자들이 손쉽게 우리를 전멸시킬 수 있었던 건 사실이에요. 그럴 만한 힘과 방법을 분명히 갖고 있죠. 하지만 세상에서 천사학자들을 없애버리는 일은 그들의 최대 관심사가 아니에요."

"왜요?" 에반젤린은 깜짝 놀라 물었다.

"그렇게 큰 힘을 가졌지만 그들에겐 매우 중대한 약점이 있어요. 육체적인 쾌락에 완전히 눈이 먼, 음란한 존재라는 거죠. 그들은 부자에다 권력을 소유했고 아름다운 몸을 가졌으면서 믿을 수 없을 만큼 무자비해요. 그들은 고대부터 형성되어 내려오는 친족 관계로 묶여 있고 그걸 이용한 덕에 격랑과도 같은 역사를 겪으면서도 늘 승승장구할 수 있었어요. 전 세계 곳곳에 돈을 쌓아둔 요새를 세웠죠. 그들은 스스로 만들어낸 권력 체계의 승리자예요. 하지만 뛰어난 지력은 갖지 못했어요. 그렇다고 우리 인간들처럼 방대한 학문적, 역사적 자료들을 보유하고 있느냐 하면 그것도 아니죠. 그러니까 그들은 대신 생각을 해줄 상대로 우리가 필요한 거예요." 셀레스틴은 자신이 꺼낸 주제가 고통스럽다는 듯 다시 한번 한숨을 쉬었다가 간신히 입을 열었다. "1943년 그들의 작전은 거의 성공할 뻔했어요. 그들은 내 스승을 죽였죠. 그리고 내가 미국으로 탈출했다는 걸 알아낸 뒤에는 우리 수녀원을 포함해 십여 개의 수녀원을 파괴했어요. 나와 내가 가져온 물건을 찾기 위해서요."

"리라 말이군요." 에반젤린은 불현듯 흩어진 퍼즐 조각들이 제자리를 찾아들어가는 느낌이 들었다.

"맞아요. 그들은 리라를 찾고 있어요. 리라로 뭘 할 수 있는지 알아서가 아니라 우리가 그걸 소중히 여기고 그들 손에 들어갈까봐 두려워한다는 걸 알기 때문에요. 물론 애초에 보물을 발굴한다는 것 자체가 위험천만한 모험이었어요. 우리는 리라를 보호할 수 있는 사람을 찾아야만 했어요. 그래서 뉴욕에서 가장 저명한 사람에게 그걸 맡기기로 한 거예요. 우리와 뜻을 함께하기로 한 유력인사이자 재력가 여자에게."

셀레스틴의 표정에 얼핏 고통이 보였다가 사라졌다.

"록펠러 여사는 우리의 마지막 희망이었어요. 그녀가 진지하게 자기 역할을 다해주리라는 걸 나는 믿어 의심치 않았죠. 정말이지 얼마나 노련하게 처리했는지 비밀은 지금까지도 밝혀지지 않았어요. 그 생명체들은 비밀을 알아내기 위해서라면 우리를 단 한 명도 남기지 않고 죽일 거예요."

에반젤린은 리라 모양의 목걸이를 만지작거렸다. 손가락의 체온 때문에 펜던트가 따뜻해졌다. 마침내 그녀는 할머니가 준 선물이 얼마나 중요한 것인지 알 수 있었다.

셀레스틴이 웃었다. "이제야 내 말을 이해하는군요. 그 목걸이는 바로 에반젤린 수녀가 우리 조직의 일원이라는 증거예요. 할머니가 그 목걸이를 당신에게 준 건 옳은 결정이었어요."

"저희 할머니를 아세요?" 에반젤린은 목걸이가 어디서 났는지 셀레스틴 수녀가 정확하게 알고 있다는 게 놀랍고 혼란스러웠다.

"가브리엘라와는 오래전부터 알았죠." 셀레스틴의 목소리에서 알아채기 어려울 만큼 희미한 슬픔이 묻어났다. "하지만 그때는 가브리엘라를 잘 몰랐어요. 내 친구이자 훌륭한 학자였고 우리의 소명을 위해 온

몸을 바쳐 싸우는 전사였지만 내게 그녀는 늘 미스터리였죠. 가브리엘라의 마음속은 가장 친한 친구도 알 수 없었어요."

에반젤린이 할머니와 마지막으로 대화를 나눈 건 오래전 일이었다. 세월이 지나면서 자연스럽게 할머니가 돌아가셨을 거라고 생각했다.
"할머니가 살아 계세요?" 에반젤린이 물었다.

"그럼요. 지금 에반젤린 수녀를 보면 아주 대견해하실 거예요." 셀레스틴이 말했다.

"어디 계시죠? 프랑스? 뉴욕?" 에반젤린이 물었다.

"그건 말해줄 수 없어요. 가브리엘라가 여기 있었으면 분명 모든 걸 설명해주었을 테죠. 하지만 그러지 못하니 내가 나름대로 이해를 도와주려고 해볼 뿐이에요."

셀레스틴 수녀가 몸을 일으키더니 에반젤린더러 맞은편 방구석에 놓인 오래된 트렁크 쪽으로 가보라고 손짓했다. 트렁크는 겉면 가죽이 모두 닳아 있었다. 놋쇠 손잡이가 빛을 받아 반짝거리고 맹꽁이자물쇠가 나뭇가지에 매달린 과일처럼 달려 있었다. 에반젤린은 트렁크로 가서 차가운 자물쇠를 쥐었다. 작은 열쇠가 꽂혀 있었다.

에반젤린은 셀레스틴 수녀의 뜻이 확실한지 다시 한번 확인하고서 열쇠를 돌렸다. 자물쇠가 툭 열렸다. 에반젤린은 자물쇠를 풀어 마룻바닥에 살며시 내려놓고 무거운 트렁크를 열었다. 수십 년 동안 기름칠을 하지 않은 탓인지 놋쇠 경첩이 고양이가 애처롭게 우는 듯한 날카로운 소리를 냈다. 오랜 세월을 거치며 옅어진 향수 냄새가 쾨쾨한 땀냄새, 먼지 냄새와 뒤섞여 풍겨왔다. 안에는 누렇게 바랜 얇은 반투명 종이 한 장이 가지런하게 덮여 있었다. 종이는 너무 가벼워 금방이라도 위로 떠오를 것 같았다. 구겨지지 않도록 조심하며 종이를 들추니 그 아래에는 잘 다린 옷들이 쌓여 있었다. 에반젤린은 옷들을 꺼내 하나씩 살펴보았다. 검은색 면 민소매 원피스, 무릎 부분이 까매진 갈색 승마 바지, 끈으로 묶는 여자용 가죽 부츠 한 켤레가 나왔다. 통이 넓은 모직 바지를 펴서 살펴보았다. 셀레스틴 수녀보다는 젊은 남자에게나 어울릴 법한 바지였다. 손바닥으로 바지를 문지르자 거친 천에서 그동안 갇혀 있던 먼지 냄새가 피어오르는 것 같았다.

더 안쪽으로 손을 넣어보니 트렁크 바닥에 뭔가 부드러운 것이 있었다. 귀퉁이에 꼭꼭 접힌 비단 뭉치 같은 게 만져졌다. 손목을 놀려 헤집어보니 물 흐르듯 매끄러운 주홍색 옷감이었다. 에반젤린은 드레스를 꺼내 양팔로 받쳐들고 자세히 들여다보았다. 이렇게 부드러운 옷감은 처음이었다. 피부에 닿는 감촉이 물 같았다. 흑백영화에나 나올 법한 디자인이었다. 목선이 깊이 파였고 허리는 잘록했으며 좁은 치맛자락은 바닥까지 이어졌다. 비단으로 마무리한 단추가 왼쪽 옆구리를 따라 길게 붙어 있었다. 에반젤린은 솔기에 붙은 상표를 찾아냈다. '샤넬'이었다. 샤넬이라는 글자 아래 일련번호도 보였다. 드레스를 살펴보며 에반젤린은 이런 옷을 입는 여자는 누굴까 생각했다. 이렇게 아름다운 드레스를 입으면 어떤 느낌일까.

드레스를 다시 트렁크에 넣으려다가 옷가지 틈에서 카드 묶음을 발견했다. 녹색, 빨간색, 하얀색. 봉투는 모두 크리스마스 분위기가 나는 색깔이었다. 에반젤린은 봉투를 묶은 검은색 비단 끈을 손가락으로 만져보았다. 매끈하고 부드러웠다.

"이리 가져와요." 셀레스틴이 차분히 말했다. 아까보다 훨씬 피곤한 목소리였다.

에반젤린은 트렁크를 열어놓은 채 카드들을 들고 셀레스틴 수녀에게 돌아갔다. 셀레스틴은 떨리는 손으로 끈을 풀더니 카드들을 에반젤린에게 건네주었다. 봉투들을 넘겨가며 살펴보던 그녀는 소인에 찍힌 날짜가 1988년부터 1998년 사이 매년 크리스마스 즈음이라는 걸 알아챘다. 1988년은 그녀가 수녀원에서 살기 시작한 해였다. 놀랍게도 보낸 사람의 이름은 가브리엘라 레비 프란체 발코였다. 에반젤린의 할머니가 셀레스틴 수녀 앞으로 보낸 것이었다.

"모두 에반젤린 수녀에게 온 거예요." 셀레스틴의 목소리가 떨렸다. "오랜 시간 동안 모아서 보관했죠. 정확히 말하면 십일 년이네요. 이제 주인에게 넘겨줘야 할 시간이군요. 좀더 설명할 수 있으면 좋겠지만 오늘은 내가 힘을 너무 많이 쓴 것 같아요. 과거를 말한다는 건 내게 생각보다 훨씬 어려운 일이에요. 가브리엘라와 나 사이의 복잡한 과거사를 설명하기는 더 어렵죠. 가져가서 읽어보면 많은 의문이 풀릴 거예요. 다 읽고 나면 다시 와요. 의논해야 할 일이 무척 많으니까."

에반젤린은 카드들을 검은 비단 끈으로 조심스럽게 묶고 단단히 매듭지었다. 셀레스틴의 얼굴은 그녀와 이야기를 나누는 사이 급격히 달라져 있었다. 피부는 잿빛으로 창백해지고 눈은 제대로 뜨지도 못했다. 에반젤린은 잠시 사람을 불러 도움을 청해야 하나 생각했지만 셀레스틴에게는 그 무엇보다 휴식이 필요한 것 같았다. 에반젤린은 담요를 반듯하게 펼쳐 셀레스틴의 가녀린 팔과 어깨를 덮어주었다. 따뜻하고 편안하게 해주고 싶었다. 그러고는 카드 묶음을 손에 들고 셀레스틴이 잠들 수 있도록 조용히 방을 빠져나왔다.

뉴욕 주, 밀턴, 세인트로즈 수녀원, 셀레스틴 수녀의 방

셀레스틴은 담요 속에서 양손을 포개 가슴에 올리고 밝은색 침대보 너머를 보려고 정신을 집중했다. 방안이 안개처럼 흐릿했다. 셀레스틴은 오십 년 넘게 이 침실을 봐왔고 자신의 물건 하나하나가 어디에 놓여 있는지 잘 알았다. 하지만 이상하게도 오늘은 방안의 모든 것이 흐릿하고 낯설게 느껴졌다. 모든 감각이 흐려졌다. 딸깍거리는 라디에이터 소리가 멀리서 들려오는 듯 희미했다. 아무리 애를 써도 구석에 놓인 트렁크까지 갈 수 없을 것 같았다. 타임캡슐처럼 그녀의 과거를 품고 있는 트렁크는 여전히 구석에 놓여 있었다. 셀레스틴은 에반젤린이 트렁크를 열고 꺼냈던 옷들을 기억하고 있었다. 탐사 때 신었던 가죽 부츠, 학생 시절 내내 그녀를 불편하게 했던 민소매 원피스, 그리고 단 하루였지만 그녀를 아름답게 빛내준 멋진 빨간색 드레스. 곰팡내에 섞인 향수 냄새까지도 맡을 수 있었다. 파리에서 가져온 크리스털 향수병이 아직 트렁크에 들어 있다는 증거였다. 프랑스를 탈출하기 직전 정신

없는 와중에 챙겨온 몇 안 되는 귀중품 중 하나인 향수병은 먼지를 뒤집어쓰고도 여전히 향을 뿜어냈다. 힘이 남아 있다면 트렁크 쪽으로 가서 차가운 향수병을 꺼내보고 싶었다. 그러면 크리스털 뚜껑을 열고 과거의 향기를 맡을 수 있을 것이다. 생각하는 것조차 두려울 만큼 달콤하지만 금지된 향기를. 그녀는 오랜만에 어린 시절의 기억 때문에 마음이 아팠다.

에반젤린 수녀가 가브리엘라를 쏙 빼닮은 탓에 피로와 병으로 약해진 그녀는 가끔 혼란에 빠졌다. 세월이 흐르면서 셀레스틴은 놀랍게도 자신이 얼마나 오래, 어디에 갇혀 있는 건지 알 수 없어졌다. 심지어 갇혀 있는 이유도 알 수 없었다. 잠 속으로 빠져들면서 과거의 기억들이 화면에 흘러가는 영상처럼 떠올랐다가 사라졌다. 탐사, 전쟁, 학교, 배우고 공부하던 날들. 젊은 시절의 광경이 지금 벌어지는 것처럼 분명하고 생생하게 보였다. 친구이자 경쟁자였던 가브리엘라 레비 프란체도 나타났다. 그녀와의 우정은 셀레스틴의 인생을 송두리째 바꿔놓았다. 꿈과 현실을 오가는 사이 시간의 장막이 사라지자 셀레스틴은 지난 시간들을 다시 볼 수 있었다.

두번째 하늘

그를 찬양하라, 나팔 소리로
그를 찬양하라, 솔터리와 하프로
그를 찬양하라, 탬버린과 춤으로
그를 찬양하라, 현악기들과 오르간들로
그를 찬양하라, 낭랑한 심벌즈로
그를 찬양하라, 우렁찬 심벌즈로
_시편 150편

몽파르나스, 파리 천사학 아카데미

1939년 가을

폴란드가 침공당한 지 채 일주일도 되지 않았을 때였다. 천사학 아카데미 2학년 시절의 어느 오후, 세라피나 발코 박사가 나더러 수업 시간에 나타나지 않은 동급생 가브리엘라를 찾아서 도서관으로 데려오라고 했다. 가브리엘라는 여름부터 툭하면 지각하는 버릇이 생겼는데 선선한 9월이 되어서도 고쳐지지 않아 교수님도 놀라고 있었다. 학교 안에서는 도무지 찾을 수 없었다. 쉬는 시간이면 홀로 안마당에서 시간을 보내거나 빈 교실에서 공부를 하곤 했는데 그날은 어디에도 보이지 않았다. 나는 가브리엘라가 여전히 단잠에 빠져 있을 거라고 생각했다. 같은 아파트 옆방에 사는 터라 그녀가 그날 새벽 세시에 들어와 전축에 자신이 가장 좋아하는 오페라 〈마농 레스코〉의 레코드를 걸고 이른 아침까지 들었다는 걸 알고 있었다.

묘지 근처 좁은 골목에 사람들이 모여 라디오 전쟁 뉴스를 듣고 있는 카페를 지나 우리가 사는 가상디 가 뒷골목으로 들어섰다. 가브리엘라와 나는 3층에 살았다. 3층 창문은 밤나무 가로수보다 높아 거리 소음이 들어오지 않고 볕도 잘 들었다. 넓은 계단을 올라가 잠긴 문을 열고 조용하고 환한 집안으로 들어섰다. 아파트는 상당히 넓었다. 큰 침실 두 개와 길쭉한 식당이 있고, 하인이 쓰는 방에는 부엌으로 드나드는 문이 따로 달려 있으며, 자기磁器 욕조가 놓인 넓은 욕실도 있었다. 반질거리는 마루에 처음 발을 디딘 순간부터 나는 이곳이 학생들이 살기에는 지나치게 호사스러운 집이라고 생각했다. 가브리엘라는 대단한 집안 출신이어서 학교에서 최고 대우를 받았다. 내가 어쩌다 가브리엘라와 함께 이렇게 좋은 숙소에 머물 수 있게 되었는지 도무지 알 수 없었다.

몽파르나스에 있는 이 집은 내 삶의 큰 변화였다. 아파트에서 살기 시작한 뒤 몇 달 동안 나는 화려한 집에 푹 빠져서 집안의 모든 것을 완전무결하게 유지하려고 애썼다. 파리에 오기 전까지 그런 아파트를 한 번도 본 적이 없던 나와 달리 가브리엘라는 늘 풍족하게 살았다. 우리는 여러 면에서 반대였고 심지어 외모도 전혀 달랐다. 나는 키가 크고 얼굴이 하얀데다 큰 적갈색 눈에 입술이 얇고 턱이 좁은 전형적인 북유럽 사람이었다. 반대로 가브리엘라는 어두운 분위기의 고전적인 미인이었다. 그녀는 옷도 잘 못 입고 클로딘 시리즈* 주인공처럼 구는데도 왠지 함부로 할 수 없는 분위기를 풍겼다. 장학금을 받고 파리에 유학 온 나는 학비와 생활비를 온전히 기부금에 의존해야 했지만 가브리엘라는 파리에서 가장 유서 깊고 유명한 천사학자 집안 출신이었다. 나

* 프랑스 작가 콜레트의 소설. 당당하고 솔직한 성격의 십대 소녀 클로딘이 주인공이다.

는 천사학계의 가장 뛰어난 학자들 밑에서 공부하는 일을 행운으로 생각했지만 가브리엘라는 그런 사람들 틈에서 그들의 넘치는 재능을 햇빛인 양 흡수하며 자랐다. 나는 밭 가는 소처럼 꾸준히 책을 읽으며 외우고 정리해야 했지만 가브리엘라는 원래부터 명쾌하고 눈부신 지성을 갖추고 있어서 따로 노력할 필요가 없었다. 나는 배운 내용을 모두 노트에 적고 도표와 그래프를 그려가며 잊지 않으려고 애썼지만 내가 아는 한 가브리엘라는 필기를 전혀 하지 않았다. 그러면서도 신학 관련 질문에 척척 대답하고 내가 어려워하는 신화와 역사 문제를 명쾌하게 논술했다. 우리 둘 다 성적은 최고였지만, 나는 가브리엘라가 태어나자마자 가입해둔 엘리트 모임에 몰래 숨어든 기분이었다.

집안의 모습은 내가 아침에 나갈 때와 다름없었다. 가죽 장정의 두꺼운 성 아우구스티누스의 책이 식탁 위에 놓여 있었다. 그 옆에는 내가 아침에 먹다 남긴 빵 껍질과 딸기잼이 그대로 있었다. 식탁을 치우고 읽던 책을 방으로 가져가 잔뜩 어질러진 책상 한가운데 놓았다. 책상 위에는 아직 읽지 못한 책들과 잉크병, 절반쯤 쓴 노트들이 있었다. 누렇게 바랜 부모님 사진—풍파에 찌든 튼튼한 농부 둘이 포도밭 언덕을 배경으로 서 있었다—이 할머니 바바 슬라프카의 흐릿한 사진과 나란히 세워져 있다. 할머니는 고향의 관습대로 수건으로 머리를 질끈 동여맨 모습이었다. 워낙 공부에 바빴던 때여서 나는 일 년이 넘도록 집에 못 가고 있었다.

와인 양조장의 딸로 태어난 나는 아무 걱정 없이 자란 수줍음 많은 시골 소녀로, 종교적인 신념이 확고하고 공부에 소질이 있었다. 어머니는 대대로 포도 농사를 지어온 집안 출신이었다. 어머니의 가족들은 근면하고 끈기 있게 일하며 조용히 살아남았고, 오세루아 블랑, 피노 그리*를 키워서 모은 전 재산을 농가의 벽 뒤에 숨겨둔 채 또다시 전쟁이 터질 때를 대비했다. 아버지는 제1차 세계대전이 끝나고 동유럽에서 프랑스로 이민 온 외국인이었다. 아버지는 어머니와 결혼한 다음 어머니의 성을 따라 이름을 바꾸고 처가의 포도 농장을 물려받았다.

아버지는 비록 학자는 아니었지만 내가 공부에 재능이 있다는 걸 알아보고 걸음마를 뗀 후로 늘 내 손에 책을 쥐여주었다. 대부분 신학 책이었다. 내가 열네 살이 되자 아버지는 나와 함께 기차를 타고 파리를 오가며 유학 준비를 해주었다. 입학시험을 보는 날에도, 장학생으로 합격한 뒤 학교에 갈 때도 데려다주었다. 짐도 아버지와 함께 쌌다. 할머니가 쓰던 나무 트렁크에 내 물건을 몽땅 담았다. 나중에 할머니가 어렸을 때 이 학교에서 공부하길 간절히 바랐다는 것을 알고서, 내가 천사학자가 되는 건 이미 오래전부터 정해진 운명이라고 생각하게 되었다. 지금은 수업 시간에 늦은 집안 좋은 친구를 찾으러 다니는 신세지만 우리 가족이 있는 내 삶을 다른 사람과 바꾸고 싶다는 생각은 전혀 들지 않았다. 아파트에 가브리엘라가 없으면 그냥 혼자 도서관으로 가서 세라피나 박사를 만날 생각이었다.

내 방을 나오는데 복도 끝 커다란 욕실 안의 뭔가가 눈에 들어왔다. 문이 닫혀 있었지만 김이 서린 유리 뒤에서 누군가 움직이고 있었다. 가브리엘라가 목욕을 하는 게 분명했다. 수업 시간에 목욕이라니 이상한 일이었다. 커다란 욕조의 윤곽이 보였다. 뜨거운 물이 가득차 있는 듯했다. 더운 김이 출렁거리며 온 욕실을 휘감더니 유리문에 우윳빛 안개가 두껍게 깔렸다. 가브리엘라의 목소리가 들렸다. 혼잣말을 하다니

* 모두 화이트 와인을 만드는 포도 품종.

이상하다고 여기면서도 다른 사람과 같이 있을 거라곤 생각도 하지 않았다. 노크를 하려고 막 손을 올리는데 엄청나게 찬란한 금빛이 번쩍였다. 유리창 너머로 거대한 그림자가 지나갔다. 믿을 수 없게도 욕실 전체가 부드러운 빛으로 가득찬 것 같았다.

도대체 어떻게 된 일인지 궁금해진 나는 앞으로 한 걸음 더 다가서서 문을 살짝 열었다. 타일 바닥에 헝클어진 옷가지가 흩어져 있었다. 하얀 리넨 치마와 무늬가 들어간 인조견 블라우스는 가브리엘라의 것이었다. 밀가루 부대처럼 구겨진 채 가브리엘라의 옷과 뒤섞인 바지 한 벌이 보였다. 급하게 내던진 모양이었다. 가브리엘라는 분명 혼자가 아니었다. 하지만 나는 돌아서지 않았다. 오히려 한 걸음 더 다가섰다. 욕실 안쪽을 들여다본 나는 너무 놀라 충격에 휩싸인 채 굳어버렸다.

안개처럼 피어오르는 김 속에서 맞은편 벽에 기대선 가브리엘라를 어떤 남자가 양팔로 끌어안고 있었다. 남자의 살갗은 빛이 날 정도로 희었고, 난데없는 장면에 놀란 내 눈에는 천상의 빛처럼 보였다. 남자는 자기 몸으로 짓눌러 터뜨려버리기라도 할 것처럼 가브리엘라를 밀어붙였다. 상대를 지배하려는 듯한 행동이었지만 가브리엘라는 거부하지 않았다. 오히려 하얀 양팔로 남자의 몸을 꼭 끌어안았다.

나는 가브리엘라가 눈치채지 못하게 살그머니 욕실을 벗어나 아파트에서 빠져나왔다. 세라피나 발코 박사에게 보고하기 전에 좀 정신을 차리려고 일부러 여기저기 돌아다니며 시간을 보냈다. 여러 블록에 걸쳐 넓게 자리잡은 학교 건물들은 좁은 골목과 지하 통로로 서로 연결되어 있었다. 그런 불규칙한 모습이 묘하게도 위안이 되었다. 균형을 이루지 못한 모습이 꼭 내 마음을 대변하는 것 같았다. 건물들은 멋지지 않았다. 시설도 좀 열악해—강당은 너무 작고 교실은 난방도 제대로 되지 않았다—불편했지만 공부에 열중해 있던 나는 그런 데 별로 신경쓰지 않았다.

이미 파리를 떠난 교수들의 불 꺼진 연구실을 지나며 나는 가브리엘라가 애인과 함께 있는 장면을 목격한 충격을 누르려 애썼다. 아파트에 남자 손님을 들일 수 없다는 사실은 차치하고, 내가 목격한 남자는 어딘가 이상했다. 정확히 알 수는 없지만 왠지 으스스하고 비정상적인 느낌이었다. 머리로는 세라피나 박사에게 말하는 게 옳다고 생각했지만, 내가 본 장면을 이해할 수 없기도 했고 가브리엘라에 대한 내 감정은 우정과 경쟁심이 어지럽게 뒤섞인 것이기도 해서 결국 아무 말도 하지 않기로 했다. 대신 가브리엘라가 대체 무슨 짓을 한 것인지 깊이 생각해보았다. 가브리엘라의 행동은 나를 도덕적인 궁지에 몰아넣었다. 세라피나 박사가 왜 늦었느냐고 물으면 뭐라고 대답해야 할까? 그렇다고 가브리엘라의 비밀을 누설할 수는 없었다. 가브리엘라 레비 프란체는 나의 유일한 친구이자 가장 맹렬한 경쟁자였다.

하지만 모든 게 공연한 걱정이었다. 세라피나 박사의 연구실에 도착하니 가브리엘라는 이미 와 있었다. 루이 14세풍의 의자에 앉은 가브리엘라는 어찌나 깔끔하고 차분한지 아침 내내 공원 그늘에 누워 볼테르의 작품을 읽은 사람 같았다. 연두색 크레프드신* 원피스에 하얀색 실크 스타킹 차림이었고 그녀가 가장 좋아하는 샬리마 향수 냄새가 훅 끼쳤다. 평소처럼 내 양쪽 뺨에 형식적으로 입을 맞추며 인사를 건네는 걸 보니 다행히 내가 엿본 걸 눈치채지 못한 듯했다.

세라피나 박사가 따뜻하게 나를 맞아주며 왜 늦었냐고 물었다. 교수

* 오글오글한 잔주름이 많은 얇고 부드러운 비단.

들의 평판은 자신의 연구 성과뿐 아니라 담당하는 학생들의 성적과 재능에도 좌우되었다. 가브리엘라를 찾으러 갔다가 게으름을 피운 꼴이 된 나는 조금 분했다. 학교에서 내 위치가 확고하다는 환상은 전혀 갖고 있지 않았다. 세라피나 박사는 그렇지 않다고 단호하게 말하겠지만, 명문가 출신인 가브리엘라와 달리 나는 학교에서 있으나 마나 한 존재였다.

학생들 사이에서 발코 부부의 인기가 높은 건 이상할 게 없었다. 세라피나 발코는 자신만큼이나 명석한 라파엘 발코 박사와 결혼했고, 가끔은 남편과 함께 공동으로 강의하기도 했다. 두 사람이 함께 진행하는 강의에는 늘 학생들이 넘쳐났다. 원래는 1학년이 듣는 필수과목이지만 젊고 열정 넘치는 학생들이 가리지 않고 몰려들었다. 학교에서 가장 뛰어난 교수인 두 사람은 천사 고고학, 그중에서도 특히 비중은 작지만 중요한 분야인 태고太古 지리학 전문가였다. 하지만 발코 부부의 강의는 자신들의 전문 분야에 머물지 않고 천사학의 신학적 기원부터 현대 실무에 이르기까지 긴 역사를 다루었다. 두 사람의 강의를 들으면 오래전 과거가 눈앞에서 되살아나는 듯했다. 고대 동맹과 전쟁의 본질, 그리고 그런 일들이 현대 세계에 어떤 병폐로 남았는지도 명백하게 보였다. 세라피나 박사와 라파엘 박사는 학생들에게 지나간 역사는 신화나 동화처럼 먼 이야기가 아니라는 것, 전쟁과 전염병, 불운에 짓밟힌 사람들만 등장하는 이야기가 아니라는 것을 일깨우는 힘이 있었다. 역사는 현재에도 살아 숨쉬고 우리의 일상 속에 존재하며 우리가 흐릿한 미래의 풍경을 내다볼 수 있는 창을 제공한다고 가르쳤다. 과거를 생생하게 느끼도록 하는 그런 능력 덕분에 발코 부부는 학교에서 인기를 누리고 높은 위치를 굳건히 다졌다.

세라피나 박사가 손목시계를 내려다보고는 책상 위 서류를 정리하며 말했다. "어서 가야겠다. 이미 늦었어."

빠른 속도로 걷는 세라피나 박사의 구두 굽 소리가 바닥을 울렸다. 그녀는 우리를 데리고 좁고 어두운 복도를 지나 '신전'이라고 부르는 도서관으로 향했다. 이름만 보면 코린트 양식* 기둥이 줄지어 서 있고 높은 채광창이 나 있는 모습이 연상되지만 우리가 공부하는 도서관은 사실 빛이라고는 들어오지 않는 지하 감옥 같았다. 창문이 없는 건물은 늘 해질녘처럼 어두워 석회암 벽과 화강암 바닥이 제대로 보이지도 않았다. 강의실로 쓰는 몽파르나스의 좁은 건물 안 방들도 모두 비슷한 분위기였다. 학교는 몽파르나스 여기저기 흩어진 아파트들을 오랜 시간에 걸쳐 확보한 다음 되는대로 통로를 만들어 연결한 모습이었다. 나는 파리에 오자마자 우리의 안전은 얼마나 잘 숨느냐에 달려 있음을 배웠다. 학교가 미로처럼 복잡하다는 건 우리가 방해받지 않고 일을 계속할 수 있다는 말이었다. 전쟁이 가까워오지만 미로 안에서는 평온함을 느꼈다. 많은 교수들이 이미 도시를 떠났을 정도인데도.

음침한 환경에도 불구하고 도서관은 학교에 들어간 첫해 내게 큰 위안이 되어주었다. 어마어마하게 많은 책들은 대부분 수십 년 동안 책장에 꽂혀 어느 누구의 손길도 닿지 않은 채로 보관되어 있었다. 세라피나 박사는 1학년인 내게 도서관을 소개하면서 노아의 대홍수 직후에 쓰인 책까지 있으니 바티칸에서도 부러워할 정도라고 말했다. 하지만 나는 그렇게 오래된 책들을 볼 기회가 없었다. 그런 자료들은 학생들이

* 그리스 후기와 로마 시대에 많이 사용된 화려한 기둥 양식.

못 들어가게 잠가두는 별도의 서가에 보관되어 있었기 때문이다. 나는 가끔 한밤중에 도서관으로 가서 조그만 기름등을 밝히고 구석진 곳에 앉아 책을 읽었다. 옆에 책을 잔뜩 쌓아두고 있으면 오래된 종이에서 풍기는 달콤한 먼지 냄새가 주위를 에워쌌다. 공부를 하면서도 그게 야망 때문이라는 생각은 하지 않았다. 하지만 새벽까지 책을 붙들고 있는 내 모습을 목격한 학생들에게는 그렇게 보였을 터였다. 나는 그저 읽어도 읽어도 끝이 없는 책들의 존재가 새로운 삶에 적응할 수 있게 해주는 다리처럼 느껴질 뿐이었다. 도서관으로 걸어들어갈 때면 세계의 역사가 안개 속에서 떠오르며 혼자가 아니라는 느낌이 들었다. 내가 태어나기 수백 년 전부터 비슷한 연구를 해온 수많은 학자들과 이어져 있는 것 같았다. 내게 도서관은 문명화되고 정돈된 세계의 모든 것을 대표하는 존재였다.

그런 나였기에 쑥대밭이 된 도서관을 보고 더욱 마음이 아팠다. 세라피나 박사를 따라 더 깊숙이 들어가자 조교 여럿이 책장의 책들을 꺼내고 있었다. 일은 매우 체계적으로 이루어졌다. 양도 많은데다 귀중한 책들이니 그렇게 할 수밖에 없었다. 그럼에도 내 눈에는 도서관 전체가 더할 나위 없는 혼돈으로 추락한 듯 보였다. 탁자마다 높은 책 탑이 쌓였고 이미 거의 꽉 찬 커다란 나무상자들이 여기저기 흩어져 있었다. 몇 달 전만 해도 학생들이 탁자에 앉아 조용히 시험을 준비하거나 공부하던 곳이었다. 그들을 앞서간 수많은 세대의 학생들이 그랬던 것처럼. 모든 걸 잃어버린 듯했다. 이렇게 모든 걸 숨겨버리면 무엇이 남을 것인가? 나는 나만의 성역이 파괴되는 광경을 도저히 볼 수 없어 고개를 돌리고 말았다.

사실 앞으로 밟을 수순도 그리 놀라울 것은 없었다. 독일군이 진격해

오는 지금 이 도시에 남아 있는 건 안전하지 않았다. 학교는 얼마 안 가 수업을 중단할 테고 남은 학생들은 도시 외곽에 숨어 개별적으로 공부해야 할 것이다. 지난 몇 주 동안 대부분의 강의가 취소되었다. 내가 가장 좋아하는 과목인 '천지창조의 이해'와 '천사 생리학' 강의는 무기한 연기되었다. 발코 부부만이 강의를 계속하고 있었는데 그마저도 오래 갈 수 없다는 것을 나는 알고 있었다. 이미 그런 상황이었지만 난장판이 된 도서관을 직접 보고 나서야 침략의 위협이 피부에 와 닿았다.

우리 두 사람을 도서관의 안쪽 방으로 데리고 들어가는 세라피나 박사는 긴장한 듯 조급해 보였다. 나 역시 마찬가지였다. 아침에 목격한 장면이 자꾸만 떠올라 진정되지가 않았다. 그 행동으로 어딘가 달라 보이지는 않을까 가브리엘라를 흘끔거렸지만 그녀는 여느 때처럼 차분했다. 세라피나 박사가 멈춰 서더니 흘러내린 머리를 뒤로 넘기고 옷매무새를 매만졌다. 긴장한 게 분명했다. 그때는 내가 늦게 돌아오는 바람에 박사님이 화가 난데다 강의에 늦어서 초조해하는 거라고 생각했다. 하지만 도서관 깊은 곳에 있는 회의실에 이르고 보니 전혀 차원이 다른 모임이 열리고 있었다. 그제야 박사님이 괜히 불안해한 것이 아니었다는 생각이 들었다.

유명한 천사학자들이 탁자에 둘러앉아 열띤 토론을 벌이고 있었다. 위원회 사람들은 나도 잘 알았다. 대부분 1학년 때 초빙교수로 강의를 한 분들이었다. 하지만 그분들이 한자리에 모여 있는 광경을 보기는 처음이었다. 천사학 위원회는 유럽 전역에서 권력을 행사하는 사람들로 이루어져 있었다. 정치가, 외교관, 사회 지도자 등으로 학교 밖에서도 큰 영향력을 발휘했다. 그들은 이곳 도서관을 가득 채운 책들을 직접 집필한 학자이자, 천사의 신체적 특성과 화학적 성질을 연구해 천사학을 현대적으로 정립한 과학자였다. 검은색 수도복을 입은 수녀—신학 연구와 현장 조사를 병행하는 천사학자였다—옆에 가브리엘라의 삼촌인 레비 프란체 박사가 앉아 있었다. 나이가 지긋한 그는 천사 소환술의 전문가였다. 천사 소환은 위험하지만 흥미로워 꼭 공부해보고 싶은 분야였다. 이 시대의 가장 위대한 천사학자들이 모여 앉아 우리 두 사람을 데리고 들어서는 세라피나 박사를 바라보고 있었다.

박사님은 우리에게 위원회 사람들로부터 멀찌감치 떨어진 곳에 앉으라고 손짓했다. 나는 무슨 일로 좀처럼 모이기 어려운 분들이 모였는지 궁금한 마음에 위원회 분들을 빤히 보는 결례를 저지를까봐 불안해, 벽에 걸린 여러 장의 커다란 유럽 지도만 뚫어져라 보았다. 파리, 런던, 베를린, 로마 등 중요한 도시들에 붉은 점이 찍혀 있었다. 하지만 내 관심을 끈 건 잘 알려지지 않은 작은 도시들 중에도 붉은 점이 찍힌 곳이 많다는 것이었다. 그리스와 불가리아의 접경 지역 여러 도시에 찍힌 점들이 소피아와 아테네를 잇는 붉고 긴 선을 만들었다. 그 지역은 내게 의미가 컸다. 유럽의 끄트머리라 할 수 있는 그곳에서 내 아버지가 태어났기 때문이다.

라파엘 박사가 지도 옆에 서서 뭔가 말할 준비를 하고 있었다. 매우 진중한 성격인 그는 종교인이 아닌데도 위원회에 자리를 차지한 몇 안 되는 사람들 가운데 한 명으로, 학교의 정식 교수이기도 했다. 세라피나 박사는 라파엘 박사가 13세기 영국 천사학자 로저 베이컨처럼 행정가와 학자 두 가지 역할을 하고 있다고 했다. 옥스퍼드 대학교에서 아리스토텔레스를 가르치고 파리에서 프란체스코학파의 교리를 가르친 베이컨은 지적인 완고함과 영적인 겸손함으로 학자들 사이에서 칭송을 받았는데, 내가 보기에도 라파엘 박사는 베이컨의 후계자라 하기에 충분했다. 세라피나 박사가 자리에 앉자 라파엘 박사가 잠시 멈추었던 말을 다시 시작했다.

"방금 말씀드린 것처럼 우리에게 남은 시간이 점점 줄어들고 있습니다." 라파엘 박사는 절반쯤 빈 책장과 도서관 바닥에 흩어진 상자에 책을 챙겨넣는 사람들을 가리키며 말했다. "우리가 보유한 모든 자료는 잘 포장해서 시골의 안전한 지역에 보관할 겁니다. 물론 그렇게 할 수밖에 없는 상황입니다. 미래에 벌어질 불상사에 대비해 살아남아야 하니까요. 하지만 시기가 정말 좋지 않습니다. 전쟁이 끝날 때까지 일을 미룰 수는 없습니다. 지금 당장 결정을 내려야 한다는 데는 의심의 여지가 없습니다."

라파엘 박사는 심각한 목소리로 말을 이었다.

"방어막이 깨질 거라고는 생각하지 않습니다. 우리는 어떤 전투에도 맞설 준비가 돼 있습니다. 하지만 최악의 상황에 대비해야 합니다. 더 늦어진다면 포위당하고 말 겁니다."

"교수님, 지도에서 유럽을 보십시오." 블라디미르라는 위원이 말했다. 레닌그라드에서 비밀리에 운영하는 천사학 아카데미에서 파리로 파견한 젊은 학자였다. 나도 소문으로만 그런 사람이 있다고 들었을 뿐 실제로 본 건 처음이었다. 남자답게 잘생긴 외모에 눈동자에는 푸른빛이 돌고 몸이 호리호리했다. 차분하고 단호한 태도 때문인지 비교적 나이가 많아 보였지만 실제로는 열아홉 살에 불과했다. "저희는 이미 포위당한 것 같습니다."

"독일을 위시한 추축국과 우리 적의 술책은 차원이 전혀 다릅니다." 레비 프란체 박사가 말했다. "세속적인 위험은 영적 존재인 우리의 적에 비하면 아무것도 아닙니다."

"양쪽 모두에 맞설 준비를 해야 합니다." 블라디미르가 말했다.

"맞습니다. 그러기 위해서는 리라를 찾아내 파괴하는 일에 좀더 노력을 기울여야 하고요." 세라피나 박사가 말했다.

박사의 단호한 말에 좌중에는 침묵이 감돌았다. 위원회 사람들은 세라피나 박사의 대담한 발언에 어떻게 반응해야 할지 모르는 듯했다.

"내 의견이 어떤지는 모두 아실 겁니다." 라파엘 박사가 말했다. "사람들을 뽑아서 산으로 보내는 것이 최선의 희망입니다."

수녀복 차림의 위원이 다른 사람들을 둘러보았다. 얼굴에 베일 그림자가 졌다. "라파엘 박사께서 제시한 지역은 너무 광범위해서 우리 쪽 전문가들은 물론 다른 누구도 정확한 좌표 없이는 탐사할 수 없습니다. 사람들을 보내기 전에 동굴의 정확한 위치를 확인해야 합니다."

"제대로 된 지원만 있다면 불가능하지 않습니다. 우리는 미국인 후원자로부터 충분한 지원을 받고 있습니다." 세라피나 박사가 말했다.

"그리고 퀴리 가문에서 지원되는 장비도 꽤 괜찮을 겁니다." 라파엘 박사가 덧붙였다.

"현실적으로 생각하면 안 되겠습니까?" 레비 프란체 박사가 말했다. 그는 프로젝트에 회의적인 듯했다. "지금 논의하는 지역이 얼마나 넓은 겁니까?"

"트라키아는 로마제국 동쪽에 속했던 곳으로, 나중에는 비잔티움으로 불리기도 했고 현재는 터키와 그리스, 불가리아 땅입니다." 라파엘 박사가 말했다. "10세기에 트라키아 영토는 극심한 변화를 겪었습니다. 하지만 가경자可敬者* 클레마티스 신부의 탐사 기록 덕분에 어느 정도 범

* 신앙과 덕행이 뛰어난 사람이 죽었을 때 가톨릭 교회에서 내리던 칭호.

위가 좁혀졌습니다. 우리는 클레마티스 신부가 불가리아의 로도피 산맥 한가운데 있는 스몰랸에서 태어났다는 걸 알고 있습니다. 탐사중 당신이 태어난 도시에 들렀다는 기록도 남아 있고요. 그러니까 트라키아의 북쪽 지방으로 범위를 좁힐 수 있습니다."

"다른 분이 이미 지적하셨듯이 대상 지역이 너무 방대합니다." 레비프란체 박사가 말했다. "발각되지 않고 해당 지역의 한구석이라도 탐사할 수 있을 것 같습니까? 아무리 장비가 훌륭하고 인원이 많다고 해도 몇 년, 아니 수십 년이 걸릴 겁니다. 그것도 지하에는 들어가지도 못하고 땅 위만 간신히 훑어보는 정도겠죠. 그렇게 공을 들일 만큼 자금과 인력이 풍부하지는 않습니다."

"임무를 맡겠다는 지원자는 넘칠 겁니다." 블라디미르가 말했다.

"기억할 게 있습니다." 세라피나 박사가 말했다. "전쟁이 초래하는 위협은 단지 우리가 소장한 자료나 학교 건물이 파괴되는 것만이 아닙니다. 만일 동굴이나 그 안에 있는 보물에 관한 내용이 공개되면 우리가 패할 가능성은 더 높아집니다."

"그럴 수도 있죠. 하지만 적은 한시도 한눈팔지 않고 로도피 산맥을 감시하고 있어요." 수녀가 말했다.

"사실입니다. 지금 바로 탐사를 떠나야 하는 이유가 그것입니다." 천상의 음악 전문가인 블라디미르가 말했다.

"왜 지금이죠?" 레비 프란체 박사가 낮은 목소리로 대꾸했다. "상대적으로 덜 중요한 천상의 악기들은 이미 찾아서 보호하고 있습니다. 가장 위험하다고 알려진 악기 하나만 확보하지 못했을 뿐이죠. 그런데 왜 전쟁이 끝날 때까지 기다리면 안 되는 거죠?"

"나치가 해당 지역에 병력을 배치하고 있습니다." 세라피나 박사가 말했다. "그들은 유물을 아주 좋아하죠. 더구나 나치 정권의 신화와 관련된 물건이라면 더욱더 그렇습니다. 그리고 네피림들은 이 기회를 이용해 강력한 무기를 손에 넣으려 할 겁니다."

"리라의 힘은 악명이 높습니다." 블라디미르가 말했다. "천상의 악기들 중에서도 가장 처참한 종말을 부를 수 있는 게 바로 리라입니다. 어쩌면 나치의 만행보다 더 파괴력이 클 수도 있습니다. 그렇다고 발굴하지 않고 그냥 두기에는 너무 중요한 물건입니다. 네피림이 옛날부터 리라를 갈망해왔다는 건 여러분도 잘 아실 겁니다."

"하지만 네피림은 우리가 리라를 확보하려는 움직임을 보이는 순간 반드시 추적해올 겁니다." 레비 프란체 박사의 목소리가 점점 불안해졌다. "혹시 기적적으로 리라를 찾아낸다 해도 그걸 소유한 사람이 무슨 일을 당할지 모릅니다. 위험할지도 몰라요. 혹은 그걸 빼앗겨 상황이 더 나빠질 수도 있습니다. 우리가 움직여서 오히려 적을 돕는 꼴이 될 수도 있다는 겁니다. 그럼 리라가 몰고 올 공포를 책임져야 할 겁니다."

"어쩌면 리라의 힘은 여러분이 생각하는 것처럼 막강하지 않을 수도 있어요." 수녀가 꼿꼿하게 허리를 펴며 말했다. "그 악기를 본 사람은 아무도 없어요. 대부분의 두려움은 이교도의 신화에서 비롯된 겁니다. 리라가 불러일으킬 거라는 끔찍한 일들은 그저 전설에 불과할 가능성도 충분해요."

다른 사람들이 수녀의 말을 듣고 생각에 잠긴 사이 라파엘 박사가 말했다. "어쨌든 행동에 나설지 말지 선택해야 하는 상황입니다."

"무모하게 행동에 옮기는 건 현명하게 자제하느니만 못합니다." 레비 프란체 박사가 말했다. 나는 진정으로 상대방을 설득하려는 우리 교수님과 달리 잘난 체하는 듯한 레비 프란체의 태도가 마음에 들지 않았다.

"지금 상황에서는요." 라파엘 박사가 점점 더 불안해하며 말했다. "대책 없이 기다리는 게 더 무모합니다. 수동적으로 있다가는 끔찍한 결과를 맞을 겁니다."

"바로 그렇기 때문에 당장 행동에 나서야 한다는 겁니다. 리라를 찾아내 보호하는 게 우리 의무입니다." 블라디미르가 말했다.

"잠시만요." 세라피나 박사가 부드럽게 말했다. "제가 한 가지 제안을 하고 싶은데요." 박사님은 가브리엘라와 내 쪽으로 걸어와 위원회 사람들의 관심을 우리 두 사람에게 돌렸다. "여기 두 사람을 아시죠. 혹시 모르는 분들을 위해 설명하자면 이들은 젊은 천사학자들 가운데 가장 똑똑한 친구들입니다. 가브리엘라와 셀레스틴은 저와 함께 자료를 다시 정리해왔습니다. 그동안 바쁘게 자료를 분류하고 메모를 옮겨적었죠. 그리고 이게 큰 도움이 되었습니다. 사실 저와 라파엘 박사가 이렇게 중대한 갈림길에서 어느 쪽으로 나아갈지 생각할 수 있었던 것은, 여기 두 사람이 과거 기록을 꼼꼼하게 살펴보고 사소한 정보에 관심을 기울였기 때문입니다."

라파엘 박사가 세라피나 박사의 말을 받았다. "여러분도 아시다시피 세라피나 박사와 저는 학교 강의 말고도 개인적으로 여러 가지 프로젝트를 진행하고 있습니다. 그 가운데 하나가 동굴의 정확한 위치를 찾아내는 것이었습니다. 그 과정에서 전에는 그냥 지나쳤던 첨부 문서와 답사 기록이 상당히 많이 축적되었습니다."

우리 처지가 왠지 서글프게 느껴진 나는 위안이 될까 싶어 가브리엘라를 바라보았다. 하지만 그녀는 어느 때보다 차갑게 고개를 홱 돌려버렸다. 혹시 지금 위원회에서 논의하는 내용을 정확히 아는 게 아닐까 하는 생각이 퍼뜩 들었다. 나야 그럴 일이 없지만 그녀라면 내부 정보를 접했을 수도 있다. 세라피나 박사는 내게 리라에 관한 이야기, 또는 리라가 적의 손에 들어가서는 안 된다는 식의 말을 단 한 번도 한 적이 없었다. 가브리엘라는 무슨 일인지 모두 알고 이 자리에 왔다고 생각하니 질투가 끓어올랐다.

"전쟁으로 일이 중단될 수 있다는 걸 깨닫고, 우리는 무슨 일이 벌어지더라도 자료들을 잘 보존해야겠다고 마음먹었습니다." 세라피나 박사가 말했다. "그래서 가브리엘라와 셀레스틴에게 연구 자료를 분류하고 정리해달라고 부탁했습니다. 그게 몇 달 전이었습니다. 지루하고 힘든 일이라 고생이 많았지만 두 사람은 도서관이 폐쇄되기 전에 프로젝트를 완수하려고 창의성과 오기를 발휘했습니다. 우리는 두 사람이 일을 빨리 진행하는 걸 보고 매우 신이 났습니다. 우리 같은 사람들에게는 답답한 일거리였겠지만 젊은이들이라 확실히 끈기가 있었죠. 그리고 멋진 성과를 냈습니다. 두 사람이 정리한 자료는 믿을 수 없을 만큼 유용했습니다. 덕분에 수십 년 동안 숨겨져 있던 엄청난 양의 자료를 검토해볼 수 있었죠."

세라피나 박사가 벽에 걸린 지도 앞으로 가더니 카디건 주머니에서 펜을 꺼내 그리스에서 불가리아로 넘어가는 로도피 산맥 위에 삼각형을 그렸다.

"우리가 찾아야 하는 장소가 이 삼각형 안에 위치한다는 건 주지의 사실입니다. 이 지역은 예전에도 탐사한 적이 있고, 동굴 주변의 지질학적 특징이나 지형을 제대로 기록하려는 학술적 시도도 여러 번 있었다는 건 잘 압니다. 그러나 학자들이 조사에 신중을 기했을지라도 방법론 측면에서는 완벽하지 못했을 수 있습니다. 정확한 지점은 모르지만 이번에 새로 주목하게 된 정보들을 포함해 자료를 면밀히 훑어본다면 동굴 위치에 대한 새로운 사실을 밝혀낼 수 있으리라 믿습니다."

"그러면 이번에는 동굴의 정확한 좌표를 알아낼 수 있을까요?" 수녀가 말했다.

"우리 제안은 이겁니다." 라파엘 박사가 아내를 대신해 나섰다. "만일 우리가 동굴 위치를 반경 100킬로미터 이내로 좁힌다면 2차 탐사를 할 수 있도록 전적으로 지원해주시기 바랍니다."

"만일 범위를 좁히지 못한다면 우리는 모든 정보를 최대한 숨기고 계획대로 망명한 다음 지도가 적의 수중에 들어가지 않기를 기도할 겁니다." 세라피나 박사가 말했다.

열띤 토론을 부른 사안임에도 위원회 사람들이 기다렸다는 듯 승인하는 모습을 보고 나는 깜짝 놀랐다. 세라피나 박사는 가브리엘라를 회의에 참석시킴으로써 레비 프란체 박사의 승인을 얻어낼 수 있으리라 생각한 것 같았다. 어쨌거나 박사님의 전략은 통했다. 찾고자 하는 보물이 정확히 무엇인지도 모르면서 나는 이상한 야망에 불타올랐다. 가슴이 벅찼다. 천사들이 갇혀 있는 동굴을 찾는 우리 임무는 발코 부부 연구의 핵심이었다.

다음날 아침에 회의가 있었다. 약속한 아홉시보다 한 시간쯤 일찍 세라피나 박사의 연구실에 도착했다. 전날 밤 나는 거의 잠을 이루지 못했다. 옆방을 쓰는 가브리엘라도 밤새 우왕좌왕 창문을 열었다가 담배를 피웠다가 하며 제일 좋아하는 레코드인 드뷔시의 〈열두 개의 연습곡〉을 틀어놓고 방안을 서성거렸다. 그녀도 나처럼 그 비밀스러운 관계 때문에 잠을 못 이루는구나 싶었다. 하지만 솔직히 가브리엘라의 기분은 도대체 알 수 없었다. 파리에서 가브리엘라를 나보다 더 잘 아는 사람은 없을 거라고 생각했는데 사실은 전혀 알지 못했던 것이다.

그날 오후 우연히 목격한 장면 때문에 혼란스러웠던 나는 동굴을 찾아내는 프로젝트에서 발코 부부가 우리에게 맡긴 역할이 얼마나 중대한 것인지 깊이 생각해볼 겨를이 없었다. 가브리엘라가 낯선 남자의 품에 안긴 모습만 자꾸 머릿속에 떠올라 옆방의 그녀에게 더 신경이 쓰였다. 결국 해가 뜨기도 전에 침대에서 나와 책을 챙기고, 내가 애용하는 도서관 구석자리에서 공부를 하기 위해 새벽에 집을 나섰다.

자료에 둘러싸여 혼자 시간을 보내는 동안에야 겨우 전날 열린 위원회 회의를 돌이켜볼 수 있었다. 동굴 위치도 정확히 모르면서 그렇게 중요한 탐사를 떠났다는 게 믿기 어려웠다. 그 어떤 탐사에서도 가장 중요한 요소인 지도가 없다니. 지도를 완성해오지 못했다면 성공한 탐사라고 할 수 없다는 것은 그리 똑똑하지 않은 1학년 학생도 안다. 탐사 위치를 정확히 기록해놓지 않으면 미래의 학자들이 같은 곳을 같은 방식으로 조사할 방법이 없기 때문이다. 간단히 말해 지도가 없다는 건 분명한 증거가 없다는 뜻이었다.

발코 부부의 가르침이 없었더라면 나도 지도의 중요성을 잘 몰랐을 것이다. 두 사람은 지도 제작이나 지질학적 특성에 관해 거의 강박에 가까울 만큼 철저히 조사했다. 반복적인 재현을 통해 실험을 입증하는 과학자답게 그들이 고대 지질학에서 거둔 성과는 과거의 탐사를 구체적으로 똑같이 재현하려는 열정에서 비롯되었다. 바위와 광물의 조성, 화산활동, 맨틀의 진화, 토양의 종류, 카르스트지형에 관해 토론하는 두 사람 옆에 있으면 그들이 과학적으로 접근하고 있다는 걸 의심할 수 없었다. 실수는 있을 수 없다. 지도가 하나라도 존재했다면 라파엘 박사는 분명히 찾아냈을 것이다. 바위를 일일이 조사해나가며 과거의 탐사 여행을 차근차근 재구성해냈을 것이다.

해가 뜬 후에 세라피나 박사의 연구실로 가서 조용히 문을 두드렸다. 목소리가 들리는 것을 확인하고 문을 열었다. 놀랍게도 가브리엘라가 세라피나 박사와 함께 주홍색 비단이 덮인 소파에 앉아 있었다. 커피잔을 앞에 두고 무슨 심각한 의논을 하던 중인 모양이었다. 전날 밤 불안해하던 가브리엘라는 사라지고 없고, 지금은 깔끔하게 차려입고 화장을 하고 향수까지 뿌리고 검은 머리를 매끈하게 빗어넘긴 귀부인 같은 모습이었다. 다시 한번 가브리엘라에게 패한 나는 실망을 감추지 못하고 앉을 곳을 찾지 못한 것처럼 멍하니 문가에 서 있었다. "뭐하니, 셀레스틴? 얼른 들어와 앉아." 세라피나 박사의 목소리에 짜증이 살짝 섞여 있었다.

전에도 세라피나 박사의 연구실에 여러 번 와본 적이 있어서 그곳이 학교에서 가장 좋은 방이라는 건 알고 있었다. 주변에서 제일 높은 오스만* 스타일의 건물 꼭대기 층에 있는 연구실에서는 멋진 풍경이 한눈에 내려다보였다. 학교 앞 광장과 분수 그리고 끝없이 주변을 맴도는 비둘기들도 보였다. 한쪽 면을 채운 넓은 유리창이 아침 햇살에 반짝였다. 창문 하나가 서늘한 아침 공기를 향해 열려 있어 흙냄새와 물 냄새가 방을 휘감았다. 마치 밤새 내린 비가 진흙을 쌓아놓고 간 듯했다. 우아하게 꾸민 넓은 연구실에는 붙박이 책장과 세로 홈이 파인 몰딩이 보이고 대리석으로 상판을 댄 접이식 책상이 놓여 있었다. 센 강의 좌안左岸보다는 우안에 더 어울리는 공간이었다. 사실 우리 학교에는 먼지와 담배연기에 찌들고 여기저기 책들이 쌓여 있는 라파엘 박사의 연구실이

* 19세기에 파리 개조 사업을 추진해 현대 도시 파리의 기틀을 마련한 인물.

더 잘 어울렸다. 라파엘 박사는 가끔 아내의 깨끗한 연구실을 찾아 볕이 잘 드는 곳에서 느긋하게 시간을 보내며 좀더 나은 강의를 위해 아내와 토론을 벌이거나, 지금의 가브리엘라처럼 세라피나 박사의 세브르 도자기 찻잔으로 커피를 마시곤 했다.

가브리엘라가 나보다 먼저 연구실에 와 있었다는 사실에 실망을 넘어 화가 났다. 가브리엘라가 왜 그랬는지는 몰라도 일부러 나를 빼놓고 박사님과 둘이서만 상의한 것처럼 보였다. 적어도 우리가 맡을 일에 대해 박사님과 따로 이야기할 기회가 있었으니 어쩌면 자신이 원하는 일을 미리 골랐을 수도 있다. 우리가 어떤 성과를 거두느냐에 따라 학교에서의 위상이 달라진다는 건 분명했다. 만일 발코 부부가 결과에 만족한다면 탐사대에 자리가 하나 생길 수도 있다. 하지만 그 자리에 들어갈 수 있는 건 둘 중 한 명뿐이었다.

지금까지는 각자 잘하는 분야의 일을 맡아왔는데, 둘 다 각자 외모와는 어울리지 않는 일이었다. 나는 기술적인 분야, 즉 천사 생리학이나 피조물을 구성하는 물질과 정신의 비율, 초기 생물분류법의 정확성 따위에 관심이 많았던 반면, 가브리엘라는 천사학의 예술적인 분야에 흥미를 느꼈다. 천사학자와 네피림의 전쟁을 다룬 웅장한 서사시를 즐겨 읽었고 종교화에서 나라면 분명히 놓쳤을 법한 상징을 찾아냈다. 고대 문서를 분석할 때면 단어 하나의 의미가 미래의 모든 걸 바꿔놓을 수도 있으리라 믿는 사람처럼 정성을 다했다. 그녀는 선한 사람들이 진보한다는 믿음을 갖고 있었고, 학교에서 함께 1학년을 보내는 동안 내게도 같은 생각을 심어주었다. 세라피나 박사는 가브리엘라에게 신화와 관련된 자료를, 내게는 보다 체계가 필요한 일을 맡겼다. 이를테면 과거에 문제의 동굴을 찾으려 시도했던 자료를 분류하거나 시대에 따른 지질학적 변화를 찾아내거나 오래된 지도를 순서대로 맞추는 일 등이었다.

가브리엘라의 만족스러운 표정을 보니 두 사람은 이미 한참 이야기를 나눈 듯했다. 사무실 한가운데 커다란 나무상자 여러 개가 보였다. 상자의 거친 모서리가 빨간색과 금색의 동양풍 카펫을 짓누르고 있었다. 안에는 급히 집어넣은 듯 연구 수첩들과 아무렇게나 묶어둔 문서들이 뒤죽박죽 담겨 있었다.

상자 안에 든 자료가 뭔지 궁금해하는 것은 물론 가브리엘라를 보고 깜짝 놀랐다는 것까지 모두 내 얼굴에 드러난 듯했다. 세라피나 박사는 들어오라고 손짓하며 문을 닫고 옆에 와서 앉으라고 했다. "들어와, 셀레스틴." 그리고 책장 근처 소파에 앉으라고 손짓하며 거듭 말했다. "그러잖아도 언제 오나 하고 있었어."

박사님의 말에 동조한다는 듯 사무실 한구석에 놓인 괘종시계가 여덟시를 알렸다. 약속 시간보다 한 시간이나 일렀다. "아홉시에 시작하는 걸로 알고 있었어요."

"가브리엘라가 얼른 시작하고 싶어했어." 세라피나 박사가 말했다. "둘이서 셀레스틴이 정리할 새로운 자료를 미리 좀 훑어봤지. 여기 상자에 든 자료는 라파엘 거야. 원래 그이 연구실에 있던 건데 어젯밤에 이리로 가져왔어."

박사님은 책상으로 걸어가더니 열쇠를 가져와 책장을 열었다. 선반마다 공책들이 가지런히 꽂혀 있었다. "그리고 이것들은 내 자료. 주제와 기간을 기준으로 정리돼 있어. 학생 때 정리한 내용은 아래쪽 칸에 있고 최근 것들은 위쪽에 있어. 대개 논문에 쓴 참고 자료와 개요야. 지난 몇 년간은 연구 내용을 전혀 정리해두지 못했지. 보안 때문이기도 했지만 더 큰 이유는 제대로 된 조수를 못 찾아서였어. 자네들은 똑똑한 학생이고 천사학의 기본적인 분야를 배울 만큼 배웠어. 목적론과 초자연적 파동, 천사 형태론과 분류학의 기초 지식 정도는. 그리고 아주 얕은 수준이지만 태고 지질학도 배웠고. 자네들은 성실하고 꼼꼼하고 박식하고 재능이 많지만 전문적이지는 못해. 그런 신선한 시각으로 자료를 검토해줬으면 해. 만일 상자 안에 우리가 놓친 뭔가가 있다면 분명히 잡아낼 거라고 믿어. 그리고 둘 다 내 강의를 듣도록 해. 기초 과목은 작년에 모두 마친 걸로 알고 있지만, 이번에 해야 할 일과 워낙 관계가 깊은 과목이니까."

빼곡히 꽂힌 공책들을 손가락으로 어루만지던 박사님이 몇 권을 꺼내 탁자 위에 내려놓았다. 얼른 한 권을 집어 살펴보고 싶었지만 꾹 참고 가브리엘라가 먼저 움직이기를 기다렸다. 안달하는 것처럼 보이고 싶지 않았다.

"이 자료부터 시작하는 게 좋을 거야." 세라피나 박사가 소파에 사뿐히 앉으며 말했다. "라파엘의 자료는 제대로 분류하려면 고생깨나 할 테니까."

"정말 많네요." 나는 어마어마하게 많은 자료에 정신이 팔린 채 말했다. 과연 우리 둘이서 이렇게 방대한 양의 정보를 정리할 수 있을까 싶었다.

"정리법에 관해서는 이미 가브리엘라에게 자세히 얘기했어." 세라피나 박사가 말했다. "셀레스틴에게는 가브리엘라가 잘 설명해줄 테지만, 딱 하나 다시 말해둘 게 있어. 이 공책들은 더할 나위 없이 소중한 자료야. 우리가 진행하는 특별한 연구의 기초 자료지. 일부를 발췌해 사용한 적은 있지만 한 권을 통째로 공개한 적은 단 한 번도 없어. 그러니 민감한 내용일수록, 특히나 옛날에 진행한 탐사를 요약한 자료들은 조심해서 다루도록 해. 미안하지만 이 자료는 연구실 밖으로 가지고 나갈 수 없어. 아주 엉뚱한 시간만 아니라면 언제든지 와서 검토해도 돼. 뒤죽박죽일진 몰라도 분명히 배울 게 많을 거야. 이 자료가 두 사람이 우리 투쟁의 역사를 이해하는 데 도움이 됐으면 좋겠어. 운이 좋다면 우리가 찾는 걸 발견할 수도 있겠지."

세라피나 박사가 가죽 공책 한 권을 내게 건네주며 말했다. "이건 내가 학생 때 쓴 거야. 강의 시간에 필기한 것도 있고, 천사학이 무엇인지, 역사적으로 어떻게 발전해왔을지 나름대로 추측한 내용을 적은 글도 있지. 나도 들여다본 지 무척 오래되어서 두 사람 눈에 뭐가 보일지 예상하기 어렵군. 나도 한때는 포부가 대단한 학생이었고 셀레스틴처럼 아주, 아주 많은 시간을 도서관에서 보냈어. 그러던 중 도서관에 천사학의 역사에 관한 자료가 너무 많으니 좀 간단하게 정리해야겠다는 생각이 들어서 써본 거지만, 순진한 어림짐작이 섞여 있을 수도 있으니 적당히 가감해서 이해해야 할 거야."

나는 우리와 같은 공부를 하는 박사님의 학창 시절을 떠올려보려고 했다. 대상이 무엇이든 박사님이 순진한 어림짐작을 한다는 건 상상도 하기 어려웠다.

세라피나 박사가 말을 이었다. "고학년 때 쓴 건 그래도 좀 볼만할 거야. 여기 있는 내용을 다시 쓰면서, 뭐랄까, 이 학문의 역사를 좀더 간단명료하게 정리했으니까. 우리 학자들과 요원들이 반드시 이뤄내려 하는 목표 가운데 하나는 천사학을 진정한 실용 학문으로 만드는 거야. 공부한 걸 구체적인 도구로 사용하는 거지. 이론은 적용할 수 있을 때만 가치가 있어. 그리고 우리가 네피림에 맞서 싸우는 데도 역사 연구가 매우 중요한 역할을 하지. 나는 상당히 실증적인 사람이야. 사실 추상적인 사고에는 도통 소질이 없기도 하고, 그래서 이야기를 만들어 천사학 이론들을 좀더 구체적으로 이해하려고 했어. 강의도 그런 식으로 했지. 우화 같은 이야기를 이용하는 건 신학의 여러 분야에서 아주 흔한 일이야. 하지만 교회는 천사들의 계급을 설명할 때 그런 식의 접근을 삼가고 있어. 두 사람도 아는지 모르겠지만, 천사들의 계급체계는 교부들이 자주 끌어다 쓴 논리야. 그들은 하느님이 천사들의 계급을 만들었듯이 지상의 계급도 하느님이 만들었다고 믿었지. 하나를 보면 다른 걸 알 수 있다면서. 예를 들어 치품천사가 지품천사보다 높은 존재인 것처럼 파리의 대주교는 농부들보다 높은 존재라는 거야. 어떤 식인지 알겠지? 하느님이 계급체계를 만드셨으니 모든 사람은 신께서 정해주신 자기 자리를 지켜야 한다는 거지. 물론 세금도 내야 하고. 교회에서는 천사들의 계급을 근거로 자신들의 사회적, 정치적 구조를 공고히 했어. 거기에다 우주의 기원에 대한 이야기, 즉 우주론을 들먹이며, 겉으로 보기에 혼돈 그 자체인 일반 사람들의 삶에 질서를 제공했던 거야. 물론 천사학자들은 그런 방식에서 탈피했지. 수평 구조를 유지하고 지적 자유를 보장하고 성과를 내면 위로 올라갈 수 있어. 상당히 독특한 조직이야."

"어떻게 그런 조직체계가 살아남았죠? 교회가 용납했을 리 없잖아요." 가브리엘라가 물었다.

뻔뻔스럽기까지 한 가브리엘라의 질문에 놀라 나는 고개를 숙이고 손만 내려다보았다. 나라면 그렇게 직접적으로 교회에 의문을 제기할 수 없었을 터였다. 그런 의문 자체가 교회가 건실하다는 내 믿음을 해칠 수도 있었다.

"예전에도 그런 의문은 수없이 제기되었어." 세라피나 박사가 말했다. "천사학의 기초를 닦은 신부들이 10세기경 대규모 회의를 열어 천사학자들이 다룰 영역을 정했어. 회의에 참석했던 신부가 남긴 훌륭한 기록도 있지." 박사님은 다시 책장으로 가서 책 한 권을 가져왔다. 그리고 책장을 넘기며 말했다. "기회가 되면 한번 읽어봐. 오늘 아침엔 당장 해야 할 일이 많으니 안 되겠지만."

박사님은 책을 탁자에 내려놓았다. "우리 조직의 역사를 읽어보면 천사학이 단순히 연구와 토론만으로 이루어진 게 아니라는 걸 금방 알 수 있을 거야. 진지하고 영적인 사람들이 한곳에 모여 현명한 결정을 내리면서 우리 사명은 시작됐어. 바로 제1차 천사 탐사를 결정한 거지. 이게 감옥에 갇힌 천사들을 찾아내려는 천사학자들의 첫 실질적 시도였고, 돌아가신 설립자 신부들이 트라키아 지방 신부들의 초대를 받아 가서 소조폴*공의회를 소집하며 본격적으로 시작됐어. 거기서 우리 규율을 처음으로 정했지. 위대한 설립자 가운데 한 분인 가경자 보고밀 신부의 말씀에 따르면 소조폴공의회는 대단한 성공이었다고 해. 우리 사명을 정했을 뿐 아니라 그 시대의 가장 뛰어난 종교 사상가들을 한자리에 모았다는 점에서. 니케아공의회 이후 모든 종파의 대표자들이 모인 경우는 처음이었으니까. 사제와 부제副祭, 복사, 랍비, 마니교의 성스러운 자들이 주 회의장에 모여 시끌시끌하게 교리 논쟁을 벌였지. 하지만 다른 곳에서는 비밀스러운 회합이 벌어졌어. 로마에 살지만 트라키아 출신이었던 노령의 사제 클레마티스 신부가 감시자들이 갇힌 동굴을 찾아내겠다는 원대한 포부에 뜻을 같이할 신부들을 소집한 거야. 사실 클레마티스 신부는 이미 동굴 위치를 알아낼 이론을 세웠어. 노아의 방

* 불가리아의 도시 이름.

주가 남긴 잔해와 마찬가지로 흑해 연안에서 발견될 거라고 가정했지. 결국 클레마티스 신부는 자신의 이론을 검증하려고 높은 산으로 올라갔어. 비록 증거는 없지만, 라파엘 박사와 나는 클레마티스 신부가 지도를 만들었을 거라고 추측해."

"하지만 동굴의 존재를 어떻게 확신할 수 있죠?" 가브리엘라가 말했다. "증거가 뭔가요? 동굴이라는 게 애초에 실재하지 않는 전설에 불과하다면요?"

"분명 무슨 근거가 있을 거야." 도전적인 성격의 가브리엘라가 의욕만 앞선 것 같아 내가 끼어들었다.

"클레마티스 신부는 동굴을 찾았어." 세라피나 박사가 다시 말을 이었다. "신부를 필두로 한 탐사대는 역사상 유일하게 동굴의 실제 위치를 알아냈고, 그 동굴에 들어가 수천 년 만에 처음으로 하느님을 거역한 천사들을 목격했어. 그리고 신부는 영광스럽게 돌아가셨어. 감사하게도 그전에 간단하게 탐사 기록을 남겼고, 라파엘 박사와 나는 그 기록을 주 자료로 연구를 시작했던 거야."

"그렇다면 거기에 동굴의 장소가 언급돼 있겠군요." 나는 클레마티스 신부의 탐사가 어땠는지 알고 싶어 안달이 났다.

"그래. 클레마티스 신부는 동굴 위치를 언급했어." 세라피나 박사는 그렇게 말하고는 종이를 꺼내 만년필로 키릴 문자를 써서 보여주었다.

Гяурското Бърло

"클레마티스 신부가 남긴 말은 고대 불가리아어로 '갸우르스코토 부를로'라고 해서 '불신자의 감옥', 좀더 풀면 '불신자가 숨어 있는 곳'이라는 뜻이야. 당시 기독교인들이 반역자나 신앙 없는 자라 불렀던 감시자를 정확히 표현한 말이지. 14세기 이후 로도피 산맥 주변은 지금의 터키가 차지하고 있었어. 그런데 1878년에 러시아의 도움을 받아 불가리아가 터키를 몰아냈지. 그래서 현대에는 동굴을 찾는 일이 더욱 힘들어졌어. 이슬람교도들은 불가리아의 기독교도를 이단이라는 뜻을 담아 불신자라 불렀으므로 원래 동굴을 가리키던 말에 엉뚱한 의미가 뒤섞였기 때문이야. 우리는 20세기 들어 그리스와 불가리아를 여러 번 답사했지만 애석하게도 그런 이름의 동굴을 찾아낼 수 없었어. 마을 사람들에게 물어도 터키를 떠올리거나 아예 처음 들어본다고 할 뿐이었지. 여러 해 동안 온갖 지도를 찾아보았지만 그런 지명은 도저히 찾을 수 없었어. 일부러 그랬는지 아니면 실수로 빼먹었는지 모르겠지만 그런 이름의 동굴은 어떤 지도에도 나와 있지 않았어."

"어쩌면 클레마티스 신부가 잘못 알았고, 그런 동굴은 원래 존재하지 않는다고 결론 내리는 편이 옳지 않을까요?" 가브리엘라가 말했다.

"그렇지 않아." 세라피나 박사는 서둘러 부정했다. 그녀가 이 문제에 얼마나 열정을 품고 있는지 알 것 같았다. "반역천사들의 감옥은 존재해. 거기에 내 모든 경력을 걸었어."

"그럼 분명히 찾아낼 방법이 있을 거예요." 나는 발코 부부가 이 수수께끼를 얼마나 풀고 싶어하는지 비로소 완전하게 이해했다. "클레마티스 신부의 기록을 봐야 하지 않을까요?"

"그건 당장 눈앞에 닥친 일들부터 마치고 나서." 세라피나 박사가 다시 책장 쪽으로 향하며 말했다.

그 안에 무슨 내용이 있을지 궁금해진 나는 앞에 놓인 책을 펼쳤다. 내가 해왔던 생각들이 세라피나 박사의 연구와 일치하고 발코 부부한

테서 늘 칭찬받던 가브리엘라는 의견 충돌을 빚는 걸 보니 왠지 기분이 좋았다. 하지만 실망스럽게도, 가브리엘라는 박사님이 못마땅해해도 전혀 굴하지 않았다. 아니, 아예 다른 생각을 하고 있는 것 같았다. 어쨌거나 가브리엘라가 나를 경쟁 상대로 생각하지 않는다는 것만은 틀림없었다. 스스로를 증명해야 한다는 부담감 따위는 느끼지 않을 테니까.

내가 얼른 일을 시작하고 싶어 안달하는 걸 알아채고 세라피나 박사가 일어섰다. "이제 일할 수 있도록 자리를 비켜줄게. 어쩌면 두 사람은 내가 미처 보지 못한 뭔가를 찾아낼 수도 있을 거야. 이 자료들은 어떤 사람에게는 깊은 속내를 드러내지만 어떤 사람에게는 아무 말도 하지 않지. 두 사람이 이 문제를 얼마나 민감하게 대하느냐에 달렸어. 모든 이의 정신과 영혼은 나름의 속도, 나름의 방식으로 익어가는 법이잖아? 귀가 달렸다고 해서 누구나 아름다운 음악을 들을 수 있는 건 아니지."

입학한 무렵부터 나는 발코 부부의 수업에는 미리 가 있는 버릇이 들었다. 많은 학생들 틈에서 원하는 자리를 잡기 위해서다. 1학년 때 이미 발코 부부의 수업을 모두 들은 나와 가브리엘라는 다시 매주 수업을 들으러 갔다. 나는 질문이 오가는 열정적인 분위기와 모두가 학구적으로 하나가 된 듯한 환상에 매료되었고, 가브리엘라는 명문가 출신 2학년이라는 신분을 즐기는 듯했다. 하급생들은 발코 부부의 주장에 가브리엘라가 무슨 반응을 보이는지 가늠하는 듯 강의 시간 내내 그녀를 뚫어져라 바라보았다. 교실은 로마식 사원 내부에 석회암으로 단장한 작은 예배당이었는데, 사원의 벽들은 마치 아래쪽에 펼쳐진 돌산에서 솟아오른 것처럼 두껍고 단단했다. 그러나 벽돌이 조금씩 부스러져서 나무 부벽으로 지탱해놓은 예배당 천장은 금방이라도 무너질 듯 위태로웠다.

밖에서 자동차 소리가 조금이라도 크게 들리면 건물 전체가 무너져내리며 학생들을 덮쳐버리지 않을까 싶었다.

가브리엘라와 내가 예배당 뒤쪽에 자리를 찾아 앉자 세라피나 박사가 가져온 자료를 정리하고 강의를 시작했다.

"오늘 들려줄 이야기는 다들 이런저런 경험을 통해 익숙할 거예요. 천사학의 기반이 되는 이 이야기가 역사에서 차지하는 비중에는 이론의 여지가 없습니다. 게다가 시적 아름다움도 흠잡을 데가 없죠. 먼저 노아의 홍수 전으로 돌아가보겠습니다. 하늘에서는 감시자라고 칭한 천사 이백 명을 지상으로 보내 하느님이 창조하신 세계를 지켜보도록 합니다. 감시자들 가운데 우두머리의 이름은 셈야자였다고 합니다. 셈야자는 아름답고 위엄이 넘치는 실로 천사다운 천사였습니다. 새하얀 피부와 파란 눈, 금빛 머리칼은 천상의 미가 무엇인지 보여주었죠. 그는 천사 이백 명을 이끌고 하늘에서 지상으로 내려왔습니다. 그를 따르는 천사들 중에는 아라키바, 라멜, 타미엘, 라미엘, 다넬, 에제키엘, 바라키엘, 아사엘, 아르마로스, 바타리엘, 아나넬, 자키엘, 삼사피엘, 사타렐, 투렐, 요미야엘, 코카비엘, 아라키엘, 샤시엘, 사리엘 등이 있었습니다.

천사들은 아담과 이브의 자손들 사이에서 보이지 않게 돌아다니며 어둠 속이나 산속 등 인간이 찾아낼 수 없는 곳에 보금자리를 꾸몄습니다. 그들은 인간의 이동을 따라 지역을 옮겨다녔습니다. 그 결과 갠지스 강과 나일 강, 요르단 강, 아마존 강 주변에 많은 사람들이 모여 사는 문명이 있다는 것을 알아냈습니다. 그들은 인간의 활동범위와 떨어진 곳에서 인간들을 감시하는 임무를 수행하며 조용히 살아갔습니다.

예렛*의 시대였던 어느 오후 헤르몬 산에 머물고 있던 셈야자는 호수에서 목욕하는 한 여인을 봅니다. 갈색 머리칼이 그녀의 몸을 휘감고 있었죠. 셈야자는 다른 감시자들을 산꼭대기로 불러 함께 여인을 내려다봅니다. 여러 자료에 따르면 셈야자가 감시자들에게 인간의 아이들 가운데서 아내를 고르자고 제안한 게 이 순간이었다고 합니다.

하지만 그 말을 꺼내자마자 셈야자는 불안해졌습니다. 일찍이 반역을 저지른 천사들이 몰락하는 걸 지켜본 그는 하느님을 거역하면 어떤 벌이 따를지 알고 있었으니까요. 결국 그는 다시 이렇게 말합니다. '사람의 딸들은 우리 것이 되어야 한다. 하지만 너희가 나를 따르지 않는다면 나는 홀로 이 큰 죄에 대한 벌을 감당할 것이다.'

감시자들은 지도자인 셈야자와 함께 어떤 벌도 감수하기로 굳게 맹세합니다. 그들은 그런 식의 동맹이 금지된 행위이며, 자신들이 맺은 약속이 천상과 지상의 모든 계율을 어기는 짓이라는 걸 알았습니다. 그럼에도 헤르몬 산을 내려와 인간 여자들 앞에 모습을 드러냅니다. 여자들은 이 낯선 존재들을 남편으로 맞아 곧 임신을 합니다. 시간이 흐르고 감시자와 아내들 사이에 아이들이 태어납니다. 그들이 바로 네피림입니다.

감시자들은 아이들이 자라는 모습을 지켜보았습니다. 아이들은 인간 어머니들과 달랐고 천사들과도 달랐습니다. 여자아이들은 인간 여자들보다 키가 크고 매력적이었습니다. 직감이 발달했고 마음을 꿰뚫어보는 능력이 있었습니다. 겉모습은 천사들처럼 아름다웠죠. 남자아이들은 인간 남자들보다 키가 크고 강인했습니다. 합리적이고 판단력이 있었습니다. 그리고 지성이 천사들처럼 뛰어났죠. 감시자들은 선물 삼아

* 아담의 자손, 창세기 5장.

남자아이들을 한곳에 모아놓고 전쟁 기술을 가르쳤습니다. 그들은 아들들에게 불의 비밀도 전수했습니다. 불을 지피는 법과 꺼뜨리지 않고 유지하는 법, 그리고 불로 음식을 조리하거나 에너지를 만들어내는 법을 가르쳤죠. 불 사용법은 무척 소중한 선물이어서 인간들에게 신화로 남았습니다. 그중 가장 유명한 것이 바로 프로메테우스 신화입니다. 감시자들은 또 아들들에게 금속 다루는 법을 가르쳤습니다. 천사들이 완벽하게 익혔지만 인류에게는 숨겼던 기술이었죠. 감시자들은 금속으로 팔찌와 반지, 목걸이를 만드는 과정을 보여주었습니다. 금과 원석을 땅에서 채취하고 손질해 가치 있는 물건을 만들어 보였습니다. 네피림은 부를 축적하고 금과 곡물을 잔뜩 저장했습니다. 감시자들은 딸들에게 천을 염색하는 법과 반짝이는 광물을 빻아 눈꺼풀에 바르는 법을 가르쳤습니다. 그렇게 인간 여자들이 질투할 만큼 딸들을 아름답게 치장시켰습니다.

감시자들은 자식들이 인간보다 강해지도록 금속을 녹여 검과 단도, 방패, 흉갑, 화살촉 같은 도구를 만드는 법을 가르쳤습니다. 도구의 힘을 알게 된 네피림들은 날카로운 무기를 많이 제작했습니다. 그리고 사냥을 해 고기를 비축하고 무력으로 소유물을 지켰습니다.

감시자들이 남긴 선물은 또 있습니다. 아내와 딸들에게 불이나 금속을 다루는 방법보다 훨씬 강력한 비밀을 전수했습니다. 여자들을 남자들과 멀리 떨어진 깊은 산속으로 데려가 주문을 거는 법, 식물의 풀과 뿌리를 약으로 쓰는 법을 가르쳤습니다. 여자들은 주문을 기록하는 기호로 예술을 배웠습니다. 이내 여자들 사이에서는 두루마리가 돌기 시작했습니다. 그때까지만 해도 남자들의 힘에 기대 살았던 여자들이 강력하고 위험한 존재가 되었습니다.

감시자들은 점점 많은 천상의 비밀을 아내와 딸들에게 누설했습니다.

바라키엘은 점성술을 가르쳤습니다.
코카비엘은 별자리를 읽고 예언하는 법을 가르쳤습니다.
에제키엘은 구름의 형태와 움직임을 해석하는 법을 가르쳤습니다.
아라키엘은 땅이 보여주는 신호를 읽는 법을 가르쳤습니다.
샴시엘은 태양의 경로를 기록했습니다.
사리엘은 달의 위상을 기록했습니다.
아르마로스는 반사 마법을 가르쳤습니다.

이런 가르침을 기반으로 네피림은 부족을 이루어 무기로 무장하고 땅과 자원을 지배하게 되었습니다. 그들은 완벽한 전쟁 기술을 구사했습니다. 그리고 인간에 대한 지배력을 키워갔습니다. 스스로 이 땅의 주인이라 칭하고 땅덩어리를 큼직하게 가른 다음 왕국을 세웠습니다. 노예들을 부리고 자신의 군대를 상징하는 깃발도 만들었죠. 왕국을 구획하고 인간에게 군인, 상인, 노동자의 역할을 주고 자신들을 위해 일하게 했습니다. 영원한 비밀을 간직한 네피림은 권력을 갈망하며 인류를 지배했습니다.

네피림의 지배하에 죽어가던 인류는 하늘을 향해 울부짖으며 도움을 청했습니다. 감시자들이 처음 땅에 내려왔을 때부터 지켜보던 대천사 미카엘과 우리엘, 라파엘, 가브리엘은 이처럼 네피림들이 세력을 펼치는 모습을 눈여겨보고 있었습니다.

이윽고 명을 받은 대천사들은 감시자들을 불로 둘러싸고 맞섰습니다. 결국 감시자들은 무릎을 꿇고 말았습니다. 패배한 감시자들은 족쇄에 묶여 아무도 살지 않는 깊은 산속 동굴로 끌려갔습니다. 깊은 구덩이 끝 낭떠러지에 선 감시자들은 무거운 쇠사슬에 감긴 채 뛰어내리라는 명령을 받았습니다. 지구 표면에 파인 틈으로 떨어진 그들은 점점 더 깊은 곳으로 곤두박질치다가 결국 어둠의 감옥에 떨어졌습니다. 동굴 속에서 그들은 공기와 빛과 잃어버린 자유를 그리며 비통해했습니다. 천상과 지상에서 모두 격리당한 채로 풀려나기만을 기다리며 하늘의 용서를 빌었습니다. 그리고 구해달라며 네피림을 소리쳐 불렀습니다. 하느님은 그들의 애원을 무시했습니다. 네피림도 도우러 오지 않았습니다.

그러나 복음을 전하는 대천사 가브리엘은 감시자들의 괴로움을 모른 체하지 못했습니다. 순간적으로 측은한 마음이 든 그는 갇힌 형제들에게 자신의 리라를 던져주었습니다. 괴로운 마음을 음악으로나마 달래길 바랐던 겁니다. 하지만 리라가 구덩이 바닥에 닿기도 전에 가브리엘은 자신이 저지른 실수를 깨달았습니다. 리라의 음악에는 사람을 유혹하는 강력한 힘이 있었습니다. 감시자들이 리라의 힘을 이용할 수도 있었던 겁니다.

오랜 세월이 흐르면서 사람들은 감시자들이 갇힌 화강암 감옥을 지하 세계나 죽은 자들의 땅이라 불렀고, 많은 영웅들이 영원한 생명과 지혜를 찾아 그곳으로 내려갔습니다. 타르타로스, 하데스, 쿠르누기아*, 아눈**, 그리고 지옥. 감시자들이 구덩이에 갇힌 채 풀어달라고 울부짖는 동안 전설은 점점 늘어났습니다. 오늘도 그들은 땅속 깊은 곳 어딘가에서 구해달라며 소리치고 있습니다."

---

* 바빌론 신화에서 지옥을 뜻하는 말.

** 웨일스 신화에서 지옥을 뜻하는 말.

세라피나 박사가 결론을 내리듯 말했다. "왜 네피림이 아버지들을 구하지 않았는지에 대해선 여러 가설이 있었습니다. 네피림이 감시자들의 도움까지 받는다면 더 강한 존재가 되었을 테니, 할 수 있다면 분명 아버지들을 풀어주려고 애썼을 겁니다. 하지만 감시자들이 갇힌 장소는 여전히 미상입니다. 이 수수께끼로부터 우리 사명이 시작됩니다."

세라피나 박사는 타고난 달변가였다. 1학년 학생들에게 자신이 말하려는 바를 전달하는 힘이 뛰어났다. 그런 능력이 있는 교수는 그리 많지 않았다. 어찌나 열정적인지 한 시간짜리 수업만 끝나도 무척 지친 듯해 보였는데 그날도 예외는 아니었다. 박사님은 교재에서 눈을 떼고 고개를 들더니 잠시 쉬자고 했다. 가브리엘라가 내게 따라오라고 눈짓하더니 옆문을 통해 밖으로 나갔다. 우리는 좁은 복도를 여럿 지나 아무도 없는 마당으로 나갔다. 석양이 지는 가운데 푸근한 가을 저녁 공기가 주위를 감쌌고 돌이 깔린 바닥 위로 그림자가 길게 드리웠다. 마당 한쪽에는 커다란 너도밤나무 한 그루가 서 있었는데 나병에라도 걸린 것처럼 껍질이 얼룩덜룩했다. 발코 부부의 강의는 툭하면 몇 시간씩 길어져 밤까지 이어졌다. 그럴 때마다 나는 바깥 공기가 못내 그리웠다. 가브리엘라에게 강의를 들은 소감을 묻고 싶었다. 사실 그런 식으로 가브리엘라를 조금씩 파악해서 친구가 될 수 있었다. 하지만 오늘 그녀는 이야기를 나눌 기분이 아닌 듯했다.

가브리엘라는 재킷에서 담배를 꺼내더니 내게 권했다. 언제나처럼 사양하자 그녀는 그저 어깨를 으쓱했다. 내가 스스로 즐기지 못하는 게 못마땅하다는 걸 전혀 숨기지 않는, 작지만 굉장히 신경쓰이는 몸짓이었다. '순진한 셀레스틴. 시골 출신이니 어쩔 수 없지.' 마치 그렇게 말하는 것 같았다. 가브리엘라는 사소한 거부반응과 침묵으로도 많은 걸 가르쳐주었고 나는 늘 그녀를 주의깊게 살폈다. 그녀가 어떤 옷을 입고 무슨 책을 읽는지, 머리는 어떻게 하고 다니는지. 지난 몇 주 동안 가브리엘라의 옷차림은 점점 화려해지고 노출도 심해졌다. 늘 진하게 하고 다니던 화장도 더욱 두드러졌다. 전날 오전 내가 목격한 상황이 그런 변화의 이유인 것 같았지만 가브리엘라의 태도는 여전히 내 관심사였다. 상황이 어찌되었건 나는 여전히 가브리엘라를 언니처럼 우러러보고 있었다.

가브리엘라는 멋진 금 라이터로 담배에 불을 붙이더니 잘 보라는 듯 깊이 연기를 들이마셨다.

"정말 예쁘다." 나는 가브리엘라에게서 라이터를 받아들고 이리저리 돌려보며 말했다. 금을 입힌 라이터가 석양에 장밋빛으로 반짝거렸다. 이렇게 비싼 라이터가 어디서 났는지 물어보고 싶은 걸 꾹 참았다. 그녀는 아무리 사소한 질문도 받아주지 않았다. 매일 얼굴을 맞대며 일 년을 보낸 지금도 우리는 서로의 사생활에 대해서는 거의 이야기하지 않았다. 그래서 나는 그저 사실만 말했다. "못 보던 거네."

"친구 거야." 가브리엘라는 내 눈을 보지 않고 말했다. 그녀는 나 말고 친구가 없었다. 나와 밥을 먹고 나와 공부를 했고 어쩌다 내가 없을 때는 새로운 친구를 만드느니 차라리 혼자 있는 편을 택했다. 그래서 라이터가 그녀의 애인 물건이라는 걸 금세 알 수 있었다. 그녀도 분명 내가 자신의 비밀을 궁금해한다는 걸 눈치챘을 것이다. 도저히 대놓고 물어보지 않을 수가 없었다.

"친구라니, 누구? 요새 우리 일에 통 집중을 못 하는 것 같아서 묻는 거야." 내가 말했다.

"천사학은 단순히 고문서를 공부하는 것만이 아니야." 비난하는 듯한 표정이 마치 천사학에 대한 내 관점에 문제가 있다고 말하는 것 같았다. "나는 이 일에 모든 걸 바쳤어."

더는 내 생각을 감출 수 없었다. "가브리엘라, 넌 지금 정신이 온통 다른 데 쏠려 있어."

"넌 내가 무슨 힘에 이끌리고 있는지 몰라." 그녀는 언제나처럼 오만하게 나를 대했지만 그 태도에서는 일말의 절망감이 느껴졌다. 내 질문에 놀라고 상처받은 듯했다.

"난 네가 생각하는 것보다 많은 걸 알고 있어." 아예 직접적으로 맞서면 모든 걸 털어놓을지도 모른다는 생각에 나는 말했다. 그녀에게 그렇게 단호하게 말한 적은 처음이었다. 하지만 말을 채 마치기도 전에 내 생각이 틀렸다는 게 명백해졌다.

가브리엘라는 내게서 라이터를 낚아채 재킷 주머니에 집어넣고는 피우던 담배를 바닥에 던지고 자리를 떴다.

교실로 돌아와보니 가브리엘라의 옆자리가 비어 있었다. 재킷을 걸쳐놓아 내 자리를 맡아둔 것이다. 하지만 그녀는 옆에 앉는 내게 눈길조차 주지 않았다. 분명 울고 난 얼굴이었다. 눈물과 화장품이 섞인 검은 자국이 눈 주위를 옅게 감싸고 있었다. 이야기를 나누고 싶었다. 내게 마음을 열어주기를 진정으로 바랐고, 어떤 잘못된 결정을 내렸는지 몰라도 그걸 극복할 수 있게 도와주고 싶었다. 하지만 이야기를 나눌 틈이 없었다. 라파엘 발코 박사가 아내의 뒤를 이어 강단에 서서 자료를 뒤적이며 강의를 준비하고 있었다. 나는 한 손을 그녀의 팔 위에 올리며 미소지어 보였다. 내가 미안해한다는 걸 알리고 싶었다. 하지만 돌아온 건 적대감뿐이었다. 가브리엘라는 팔을 확 빼내고는 이쪽을 보려고도 하지 않았다. 그러고는 딱딱한 나무의자에 등을 기대고 앉아 다리를 꼬고 라파엘 교수의 강의가 시작되기를 기다렸다.

학교에 들어온 지 몇 달쯤 지났을 때 나는 발코 부부에 대해 상반된 두 가지 의견이 존재한다는 사실을 알게 되었다. 대부분의 학생들은 두 사람을 매우 좋아했다. 발코 부부의 유머와 마이너한 분야의 지식, 헌신적인 가르침에 이끌린 많은 이들이 그들의 말을 하나라도 놓칠세라 귀기울여 들었다. 나 역시 이 무리에 속했다. 그러나 그외 소수의 학생들은 두 사람을 그다지 좋아하지 않았다. 그들은 발코 부부의 연구 방식에 의심을 품었고, 두 사람이 진행하는 합동 강의를 가식이라고 생각했다. 가브리엘라는 두 무리 가운데 어느 쪽에도 속하지 않았다. 라파엘 박사와 세라피나 박사의 강의를 듣고 느낀 점을 털어놓는 일도 없었다. 하지만 나는 위원회 모임에서 본 그녀의 삼촌과 마찬가지로 가브리엘라도 발코 부부에 대해 비판적이라는 느낌을 받았다. 발코 부부는 자신들만의 힘으로 학교 최고의 자리까지 올라간 아웃사이더인 데 반해 가브리엘라는 좋은 가문 출신에 높은 지위를 타고났다. 가끔 다른 교수들을 평가할 때도 가브리엘라는 발코 부부와 생각이 사뭇 달랐다.

라파엘 박사가 단상을 몇 번 두드려 실내를 조용히 시키고는 강의를 시작했다.

"'제1차 천사 대재앙'의 원인에 대해서는 여러 설이 있습니다. 우리 학교 자료만 봐도, 그 대재앙과도 같은 전쟁이 어떻게 시작됐고 어떻게 끝났는지에 대해서만 총 서른아홉 가지 이론이 있었습니다. 다들 알겠지만 이런 종류의 역사적 사건을 분석하는 방식은 계속 변하고 발전해왔습니다. 누군가는 퇴보했다고 말할 수도 있겠죠. 그래서 솔직히 말해 저와 제 아내도 시간이 흐르면서 연구 방식을 바꾸고 다양한 역사적 관점을 포용하게 됐습니다. 어떤 자료를 읽고, 단편적인 정보에서 어떤 이야기를 만들어낼 때 우리는 미래의 더 큰 목표를 염두에 둡니다. 물론 미래의 학자인 여러분도 제1차 천사 대재앙에 대한 또다른 이론을 세울 수 있습니다. 이 강의가 성공적이라면 여러분은 지금 듣는 내용을 의심의 씨앗으로 삼아 개별적으로 독창적인 연구를 시작할 수 있을 겁니다. 그럴 때는 이 말을 기억하세요. 오늘 배운 모든 걸 믿고 의심하고, 받아들이고 묵살하고, 기록하고 수정하기를 바랍니다. 이런 과정을 통해 천사학이라는 학문의 미래가 더욱 견고해질 것입니다."

라파엘 박사는 가죽 장정의 책을 들어 펼쳤다. 차분하고 진지한 목소리로 강의가 시작되었다.

"높은 산꼭대기, 비를 피할 수 있는 커다란 바위 아래 네피림들이 모여 서서 셈야자의 딸들과 아자젤의 아들들에게 앞으로 어떻게 해야 할지 물었습니다. 감시자들이 지하 감옥에 갇힌 뒤 네피림이 그들을 지도자로 받들었기 때문입니다. 아자젤의 맏아들이 앞으로 나서, 눈 아래 펼쳐진 계곡을 끝없이 메우고 선 하얀 피부의 거인들을 향해 연설을 시작했습니다.

'아버지는 우리에게 전쟁의 기술을 가르쳤다. 검과 단도를 쓰는 법, 화살을 만드는 법 그리고 적과 맞서 전투하는 법도 가르쳤다. 하지만 하늘로부터 우리를 보호하는 법은 가르쳐주지 않았다. 오래 지나지 않아 사방이 물바다가 될 것이다. 아무리 우리 수가 많고 힘이 세다 해도 노아의 방주처럼 큰 배를 만들 수는 없다. 그렇다고 노아를 공격해 배를 빼앗을 수도 없다. 대천사들이 노아와 그의 가족을 보살피고 있기 때문이다.'

노아에게 세 아들이 있고 그들이 아버지를 도와 방주를 만들고 있다는 사실은 잘 알려져 있었습니다. 아자젤의 맏아들은 노아가 배에 동물과 식물을 옮겨신는 해안으로 가서 어떻게든 방주에 숨어들 방법을 찾아내겠다고 선언했습니다. 그리고 네피림 가운데 마법 능력이 가장 강력한 셈야자의 큰딸과 함께 떠나며 말했습니다. '형제자매들아, 산에서 가장 높은 이곳에 머물러라. 여기까지는 물이 차지 않을 수도 있으니.'

아자젤의 아들과 셈야자의 딸은 끝없이 내리는 비를 맞으며 가파른 산길을 내려가 해안에 다다랐습니다. 흑해에 도착해보니 온통 난리였습니다. 벌써 몇 달 전부터 노아가 홍수를 경고해왔지만 사람들은 들은 척도 하지 않았습니다. 그들은 어마어마한 파멸이 닥쳐오는 것도 모른 채 행복에 겨워 잔치를 벌이고 춤을 추고 잠을 잤습니다. 노아를 비웃었을 뿐 아니라 어떤 이들은 방주에 다가와 배 안으로 식량과 물을 옮기는 노아를 조롱하기도 했습니다.

아자젤의 아들과 셈야자의 딸은 며칠 동안 노아의 세 아들이 움직이는 모습을 몰래 관찰했습니다. 그들의 이름은 셈과 함, 야펫이었는데 서로 외모가 딴판이었습니다. 맏아들 셈은 머리가 검고 눈은 녹색이었으며 손 모양이 우아하고 말을 잘했습니다. 함은 셈보다 피부색이 짙고 갈색 눈이 부리부리하고 힘이 장사이며 판단력이 뛰어났습니다. 야펫은 피부가 하얗고 금발에 파란 눈동자, 세 사람 가운데 가장 몸이 마르고 허약했습니다. 셈과 함은 지치지 않고 아버지를 도와 동물이며 식량이 든 자루, 물동이를 배로 옮겼지만 야펫은 느릿느릿 움직였습니다. 셋 다 오래전에 결혼했고 노아의 손주도 매우 많았습니다.

셈야자의 딸은 야펫이 자신들과 가장 비슷하게 생겼다고 생각했습니다. 그래서 아자젤의 아들에게 야펫의 몸을 취하라고 명했습니다. 두 네피림은 며칠을 두고 기다리며 노아가 남은 동물들을 방주에 싣는 걸 지켜보았습니다. 이윽고 아자젤의 아들은 거대한 방주로 살며시 다가가서는, 거대한 배의 그림자에 몸을 숨기고 야펫을 불렀습니다.

노아의 막내아들이 방주 위에서 몸을 내밀었습니다. 구불거리는 금발이 이마에서 흘러내려 눈앞을 가렸습니다. 아자젤의 아들은 야펫을 데리고 해안을 벗어나 오솔길을 따라 깊은 숲속으로 향했습니다. 방주 주위에 있던 대천사들은 배로 들어가고 나오는 생물들을 지켜보며 하느님께서 뜻하신 대로 이루어지는지 확인하느라, 야펫이 배에서 내려 빛을 뿜어내는 수상한 존재와 함께 숲으로 사라지는 것을 보지 못했습니다.

야펫이 아자젤의 아들을 따라 점점 더 깊은 숲으로 들어가는 사이 비가 내리기 시작해 머리 위를 지붕처럼 덮은 나뭇잎에 빗방울이 부딪히는 소리가 천둥처럼 크게 울렸습니다. 야펫은 숨이 차도록 걸어 앞서가는 낯선 이를 간신히 따라잡았습니다. 제대로 나오지도 않는 목소리로 겨우 물었습니다. '저를 왜 부르신 거죠?'

아자젤의 아들은 대꾸하지 않고 야펫의 목을 손가락으로 움켜쥐고는 목뼈가 부러지는 게 느껴질 때까지 힘을 주었습니다. 바로 그 순간, 거대한 홍수로 지상의 사악한 존재를 모두 쓸어버려 세상을 정화하려던 하느님의 계획이 어긋나기 시작했습니다. 네피림 종족의 미래가 견고해지고 새로운 세계가 생겨나기 시작한 것입니다.

셈야자의 딸이 숲에서 모습을 드러내더니 아자젤의 아들의 얼굴을 양손으로 덮었습니다. 그녀는 아버지에게서 배운 주문을 외었습니다. 그녀의 손이 닿자 아자젤의 아들의 겉모습이 변했습니다. 아름다움이 빛을 잃고 천사의 특징이 희미해졌습니다. 셈야자의 딸이 그의 귀에 대고 뭐라고 속삭이자 그는 야펫의 모습으로 변했습니다. 모습을 바꾸느라 힘이 빠진 아자젤의 아들은 셈야자의 딸을 뒤로하고 비틀거리며 숲을 가로질러 방주로 향했습니다.

노아의 아내는 아들을 보자마자 뭔가 변했다는 걸 알아차렸습니다. 얼굴이나 몸은 그대로였지만 태도가 이상했던 것입니다. 그녀는 막내아들에게 어디에 갔었고 무슨 일이 있었느냐고 물었습니다. 인간의 언어를 모르는 아자젤의 아들이 아무 대꾸도 하지 않자 노아의 아내는 더욱 두려워졌습니다. 그녀는 야펫의 아내를 불렀습니다. 아름다운 그녀는 어릴 적부터 야펫을 알았습니다. 그녀 역시 야펫이 어딘가 이상하다고 느꼈지만 겉보기에는 남편과 전혀 다르지 않아서 그 점을 꼬집어 말할 수 없었습니다. 야펫의 두 형은 야펫의 모습을 보고는 흠칫 놀라 물러섰습니다. 그럼에도 야펫은 방주에서 내리지 않았고, 그사이 낮은 지역부터 비가 휩쓸기 시작했습니다. 그날이 2월 17일이었습니다. 홍수가 시작된 것입니다.

방주 위로 퍼붓는 비가 계곡과 도시를 뒤덮었습니다. 산자락부터 시작해 산꼭대기마저 물이 집어삼켰습니다. 네피림들이 지켜보는 가운데 물은 점점 높이 차올라 땅은 한 조각도 보이지 않게 되었습니다. 겁에 질린 치타와 표범들은 나무에 매달렸습니다. 죽어가는 늑대들의 끔찍한 울음소리가 하늘을 가득 채웠습니다. 기린 한 마리가 유일하게 남은 산꼭대기에 서 있다가 밀려드는 물에 코를 높이높이 쳐들다 결국 물속으로 사라지기도 했습니다. 사람과 동물, 네피림들의 시체가 이리저리 파도치는 물 위에 잠자리처럼 둥둥 떠다니다 결국 썩어서 바다 밑으로 가라앉았습니다. 뒤엉킨 머리칼과 팔다리가 찐득한 물 위를 떠돌다가 노아의 방주 뱃머리에 부딪혀 처덕거렸습니다. 햇빛에 타들어가는 들큼한 살냄새가 사방에서 진동했습니다.

방주는 다음해 2월 27일까지 총 삼백칠십 일 동안 물 위를 떠다녔습니다. 노아와 그의 가족에게는 끝없는 죽음과 끝없는 물밖에 보이지 않았습니다. 세상을 덮은 빗물이 잿빛으로 울렁거리고, 아무리 먼 곳을 바라봐도 파도가 출렁거리는 수평선뿐이었습니다. 단단한 땅이 모두 사라진 세상은 온통 물 천지였습니다. 얼마나 오래 물 위를 떠다녔는지 배 안에 쌓아두었던 포도주와 곡식이 모두 바닥나 달걀과 물로 연명해야만 했습니다.

방주가 땅에 닿고 물이 빠지자 노아와 가족은 배에 실었던 동물을 풀어주고 보관했던 씨앗을 꺼내 땅에 심었습니다. 오래 지나지 않아 노아의 자손들이 다시 세상을 채워갔습니다. 하느님의 뜻을 옮기는 대천사들이 나타나 대지를 비옥하게 하고 동물들과 여자들이 수월히 번식할 수 있도록 도왔습니다. 태양과 비가 농작물을 키웠습니다. 가축들의 먹이도 풍부했습니다. 여자들이 아이를 낳다가 죽는 일도 없었습니다. 모든 게 잘 자랐습니다. 괴롭게 죽는 이가 없었습니다. 세상이 다시 시작된 것이었습니다.

노아의 세 아들은 눈에 보이는 모든 걸 차지했습니다. 그들은 족장이 되어 각자 다른 인종을 형성했습니다. 먼 곳으로 이주해 오늘날 우리도 알 만한 왕조를 세웠습니다. 맏아들 셈은 중동으로 가 셈족의 시조가 되었고, 둘째 아들 함은 적도 아래 아프리카로 내려가 함족의 자리를 잡았습니다. 야펫, 아니 야펫으로 위장한 존재는 나중에 유럽으로 불리게 될 지중해와 대서양 사이의 땅을 차지했습니다. 야펫의 자손은 그때부터 우리를 괴롭혀왔습니다. 유럽인인 우리는 먼 조상과의 관계를 생각해보아야 합니다. 우리는 과연 그 사악한 존재와 무관할까요? 아니면 야펫의 자손과 어떤 식으로든 연결되어 있을까요?"

라파엘 박사의 강의는 느닷없이 끝났다. 그는 말을 멈추고 책을 덮더니 학생들에게 다음 강의에 계속하자고 했다. 나는 예전 경험을 통해 라파엘 박사가 일부러 뭔가 부족한 감이 들도록 강의를 끝냈다는 걸 알아차렸다. 1학년이 끝난 뒤 나는 그런 방식이 매우 효과적이라고 생각했다. 단 한 번도 수업을 빼먹지 않았기 때문이다. 학생들이 저녁식사나 공부를 하러 삼삼오오 무리 지어 나가면서 종이가 부스럭거리는 소리, 시끄러운 발소리가 교실을 채웠다. 다른 학생들처럼 나도 자리를 정리했다. 라파엘 박사의 이야기를 듣고 무아지경 비슷한 상태에 빠졌던 터라 대부분 처음 보는 사람들 사이에서 정신을 차리기가 쉽지 않았다. 옆에 있는 가브리엘라가 위안이 되었다. 함께 집으로 돌아가 저녁 준비를 하지 않겠느냐고 물어볼 생각으로 고개를 돌렸다.

하지만 그녀를 본 나는 흠칫 놀라고 말았다. 완전히 딴사람처럼 보였다. 머리칼은 온통 땀에 젖었고 축축하게 젖은 얼굴은 창백했다. 가브리엘라의 트레이드마크인 짙고 검은 눈화장은 어느새 눈 밑 한참 아래까지 번져 있었다. 땀 때문인지 눈물 때문인지 알 수 없었다. 커다란 녹색 눈은 앞을 향해 있지만 아무것도 보고 있지 않는 듯했다. 결핵 환자처럼 피폐한 분위기를 풍기는 끔찍한 모습이었다. 그제야 나는 그녀의 팔에 불에 덴 자국이 있고 예의 금 라이터를 손에 꼭 쥐고 있는 것을 발견했다. 도대체 무슨 생각으로 그런 짓을 했느냐고 물어보려 했지만 가브리엘라의 표정을 보고는 도저히 말을 꺼낼 수 없었다. 그녀의 눈빛 속에 내가 가지지 못한 힘과 의지가 보였다. 가브리엘라는 아무리 대화를 해도 영원히 이해할 수 없을 친구다. 아무리 어둡고 끔찍한 비밀이 있다 해도 내게는 절대 털어놓지 않을 것이다. 이런 생각이 들자 왠지 안심이 되는 동시에 두려워졌다.

나중에 아파트에 돌아와보니 가브리엘라는 부엌에 앉아 있었다. 식탁 위에 가위와 하얀 반창고가 보였다. 혹시 도움이 필요할까 싶어 다가갔다. 햇볕이 잘 드는 데서 보니 상처는 더욱 섬뜩했다. 불꽃에 검게 탄 듯한 자국에서 말간 진물 같은 것이 흘러나왔다. 나는 반창고를 적당한 길이로 잘랐다.

"고맙지만 내가 알아서 할 수 있어." 가브리엘라가 말했다.

그녀가 반창고를 받아들어 혼자 붙이는 걸 지켜보면서 마음이 더욱 답답해졌다. 잠시 지켜보다 말을 꺼냈다. "어떻게 그런 짓을 해? 도대체 왜 그러는 거야?"

가브리엘라는 마치 재미있는 이야기를 들은 사람처럼 웃었다. 잠깐이지만 나를 비웃는 것처럼 느껴지기도 했다. 그러다 곧 아무렇지도 않게 다시 반창고를 붙이기 시작했다. "넌 몰라, 셀레스틴. 내가 왜 이러는지 이해하기에 넌 너무 착하고 순수해."

그날 이후 가브리엘라는 내가 이해하려고 노력할수록 더 숨기는 게 많아졌다. 어느 날부터는 아예 밤이 되어도 가상디 가의 아파트로 돌아오지 않아서 나는 그애가 어디 있는지, 안전하기는 한지 신경이 쓰였다. 내가 집에 없을 때만 들어왔다 나가는지 간간이 옷을 벗어두거나 옷장에서 꺼내간 흔적이 있었다. 가끔은 물잔에 빨간 립스틱이 묻어 있거나 바닥에 검은 머리칼이 떨어져 있기도 했고 옷에 샬리마 향수 냄새가 남아 있기도 했다. 가브리엘라는 분명 나를 피하고 있었다. 그녀를 볼 수 있는 건 상자에 가득 들어 있던 노트와 문서들을 펼쳐놓고 도서관에서 함께 일하는 낮 시간뿐이었다. 하지만 그럴 때조차 그녀는 마치 내가 눈에 보이지 않는 것처럼 행동했다.

게다가 내가 자리를 비울 때마다 가브리엘라가 내 연구 자료를 훔쳐보는 것 같다는 의심이 들기 시작했다. 내가 정리해둔 자료를 살펴보거나 읽으려고 자리에 놓아둔 책을 들춰보면서 일을 얼마나 했는지 자신의 진도와 비교해보는 것 같았다. 영악한 그녀는 훔쳐본 증거를 전혀 남기지 않아서 나는 책상에 아무렇게나 자료를 두지 않으려고 특별히 신경써야 했다. 가브리엘라가 지금 맡은 일에 별 관심 없는 척 굴어도 내 자료에서 뭔가 쓸 만한 걸 발견한다면 바로 가져가버릴 거라고 굳게 믿었다.

시간이 흐르면서 반복되는 일상 속에 빈틈이 생겼다. 애초부터 지루한 일이었다. 박사님의 노트를 읽고 도움이 될 만한 정보를 골라 정리하는 게 다였으니까. 가브리엘라는 자기 관심사인 천사학의 신화와 역사를 맡았고, 나는 여러 동굴과 골짜기를 분류하는 수학적인 일을 맡았다. 우리는 그렇게 리라가 있을 만한 곳을 찾고 있었다.

10월의 어느 오후였다. 가브리엘라는 곱슬곱슬한 검은 머리를 내려뜨린 채 맞은편에 앉아 있었다. 나는 앞에 놓인 상자에서 노트 한 권을 꺼내 주의깊게 살펴보고 있었다. 보기 드문 모양의 노트였다. 크기는 작았지만 약간 두껍고 딱딱한 겉표지가 많이 닳아 있었다. 금으로 된 걸쇠가 달린 가죽끈으로 겉표지를 둘러싸 묶었다. 자세히 살펴보니 걸쇠는 새끼손가락만한 크기의 천사 모양이었다. 길고 가느다란 몸에 전형적인 천사의 얼굴이었고 눈 부분에 파란색 사파이어 두 개가 박혀 있었다. 미끈하게 떨어지는 튜닉을 걸쳤는데 등에는 낫처럼 생긴 한 쌍의 날개가 달려 있었다. 손가락으로 어루만져보았다. 금속의 차가운 느낌이 전해졌다. 양날개 끝을 잡고 힘을 주자 잠시 저항하던 걸쇠가 딸깍하고 열렸다. 노트를 무릎 위에 펼쳐놓고 손가락으로 뒤적이기 시작했다. 혹시 눈치챘나 싶어 가브리엘라를 흘끔 보았지만 그녀는 뭔가를 열심히 읽느라 다행히 내 손에 있는 아름다운 노트에는 전혀 신경쓰지 않았다.

노트가 무엇인지는 대번에 알 수 있었다. 세라피나 박사가 고학년 때 공부한 걸 최대한 압축해놓았다고 한 요약본 가운데 하나였다. 사실 내용은 강의를 필기한 것과 다를 게 없었다. 첫 페이지를 펼치자 '천사학'이라는 금빛 글자가 보였다. 페이지마다 수업 시간이나 시험을 준비하며 적은 강의 요약과 박사님의 생각, 질문 등이 어지럽게 적혀 있었다. 페이지를 넘길수록 세라피나 박사의 태고 지질학에 대한 관심이 점점 커져가는 것을 알아차릴 수 있었다. 노트 곳곳에 그리스와 마케도니아, 불가리아, 터키의 지도가 그려져 있었는데 각 나라의 국경을 여행하며 산맥과 호수를 그려넣은 듯 치밀했다. 동굴과 골짜기, 협곡의 이름들이 그리스어, 라틴어, 키릴 문자 등 해당 지역의 언어로 쓰여 있었다. 여백에 작은 글씨로 적힌 내용을 보니 탐사를 준비하며 만든 지도가 분명했다. 세라피나 박사는 학생 때부터 두번째 탐사를 갈망했던 것이다. 박사님의 연구 자료와 이 지도들을 함께 살펴보면 클레마티스 신부의 탐사에 대한 수수께끼를 풀 수도 있을 것 같았다.

더 읽어보니 가느다란 기둥처럼 써내려간 글자들 사이사이에 박사님이 그린 그림들이 보물처럼 숨어 있었다. 성인의 머리 위에 나타난 후광, 트럼펫, 날개, 하프, 리라. 강의 시간에 딴생각에 빠진 꿈 많은 학생의 삼십 년 먹은 낙서였다. 천사학의 초기 저서들에서 발췌한 인용문과 그림으로 가득한 페이지도 있었다. 중간쯤 넘기다보니 몇 페이지에 걸쳐 수표數表가 나왔다. 보통 마방진이라 불리는 것들이었다. 바둑판처럼 연결된 사각형 안에 수를 나열하되 가로, 세로, 대각선의 배열된 수의 합이 모두 같은 값이 되도록 만든 것이다. 물론 나는 마방진의 역사에 대해서도 훤히 알고 있었다. 페르시아와 인도, 중국에 존재했고 유럽에서는 내가 좋아하는 화가 알브레히트 뒤러의 판화에 처음 등장했다. 하지만 실제로 마방진을 자세히 보긴 처음이었다.

세라피나 박사가 붉은색 잉크로 쓴 글이 희미하게 남아 있었다.

가장 유명한 방진이자 필요상 우리에게 가장 널리 쓰이는 건 바로 SATOR-ROTAS 문자방진인데, 지금은 에르콜라노라고 불리는 이탈리아의 도시 헤르쿨라네움에서 최초로 발견되었다. 이 도시는 서기 79년 베수비오 화산 폭발로 일부가 파괴되었다. SATOR-ROTAS 마방진은 라틴어로 된 회문回文, 즉 바로 읽으나 거꾸로 읽으나 같은 문장으로 이루어져 있다. 전통적으로 천사학에서 이 방진은 어떤 징조를 나타낸다. 보통 사람들은 그 자체가 암호라고 착각하지만 사실 이 마방진은 천사학자들에게 좀더 크고 중요한 문제가 목전에 있음을 경고하는 표식이다. 어떤 경우에는 근처에 무언가가 숨겨져 있음을 뜻할 때도 있다. 아마도 편지 따위의 메시지일 것이다. 마방진은 원래 종교적인 의식에 쓰여왔으며 이 문자방진 역시 예외가 아니었다. 그러나 마방진은 아주 오래전부터 사용되어왔으므로 천사학자들이 발전시켰다고 할 수는 없다. 중국과 아라비아, 인도, 유럽에서 발견되었고, 심지어 18세기 미국의 벤저민 프랭클린도 마방진을 만든 적이 있다.

S	A	T	O	R
A	R	E	P	O
T	E	N	E	T
O	P	E	R	A
R	O	T	A	S

그다음 페이지에는 '화성 마방진'이 그려져 있었는데, 마방진에 쓰인 숫자들이 자석처럼 내 눈길을 끌었다.

11	24	7	20	3
4	12	25	8	16
17	5	13	21	9
10	18	1	14	22
23	6	19	2	15

방진 아래 세라피나 박사는 이렇게 써놓았다.

미카엘의 인장印章. 인장이라는 뜻의 영어 '시질sigil'은 '도장'을 뜻하는 라틴어 '시길룸sigilum', 또는 '영적 효과가 있는 말'을 뜻하는 히브리어 '세굴라흐segulah'에서 유래했다. 천사학자의 소환 의식에서 인장은 백의 존재든 흑의 존재든 하나의 영적 존재를 나타내는데, 대개는 높은 계급의 천사와 악마다. 소환 의식은 주문을 외는 행위, 인장, 영적 존재와 소환자 사이의 교감으로 이루어진다. 주의할 점: 주문을 통한 소환은 무척 위험한 행위이며 소환자에게 치명적일 수 있다. 반드시 최후의 수단으로만 사용해야 한다.

다른 페이지를 넘겨보니 류트와 리라, 아름답게 표현한 하프 등의 악기 그림이 잔뜩 나왔다. 앞에서 등장한 악기 그림과 비슷했다. 악기에는 별로 관심이 가지 않았다. 어떤 소리가 날지 상상이 가지 않았고 악보 읽는 법도 몰랐다. 숫자에 자신이 있어서 수학과 과학을 주로 공부했던 나는 음악에 대해선 아는 바가 전혀 없었다. 그래서 러시아에서 온 천사학자 블라디미르의 전공 분야인 천상의 음악은 도무지 이해할 수 없었고 음계 같은 것들도 뭐가 뭔지 알 수 없었다.

그런 생각을 하다가 한참 만에 고개를 들었다. 가브리엘라가 어느새 소파 내 옆자리에 앉아 있었다. 그녀는 손으로 턱을 괴고 나른한 눈으로 책을 내려다보았다. 처음 보는 실크 블라우스와 통 넓은 바지가 따로 맞춘 것처럼 꼭 맞았다. 속이 비치는 블라우스의 왼팔 소매 아래로 살짝 보이는 반창고가 몇 주 전 라파엘 박사의 강의가 끝난 뒤 내가 목격한 끔찍한 상처의 유일한 증거였다. 지금의 가브리엘라는 자기 팔을 불로 지지는 무시무시한 여자와는 전혀 다른 사람 같았다.

가브리엘라가 읽는 책을 살펴보니 책등에 '에녹서'라고 쓰여 있었다. 내가 발견한 걸 알려줄까 했지만 책 읽는 걸 방해하고 싶지는 않았다. 노트의 걸쇠를 걸고 낫 모양의 천사 날개를 딸깍 소리가 나도록 힘주어 눌러 잠갔다. 얼른 맡은 일로 돌아가기로 마음먹으며 길어서 다루기 힘든 금발을 땋았다. 가브리엘라처럼 머리를 아주 짧게 자르면 좋겠다고 생각하면서 발코 부부의 자료를 정리하는 지루한 일을 다시 시작했다.

세라피나 박사는 매일 정오에 빵과 치즈, 머스터드소스가 든 바구니와 차가운 물 한 병을 우리 점심으로 가져왔다. 대개는 박사님이 언제나 오실까 기다렸지만 그날은 일에 몰두한 나머지 박사님이 들어와 탁자 위에 점심 바구니를 올려놓을 때까지 쉬는 시간이 된 줄도 모르고 있었다. 몇 시간 동안 끝없이 쏟아져나오는 자료에 묻혀 다른 생각은 전혀 하지 못했다. 특히 발코 부부가 젊은 시절 피레네 산맥을 수없이 돌아다니며 동굴 크기와 동굴 벽 화강암의 밀도와 색을 기록한 노트는 열 권이나 되었다. 박사님과 함께 앉아 일에서 벗어나고서야 배가 몹시 고프다는 걸 깨달았다. 탁자 위 서류를 치우고 노트들을 덮었다. 개버딘 치마를 매만지고 주홍색 비단이 덮인 소파에 편안하게 앉아 점심 먹을 준비를 했다.

박사님은 바구니를 우리 앞으로 밀어주고 가브리엘라에게 말했다. "어떻게 돼가고 있어?"

"에녹이 감시자들에 대해 말하는 부분을 읽고 있어요."

"아, 가브리엘라는 분명 에녹에 반할 거라고 생각했어. 우리가 가진 경전 가운데 가장 재미있으니까. 그리고 무척 이상하기도 하고."

"이상해요?" 나는 가브리엘라를 흘끔 보며 말했다. 흥미롭게 느꼈으면서 왜 내게 말하지 않았을까?

"정말 매력적인 내용이에요. 이런 책이 있는 줄 몰랐어요." 가브리엘라의 얼굴이 지적 호기심으로 가득찼다. 나는 그 열정적이고 지적인 표정이 늘 부러웠다.

"언제 거죠?" 내가 물었다. 또 한 걸음 앞서나간 가브리엘라에게 적잖은 질투심이 들었다. "현대에 쓰인 건가요?"

"노아의 직계 자손이 쓴 예언서이자 위경이야. 에녹은 하느님이 데려가 천사를 직접 만났다고 하지." 가브리엘라가 말했다.

"현대에 들어선 그저 정신 나간 사람이 쓴 꿈 이야기라고 치부되고 있지만, 천사학에서 에녹서는 감시자에 관한 내용이 등장하는 매우 중요한 자료야." 세라피나 박사가 말했다.

나는 박사님의 자료를 정리하다가 비슷한 내용을 읽은 기억이 났다. 내 생각을 눈치채기라도 한 것처럼 박사님이 말했다. "네가 읽고 있는 노트에도 내가 베껴놓은 에녹서 일부가 있어, 셀레스틴." 세라피나 박사는 천사 모양 걸쇠가 달린 노트를 집더니 뒤집어보았다. "벌써 봤겠구나. 하지만 에녹서는 상당히 정교하고 멋진 정보로 가득해. 그러니 전체를 꼭 한번 읽어보도록 해. 어차피 3학년이 되면 라파엘 박사가 읽으라고 시킬 테지만. 내년에도 우리가 강의를 계속해야 가능한 일이지."

"읽다가 깜짝 놀란 게 있어요." 가브리엘라가 말했다.

"그래? 어떤 내용이었어?" 세라피나 박사는 상당히 즐거운 듯 보였다.

가브리엘라가 한 구절을 암송했다. "'그리고 내 앞에 두 사람이 나타났다. 그들은 이 세상 사람이 아닌 것처럼 키가 무척 컸다. 얼굴은 태양처럼 빛났고 눈은 불타는 등잔 같았고 입술 사이로는 불꽃이 뿜어져나왔다. 입은 옷은 새의 깃털 같았다. 발은 보라색이었다. 날개는 금덩이보다 밝게 빛났고 손은 눈보다 희었다.'"

뺨이 화끈 달아오르는 것 같았다. 한때 그녀를 사랑하게 만들었던 가브리엘라의 재능이 이제 정반대의 감정을 불러왔다.

"훌륭해. 그런데 왜 그 구절을 보고 놀란 거지?" 세라피나 박사가 즐거워하면서도 신중히 말했다.

"천사를 묘사한 글인데도 천국의 문을 지키는 통통한 아기천사나 르네상스 회화 속의 아름다운 모습과는 전혀 달라요. 공포를 일으키는 무서운 모습이에요. 에녹이 묘사한 천사는 끔찍한 괴물 같아요. 솔직히 이걸 읽고 놀랐다기보다는 겁이 났어요."

나는 도무지 믿기지 않아서 가브리엘라를 바라보았다. 눈이 마주쳤다. 아주 짧은 순간 그녀가 내게 무슨 말을 하고 싶은데 그러지 못하는 것 같은 느낌을 받았다. 더 설명해주길 바랐지만 가브리엘라는 그저 차가운 눈빛으로 나를 한 번 흘낏 볼 뿐이었다.

세라피나 박사는 가브리엘라의 말을 듣고 잠시 생각에 잠겼다. 박사님이 나보다 내 친구를 더 잘 알지도 모르겠다는 생각이 들었다. 곧 박사님은 일어서서 책장으로 가더니 서랍을 열고 동판으로 만든 원통 하나를 꺼냈다. 흰 장갑을 끼고 얇은 구리 뚜껑을 열자 안에서 두루마리가 나왔다. 박사님은 두루마리를 탁자 위에 펼치더니 크리스털 서진書鎭으로 한쪽을 누르고 다른 한쪽은 손바닥으로 지그시 눌렀다. 손가락이 길고 가느다랬다. 나는 박사님이 펼친 누렇고 잔뜩 구겨진 두루마리를 들여다보았다.

가브리엘라가 고개를 숙이더니 두루마리 끄트머리를 손으로 만져보았다. "원본인가요?" 그녀가 물었다.

"필사본이지." 세라피나 박사가 말했다. "기원전 2세기경에 나돌던 이런 종류의 문서는 수백 종이 넘어. 수석 사서에 따르면 우리도 진본을 여러 개 갖고 있다고 해. 대개 오래된 문서들이 그렇듯 모두 조금씩 다르지만. 바티칸에서 에녹서를 파기하기 시작하자 여기서 잘 보존하기로 했지. 하지만 이건 서고에 보관하는 것들처럼 귀중한 건 아니야."

두루마리는 튼튼하고 두꺼운 종이였고 장식적인 필기체로 라틴어가 쓰여 있었다. 여백에는 호리호리한 금빛 천사들이 그려져 있었는데 접힌 금색 날개 아래로 은색 옷자락이 보였다.

세라피나 박사가 우리에게 얼굴을 돌리며 물었다. "읽을 수 있겠어?"

그리스어와 아람어뿐만 아니라 라틴어도 공부한 나조차도 그 글씨체는 좀처럼 알아보기 어려웠다. 게다가 문서에 적힌 라틴어는 이상하리만큼 낯설었다.

"언제 베껴쓴 거죠?" 가브리엘라가 물었다.

"아마 17세기쯤 될 거야." 세라피나 박사가 대답했다. "아주 오래된 원본을 현대에 다시 베껴쓴 셈인데, 원본은 성서보다 더 전에 쓰였지. 그건 다른 수백 개의 중요한 문서와 함께 서고에 안전하게 보관되어 있어. 우리는 연구를 시작할 때부터 고문서를 가리지 않고 수집했지. 그렇게 축적된 자료가 우리 힘이야. 손에 쥐고 있는 진실이 우릴 보호해주는 셈이지. 살펴보면 부분적으로 성서와 일치하는 자료가 많다는 걸 알 수 있을 거야. 물론 꼭 들어가야 할 내용이 빠진 것도 많지만."

"읽을 수가 없는데요. 혹시 불가타 성서*인가요?" 두루마리 쪽으로 몸을 숙이며 내가 말했다.

"내가 읽어줄게." 세라피나 박사가 장갑 낀 손으로 다시 한번 두루마리를 판판하게 펼치며 말했다. "'그들은 나를 두번째 하늘로 데려가 어둠을 보여주었다. 그곳에서 나는 마지막 심판을 기다리며 갇혀 있는 자들을 보았다. 천사들은 땅속 어둠보다 더 어두운 모습이었다. 게다가 하염없이 울고 있어서, 나는 나를 데려간 자들에게 "이 사람들은 왜 계속 고통받고 있습니까?"라고 물었다.'"

머릿속으로 방금 들은 구절을 되새겨보았다. 몇 년간 수많은 고문서

* 4세기 후반 교황의 명으로 성 히에로니무스가 라틴어로 번역한 성서.

를 읽었지만 그런 구절은 들어본 적이 없었다. "이게 뭐죠?"

"에녹이야." 가브리엘라가 얼른 대답했다. "방금 두번째 하늘에 들어선 거지."

"두번째?" 나는 혼란스러웠다.

"모두 일곱 개의 하늘이 있어." 가브리엘라가 잘 안다는 듯한 표정으로 말했다. "에녹은 일곱 개의 하늘을 방문한 다음 거기서 본 걸 글로 남겼지."

"저기로 가봐. 맨 마지막 칸에 성서 여러 권이 있을 거야." 박사님이 벽 하나를 통째로 차지한 책장을 가리키며 말했다.

나는 박사님이 가리킨 쪽으로 갔다. 내 눈에 가장 예쁜 성서를 골랐다. 두꺼운 가죽 표지를 수작업으로 한 땀 한 땀 꿰맨 책인데 어마어마하게 무거워서 제대로 들기도 쉽지 않았다. 간신히 들고 돌아와 박사님 앞에 놓았다.

"내가 가장 좋아하는 걸 골라왔네." 세라피나 박사는 마치 내가 그 성서를 고르리라는 걸 미리 알고 있었다는 듯 말했다. "내가 이 성서를 처음 본 건 어렸을 때였어. 위원회에서 천사학자가 되겠다고 발표한 때였지. 1919년 유럽 전체가 전쟁으로 파괴된 직후에 열린 유명한 회의였어. 나는 본능적으로 천사학자라는 직업에 끌렸어. 우리 가문에는 나 이전에 천사학자가 없었는데, 정말 이상한 일이었지. 천사학은 대개 집안 대대로 이어지는 학문이었으니까. 어쨌든 나는 열여섯 나이에 내가 어떤 사람이 될지 정확히 알았고 그게 전혀 부끄럽지 않았어." 박사님은 잠시 말을 멈추고 마음을 가다듬더니 말을 이었다. "자, 가까이들 와 봐. 보여줄 게 있어."

박사님은 탁자 위의 성서를 천천히 조심스럽게 펼쳤다. "창세기 6장이야. 읽어봐."

우리는 한 구절을 읽었다. 1297년 기아르 데 물랭의 번역이었다.

그 무렵 사람의 자손이 계속 번성하여 아주 아름답고 매력적인 딸들이 태어났다. 이것을 본 천사들, 즉 하늘의 아들들은 그 여자들에게 미혹되어 말했다. "자, 저 사람의 딸들 중에서 우리의 아내를 택하여 아들을 얻기로 하자."

"아까 오후에 읽은 내용이에요." 가브리엘라가 말했다.

"아니." 세라피나 박사가 말했다. "이건 에녹의 이야기가 아니야. 에녹서에 흡사한 이야기가 등장하기는 하지만 다르지. 이 구절이 묘사하는 장면은 창세기에 나오는 사건이자 위경 가운데 유일하게 공식적으로 인정된, 즉 현대 종교학자들이 진실로 인정하는 사건과 일치하는 부분이야. 천사의 역사 연구에서 가장 풍부한 자료를 제공하는 게 위경이지. 한때 에녹에 대해 광범위한 연구가 이루어졌지만 독단적인 기관이 늘 그렇듯 교회는 에녹이 위협적이라고 여겨 즉시 경전에서 배제한 거야."

가브리엘라는 혼란스러운 것 같았다. "왜죠? 이런 자료는 도움이 될 텐데요. 특히 학자들에게요."

"도움이 된다고? 어떻게 도움이 된다는 건지 모르겠군. 교회가 그런 정보를 은폐하려 드는 건 지극히 자연스러운 일이야." 세라피나 박사의 말투가 퉁명스러웠다. "에녹서는 교회가 주장하는 역사를 반박하는 존재였어." 박사님은 구리 원통을 열고 두루마리를 하나 더 꺼냈다. "이건 오랫동안 구전되어온 전설로 이루어진 역사야. 사실은 같은 이야기를 정리한 거지. 구약 성서 대부분과 비슷한 시기에 쓰였고. 다른 말로 하자면 탈무드가 편찬되던 시절에 쓰인 글이라는 거지."

"그건 교회가 에녹을 금지할 만한 이유가 못 되잖아요." 가브리엘라가 말했다.

"교회의 논리는 뻔해. 에녹의 이야기는 황홀경에 빠진 듯한 표현으로 가득차 있어. 종교적인 환상의 극단이지. 이에 대해 보수적인 신학자들은 지나친 과장이라고 생각했어. 심지어 미친 소리로 치부했지. 특히 그가 말하는 '선택받은 자'에 관한 생각은 학자들에게 상당히 불쾌한 것이었어. 에녹이 하느님과 개인적으로 나눈 대화도 자주 등장하는데, 당연히 신학자 대부분은 불경스럽게 여겼지. 솔직히 말하면 에녹은 기독교가 생겨난 초기 내내 상당한 논란의 대상이었어. 그럼에도 에녹서는 천사학 자료 가운데 가장 중요해. 인간이 기록하고 인간들 손에 전해져내려온, 지상에 존재하는 악의 근원에 관한 유일한 기록이니까."

가브리엘라를 시기하는 마음은 어느덧 사라지고 세라피나 박사가 무슨 말을 들려줄지에 대한 강렬한 호기심이 그 자리를 차지했다.

"신학자들이 에녹서를 복원하는 데 관심이 생겼을 즈음 스코틀랜드의 제임스 브루스라는 탐험가가 에티오피아에서 필사본을 발견했어. 또다른 필사본이 베오그라드에서도 발견됐고. 이런 발견이 에녹을 완전히 없애려던 교회의 노력에 찬물을 끼얹었다는 건 말하지 않아도 알겠지. 하지만 우리 조직이 은밀히 나돌던 에녹서를 입수해서 이곳 도서관에만 보관하는 방식으로 교회를 도왔다는 사실은 놀라울 거야. 네피림과 천사학자들이 존재하지 않는다고 생각하고 싶었던 바티칸의 의지와 정체를 드러내고 싶지 않았던 우리 의지가 통했던 거지. 서로 상대방이 존재하지 않는다고 여기기로 협정을 맺은 셈이었고 일은 아주 잘 진행됐어."

"그렇다면 왜 지금은 교회와 협조하지 않죠?" 내가 말했다.

"이상한 일은 아니야." 세라피나 박사가 말했다. "한때 천사학은 종교계 전체의 관심을 한 몸에 받았고 신학 가운데 가장 중요한 분야로 여겨졌지. 하지만 상황은 순식간에 바뀌었어. 십자군 전쟁과 종교재판의 광기를 겪고 우리는 교회로부터 멀어져야 할 때라는 걸 깨달았지. 그전에도 이미 활동 대부분을 지하로 옮기고 우리만의 힘으로 네피림을 쫓고 있었어. 늘 안전거리를 유지하고 게릴라로 네피림에 맞섰지. 우리는 정체를 드러내지 않을수록 유리해. 특히 네피림은 완벽할 정도로 모습을 감추고 있으니 더욱 그렇지. 물론 바티칸은 우리 활동을 알았지만 그냥 두기로 했어. 일단 지금은 말이야. 네피림은 사업이나 정부활동이라는 껍데기를 두르고 활동하기 때문에 겉으로는 정체가 전혀 드러나지 않아. 지난 삼백 년 동안 네피림이 이룩한 가장 큰 성과는 일반인들에게 정체를 완벽히 숨겼다는 거야. 빈틈없이 감시하고 있다가 우리를 공격하고, 전쟁이나 부정한 사업으로 이익을 얻은 다음 재빨리 모습을 감췄지. 물론 그들은 지성을 종교로부터 분리하는 아주 대단한 일을 해내기도 했어. 인류는 두 번 다시 뉴턴이나 코페르니쿠스처럼 과학과 신을 동시에 믿는 사상가를 배출할 수 없게 되었지. 무신론은 그들이 만든 최고의 발명품이야. 종교에 크게 의존했던 다윈의 연구를 왜곡해서 널리 퍼뜨린 것도 네피림이었어. 네피림은 자기들이 자연적으로 생겨났으며 자급자족이 가능하고 하느님으로부터 자유로운 수이 게네리스(고유한)의 존재라고 인간들이 믿게 만드는 데 성공했어. 하지만 그건 환상에 불과해. 그 환상 때문에 우리 연구가 어려워졌고 네피림을 찾아내는 것도 거의 불가능해졌지."

박사님은 조심스럽게 두루마리를 말아 구리 통에 집어넣었다. 그리고 점심 바구니를 열어 바게트와 치즈를 펼쳐놓고는 어서 먹으라고 권했다. 나는 배가 고파 죽을 지경이었다. 빵은 아직 따뜻하고 부드러웠다. 손으로 찢었더니 버터가 손가락에 살짝 묻어났다.

"설립자 가운데 하나인 보고밀 신부는 10세기에 최초로 천사학을 독립적인 학문으로 세워 교육을 시작했지. 네피림의 생물분류가 포함된 건 이후의 일이지만. 학자들이 대개 유럽의 수도원에 기거하고 있었기 때문에 천사학 서적들은 수도사들 사이에서만 필사되고 수도원 밖으로는 전혀 유출되지 않았어. 그때가 역사상 가장 많은 성과를 올린 시기였고. 오직 우리의 적인 네피림만 연구하는 천사학자들 외에 천사들의 일반적인 특성, 힘, 존재이유를 다루는 학자도 많았지. 중세에 천사학은 큰 발전을 이루게 돼. 좋은 쪽이든 나쁜 쪽이든 천사들의 힘을 가장 깊이 파악할 수 있는 시기였으니까. 성지와 조각상, 회화를 통해 일반 대중도 천사가 존재한다는 사실을 자연스럽게 받아들였어. 아름다움과 희망이 일상적인 삶의 일부가 됐지. 실제로는 모두 질병에 시달리며 살았지만. 물론 그때도 마법사나 그노시스파*, 카타리파** 등 천사의 존재를 지나치게 치켜세우거나 왜곡하는 부류가 있었어. 하지만 우리는 그 잡종들, 거인들의 모략으로부터 스스로를 지킬 수 있었지. 교회는 온갖 나쁜 짓을 저지르기도 했지만 믿음이라는 이름 아래 인간 문명을 보호했어. 남편 생각은 다를지 모르지만, 솔직히 말해서 나는 그 시절을 끝으로 우리가 네피림보다 우위를 점한 적이 없다고 생각해."

세라피나 박사가 말을 멈추고 식사를 끝낸 나를 바라보았다. 공부하

* 영적 인간으로 선택된 자만이 구원받을 수 있다고 주장하는 종파.

** 극단적인 금욕주의를 제창해 이단으로 분류된 종파.

느라 배가 몹시 고팠나보다고 생각하는 것 같았다. 하지만 가브리엘라는 오히려 공부 때문에 입맛이 떨어진 듯 아무것도 먹지 않았다. 나만 예의 없이 행동했다는 생각이 들어 무릎에 올려놓은 냅킨에 얼른 손을 닦았다.

"네피림은 어떻게 그럴 수 있었나요?" 내가 물었다.

"어떻게 세상을 지배하게 됐느냐고?" 박사님이 되물었다. "아주 간단해. 중세 이후 힘의 균형이 깨진 거야. 네피림은 사라진 이교도의 문서들을 복원했지. 그리스 철학과 수메르 신화, 페르시아의 과학과 의학에 관한 자료였어. 그리고 그걸 유럽의 지성인들에게 퍼뜨렸어. 물론 교회 입장에서 그 결과는 재앙이었지. 그런데 그건 시작에 불과했어. 네피림은 명문 귀족들 사이에 확실하게 유물론을 심었어. 합스부르크가는 네피림이 어떤 식으로 한 가문에 침투해 장악하는지 보여주는 하나의 예에 불과해. 튜더 가도 마찬가지야. 기본 원칙에는 우리도 동의하지만 '계몽운동'은 네피림의 큰 승리였어. 프랑스혁명도 마찬가지고. 프랑스혁명으로 교회와 국가가 분리되고 사람들이 정신적인 세계 대신 이성에 의존해야 한다는 환상을 갖게 됐거든. 시간이 지나면서 네피림들의 모략은 점점 더 보편화됐어. 그들은 무신론과 신 중심의 세계관에서 벗어나 인본주의, 다윈의 진화론, 극단적인 유물론을 장려했어. 그리고 진보라는 개념을 만들었지. 대중에게 과학이라는 새로운 종교를 만들어준 거야.

20세기의 천재들은 모두 무신론자이고 예술가들은 모두 상대주의자야. 종교는 천여 개의 종파로 갈라진 채 서로 다투고 있지. 쪼개놓으면 다루기 쉬운 법이야. 불행하게도 우리 적은 인간 사회에 완벽하게 섞여 들었어. 조직적으로 정부와 산업, 언론에 미치는 영향력을 강화하고 있지. 수백 년 동안 아무 대가도 지불하지 않고 인류의 노동력을 착취하면서 그들만의 제국을 건설했어. 하지만 그들이 거둔 가장 큰 승리는 존재를 드러내지 않았다는 거야. 그럼으로써 우리가 자유롭다고 믿게 만들었지."

"자유롭지 않은가요?" 내가 물었다.

"주위를 둘러봐, 셀레스틴." 세라피나 박사는 순진한 내 말이 약간 짜증스러운 모양이었다. "학교 전체가 해체돼 지하에서 비밀리에 활동해야 하잖아. 기세를 올리는 그들 앞에 우리는 속수무책이야. 네피림은 인간의 빈틈을 찾아내 권력에 굶주리고 야망에 사로잡힌 이에게 들러붙어. 그리고 그 사람들을 통해 원하는 걸 이뤄내고야 말지. 네피림은 이렇게 강력하지만 다행히도 한계가 있어. 그들을 제압할 방법은 분명히 있으니까."

"그걸 어떻게 확신하시죠? 반대로 인간이 제압당할 수도 있잖아요." 가브리엘라가 말했다.

"물론 그럴 수도 있지." 세라피나 박사가 가브리엘라를 응시하며 말했다. "하지만 라파엘과 나는 그런 일이 벌어지지 않도록 모든 노력을 다할 거야. 제1차 천사 탐사는 그 시작이었어. 학구적이고 용감한 성품으로 탐사를 이끌었던 클레마티스 신부는 리라를 찾기 위한 노력에 대해 빠짐없이 기록했어. 그 자료는 수백 년 동안 사라진 채 나타나지 않았지. 그런데 잘 알고 있듯이 라파엘이 바로 그 자료를 찾아낸 거야. 우리는 그걸 이용해서 동굴 위치를 알아낼 거고."

클레마티스 신부의 탐사 기록이 발견된 건 발코 부부를 흠모하는 학생들 사이에서 중대한 사건이었다. 1919년 라파엘 발코 박사는 그리스 북부의 한 마을에서 수백 년간 종이 뭉치 아래 묻혀 있던 클레마티스 신부의 일지를 찾아냈다. 당시 전혀 이름이 알려지지 않은 젊은 학자에 불과했던 박사는 그 발견으로 천사학자들 사이에서 최고의 지위로 올라섰다. 일지는 그 자체로도 탐사에 대한 귀중한 기록이었지만, 무엇보다도 발코 부부가 클레마티스 신부의 탐사를 똑같이 재현할 수 있는 가능성을 제공한다는 점에서 중요했다. 만일 일지에 동굴의 정확한 좌표가 써 있었더라면 발코 부부는 벌써 오래전에 탐사를 떠났을 것이다.

"제가 보기에는 라파엘 박사님의 번역이 사람들 마음에 안 들었던 것 같아요." 가브리엘라의 말은 아무리 사실이라 해도 내 귀에 약간 오만하게 들렸다. 하지만 세라피나 박사는 전혀 동요하지 않았다.

"모두가 그 자료에서 탐사 당시 무슨 일이 있었는지 정확히 알아내려고 애썼지. 하지만 네 말이 옳아, 가브리엘라. 결국 클레마티스 신부의 일지는 아무 도움이 안 됐어."

"왜요?" 나는 그렇게 중요한 자료를 무시한다는 사실에 깜짝 놀라 물었다.

"내용이 부정확했거든. 클레마티스 신부는 죽기 직전 가장 중요한 부분을 직접 훼손해버렸어. 그때는 동굴에 다녀온 후유증으로 반쯤 미친 상태였거든. 클레마티스 신부가 구술한 내용을 받아적은 데오푸스 신부가 빠뜨리거나 틀린 부분도 있었고. 데오푸스 신부는 지도를 그려놓지 않았고, 처음에 클레마티스 신부가 동굴을 찾을 때 사용했던 지도는 발견된 자료에 포함돼 있지 않았지. 다양한 방법으로 자료를 살폈지만 결국 클레마티스 신부가 동굴에서 지도를 잃어버렸다는 슬픈 사실을 받아들여야만 했어."

"이해가 안 돼요." 가브리엘라가 말했다. "클레마티스 신부는 왜 지도를 베껴두지 않았던 거죠? 탐사에서 지도 사본을 남겨두는 건 기본

아닌가요?"

"뭔가 끔찍한 일이 벌어진 게 분명해." 세라피나 박사가 말했다. "클레마티스 신부는 무척이나 괴로워하며 그리스로 돌아왔고 제대로 의식을 차리지도 못한 채 몇 주를 보내다가 세상을 떠났어. 다른 탐사대원들은 모두 죽었고 가져간 물건들도 죄다 사라졌어. 심지어 끌고 갔던 당나귀도 도망갔거나 도둑맞았지. 당시 다른 이들, 특히 데오푸스 신부의 표현에 따르면 클레마티스 신부는 꿈에서 깨어난 사람 같았다고 해. 미친 사람처럼 고함을 지르고 끔찍하기 짝이 없는 모습으로 기도를 올렸대. 그러니까 방금 가브리엘라의 질문에 답하자면, 뭔가 일이 있었던 건 분명한데 정확히 어떤 일이었는지는 모른다는 거야."

"하지만 박사님은 짐작 가는 게 있으시죠?" 가브리엘라가 물었다.

"물론이야." 세라피나 박사가 웃으며 대답했다. "신부가 임종 직전에 남긴 이야기에 모든 게 들어 있어. 라파엘은 어렵사리 그걸 정확히 번역했지. 나는 클레마티스 신부가 찾아헤매던 걸 동굴에서 발견했다고 생각해. 불쌍한 클레마티스 신부는 감옥에 갇힌 천사들을 발견하고는 미쳐버린 거야."

세라피나 박사의 말을 듣고 나는 마음이 크게 흔들렸다. 제1차 천사 탐사에 관한 자료는 전에도 수없이 읽었지만, 박사님 말을 듣고는 클레마티스 신부가 땅속 깊이 갇힌 채 다른 세계의 괴물들에 둘러싸인 광경이 떠올라 소름 끼치게 무서워졌다.

세라피나 박사가 말을 이었다. "어떤 사람들은 제1차 천사 탐사가 무모하고 불필요한 짓이었다고 말하기도 해. 하지만 두 사람이 알다시피 나는 그 탐사가 절대적으로 필요했다고 믿어. 감시자와 그들에게서 태어난 네피림의 전설이 사실임을 증명하는 건 우리 의무야. 제1차 천사 탐사는 본질적으로 진실을 찾는 임무였지. 정말 감시자들은 오르페우스의 동굴에 갇혔을까? 만일 그렇다면 아직도 리라를 갖고 있을까?"

"단순히 복종하지 않았다고 해서 천사들을 가뒀다는 게 잘 이해가 안 돼요." 가브리엘라가 말했다.

"불복종은 단순한 일이 아니야." 세라피나 박사가 날카롭게 대꾸했다. "사탄도 한때는 가장 위엄 넘치는 천사였다는 사실을 잊지 마. 그 역시 하느님의 명령을 거역하기 전까지는 고귀한 치품천사였어. 감시자들은 명령을 어겼을 뿐 아니라 신성한 기술을 땅으로 가져와 자손에게 전쟁을 가르쳤어. 그리고 네피림은 배운 걸 인간에게 전했지. 그리스의 프로메테우스 신화는 이런 죄의 현장을 고대인 관점에서 그린 거야. 그건 비난받아 마땅한 최고의 죄악이었어. 선악과善惡果 이후 등장한, 인간 사회의 균형을 무너뜨릴 수도 있을 정도의 지식이었으니까. 마침 에녹서가 있으니 불쌍한 아자젤이 어떤 벌을 받았는지 한번 읽어 보지. 정말 끔찍해."

세라피나 박사는 가브리엘라에게서 책을 넘겨받아 읽기 시작했다.

"'대천사 라파엘이 받은 명령은 이러했다. 아자젤의 손과 발을 묶어 어둠 속에 던져라. 사막을 갈라 그곳에 던져라. 아자젤의 몸 위에 거칠고 뾰족한 바위들을 덮고 그 위에 어둠을 덮어 그곳에서 영원히 살게 할 것이며 얼굴을 가려 빛을 못 보게 하라. 최후의 심판이 열리는 날 그를 불속에 던져넣을 것이다.'"

"절대 풀려날 수 없다는 건가요?" 가브리엘라가 물었다.

"사실 그들이 풀려날 수 있을지, 그게 언제가 될지 우린 몰라. 천사학자들이 감시자에 관심을 갖는 이유는 단 하나, 그들이 우리의 적 네피림에 관해 말해줄 수 있기 때문이야." 세라피나 박사는 흰 장갑을 벗으며 말을 이었다. "네피림들은 대홍수로 잃은 걸 되찾기 위해서라면 무슨 짓이든 할 거야. 우리는 그런 재앙을 막으려 하는 거고. 설립자들 가운데 가장 용감한 분이었던 가경자 클레마티스 신부가 야비한 적들에게 전쟁을 선포하는 역할을 기꺼이 맡았지. 방식에 결함이 있긴 했지만 그분이 남긴 탐사 기록에선 배울 게 많아. 풀리지 않는 수수께끼가 있어도 그 자료는 더할 나위 없이 흥미롭지. 언젠가 두 사람이 자세히 읽어봤으면 해."

가브리엘라는 눈을 가늘게 뜨고 세라피나 박사를 응시했다. "혹시 박사님이 간과한 게 있지 않을까요?"

"새로운 걸 찾을 수 있다고?" 세라피나 박사는 가브리엘라의 말에 즐거워하며 대답했다. "원대한 목표로군. 하지만 그럴 일은 없어. 라파엘은 제1차 천사 탐사에 관해서는 정통한 학자야. 그이와 나는 클레마티스 신부가 남긴 자료를 한 자 한 자 천 번도 넘게 검토했지만 새로운 건 전혀 발견하지 못했어."

"하지만 가능할 수도 있어요." 내가 말했다. 그렇게 말하지 않으면 가브리엘라에게 계속 뒤질 것만 같았다. "동굴 위치에 대한 새로운 정보가 드러날 가능성은 얼마든지 있잖아요."

"솔직히 말해서, 사소해 보이는 것들을 더 신경써서 검토하는 편이 시간 낭비를 막는 길일 거야." 세라피나 박사는 손을 내저으며 우리 기대를 날려버렸다. "지금으로선 두 사람이 정리중인 자료가 동굴 위치를 찾을 수 있는 최고의 희망이라고 할 수 있어. 물론 클레마티스 신부가 남긴 자료로 너희 행운을 시험해볼 수도 있지. 하지만 그건 엄청난 수준의 수수께끼라는 걸 알아둬. 클레마티스 신부는 감시자의 비밀에 대한 답을 줄 것처럼 손짓하지만 결국은 아무 말도 해주지 않아. 그분은 천사학의 스핑크스야. 만일 두 사람이 클레마티스 신부의 자료에서 새로운 내용을 찾아내기만 한다면, 다른 누구보다 우선적으로 제2차 천사 탐사에 동행할 수 있을 거야."

10월 말까지 몇 주간 가브리엘라와 나는 하루 종일 세라피나 박사의 연구실에서 말없이 산처럼 쌓인 자료를 정리하며 보냈다. 가브리엘라의 행동이 점점 수상해졌지만 워낙 바쁜데다 눈앞에 놓인 자료를 빠짐없이 이해하려는 열정 때문에 지쳐 깊이 생각할 마음의 여유가 없었다. 그녀는 집에 거의 오지 않았고 발코 부부의 수업에도 들어오지 않았다. 게다가 자신이 맡은 자료 정리도 거의 끝난 상황이라, 매일같이 세라피나 박사의 연구실에 나가는 나와 달리 일주일에 이틀 정도밖에 들르지 않았다. 그녀와 나 사이에 점차 커지는 균열을 잊을 만큼 바쁜 게 그나마 다행이었다. 한 달 동안 나는 발칸 반도의 지질학적 구조를 나타내는 데이터를 도표로 만들었다. 어찌나 지루한 작업인지 도대체 여기서 얻을 수 있는 게 무엇인지 의문이 들었다. 그럼에도 나는 발코 부부가 수집한 끝이 보이지 않는 자료를 불평 한마디 없이 정리했다. 내가 맡은 일에 훨씬 더 큰 목적이 있다는 걸 잘 알고 있었기 때문이다. 게다가 서둘러 학교를 비워야 한다는 절박함에 전쟁의 위협까지 보태져 손이 더 바빠지기만 했다.

11월 초 졸음이 몰려오던 어느 오후, 잿빛 하늘이 연구실의 커다란 창문을 짓누르고 있었다. 박사님이 들어오더니 우리에게 재미있는 걸 보여주겠다고 했다. 해야 할 일이 태산이었던데다 한창 자료에 파묻혀 있던 우리는 별로 방해받고 싶지 않은 기분이었다.

"자, 두 사람 모두 온종일 일만 했잖아. 잠시 쉬면 머리도 맑아질 거라고." 세라피나 박사가 살짝 미소지으며 말했다.

가끔 시간이 별로 안 남았다며 재촉하던 걸 생각하면 좀 이상한 말이었지만 어쨌든 마음이 놓였다. 나는 휴식이 반가웠고 온종일 어딘가 불안해 보이던 가브리엘라도 잠시 쉬는 편이 나을 것 같았다. 왜 불안해하는지는 추측만 해볼 뿐이었다.

세라피나 박사는 우리를 연구실 밖으로 데리고 나가 구불구불한 복도를 따라 학교 건물에서 가장 구석진 곳으로 향했다. 오랫동안 쓰지 않은 사무실들 끝에 어두운 전시실이 있었다. 그리로 들어가니 흐릿한 전구 불빛 아래서 조교들이 그림과 조각상을 비롯한 예술작품들을 나무상자에 조심스럽게 담고 있었다. 뉘엿거리는 해가 비추는 대리석 바닥 군데군데 톱밥이 쌓여 전체적으로 버려진 전시회장 같은 분위기였다. 값비싼 예술작품을 좋아하는 가브리엘라는 여기저기 놓인 작품들 사이로 돌아다니며 조심스럽게 살펴보았다. 마치 다른 곳으로 보내기 전에 잘 기억해두려는 것처럼 보였다. 도대체 무슨 일로 우리를 데려온 건지 궁금해 박사님 쪽으로 몸을 돌렸지만 박사님은 가브리엘라만 뚫어져라 보고 있었다. 그녀는 가브리엘라의 일거수일투족을 보며 반응을 살피는 중이었다.

탁자 위에는 포장하려고 올려놓은 수많은 책들이 펼쳐져 있었다. 귀중한 물건들이 한데 모여 있는 걸 보고 나는 일 년 전 가브리엘라와 함께라면 얼마나 좋을까 생각했다. 그 시절 우리는 타오르는 학구열을 공유하고 서로 존중하는 친구였다. 얼굴은 인간인데 몸은 사자인 맨티코어, 하피,* 용의 머리가 둘 달린 뱀, 음탕한 켄타우로스 등 그림에서 찾

* 여자의 머리와 몸에 새의 날개와 발을 가진 괴물.

아낸 진기한 짐승들에 대해 이야기를 나누기도 했다. 이런 짐승들이 어떻게 악惡의 예술적 상징이 되는지, 어떤 식으로 악마의 기괴함을 형상화하는지 가브리엘라는 세세한 부분까지 하나도 빼놓지 않고 설명해주었다. 나는 그녀가 천사나 악마에 관해 백과사전만큼 지식이 풍부하다는 데 놀라곤 했다. 수학적 사고를 주로 하는 나로서는 학술적이고 종교적인 상징주의를 도저히 이해하기 어려웠기 때문이다. 그런데 지금은 설령 박사님이 자리에 없다 해도 자신의 감상을 털어놓지 않을 터였다. 그녀는 내게서 완전히 멀어졌다. 그녀의 식견에 대한 그리움은 사실 이제 더는 존재하지 않는 우정에 대한 욕망이었다.

세라피나 박사는 바로 옆에 서서 우리가 예술품들에 나타내는 반응을 지켜보았다. 특히 가브리엘라에게 주의를 기울였다.

"마지노선* 안쪽에 있는 모든 귀중품은 다른 곳으로 보내기 전에 이리로 모으고 있어. 일단 분류를 마치고 제대로 포장해서 나라 곳곳의 안전한 장소로 옮길 거야. 걱정되는 건 딱 하나야." 세라피나 박사는 파란색 벨벳 위에 올려놓은 상아 재질의 두 폭 그림 앞에서 잠시 말을 멈추었다. 그림 테두리를 따라 구겨진 습자지를 끼워놓았다. "과연 시간 안에 전부 옮길 수 있을지 모르겠다는 거지."

박사님은 독일의 침공이 있을지도 모른다는 생각에 몹시 불안한 모양이었다. 지난 몇 달 사이 몇 살은 더 나이들어 보였고 미모도 피로와 걱정으로 많이 망가진 상태였다.

"이것들은 피레네 산맥으로 갈 거야." 박사님이 못을 박아 봉한 나무 상자 여러 개를 가리키며 말했다. "그리고 여기 대천사 미카엘을 멋지

---

* 제1차 세계대전 후 프랑스가 대 독일 방어선으로 국경에 구축한 요새선.

게 묘사한 작품은 다른 작품들과 함께 스페인을 거쳐 미국의 개인 수집가에게 갈 예정이지." 로마풍의 갑옷을 입은 천사를 그린 바로크 시대의 미술작품이었다. 긴 칼을 치켜든 천사의 은색 갑옷이 번쩍거렸다.

"이 작품들을 파신 거예요?" 가브리엘라가 물었다.

"이런 시절엔 누가 갖고 있느냐보다 누가 보호할 수 있느냐가 더 중요해." 세라피나 박사가 말했다.

"하지만 파리는 지킬 수 있지 않을까요? 진짜 그 정도로 위험한 상황인가요?" 나는 말을 하면서도 바보 같은 질문이라고 생각했다.

"이런." 세라피나 박사는 내 질문에 꽤 놀란 듯했다. "만일 독일이 쳐들어오면 파리는 물론 유럽 전체가 남아나지 않을 거야. 이리 와. 저쪽에 보여주고 싶은 것들이 있어. 이제 다시 보려면 꽤 오랜 시간이 지나야 할 거야."

세라피나 박사는 절반쯤 채운 나무상자에서 두 장의 보호유리 사이에 넣은 양피지 한 장을 꺼내 유리 위 톱밥을 떨어냈다. 그러고는 우리를 가까이 끌어당기고 탁자 위에 가만히 올려놓았다.

"이건 중세의 천사학 문서야." 박사님의 얼굴이 유리에 비쳤다. "현대 천사학의 최고 자료에 뒤지지 않을 정도로 광범위하고 세밀한 조사를 거쳤어. 다만 당시 유행을 타서인지 지나치게 장식적인 면이 있지."

중세의 물건임이 잘 드러나는 문서였다. 지엄한 천사의 계급과 하늘의 영역을 표현했는데, 아름다운 금빛 날개와 악기, 후광, 조심스럽게 쓴 글씨체가 돋보였다.

"그리고 이건 20세기 초에 만든 거야." 박사님이 활짝 편 손바닥만한 그림 앞에 서서 말했다. "정말 아름답지. 현대적인 방식으로 그린 그림인데 오직 좌품천사의 묘사에 집중했어. 천사학자들이 수백 년 동안 특별히 관심을 기울였던 계급의 천사지. 좌품천사는 치품천사, 지품천사와 함께 첫번째 하늘에 속하고, 물리적 세계 사이의 전달자로 엄청난 속도로 움직였다고 해."

"놀라워요." 나는 멍하니 그림을 보며 말했다. 누가 봐도 무척 압도당한 표정이었을 터였다.

세라피나 박사가 웃음을 터뜨렸다. "그래, 그렇지. 우리 컬렉션은 정말 방대해. 보관할 장소를 확보하려고 전 세계의 도서관과 네트워크를 구축했을 정도야. 오슬로, 부다페스트, 바르셀로나까지. 언젠가는 아시아에도 서고를 마련하려고 해. 고서들을 보면 우리가 하는 일의 역사적 의미를 되새겨보게 돼. 우리의 모든 노력은 바로 이런 자료들에서 출발한 거야. 문서화된 말씀을 따르는 것이 우주를 창조한 빛이고 우리를 안내하는 빛이니까. '말씀'이 없다면 우리가 어디서 왔고 어디로 가는지도 알 수 없을 거야."

"그게 천사학 관련 문서들을 기를 쓰고 보관하는 이유인가요? 미래로 가는 길을 알려주기 때문에요?" 내가 물었다.

"이 문서들이 없다면 우리는 길을 잃을 거야. 요한이 말하길 태초에 말씀이 계셨고 이 말씀이 하느님과 함께 계셨다고 했어. 단 말씀이 의미를 가지려면 해석을 해야 한다는 건 말하지 않았지. 바로 그 해석이 우리가 할 일이야."

"저희가 여기 있는 건 문서를 해석하기 위해서인가요, 아니면 지키기 위해서인가요?" 가브리엘라가 가볍게 물었다.

세라피나 박사는 상대를 재는 듯한 서늘한 눈길로 가브리엘라를 보았다. "네 생각은 어때, 가브리엘라?"

"우리 전통을 파괴하려는 자들에게서 지켜내지 못한다면 해석할 게 아무것도 남지 않겠죠."

"그렇다면 넌 전사구나." 세라피나 박사가 가브리엘라를 자극하듯 말했다. "갑옷을 입고 전투에 나가려는 사람은 늘 있지. 하지만 진짜 영리한 사람은 죽음을 무릅쓰지 않고도 원하는 걸 얻는 방법을 찾아내."

"이런 시절엔 달리 선택의 여지가 없어요." 가브리엘라가 걸음을 뗐다.

우리는 말없이 소장품들을 둘러보았다. 그러다 탁자 한가운데 놓인 두꺼운 책 한 권을 발견했다. 세라피나 박사가 가브리엘라를 부르더니 빤히 바라보았다. 마치 가브리엘라의 몸짓에서 무언가를 읽으려는 것 같았지만 나는 아무것도 읽어낼 수 없었다.

"족보인가요?" 책에 그려진 도표를 살펴보며 내가 말했다. "사람 이름이 잔뜩 쓰여 있네요."

"모두 사람 이름은 아니야." 가브리엘라가 가까이 가 내용을 살피며 말했다. "차프키엘과 산달폰, 라지엘이라는 이름이 있어."

눈을 가늘게 뜨고 자세히 보니 과연 가브리엘라의 말이 옳았다. 인간의 족보 가운데 천사들이 섞여 있었다. "품계에 따라 적은 게 아니라 뭔가 다른 도식을 따른 것 같아."

"이건 추론을 통해 만든 도표야." 그 진지한 목소리로 미루어 짐작건대 세라피나 박사는 우리 두 사람에게 다름아닌 이 책을 보여주려고 각종 보물의 미로를 지나온 듯했다. "시간이 흐르면서 유대교, 기독교, 이슬람교에서도 천사학자들이 생겼지. 세 종교 모두 천사를 매우 중요하게 생각해. 다른 종교를 믿는 학자들도 있었어. 그노시스파나 수피파, 수많은 아시아의 종교에서 나온 사람들. 한때 연구가 엉뚱한 방향으로 흐르기도 한 건 상상이 가지. 추론 천사학은 17세기의 명석한 유대인 학자들이 이룩한 결과야. 그들은 네피림 가문의 족보를 추적하는 데 몰두했지."

전통적인 가톨릭 집안에서 엄격한 교육을 받으며 자란 나는 다른 종교의 교리에 대해선 별로 아는 것이 없었다. 하지만 나와 달리 주위 학생들의 종교적 배경이 다양하다는 사실은 알고 있었다. 가브리엘라만 해도 유대인이었고, 라파엘 박사 다음으로 교수들 가운데 가장 실증적이고 회의적인 사람일 세라피나 박사는 스스로 불가지론자라고 주장했으며 그 덕에 여러 교수들의 분노를 샀다. 하지만 내가 천사학의 근본원리와 역사에 녹아 있는 여러 종교의 범위를 제대로 이해한 것은 그때가 처음이었다.

세라피나 박사가 말을 이었다. "천사학자들은 유대인의 족보를 주의 깊게 연구했어. 역사적으로 유대인 학자들은 매우 정확하게 족보를 기록했어. 상속법 때문이기도 했지만 한 사람의 역사를 거슬러올라가 뿌리를 알아내는 게 대단히 중요하다는 점을 인식했던 덕분이야. 그래서 여러 족보를 비교, 대조해보고 확인했지. 너희 나이에 나는 좀더 세밀한 분야를 파고들면서 특히 유대인 족보 공부를 많이 했어. 제대로 공부하겠다는 학생들에게는 같은 방법을 써보라고 권하곤 하지. 정말 놀라울 만큼 정확하거든."

세라피나 박사는 책을 넘기다가 금테를 두른 아름다운 페이지를 찾아냈다. "이게 바로 예수의 가계도야. 12세기에 한 천사학자가 그렸지. 기독교의 가르침에 따르면 예수는 아담의 직계 자손이야. 여기엔 루카가 기록한 성모마리아의 가계도가 있어. 아담, 노아, 셈, 아브라함, 다윗." 세라피나 박사님이 이름들을 손가락으로 훑어내려갔다. "그리고 이건 마태오가 기록한 요셉의 가문이야. 솔로몬, 여호사팟, 즈루파벨 등이 있지."

"이런 족보야 흔한 것 아닌가요?" 가브리엘라가 말했다. 그녀는 그런 족보를 수백 가지는 본 것 같았다. 반면 아예 그런 문서를 본 적이 없던 내 반응도 가브리엘라와 크게 다르지 않았다.

"물론 그렇지." 세라피나 박사가 말했다. "구약의 예언과 실제 혈통이 어떻게 들어맞는지 연구한 내용은 많았어. 아담과 아브라함, 유다, 이사이, 다윗에게 한 예언 말이야. 하지만 이건 좀 달라."

이름은 아래로 갈수록 이리저리 갈라지며 어마어마하게 많은 가지를 쳤다. 문서에 보이는 이름의 주인공들이 거대한 역사의 거미줄 위에서 어쩌면 자신의 존재이유도 모르는 채 태어나고 죽고 신을 받들고 싸웠다는 걸 상상해보니 무척 숙연해졌다.

문서를 짚은 세라피나 박사의 손톱이 머리 위 희미한 불빛에 반짝거렸다. 수백 개의 이름이 색색의 잉크로 쓰여 있고 얇은 줄기에서 더 가느다란 가지들이 수도 없이 갈라져나왔다. "대홍수 후 노아의 아들 셈은 셈족의 시조가 됐어. 알다시피 예수는 셈족의 혈통을 가졌지. 함은 아프리카 인종의 조상이 됐어. 야펫, 아니 지난주 라파엘의 강의에서 배운 대로 야펫 행세를 한 녀석은 유럽 인종을 퍼뜨렸지. 물론 그중에는 네피림도 있고. 라파엘이 강의 시간에 강조하지 않았지만 수준 높은 학생이라면 이해했어야 할 무척 중요한 사실이 하나 있어. 인간과 네피림의 유전학적 분포는 생각보다 훨씬 복잡하다는 거야. 야펫은 인간 아내와 많은 아이를 낳았고 그 결과 수많은 후손을 보았지. 후손들 가운데 일부는 완벽한 네피림이었고 일부는 인간과 네피림의 혼혈이었어. 또한 네피림에게 죽임을 당한 진짜 인간 야펫이 죽기 전에 낳은 아이들은 순수한 인간이었고. 그러니까 야펫의 자손에는 인간과 네피림, 혼혈이 모두 존재하는 셈이지. 그들 사이의 결혼을 통해 유럽 인종이 생겨난 거야."

"정말 복잡하네요. 제대로 이해가 안 돼요." 다양한 인종에 대해 생각을 정리해보려고 애쓰며 내가 말했다.

"이제 우리가 이런 식으로 족보를 정리해야 하는 이유를 알겠지? 족보가 없으면 온통 엉망이 돼버릴 게 뻔해." 세라피나 박사가 말했다.

"야펫의 혈통이 셈의 후손과 뒤섞였다고 믿는 학자가 꽤 많다는 글을 읽었어요." 가브리엘라는 도표에서 추측으로 작성한 부분에 속하는 세 개의 이름을 가리키며 말했다. 에베르, 나탄, 아몬이었다. "여기, 여기, 그리고 여기요."

나는 몸을 앞으로 숙이고 가브리엘라가 가리키는 이름을 읽었다. "어떻게 이 세 명이라고 확신할 수 있어?"

가브리엘라는 왠지 잔인해 보이는 웃음을 지었다. 그런 질문은 이미 예상했다는 듯했다. "어딘가 문서가 있겠지만 그렇다고 100센트 확신할 수는 없겠지."

"그래서 이런 연구를 추론 천사학이라고 하는 거야." 세라피나 박사가 말했다.

"하지만 믿는 학자도 많아요. 엄연히 실질적인 연구가 진행되고 있는 천사학의 한 분야죠." 가브리엘라가 말했다.

"현대 천사학자들은 이런 걸 절대로 믿지 않아." 나는 충격적인 정보에 대한 반응을 감추려 애쓰며 말했다. 그때만 해도 나는 종교적 믿음이 강했고 그런 식으로 허술하게 예수의 혈통을 추측하는 걸 제대로 된 학설로 받아들일 수 없었다. 방금 전까지만 해도 멋져 보이던 도표에 이제는 화가 났다. "예수님 몸에 감시자의 피가 흐른다니 당치도 않아요."

"그럴지도 모르지." 세라피나 박사가 말했다. "하지만 천사 형태론이라고 해서 이 주제만 연구하는 분야가 따로 있을 정도야. 그 분야에서는 예수그리스도가 인간이 아니라 사실은 천사라는 이론을 다루지. 어쨌거나 성모마리아가 처녀의 몸으로 잉태하기 전에 천사 가브리엘이 찾아갔으니까."

"그런 글을 읽은 것 같아요. 그노시스파 역시 예수가 천사의 자손이라 믿고 있고요." 가브리엘라가 말했다.

"우리 도서관에도 그런 내용을 담은 책이 수백 권은 있어. 아니 있었다고 해야겠군. 개인적으로 예수의 조상이 누구인지는 상관 안 해. 내 관심은 전혀 다른 데 있으니까. 바로 이런 거. 추측이든 아니든 상당히 흥미로운 물건이야." 세라피나 박사는 우리를 다시 옆 탁자로 데려갔다. 탁자 위에는 우리가 자세히 살펴봐주기를 바라는 듯 책 한 권이 펼쳐져 있었다. "이건 감시자에서 출발한 네피림의 피가 노아의 가족을 거쳐 유럽을 좌지우지하는 가문들로 뻗어나가는 과정을 다룬 책이야. 『세대의 기록』이라고 하지."

나는 수많은 세대를 거쳐 사다리처럼 이어져내려오는 이름들을 들여다보았다. 네피림이 인류 역사에 많은 영향을 미쳤다는 사실은 이미 알고 있었지만 카페, 합스부르크, 스튜어트, 카롤링거 등 유럽의 거의 모든 왕가와 피를 섞었다는 사실에는 깜짝 놀라지 않을 수 없었다. 마치 왕조별로 서술한 유럽의 역사를 읽는 듯했다.

세라피나 박사가 말했다. "정말 모든 왕조와 피를 섞었는지 완벽하게 확신할 수는 없지만, 과거는 물론 현재에도 유럽의 위대한 가문에 네피림의 피가 깊숙이 침투해 있다고밖에 믿을 수 없는 증거가 상당히 많아."

가브리엘라는 세라피나 박사의 말을 한마디도 빼놓지 않고 귀기울여

들었다. 시험을 앞두고 연대표를 외우는 것 같았다. 아니, 더 정확하게는 세라피나 박사가 우리에게 이 이상한 자료를 보여주는 의도가 무엇인지 알아내려는 듯 보였다. 가브리엘라가 한참 만에 입을 열었다. "여기에는 거의 모든 귀족 가문이 쓰여 있잖아요. 그렇다면 이들 가문이 저지른 끔찍한 짓에 모두 네피림이 연관되어 있다는 건가요?"

"그런 셈이지. 유럽의 왕과 여왕들 중에 네피림이 있었고, 그들의 욕심이 수백만 사람들의 삶을 좌지우지했어. 자신들이 차지한 위치를 지키기 위해 정략결혼과 장자상속을 일삼고 무자비하게 군사력을 동원했지." 세라피나 박사가 말했다. "세금과 노예, 재산을 거두고 모든 종류의 자원과 곡물을 긁어모으고 손톱만큼이라도 독립하려는 조짐을 보이는 조직은 가차없이 공격했지. 중세에는 워낙 경쟁 상대가 없어서였는지 그전처럼 숨어 살지도 않았어. 13세기의 자료를 보면 심지어 네피림의 지휘하에 타락천사를 받드는 무리도 있었다고 해. 마녀라는 이유로 처벌받은 이들이 실제로는 네피림을 위한 의식을 치렀다가 문제가 됐다고도 하지. 사실 그들은 조상을 숭배하고 감시자들의 귀환을 기원하는 행위를 한 거야. 이런 사람들은 지금도 여전히 존재해." 세라피나 박사는 책망하는 듯한 묘한 표정으로 가브리엘라를 보았다. "사실 우린 그들을 아주 주의깊게 살펴보고 있어. 그 가운데서도 몇몇 가문은 특별히 감시하고 있지."

책에 쓰인 여러 가문의 이름을 봐도 아무 느낌이 없는 나와 달리 가브리엘라는 박사님의 말에 큰 충격을 받은 듯했다. 가브리엘라는 이름들을 읽더니 두려움에 가득차 뒤로 물러섰다. 그녀가 라파엘 박사의 수업을 들으며 공포에 질리던 모습이 다시 떠올랐다. 다른 점이 있다면 지금은 거의 히스테리에 빠지기 직전이라는 것이었다.

"잘못 알고 계세요." 가브리엘라의 목소리는 한 단어 한 단어 내뱉을 때마다 점점 커졌다. "우리가 그들을 감시하는 게 아니에요. 그들이 우리를 감시하는 거라고요."

말을 마친 가브리엘라는 돌아서서 달려나갔다. 나는 멀어지는 그녀를 물끄러미 보고만 있었다. 왜 그렇게 감정이 격해진 건지 도무지 이해할 수 없었다. 제정신이 아닌 것 같았다. 다시 한번 책을 살펴봤지만 그저 여러 가문의 이름이 적혀 있을 뿐이었다. 대개는 모르는 이름이었으며 일부는 아주 오래전부터 유명한 가문이었다. 함께 공부한 여느 역사책과 다를 바 없는 내용이었다. 충격을 받을 이유가 전혀 없었다.

그러나 세라피나 박사는 가브리엘라의 반응을 정확히 이해한 듯 보였다. 사실 아무렇지도 않게 가브리엘라의 반응을 평가하는 듯한 아까의 모습은 반응을 예측한 정도가 아니라 계획적으로 이끌어낸 것처럼 보일 정도였다. 혼란스러워하는 나를 보면서 박사님은 책을 덮어 겨드랑이에 꼈다.

"어떻게 된 거죠?" 가브리엘라의 이상한 행동만큼이나 박사님의 태도에도 놀라서 내가 물었다.

"이렇게 말하려니 마음 아프지만, 우리 가브리엘라가 스스로 끔찍한 문제에 빠진 것 같아." 박사님이 나를 데리고 전시실을 나가며 말했다.

그 말을 듣고 맨 처음 떠오른 생각은 모든 걸 박사님께 털어놓아야겠다는 것이었다. 가브리엘라의 이중생활과 그걸 알아버린 탓에 내 생활에 드리운 어두운 그림자는 이제 참을 수 없는 지경에 이르렀다. 하지만 말을 꺼내려던 찰나 깜짝 놀라 입을 다물고 말았다. 검은 망토를 뒤집어쓴 악마 같은 시커먼 형체가 어두운 복도에서 불쑥 나타난 것이다. 숨이 턱 막히면서 잠시 균형을 잃고 비틀거렸다. 정신을 차리고 보니 그 사람은 베일을 깊이 눌러쓴 수녀였다. 몇 달 전 도서관에서 열린 위원회 회의에서 본 그 수녀인 듯했다.

"잠시 이야기 좀 할 수 있을까요, 세라피나 박사?" 수녀가 우리 앞을 막고 서서 혀 짧은 발음으로 나지막하게 말했다. 부끄럽게도 왠지 듣자마자 속이 메스꺼워졌다. "미국으로 갈 물건에 대해서 몇 가지 궁금한 게 있습니다."

세라피나 박사가 갑자기 나타난 수녀를 아무렇지도 않게 대하는 걸 보고야 겨우 안심이 되었다. 박사님은 평소와 다름없이 위엄을 잃지 않고 대꾸했다. "이렇게 늦은 시간에 뭘 물어보신다는 거죠? 준비는 다 끝났어요."

"그렇죠. 하지만 전시실에 있던 그림과 성상이 모두 제대로 미국으로 가는 건지 확인해두고 싶군요."

"그러시죠." 세라피나 박사는 수녀와 함께 배에 실을 준비를 마친 나무상자들로 가득찬 방으로 향했다. "이것들 모두 뉴욕에서 기다리는 사람이 받게 될 거예요."

주위를 둘러보니 대부분 상자들에 이미 화물 표시까지 찍혀 있었다.

"내일 배에 실을 겁니다. 혹시 빠진 물건이 없는지 확인하고 부두까지 옮기기만 하면 돼요." 세라피나 박사가 말했다.

수녀와 세라피나 박사가 프랑스 항구를 떠나는 배들이 점점 더 많아지는 지금 시기에 어떻게 하면 우리 학회에서 가장 귀중한 물건들을 잘 보호할 수 있을지 논의하는 사이 나는 다시 복도로 나왔다. 그리고 하고 싶던 말을 삼킨 채 조용히 걸었다.

캄캄한 복도를 따라 걸었다. 텅 빈 교실과 사용하지 않는 강당들을 지났다. 이미 몇 달 전부터 학교 건물을 집어삼킨 정적 속에서 내 발소리만 울렸다. 도서관 역시 쥐죽은듯 고요했다. 늦은 시간이라 사서들도 불을 끄고 문을 잠근 뒤 퇴근한 모양이었다. 자료 정리를 맡으며 세라피나 박사에게서 받은 열쇠로 문을 따고 들어갔다. 깊고 컴컴한 공간에 혼자 서 있자니 더할 나위 없이 편안했다. 도서관에 나 말고 아무도 없다는 것이 감사한 건 처음이 아니었다. 전에도 자정이 지나 다른 학생들이 모두 돌아가고 나서 혼자 남아 공부한 적이 많았다. 하지만 오늘처럼 절망에 빠져 도서관을 찾은 적은 없었다.

벽을 따라 늘어선 텅 빈 책장에 이따금 아무렇게나 책들이 쌓여 있었다. 학교를 떠나 프랑스 각지의 안전한 장소로 옮겨질 책들이 든 상자가 사방에 가득했다. 책들이 어디로 향하는지는 알 수 없었지만 이렇게 많은 책들을 모두 숨기려면 지하 공간이 꽤 많이 필요하리라는 생각이 들었다. 상자 가운데 하나를 뒤지는 손이 떨렸다. 마구잡이로 섞여 있어 내가 원하는 책을 도저히 찾아낼 수 없을 것 같았다. 한참을 소득 없이 실망만 하던 나는 마침내 라파엘 박사의 연구 자료와 번역문들이 든 상자를 찾았다. 라파엘 박사의 성격대로 상자의 내용물은 확실한 규칙 없이 뒤죽박죽이었다. 다양한 동굴과 골짜기의 위치를 자세히 그린 지도들과 유럽의 여러 산맥을 탐사하면서 그린 그림, 그리고 각 산맥의 역사를 정리한 자료가 든 책이 보였다. 1923년 피레네 산맥, 1925년 발칸 산맥, 1930년 우랄 산맥, 1936년 알프스를 탐사했을 때 정리해둔 내용이었다. 메모한 책과 강의 노트 한 묶음, 해설서, 교수법 안내책자도 있었다. 자료들의 제목과 작성 일자를 살펴보았다. 내가 생각했던 것보다 양이 훨씬 많았다. 하지만 그렇게 많은 라파엘 박사의 자료를 모두 들춰보았는데도 내가 읽고 싶었던 단 한 가지는 찾지 못했다. 클레마티스 신부가 반란을 일으킨 천사들이 갇힌 동굴을 탐사하고 돌아와 남겼다는 문서의 번역문은 도서관에 없었다.

책들을 아무렇게나 탁자 위에 늘어놓은 채 나는 딱딱한 의자에 털썩 주저앉았다. 나를 짓누르는 실망이라는 안개를 어떻게든 걷어내고 싶었다. 그런 내 노력을 무시하듯 눈물이 차올라 어렴풋한 도서관 불빛이 번지며 눈앞을 가렸다. 한 단계 더 발전하고 싶은 욕심이 나를 잠식했다. 내 능력과 학교에서의 위치, 불확실한 미래가 마음을 무겁게 짓눌렀다. 뒤바꿀 수 없는 정해진 운명이란 게 있고 그것이 무엇인지 알 수 있다면, 그저 그 길을 따라 꾸준히 걸어가고 싶은 마음이었다. 다른 무엇보다 나의 존재이유와 쓰임새를 알고 싶었다. 내가 부름을 받을 가치가 없다는 생각, 시골에 사는 부모님 곁으로 돌아가야 할지도 모른다는 생각, 존경하는 학자들 사이에 자리잡을 수 없을지도 모른다는 생각에 두려웠다.

눈을 감고 나무 탁자에 엎드려 양팔에 얼굴을 묻은 채 나는 잠시 절망에 빠져 있었다. 그렇게 얼마나 지났을까, 실내에서 어떤 움직임이 느껴졌다. 공기의 질감이 약간 변한 듯했다. 바닐라와 물푸레나무의 동양적이고 독특한 향수 냄새가 가브리엘라가 왔음을 알려주었다. 얼굴을 들었더니 눈물 너머로 붉은색 옷감이 번져 보였다. 얼마나 반짝거리는지 옷 전체에 루비를 박아넣은 것 같았다.

"왜 그래?" 가브리엘라가 물었다. 눈물을 훔치자 보석을 박아넣은 것처럼 보이던 옷이 민소매 새틴 드레스로 제대로 보였다. 물 흐르듯 아름다운 모습에 절로 입이 벌어졌다. 내가 놀라는 모습에 가브리엘라는 짜증스러운 표정만 지었다. 그녀는 내 맞은편 의자에 앉더니 구슬로 장식한 핸드백을 탁자 위에 던졌다. 목에는 보석 목걸이를 하고 양손에는 팔꿈치까지 덮는 검은 장갑을 껴 팔에 생긴 흉터를 가렸다. 도서관 안이 점점 쌀쌀해져 몸이 떨리는 나와는 달리 가브리엘라는 조금도 춥지 않은 모양이었다. 얇은 민소매 드레스에 실크 스타킹 차림인 그녀의 살갗에 온기가 도는 듯 보였다.

"말해봐, 셀레스틴. 무슨 일이야? 어디 아파?" 가브리엘라가 말했다.

"멀쩡해." 나는 최대한 마음을 가라앉히며 대답했다. 나를 빤히 바라보는 가브리엘라가 낯설게 느껴졌다. 사실 지난 몇 주 동안 내게는 눈곱만큼도 관심을 보이지 않던 가브리엘라가 아닌가. 나는 시선을 돌리려고 화제를 바꿨다. "어디 가?"

"파티." 내 눈을 제대로 못 보는 걸 보니 틀림없이 연인을 만나러 가는 것이다.

"무슨 파티?"

"그건 우리 연구와 아무 상관 없고, 넌 파티 같은 거 관심도 없잖아." 그녀는 내가 더는 묻지 못하게 말을 끊어버렸다. "너야말로 도대체 여기서 뭐하는 거야? 왜 정신 나간 사람처럼 이러고 있어?"

"자료를 찾고 있었어."

"무슨 자료?"

"지질학 도표 만드는 데 도움이 될 만한 거." 내가 말하면서도 전혀 그럴듯하게 들리지 않았다.

등뒤 탁자 위에 널린 책들이 모두 라파엘 발코 박사가 쓴 것들임을 확인한 가브리엘라는 상황을 알아차렸다. "클레마티스 신부의 일지는 아무나 볼 수 있는 게 아니야, 셀레스틴."

"나도 이제 알아." 라파엘 박사의 책들을 다시 나무상자에 넣어두지 않은 게 후회스러웠다.

"그런 자료를 이런 데다 두지 않을 거라는 것 정도는 알아야지."

"이런 데 아니면 어디? 세라피나 박사님 연구실? 아니면 지하 창고?" 나는 시간이 갈수록 화가 치밀었다.

"클레마티스 신부가 남긴 제1차 천사 탐사 일지에는 무척 중요한 정보가 담겨 있어." 가브리엘라는 우위에 선 게 기쁜지 미소지으며 말했다. "보관 장소를 아는 사람은 극소수야."

"그럼 넌 그걸 읽었다는 거야?" 가브리엘라가 열람이 제한된 자료를 읽었다는 데 질투가 나서 나는 신중하지 못하게 내뱉었다. "어떻게 너처럼 연구에 별 관심도 없는 사람은 볼 수 있고, 모든 걸 바친 나는 손도 못 대는 거지?"

말을 끝내자마자 후회가 밀려왔다. 속내를 털어놓지 않고 이어온 그간의 시간은 불편했지만 그 덕에 크게 싸우지 않고 일만 열심히 할 수 있었다.

가브리엘라가 일어서서 탁자 위의 핸드백을 집어들고는 어색할 만큼 차분한 목소리로 말했다. "넌 눈으로 본 게 다라고 생각하겠지. 하지만 실상은 훨씬 복잡해."

"네가 연상의 남자와 어울리고 있다는 것만큼은 확실하지. 세라피나 박사님도 믿어주실 것 같은데."

잠깐이었지만 가브리엘라가 돌아서서 가버릴 것 같은 느낌이 들었다. 궁지에 몰리면 늘 그런 식으로 행동했으니까. 하지만 그녀는 도전적으로 내 앞에 버티고 섰다. "내가 너라면 세라피나 박사님을 포함해 누구에게도 그런 말은 하지 않겠어."

마침내 우위에 선 걸 알아차린 나는 한층 그녀를 몰아붙였다. "못 할 게 뭐야?"

"네가 알고 있다고 생각하는 걸 누군가 눈치챈다면 나뿐만 아니라 우리 모두에게 엄청난 일이 벌어질 거야."

가브리엘라의 협박이 무슨 뜻인지 충분히 이해되지는 않았지만 목소리가 워낙 다급했고 진정으로 두려워하는 것 같아 나도 겁을 먹지 않을 수 없었다. 대화는 끊겼고 우리 둘 다 선뜻 말을 잇지 못했다.

마침내 가브리엘라가 침묵을 깨뜨렸다. "클레마티스 신부의 자료에 접근할 수 없는 건 아니야. 어디 있는지만 알면 누구든 읽을 수 있어."

"아무나 볼 수 있는 자료가 아니라면서?"

"맞아. 나도 널 도와줄 수는 없어. 더군다나 내겐 도움되는 일도 아니고. 하지만 내가 널 도와주면 너도 날 도울 수 있을 것 같은데?"

나는 가브리엘라의 말이 무슨 뜻인지 몰라 한참 동안 멍하니 그녀를 바라보았다.

"내 제안은 이거야." 가브리엘라가 도서관 밖의 어두컴컴한 복도로 나를 이끌며 말했다. "그 자료를 찾게 해주는 대신 너는 입을 다무는 거야. 세라피나 박사님께 나에 관한 얘기, 내 행동이 어떻다는 얘기는 일절 하지 마. 내가 집에 언제 드나드는지도 말하지 말고. 오늘밤엔 좀 늦을 거야. 혹시 누가 집으로 와서 날 찾으면 그냥 어디 있는지 모른다고 해."

"선생님한테 거짓말을 할 수는 없어."

"그게 아니야. 사실대로 말하라는 거지. 넌 오늘밤 내가 어디 있을지 모르잖아." 그녀가 말했다.

"그런데 왜? 도대체 왜 이러는 건데?" 내가 물었다.

가브리엘라의 얼굴에 희미한 피로감이 떠올랐다. 절망에 빠져 모든 걸 내게 털어놓을 것 같은 느낌이 들었다. 하지만 그런 희망은 금세 사라지고 말았다. 그녀는 초조한 듯 물었다. "이럴 시간 없어. 내 말대로 할 거야 말 거야?"

굳이 대답할 필요조차 없었다. 가브리엘라는 나를 잘 알았다. 클레마티스 신부의 일지를 보기 위해서라면 무슨 짓이든 하리란 것을.

벽에 매달린 전구들이 중세 건물인 별관으로 향하는 우리 앞을 밝혀 주었다. 가브리엘라는 서둘러 걸었다. 굽 높은 구두에서 빠르고 불규칙한 소리가 났다. 그러다 갑자기 멈추는 바람에 나는 숨을 헐떡거리며 그녀의 등에 부딪혔다.

바보 같은 내 행동에 화가 났을 텐데 가브리엘라는 아무 말도 하지 않았다. 대신 건물 전체에 수백 개는 있는 똑같이 생긴 문들 가운데 하나를 보고 섰다. 모두 크기와 색깔이 같고 어디로 통하는지 알려주는 호수나 문패조차 달려 있지 않았다.

"이리 와봐." 가브리엘라는 문 위의 아치를 보며 말했다. 바스러진 석회암 벽돌이 둥글게 박혀 있었다.

"네가 나보다 크잖아. 너라면 저 꼭대기의 벽돌에 손이 닿을 거야."

최대한 팔을 뻗어 손가락이 닿자 거친 돌이 만져졌다. 힘을 주니 놀랍게도 벽돌이 움직였고 살짝 비틀자 조그맣게 뚫린 공간이 드러났다. 가브리엘라가 시키는 대로 손가락을 안으로 넣어 주머니칼만한 차갑고 작은 금속 물체를 꺼냈다.

"열쇠네. 여기 있다는 거 어떻게 알았어?" 열쇠를 들어 보이며 놀라서 내가 물었다.

"그걸로 학교 지하 창고에 들어갈 수 있어." 가브리엘라가 벽돌을 제자리로 돌려놓으라고 손짓하며 말했다. "이 문으로 들어가면 계단이 나와. 아래로 내려가면 두번째 문이 나올 거야. 열쇠로 그 문을 열면 바로 발코 부부의 개인 창고 입구지. 라파엘 박사님이 번역한 클레마티스 신부의 자료는 거기 있어."

그런 공간이 있다는 이야기를 들은 적이 있는지 머릿속을 뒤져봤지만 통 기억이 나지 않았다. 물론 귀중한 자료를 보관할 비밀 공간은 있을 법했다. 도서관 책을 어디 숨길지도 이제 알 것 같았다. 더 묻고 싶은 게 많았다. 가브리엘라가 비밀 창고에 관해 더 말해주길 바랐다. 하지만 가브리엘라는 손을 들어 질문을 막았다. "늦어서 설명할 시간이 없어. 직접 그 책이 있는 데로 데려가줄 수는 없지만, 너처럼 간절하다면 틀림없이 원하는 걸 찾을 수 있을 거야. 얼른 가. 다 마치면 열쇠는 제자리에 갖다둬. 그리고 오늘 일은 아무한테도 말하면 안 돼."

마지막 말을 남기고 가브리엘라는 돌아서서 복도를 걸어갔다. 붉은 새틴 드레스가 흐릿한 불빛에 빛났다. 소리를 질러 그녀를 다시 부르고 싶었다. 돌아와서 함께 지하 창고에 가달라고 말하고 싶었다. 하지만 그녀는 이미 사라지고 없었다. 남은 것은 희미한 향수 냄새뿐이었다.

가브리엘라가 알려준 대로 문을 열고 캄캄한 안을 들여다보았다. 계단이 시작되는 곳 벽에 석유램프가 매달려 있었다. 램프의 파형 유리는 연기 때문에 까맣게 그을어 있었다. 심지에 불을 밝혀 손에 들었다. 거칠게 다듬은 가파른 돌계단이 아래쪽으로 이어졌다. 마름모꼴 돌 사이사이 낀 이끼 탓에 미끄러워 걸음을 내딛기가 위태위태했다. 축축한 공기와 곰팡내에 흡사 시골집 지하실로 내려가는 느낌이 들었다. 내가 살던 집에는 넓고 눅눅한 지하 창고가 있었는데, 그곳에는 숙성중인 와인이 수천 병 쌓여 있었다.

계단을 다 내려가니 철문이 보였다. 교도소 감방처럼 창살이 쳐진 문이었다. 창살 안쪽으로는 벽돌로 된 통로가 완벽한 암흑으로 이어졌다.

램프를 들어올려 더 멀리 들여다보았다. 벽돌이 허물어진 곳에 채석장에서나 볼 수 있는 밝은색 석회암 덩어리가 드러나 있었다. 바로 우리가 사는 도시, 파리의 지반을 이루는 바위였다. 열쇠를 넣어 돌리자 철문은 쉽게 열렸다. 이제 마지막으로 남은 장애물은 당장 뒤돌아 계단을 올라가서 익숙한 지상 세계로 돌아가고 싶다는 강한 충동뿐이었다.

안으로 들어가자 얼마 안 가 여러 개의 방이 나왔다. 램프 불빛뿐이라 또렷이 보이지는 않았지만 첫번째 방에는 무기가 든 나무상자가 가득했다. 독일제 루거 권총과 콜트 45구경 권총, M1 개런드 소총 등이었다. 의약품, 담요, 의류가 든 상자들도 있었다. 장기전에 필요한 물품들이었다. 다른 방에서는 몇 주 전 도서관에서 책들을 포장할 때 사용한 나무상자들이 보였다. 그때와 다른 점은 상자들에 모두 못을 박아 단단히 봉해놓은 상태라는 것뿐이었다. 연장 없이는 열 수 없을 것 같았다.

벽돌로 된 통로를 따라 어둠을 뚫고 계속해서 앞으로 나아갔다. 한 걸음씩 내디딜 때마다 손에 든 램프가 점점 더 무거워졌다. 그제야 천사학자들의 지하 활동이 얼마나 엄청난 규모인지 이해했다. 여태까지는 우리의 저항이 이토록 정교하고 계획적일 거라곤 생각도 하지 못했다. 이미 모든 생활필수품이 도시 지하로 옮겨진 상태였다. 침대와 간이화장실, 식수 파이프가 있고 작은 석유 난방 기구도 여러 개 보였다. 무기, 식량, 의약품 등 필요한 모든 물건이 몽파르나스 지하의 이 석회암 동굴에 숨겨져 있었다. 전투가 벌어지면 많은 이들이 도시 밖으로 달아나지 않고 지하에 숨어 싸울 작정이라는 것을 나는 비로소 깨달았다.

수많은 석굴 방을 살펴본 다음 또다른 축축한 공간으로 들어섰다. 창고라기보다 부드러운 석회암에 판 토끼 굴처럼 보였다. 많은 물건들 가운데 몇 가지가 라파엘 박사의 연구실에 갔을 때 본 것들이라 이곳이 발코 부부의 개인 물품을 보관하는 공간이라는 것을 알 수 있었다. 구석에 묵직한 방수천으로 덮어놓은 탁자가 있고 그 위에 책이 쌓여 있었다. 석유램프 불빛이 먼지를 뒤집어쓴 공간을 환히 비추었다.

원하는 책은 큰 어려움 없이 찾아낼 수 있었다. 놀랍게도 책이라기보다 낱장의 메모를 한데 묶은 형태였다. 팸플릿만한 두께에 손으로 직접 꿰매 제본한 책자인데다 표지도 평범했다. 손으로 들어보니 크레페처럼 가벼워 중요한 내용이 들어 있을 것 같지 않았다. 책자를 펼쳤다. 뒷면이 비치는 4절지에 여기저기 잉크 얼룩과 함께 아무렇게나 휘갈겨쓴 글씨가 남아 있었다. 손가락으로 짚으며 읽어내려가니 눌러쓴 흔적이 느껴지고 먼지가 묻어났다. '트라키아 출신 가경자 클레마티스 신부의 서기 925년 제1차 천사 탐사 기록. 라틴어 번역 및 주석 : 라파엘 발코' 라고 쓰여 있었다.

글씨 아래 여백에 리라 모양의 금빛 인장이 찍혀 있었다. 처음 보는 그림이었지만 그것이 우리 사명을 의미하는 상징임을 알 수 있었다.

책을 가슴에 안은 나는 문득 두려워졌다. 내용을 읽기도 전에 책이 사라져버릴 것 같았다. 램프를 평평한 석회암 바닥에 내려놓고 옆에 앉았다. 불빛이 손가락들 위로 쏟아졌다. 다시 책자를 펼치자 라파엘 박사의 필체가 또렷하게 드러났다. 클레마티스 신부의 탐사 기록은 첫 문장부터 나를 사로잡았다.

트라키아 출신 가경자 클레마티스 신부의
서기 925년 제1차 천사 탐사 기록

라틴어 번역 및 주석 : 라파엘 발코

I[1]

하느님의 뜻에 따르는 종이 되는 축복을! 이 탐사의 씨를 뿌리신 주께서 결실을 주시길!

II

짐을 잔뜩 진 노새들은 몸이 무거웠지만 기대에 부푼 우리의 영혼은 가벼웠다. 광대한 모이시아* 남쪽의 헬레네스** 도시들을 거쳐 트라키아로 들어가는 여정이 시작되었다. 로마가 건설하고 잘 유지하고 있는 넓은 도로들이 기독교 국가에 도착했음을 알려주었다. 하지만 화려한 문명 세계에도 도적들의 위협은 여전했다. 실로 오랜만에 산으로 둘러싸인, 아버지와 그분의 아버지의 아버지가 살던 고향땅을 밟았다. 이미 로마의 언어에 익숙해진 내가 발음하는 모국어는 이상하게 들릴 것이다. 산악지대로 등반을 시작하면서 나는 사람들이 많이 사는 지역을 벗어나면 내가 입은 성직자 옷이나 교회 표식도 우리를 보호해주지 못할 거라는 두려움에 사로잡혔다. 산길에서는 되

---

1. 원본과 달리 번역한 자료에서는 보다 명확한 이해를 위해 번호를 매겨 글을 나누었다. 클레마티스 신부의 원본은 매우 거칠게 작성한 개인 자료로 여행중 급히 메모한 개인적인 생각과 감상에 불과했으며, 타락천사들이 있는 장소를 찾아 떠난 이 첫번째 탐사를 책으로 엮을 때 참고할 용도로 작성한 것이라 두서가 없었다. 여기서는 원본 내용을 최대한 유지하면서 시간의 흐름에 따라 번호를 매겨 장을 나누려 한다—라파엘 발코.

* 고대 로마 제국의 속주로, 지금의 루마니아, 불가리아 지역에 해당한다.

** 고대 그리스를 가리키는 말.

도록 사람들과 마주치지 않게 해달라고 기도했다. 무기도 의지할 데도 없는 우리가 기댈 것이라곤 사람들의 호의뿐이었다.

III

등반중 길가에 잠시 멈춰 쉬고 있는데 일행 가운데 가장 열정적인 학자인 프란시스 형제가 이번 탐사와 관련해 걱정스러운 부분이 있다고 했다. 그는 나를 한쪽으로 데려가더니 이번 탐사가 어둠의 영혼들이 벌인 일이라 생각한다는 속내를 털어놓았다. 반란을 일으킨 천사들이 우리를 유혹한다는 것이다. 불안해하는 것도 당연했다. 사실 이번 탐사에 의구심을 표한 동료는 한둘이 아니었다. 하지만 프란시스 형제의 말은 내 영혼까지 서늘하게 만들었다. 왜 그런 생각을 하는지 묻는 대신 말없이 그의 말을 들어주었다. 탐사중 쌓인 피로 때문이라는 걸 아는 까닭이었다. 그가 하는 말을 귀기울여 들어주며 무겁게 가라앉은 마음을 달래려 애썼다. 연장자로서 당연히 해야 할 일이었지만 지금은 특히나 내 역할을 제대로 해야 할 때였다. 역사상 가장 어려운 탐사를 앞두고 있지 않은가. 프란시스 형제를 비난하고 싶은 유혹을 뿌리치고 나는 남은 시간 동안 입을 꾹 다문 채 걸었다.

나중에 혼자가 되었을 때 프란시스 형제의 괴로움을 진심으로 이해해보려 애쓰며 프란시스 형제가 스스로 의혹을 극복하는 데 도움이 되도록 나를 인도하시고 지혜를 주시길 하느님께 기도했다. 지난 여러 번의 탐사에서 학자들의 예상이 완전히 빗나갔다는 건 모두가 아는 사실이었다. 이번 탐사는 전혀 다를 거라고 나는 확신한다. 하지만 '꿈꾸는 사제들'이라는 프란시스 형제의 말이 계속 마음에 걸린

다. 의심의 산들바람이 굳건하던 내 믿음을 흔들기 시작한다. 속으로 이런 의구심이 든다. 그동안의 노력이 모두 헛수고였다면? 이번 임무가 하느님의 뜻이라고 어떻게 확신할 수 있단 말인가? 하지만 탐사의 당위성을 생각하면 마음속에서 자라는 의심의 씨앗은 쉽게 무시해버릴 수 있다. 이 전투는 지금까지 여러 세대에 걸쳐 이어졌고 앞으로도 세대를 이어 계속될 터였다. 최근의 패배를 극복하고 젊은이들의 사기를 북돋워주어야 한다. 두려움은 예상했던 일이다. 모두가 론세스바예스* 사건[2]을 떠올리는 건 자연스러운 일이다. 하지만 나는 여전히 하느님이 산을 오르는 우리 뒤에서 우리의 몸과 영혼을 대신 움직이고 계신다는 믿음이 있다. 탐사대 사이에 희망이 되살아날 거라는 믿음을 버리지 않으리라. 우리는 이번 탐사가 지난 착오와 달리 성공리에 마무리될 거라고 믿어야 한다.[3]

---

* 프랑스 국경에 근접한 스페인 마을. 피레네 산맥 해발 981미터에 위치한다.

2. 서기 778년 피레네 산맥 탐사중 론세스바예스의 길에서 벌어진 사건을 말한다. 그 탐사에 관해서는 대부분의 대원이 매복에 걸려 희생되었다는 것 말고는 알려진 것이 거의 없다. 목격자들은 공격한 자들이 인간을 초월하는 힘과 월등한 무기를 지닌 거인들로 놀라울 만큼 아름다웠다고 했다. 이 묘사는 그 시대에 생각했던 네피림의 외모와 거의 완벽하게 일치한다. 어떤 증언에 따르면 날개 달린 존재가 거인들 위로 내려와 불길을 뿜었다고 하는데 이는 대천사의 반격으로 해석할 수 있다. 학자들은 이 대목에 대단히 흥미를 보였는데, 바로 천사가 전투를 수행하기 위해 모습을 드러낸 세번째 경우이기 때문이다. 동일한 사건을 다룬 기록으로 『롤랑의 노래』가 있는데 이는 천사학자들의 시각과 사뭇 다르다.

3. 가경자 신부들이 유럽 전역의 유적과 유물을 찾아헤맨 이야기는 프레더릭 본이 쓴 책 『가경자 신부들의 거룩한 임무, 서기 925년부터 954년까지』에 잘 기록되어 있다. 그 책에는 관련 지도 사본 및 탐사 당시 쓰인 예언, 계시 등이 포함되어 있다.

IV

나흘째 밤, 나를 포함한 사제들은 식사를 마치고 모닥불 주위에 둘러앉았다. 이야기는 우리 적의 역사로 흘러갔다. 젊은 신부 가운데 한 명이 어떻게 이베리아 반도의 끝에서 우랄 산맥[4]에 이르기까지 천사들과 인간 여자들의 사악한 후손들이 차지하게 되었느냐고 물었다. 보잘것없는 하느님의 종인 우리가 어떻게 그분이 만든 지구를 정화하는 임무를 맡게 되었느냐고. 얼마 전 울적한 생각으로 나까지 심란하게 만든 프란시스 형제는 어째서 하느님께서 악한 자들이 그분의 세계에 존재할 수 있도록 두시는지 알 수 없다며 한탄했다. 진정한 악이 존재하는 곳에 어찌 진정한 선이 있을 수 있느냐고. 그래서 나는 저녁 공기가 조금씩 차가워지고 얼어붙은 달이 밤하늘에 걸릴 때까지, 어떻게 악한 자들의 씨앗이 신성한 이 땅에 뿌려졌는지 일행에게 설명해주었다.

대홍수가 지나고 수십 년 동안 순수한 인간의 피를 이어받은 야펫의 아들과 딸들은 천사의 피를 물려받은 가짜 야펫의 자손들과 떨어져, 한 나무에서 갈라진 두 개의 가지처럼 살아갔다. 한쪽은 순수하고 다른 쪽은 오염되었으며 한쪽은 약하고 다른 쪽은 강했다. 그들은 남북으로 이어진 거대한 바닷길을 따라 이동하다 비옥한 충적토로 이루어진 만에 뿌리를 내렸다. 곧 어마어마하게 수가 불어나 높은 산들을 뒤덮었고 박쥐처럼 유럽 곳곳의 최고도 지대에 정착했다. 암석

4. 가능한 한 10세기에 사용한 지명 대신 현재 지명을 사용하여 번역했다.

해안과 드넓고 비옥한 평원, 도나우, 볼가, 라인, 드네스트르, 에브로, 센 등의 강가를 야펫이 뿌린 씨앗들이 가득 메웠다. 그들이 머무는 곳마다 마을이 생겨났다. 조상은 같지만 두 무리 사이에는 깊은 불신이 존재했다. 잔인하고 탐욕스럽고 신체적으로 강한 네피림은 점차 인간 형제들을 노예로 부리기 시작했다. 거인들은 유럽 대륙을 자신들이 상속받은 땅이라고 주장했다.

가짜 야펫에게서 태어난 1세대는 충만한 건강과 행복을 누리면서 모든 강과 산, 대륙의 평원을 지배하고 자신들보다 약한 형제들을 장악하며 살았다. 하지만 세월이 지나면서 그들 종족 내에서 결함이 나타났다. 거울의 매끄러운 표면에 간 금처럼 확연히 드러나는 결함. 다른 아이들보다 훨씬 약해 보이는 아이가 태어난 것이다. 작은 몸집에 가냘프게 울었고 폐가 약해 제대로 소리를 내지도 못했다. 야펫의 자손들은 아이가 자랄수록 작고 늦되고 알 수 없는 질병에 취약하다는 사실을 알게 되었다. 아이는 인간이었다. 그들의 할머니의 할머니의 할머니인 '인간의 딸들'을 닮은 것이다.[5] 아이는 감시자로부터 아름다움도 힘도 천사처럼 보이는 외모도 물려받지 못했다. 그리고 어

5. 아우구스티누스 수도회의 사제이자 천사학자인 빈 출신의 그레고어 멘델이 1857년부터 1866년까지 수행한 연구 결과를 보면, 네피림과 인간이 어떻게 유럽에서 자리잡게 되었는지에 관한 역사학자들의 천 년에 걸친 수수께끼가 상당 부분 해소된다. 멘델의 염색체에 의한 유전법칙을 참고하면 인간의 딸이 남긴 열성인자가 야펫의 네피림 혈통에 전달되어 언제든 미래 세대에 나타날 준비를 하고 있었음을 알 수 있다. 현대 과학자들에게는 인간과 네피림의 교배로 열성인자가 뒤늦게 나타날 수 있다는 게 당연한 사실이지만, 당시 네피림 사회에 인간이 태어났다는 사실은 엄청난 충격이었다. 네피림들은 그것이 하느님의 뜻이라고 여겼다. 이 기록 이전에 클레마티스 신부도 가짜 야펫의 네피림 혈통에 인간 아이들을 출현시킨 것은 하느님의 의지였다는 글을 쓴 바 있다. 물론 네피림들은 그런 유전학적 재앙을 전혀 다르게 해석하고 있다.

른이 된 후 돌팔매질을 당해 죽었다.

오랜 세월 이 아이의 출생은 이례적인 일이었다. 그러다 하느님은 야펫의 땅을 당신의 아이들로 채우기로 하셨다. 네피림에게 더 많은 인간 아이를 보내셨고 지상의 성령에 새로운 활기를 불어넣으셨다. 처음 인간 아이들이 생겨났을 때는 대개 유아기에 죽었다. 그러나 시간이 가면서 네피림은 허약한 아이들을 돌보는 법을 알게 되었고, 따로 조심스레 키우다가 세 살이 된 뒤에야 강인한 다른 아이들과 어울려 지내도록 했다.[6] 만일 어른이 될 때까지 죽지 않고 크더라도 부모에 비해 키가 머리 네 개 정도 작았다. 아이들은 태어난 지 삼십 년이 지나면 늙기 시작했고 채 팔십 년을 채우지 못하고 죽었다. 인간 여자는 출산중에 죽었다. 질병으로 의술은 발전했지만 아무리 치료해도 인간들의 수명은 네피림 형제에 비해 턱없이 짧았다. 신성했던 네피림의 영역은 이제 더럽혀지고 말았다.[7]

시간이 흐르면서 인간 아이들은 인간 상대를 만나 결혼했고 네피림 내에서 인간의 수는 점점 늘었다. 육체적으로 열등함에도 불구하고 야펫의 순수한 자손들은 네피림 형제들의 핍박을 견뎌내며 버텼다. 가끔 네피림과 인간이 결혼하는 일도 있고 그로 인해 혼혈이 생겨나기도 했지만 그런 식의 결합은 장려하지 않는 분위기였다. 인간 아이가 태어나면 네피림은 아이를 도시의 벽 밖으로 내보내 인간들

---

6. 네피림 아이들의 월등한 체력과 감시자와 인간 여자 사이에 인간이 태어날 수 있다는 유전적 불가피성을 다룬 연구 자료는 매우 다양하다. 특히 G. D. 홀랜드 박사의 네피림 인구통계『인간과 천사의 신체—의학적 탐구』(갈리마르, 1926)가 유명하다.

7. 일부 네피림 종족에서는 인간 아이를 제물로 삼는 일이 빈번해졌다. 이는 점점 늘어나 네피림 사회를 위협하는 인간의 수를 억제하는 동시에 여전히 땅속 깊은 곳에 갇혀 있는 감시자들의 죄를 용서해줄 것을 하느님께 청하기 위한 수단으로 사료된다.

사이에서 죽음을 맞게 했다. 반대로 인간 사회에서 태어난 네피림 아이는 부모에게서 떨어져 지배자 민족[8]과 동화되며 자랐다.

오래 지나지 않아 네피림은 성채와 저택으로 들어갔다. 그들은 화강암으로 요새를 세우고 산꼭대기에 은신처를 만들어 사치와 권력의 성역을 건설했다. 그에 반해 하느님의 자손들은 굴종하며 살기는 했지만 하늘의 보호를 받았다. 축복받은 영혼을 지닌 인간들은 총명하고 의지가 강했다. 네피림과 인간은 함께 살았다. 네피림은 막강한 부와 요새 뒤에 숨어 살았다. 인간은 가난과 질병의 무게에 짓눌리며 괴롭게 살면서 보이지 않는 강력한 주인의 노예가 되었다.

V

우리는 새벽에 일어나 몇 시간 동안 산꼭대기로 이어지는 가파른 오솔길을 따라 걸었다. 높이 치솟은 산봉우리의 암벽 뒤에서 해가 떠올라 하느님이 창조하신 세상에 눈부신 금빛 기운을 드리웠다. 화창한 날씨에 두꺼운 가죽신을 신고 튼튼한 노새의 도움을 받아 앞으로 나아갔다. 오전이 절반쯤 지났을 때 험준한 바위산 위에 집들이 가득 들어찬 마을이 나타났다. 석판 지붕에 주황색 진흙을 덮은 집들이었

8. 네피림을 '지배자 민족'이라고 칭하는 사례가 이 일지에서 처음 등장한 것은 아니다. 네피림을 '지배자 민족'이나 '우수한 민족'으로 일컫는 일은 셀 수 없이 많았다. 하지만 이 자료가 가장 유명하고 자주 인용되는 출처다. 얄궂게도 클레마티스 신부가 언급한 우수한 민족이나 초인—천사학자들은 이를 두고 네피림이 스스로 신화화한 말이라고 여겼다—과 같은 개념은 현대로 와서 아르튀르 드 고비노나 프리드리히 니체, 아르투어 쇼펜하우어 같은 학자들이 유용해 철학적 사고에 필요한 요소로 재탄생시켰는데, 네피림들은 이를 다시 당시 유럽에서 유행처럼 번지던 '지배자 민족'이라는 인종주의적 이론의 근거로 이용했다.

다. 지도를 들여다보니 산에서 가장 높은 지대에 도착한 것 같았다. 바로 이 지역 사람들이 갸우르스코토 부를로라고 부르는 동굴에서 가까운 곳이었다. 한 집을 빌려 목욕을 하고 배를 채우고 휴식을 취한 다음 동굴로 안내해줄 사람을 구했다. 금세 양치기 한 명이 내 앞에 불려왔다. 트라키아 산악지방 사람답게 키가 작고 튼실하게 생긴 사내는 수염이 드문드문 하얗게 셌지만 강인해 보였다. 양치기 사내는 내가 설명하는 동굴 안 탐사 계획에 가만히 귀를 기울였다. 사내는 똑똑하고 말도 잘하고 적극적이었다. 하지만 동굴 입구까지만 안내할 거라고 딱 잘라 선을 그었다. 잠시 이야기를 나누고 수고비 금액에 합의했다. 양치기 사내는 필요한 물품을 챙겨오겠다고 자리를 뜨며 다음날 아침부터 길을 안내하겠다고 했다.

우리는 앞으로의 전망에 관해 이야기를 나누며 말린 고기로 요기를 했다. 소박한 음식이었지만 다음날 여행에 필요한 힘이 돼주었다. 내가 양피지를 꺼내 다 함께 볼 수 있도록 탁자 위에 펼치자 형제 신부들은 흐릿하게 남아 있는 그림을 보려고 잔뜩 몸을 기울였다.

"바로 여기입니다." 나는 지도 위에 파란색 잉크로 표시된 산골짜기를 손가락으로 짚어 보였다. "문제없이 통과할 수 있을 겁니다."

"그렇지만 우리가 찾는 곳이 여기라고 어떻게 확신할 수 있습니까?" 한 신부가 지도 위로 깊숙이 몸을 숙이자 덥수룩하게 자란 수염이 탁자에 쓸렸다.

"목격자가 있습니다." 나는 증언하듯 말했다.

"예전 탐사 때도 목격자는 있었습니다." 프란시스 형제가 말했다. "농사꾼들은 우리와 달라요. 그들의 목격담을 조사해봐야 대개는 아무것도 안 나옵니다."

"마을 사람들이 어떤 생명체를 봤다고 했습니다."

"농투성이의 허황된 이야기를 곧이곧대로 믿는다면 아나톨리아에 있는 모든 마을을 돌아다녀야 할 겁니다."

"저는 관심을 가질 만하다고 봅니다." 내가 대답했다. "트라키아의 사제들에 따르면 이 동굴의 입구는 심연으로 통하는 구멍처럼 깎아지른 모습이라고 합니다. 깊숙이 들어가면 전설에 나오는 것처럼 땅 밑을 흐르는 강이 있다고 했습니다. 마을 사람들 말로는 동굴 입구에 가까이 가면 뭔가 흘러나온다고도 합니다."

"흘러나와요?"

"음악이 들린답니다." 나는 말을 꺼내면서도 조심하려고 애를 썼다. "사람들은 동굴에서 흘러나오는 매우 희미한 그 소리를 혹시나 들을 수 없을까 하는 생각에 굴 입구에서 축제를 벌입니다. 그 음악은 마을 사람들에게 기이한 영향을 준다고 합니다. 아픈 사람이 낫고, 장님은 눈을 뜨고, 절름발이는 걷게 된다는 거죠."

"정말 놀랍군요." 프란시스 형제가 말했다.

"음악은 땅속 아주 깊은 곳에서 들려온답니다. 그 소리가 우리를 안내할 겁니다."

이번 탐사에 자신이 있었지만 동굴에서 맞닥뜨릴 위험을 생각하면 손이 떨렸다. 오랜 준비 기간 동안 의지는 강해졌을지언정 혹시 실패할지도 모른다는 두려움은 떨칠 수 없었다. 기억에서 지워지지 않는 지난날의 실패여! 내 상념에 찾아오는 죽어간 형제들이여! 내 오랜 믿음이 나를 전진하게 하고 신의 가호가 주는 위안이 괴로운 영혼을 달래준다.[9] 내일 동이 트면 우리는 동굴 아래로 내려갈 것이다.

VI

세상이 다시 태양을 향해 돌아섰고 더럽혀진 지구는 다시 빛이라는 신의 은총을 받게 되었다. 별들이 어두운 하늘을 밝히면 하느님의 아이들은 언젠가 눈앞을 가린 불의를 깨고 일어나 사악한 지배자들에게서 벗어나리라.

VII

나는 절망의 어둠에 빠져 눈이 불빛에 의지하듯 보이티우스에 의지한다. 주여, 저는 귀중한 것을 지옥 동굴에서 잃고 말았나이다.[10]

VIII[11]

나는 버림받았다. 불타버린 입술 사이로 새어나오는 내 목소리가 귓

9. 바로 이 대목부터 클레마티스 신부의 글씨체가 흐트러졌다. 바로 눈앞에 다가온 중요한 순간 때문인 것은 의심의 여지가 없지만 어쩌면 누적된 피로 때문일 수도 있다. 가경자 클레마티스 신부는 서기 925년에 나이가 거의 예순에 가까웠으니 깊은 산속까지 여행하며 기력이 많이 쇠했을 것이 틀림없다. 역자는 혼신의 힘을 다해 글을 해독했고 현대 독자들이 이해할 수 있는 말로 번역하려 노력했다.

10. 이 부분에서 클레마티스 신부는 보이티우스의 『철학의 위안』 가운데 오르페우스와 에우리디케의 신화에 관련된 유명한 구절을 인용한다. '지옥의 동굴을 향해 뒤돌아본다면, 아무리 소중한 것이라도 아래를 보는 순간 잃고 말리라.'

11. 이후부터는 클레마티스 신부가 탐사에서 돌아온 직후 신부를 돌본 데오푸스 신부가 기록했다. 데오푸스 신부는 클레마티스 신부의 요청으로 그의 곁에 앉아 부르는 대로 받아썼다. 그가 클레마티스 신부의 임종을 지키며 보낸 시간을 개인적으로 기록한 자료에 따르면, 이야기를 받아쓰는 시간을 제외하고는 늘 약을 바른 습포를 까맣게 탄 클레마티스 신부의

가에 공허하게 울린다. 내 몸은 부서진 채 쓰러졌다. 새까맣게 타고 벌어진 살에서 진물이 스며나온다. 가볍게 떠다니는 천사의 날개에 올라 가련한 내 운명을 볼 수 있으리라는 희망은 무참히 부서졌다. 오직 내가 본 공포를 들려주고자 하는 의지만이 새까맣게 타 짓무른 입술을 열게 한다. 미래에 자유를 찾는 당신, 미래에 정의의 신봉자가 될 당신을 위해 내 불행을 이야기한다.

동굴 탐사를 떠나는 날 아침은 맑고 추웠다. 나는 평소 습관대로 해 뜨기 몇 시간 전에 일어나 여전히 잠에 빠진 다른 이들을 그냥 둔 채 우리가 머문 작은 집의 난롯가를 찾았다. 안주인은 좁은 집안에서 바삐 움직이며 나뭇가지를 꺾어 불을 지피고 있었다. 불꽃 위 냄비에서 보리죽이 끓었다. 뭐라도 돕고 싶은 생각에 죽을 젓겠다고 했다. 죽을 휘저으며 불가에서 몸을 녹였다. 불 앞에 서 있자니 어릴 적 기억이 파도처럼 밀려들었다. 오십 년 전, 팔이 나뭇가지처럼 가냘픈 아이였을 때 나는 이렇게 살림을 도우며 어머니가 깨끗한 물이 담긴 대야에서 빨래를 건져 비틀어짜며 흥얼거리는 콧노래를 들었다. 어머니, 인자했던 어머니를 마지막으로 떠올린 때가 언제인가? 성서를 사랑하고 하느님께 모든 걸 바쳤던 아버지, 어떻게 그 점잖으셨던 아버지를 이토록 오랫동안 잊고 살 수 있었을까?

아침 준비를 하는 냄새에 잠에서 깨어난 다른 형제 신부들이 난롯가로 모이는 바람에 상념에서 벗어났다. 우리는 함께 아침을 먹고 난

온몸에 대주며 고통을 덜어주었다고 한다. 클레마티스 신부가 입은 상처를 생각하면 의사소통이 쉽지 않았을 텐데, 그런 상황에서도 데오푸스 신부가 처참했던 제1차 천사 탐사 내용을 상세히 기록해둔 것은 학자들에게 매우 다행스러운 일이 아닐 수 없다. 1919년 데오푸스 신부의 대필 기록이 발견됨으로써 제1차 천사 탐사에 대한 보다 깊은 연구가 이루어지기 시작했다.

룻불에 의지해 짐을 쌌다. 밧줄, 끌, 망치, 양피지, 잉크, 질 좋은 합금으로 만든 날카로운 칼에 붕대로 사용할 광목 한 묶음까지 챙겼다. 해가 떠오르자 집주인 부부에게 작별인사를 하고 안내인을 만나러 나섰다.

마을 끄트머리, 험준한 바위들 위로 끝없이 이어지는 오르막길에서 양치기 사내가 기다리고 있었다. 어깨에 커다란 보따리를 메고 손에는 반짝거리게 닦은 지팡이를 든 그는 고개를 까딱하고 인사하더니 돌아서서 산을 오르기 시작했다. 사내의 몸은 염소처럼 작지만 옹골졌다. 워낙 태도가 퉁명스럽고 표정이 어두워서 혹시나 그가 안내를 그만두고 우리를 산길에 버리고 달아날지도 모른다고 생각했다. 하지만 그는 느리지만 꾸준히 걸으며 우리를 동굴로 안내했다.

공기가 점점 따뜻해지고 아침을 즐겁게 먹은 덕분에 우리는 매우 기분 좋게 여행을 시작했다. 동료들은 길가에 핀 들꽃을 들여다보고 신기한 나무를 두고 이런저런 얘기를 나누었다. 자작나무, 가문비나무에 높이 치솟은 사이프러스도 보였다. 즐겁게 어울리는 사람들을 보니 탐사에 대한 불안은 가시고 마음이 편해졌다. 전날까지는 우울한 기분이 모두를 짓누르고 있었다. 하지만 지금은 새로운 마음으로 아침을 시작했다. 감추고 있었지만 나도 근심이 적지 않았다. 그러나 다른 신부들이 활기차게 웃고 떠들자 덩달아 즐거워졌고 금세 모두 마음이 가벼워졌다. 그때는 아무도 예상하지 못했다. 그것이 웃음소리를 들을 수 있는 마지막 순간임을.

양치기 사내는 삼십 분쯤 산길을 타고 오르더니 자작나무들이 자라는 숲으로 접어들었다. 우거진 나뭇잎 사이로 단단한 화강암 절벽에 깊이 뚫린 동굴 입구가 보였다. 동굴 안 공기는 차갑고 축축했다.

여러 색깔의 곰팡이가 벽에 줄지어 피어 있었다. 프란시스 형제가 동굴 맞은편 벽 앞에 줄지어 선, 색을 입힌 암포라 항아리 여러 개를 가리켰다. 목이 좁고 길며 몸통은 크고 둥근 항아리들이 지저분한 바닥에 고니처럼 고고하게 앉아 있었다. 큼지막한 항아리에는 물이, 좀 작은 항아리에는 기름이 든 걸로 보아 동굴은 예전에 임시 피난처 역할을 한 것 같았다. 양치기 사내의 말을 들어보니 내 추측이 옳았다. 하지만 누가 왜 이런 곳까지 들어와 몸을 피해야 했는지는 말해주지 않았다.

양치기는 더 지체하지 않고 어깨에 짊어진 보따리를 내려놓더니 두꺼운 금속 대못 두 개, 망치 한 개 그리고 밧줄 사다리를 땅바닥에 꺼내놓았다. 특히 사다리가 매우 특이해서 젊은 신부들은 주위로 모여들어 자세히 들여다보았다. 삼으로 짠 긴 밧줄 두 개를 축으로 삼고 사이사이에 금속 막대기들을 볼트로 고정해 발판으로 사용하는 방식이었다. 한눈에 봐도 아주 잘 만든 사다리였다. 튼튼한데다 갖고 다니기도 편했다. 그 물건을 보고 나는 안내인이 솜씨 좋은 사람이라고 생각하게 되었다.

양치기 사내는 망치로 대못들을 바위에 박아넣었다. 그리고 금속 걸쇠를 이용해 밧줄 사다리를 대못에 고정했다. 동전보다 작은 걸쇠들이 사다리를 안정적으로 지탱했다. 작업을 마친 그는 사다리를 절벽 아래로 내던지고 뒤로 물러섰다. 마치 사다리가 떨어지는 높이에 놀라기라도 한 것 같았다. 절벽 아래서 바위에 부딪히는 세찬 물소리가 울렸다.

안내인이 설명하기를 산속 지하 깊이 바위를 뚫고 흐르는 강이 있는데, 그것이 중간에 저수지를 형성하고 거기서 흘러나온 개울이 골짜기를 만나 세찬 물살을 이루며 쏟아진다고 했다. 폭포는 골짜기 모양대로 뒤틀리다가 다시 한번 미로 같은 지하 동굴로 떨어진 다음에야 비로소 지상으로 흘러나간다. 마을 사람들은 이 강을 '스틱스' 즉 저승으로 가는 강이라고 부르며, 죽은 이들의 몸이 강바닥에 쌓여 있다고 믿는다. 그들은 동굴이 지옥으로 향하는 수직 통로라고 믿고 '불신자의 감옥'이라는 이름을 붙였다. 이야기를 하는 안내인의 얼굴에는 불안이 가득했다. 겁이 나서 더는 안내하지 않을지도 모른다는 첫번째 징조였다. 마음이 급해진 나는 이제 구멍 아래로 내려가야 할 시간이라고 말했다.[12]

IX

깊은 구덩이 아래로 들어가는 입구를 찾고 우리가 얼마나 기뻐했는지 이해할 수 있는 사람은 거의 없을 것이다. 사다리 하나에 이토록 반가워하고 경탄할 사람은 꿈속에서 사다리를 오르락내리락하는 하느님의 천사들을 본 야곱밖에 없을 터였다. 우리는 성스러운 임무를 수행하기 위해 버려진 구덩이의 끔찍한 어둠 속으로 내려가기 시작했다. 하느님의 보호와 은총을 바랄 뿐이었다.

나는 차가운 사다리 가로대를 밟고 아래로 내려갔다. 물살이 세차게 흐르는 소리가 귀를 때렸다. 재빨리 몸을 놀렸다. 물살이 몸을 아

12. 데오푸스 신부의 글에 따르면 클레마티스 신부는 이 부분을 구술하기 전에 몇 시간 동안 발작을 하며 괴로워했다고 한다. 그는 불에 탄 살을 쥐어뜯고 몸에 감긴 붕대와 습포를 찢어냈다. 클레마티스 신부의 자해 때문에 노트에 튄 핏방울이 말라붙은 자국을, 번역하는 지금도 확연히 볼 수 있다.

래로 잡아당기는 느낌에 차갑고 축축한 금속을 잡은 손이 자꾸 미끄러지고 무릎은 날카로운 바위 벽에 부딪혔다. 가슴속이 두려움으로 가득찼다. 미지의 세계로부터 나를 보호해주시고 힘을 주시고 길을 인도해달라고 조그만 목소리로 기도를 올렸다. 그러나 기도 소리는 이리저리 휘돌며 떨어지는 요란한 폭포 소리에 묻혀버렸다.

한참 후 양치기 사내가 마지막으로 사다리를 타고 내려왔다. 그는 보따리에서 밀랍 초와 부싯돌, 부싯깃을 꺼내 불을 붙였다. 금세 밝은 빛이 주위를 둘러쌌다. 공기는 차가웠지만 이마에서 땀이 흘러내렸다. 우리는 손을 맞잡고 기도를 올렸다. 가장 깊고 가장 어두운 지옥의 깊은 틈새에서도 우리 목소리가 하늘에까지 가닿으리라 믿었다.

옷을 추스르고 강물 바로 앞까지 갔다. 다른 이들도 안내인을 사다리 곁에 두고 나를 따라왔다. 약간 거리를 두고 떨어진 폭포에서는 물이 끝없이 격렬하게 쏟아졌다. 지옥의 네 갈래 강물인 스틱스, 플레게톤, 아케론, 코키투스가 하나로 모인 듯 폭이 넓은 강줄기가 동굴의 중앙으로 흘렀다. 프란시스 형제가 제일 먼저 배를 발견했다. 나무배 한 척이 강가에 매여 소용돌이치는 안개 속에서 흔들리고 있었다. 우리는 뱃머리 쪽에 모여 서서 어느 쪽으로 갈지 의논했다. 뒤쪽에는 사다리와 우리 사이에 평평한 바위가 길게 이어져 있고 앞쪽에는 강 건너 벌집처럼 뚫린 여러 개의 굴이 우리를 기다리고 있었다. 어떤 선택을 해야 할지는 자명했다. 우리는 이 위험한 강 건너편에 무엇이 있는지 알아내기로 했다.

몸무게가 꽤 나가는 다섯 명이 앉기에는 배가 비좁아 보였다. 나는 가장 먼저 올라서서 요란하게 흔들리는 배에서 균형을 잡으려고 애썼다. 혹시라도 배가 뒤집히면 물살이 나를 바위들로 이루어진 미로 속으로 가차없이 끌고 들어갈 터였다. 이리저리 균형을 잡아보다가 겨우 키를 붙들고 앉았다. 다른 이들이 나를 뒤따라 배에 오르고, 우리는 물살을 헤치고 출발했다. 프란시스 형제가 기다란 나무 노를 저어 천천히 배를 강 한가운데로 밀었다. 강물이 우리를 동굴 입구에서 죽음의 세계로 끌고 들어갔다.

X[13]

우리가 다가가자 놈들은 바위 감옥 안에서 쉭쉭거리며 놀랍도록 파랗고 뱀처럼 독을 품은 눈을 우리에게 고정한 채 거대한 날개로 쇠창살을 때려댔다. 뉘우칠 줄 모르는 사악한 천사 수백 명은 하얗게 빛나는 옷을 잡아 찢고 울부짖으며 구원을 바랐고, 하느님의 사절인 우리에게 제발 풀어달라고 애원했다.

XI

동료 신부들은 눈앞에 펼쳐진 끔찍한 광경에 얼어붙은 채 무릎이 꺾이며 무너져내렸다. 산속 지하에 끝이 보이지 않을 정도로 거대한 공동이 있고, 그 공간이 수없이 많은 감옥으로 나뉘어 수백 명의 거대한 생명체들을 가두고 있었다. 도대체 내가 본 것이 뭔지 확인하려

13. 이 부분에서 이야기가 훌쩍 건너뛰는데, 이는 데오푸스 신부가 실수로 누락한 것일 수도 있지만 그보다는 앞뒤가 맞지 않는 클레마티스 신부의 이야기를 그대로 받아적었을 가능성이 더 크다. 가경자 클레마티스 신부가 동굴에서 겪은 일을 명확하게 설명할 수 있는 상태가 아니었다는 걸 잊어선 안 된다. 클레마티스 신부의 절규에 가까운 증언을 이렇게나마 기록했다는 것은 데오푸스 신부가 얼마나 지혜로운 사람이었는지 보여준다.

고 좀더 가까이 갔다. 도저히 이 세상에서 볼 수 있는 존재가 아니었다. 어찌나 강한 빛을 뿜어내는지 굴속을 들여다보려다가도 눈을 돌리지 않을 수 없었다. 그러나 시력을 잃는 한이 있어도 불꽃의 한가운데, 푸르다 못해 하얀 부분을 보고 싶어하는 것이 인간의 마음이다. 나도 내 눈으로 천상의 존재를 보고 싶었다. 마침내 좁은 감옥 한 칸에 천사가 한 명씩 갇혀 있다는 걸 확인할 수 있었다. 두려움에 사로잡힌 프란시스 형제가 내 팔을 꽉 붙들고 배로 돌아가자고 했다. 하지만 이미 격정에 휩싸인 내게는 아무 말도 들리지 않았다. 다른 사제들에게 일어나서 안으로 들어가자고 말했다.

우리가 굴속 깊이 들어가자 신음 소리가 멈추었다. 천사들은 두꺼운 쇠창살 안에서 밖을 내다보았다. 툭 튀어나온 눈으로 우리의 일거수일투족을 주시했다. 그들이 자유를 갈망한다는 것은 놀랍지 않았다. 쇠사슬에 묶여 깊은 땅속에 갇힌 채 풀려나기만을 기다린 것이 벌써 수천 년이 아닌가. 하지만 끔찍한 몰골은 실로 놀라웠다. 몸에서는 강렬한 빛이 뿜어져나왔다. 투명한 피부가 내뿜는 황금빛이 금빛 후광을 만들어냈다. 육체적으로는 그들이 인간보다 훨씬 우월해 키도 크고 몸매도 우아했다. 접힌 날개는 어깨에서 시작해 발목까지 내려가며 순백의 망토처럼 늘씬한 몸을 덮었다. 그런 아름다운 모습은 일찍이 보지도 상상하지도 못했다. 마침내 나는 이해할 수 있었다. 어떻게 천상의 존재들이 인간의 딸들을 유혹했는지, 왜 네피림들이 조상으로부터 물려받은 몸을 그토록 찬양하는지. 감옥 한복판으로 더 깊숙이 들어갔다. 한 걸음씩 들어설 때마다 기대는 더욱 커졌다. 전혀 예상하지 못했던 새로운 목적을 달성할 수 있을 것만 같았다. 나는 우리 임무가 천사들의 보물을 찾는 것이라고 생각했다. 하지만 비로소 무시무시한 진실을 알게 되었다. 우리는 하느님을 거역한 천사들을 풀어주러 이 동굴에 온 것이었다.

우중충한 감옥 한 칸에서 금빛 머리칼이 풍성한 천사가 앞으로 나섰다. 그는 아래쪽이 둥글고 반짝거리는 리라를 손에 들고 있었다.[14] 양팔로 리라를 감싸안은 천사가 현을 튕기자 고결한 천상의 음악이 울려퍼졌다. 동굴 안이라 소리가 울려서인지 악기가 훌륭해서인지는 몰라도 리라 소리는 풍부하고 웅장했다. 황홀한 음악이 감각을 자극해 행복에 겨워 미칠 것 같기까지 했다. 곧이어 천사가 노래를 부르기 시작했다. 천사의 목소리는 리라 소리에 맞춰 높아졌다 낮아졌다를 반복했다. 그 노랫소리가 신호라도 되는 양 다른 천사들이 합창을 시작했다. 여러 천사들의 목소리가 어우러져 천상의 음악을 만들어냈다. 다니엘서에 등장하는 수백만 천사들이 떠오르는 화음이었다. 우리는 천상의 합창에 완전히 무장해제된 채 얼어붙은 것처럼 가만히 서 있었다. 노래의 선율이 불로 지진 듯 마음속에 박혔다. 지금도 그 노랫소리가 들린다.[15]

---

14. 대천사 가브리엘의 황금 리라를 언급하는 이 대목은 가경자 클레마티스 신부가 죽음의 세계 하데스에 다녀와 쓴 글 가운데 가장 애를 태우는 부분이다. 데오푸스 신부가 쓴 편지에 따르면 클레마티스 신부는 동굴에서 빠져나올 때 원반 모양의 작은 금속 하나를 가져왔으며, 그 원반은 클레마티스 신부의 사후에 조사를 위해 파리로 보내졌다고 한다. 천상의 음악을 연구하는 학자들이 면밀하게 조사한 결과 그 원반은 현악기, 특히 리라를 연주할 때 사용하는 픽이었다. 전통적으로 픽은 비단 끈으로 악기에 연결해두므로 클레마티스 신부가 실제 천사의 리라나 그와 비슷한, 픽을 사용하는 악기를 만졌으리란 것을 추론할 수 있다. 하지만 리라 자체의 행방은 여전히 의문으로 남는다. 만일 클레마티스 신부가 리라를 가지고 나왔다면 동굴 입구에 떨어뜨렸거나 산에서 달아나던 중에 잃어버렸을 수도 있다. 픽이 엄연히 존재하므로 클레마티스 신부가 정신이 혼미한 상태에서 리라 이야기를 꾸며냈을 가능성은 없다.

15. 데오푸스 신부는 기록 외에도 가경자 클레마티스 신부로부터 천상의 노래를 받아적었다는 것이 통설이다. 아직 발견된 적은 없지만 어딘가 악보가 온전히 남아 있으리라는 큰

나는 그 자리에 서서 노래를 시작한 천사를 바라보았다. 천사는 길고 마른 양팔을 천천히 들어올리더니 거대한 날개를 펼쳤다. 나는 감옥 문 쪽으로 다가가 무거울 정도로 석회질이 잔뜩 낀 걸쇠를 풀었고, 천사는 나를 바닥에 쓰러뜨리며 감옥 문을 열고 바깥으로 나왔다. 자유를 되찾은 천사는 즐거운 표정이었다. 다른 천사들은 감옥 안에서 형제 천사의 승리를 시샘하며 포효했다. 포악하고 굶주린 천사들은 자유를 원하고 있었다.

나는 넋이 나가 천사들을 보느라 음악 때문에 동료 사제들이 어떻게 되었는지 미처 몰랐다. 프란시스 형제가 노래하는 천사들 앞으로 달려나가는 모습을 보고야 그가 그 악마적인 음악의 주문에 걸렸다는 걸 알아차렸다. 그는 제정신이 아닌 듯 노래를 부르는 천사들을 향해 무릎을 꿇고 앉아 애원했다. 풀려난 천사가 리라를 내려놓고 한 순간 황홀한 음악을 멈추더니 프란시스 형제의 몸에 손을 댔다. 그러자 당황한 프란시스 형제의 몸 위로 강한 빛이 비치면서 마치 청동 쇳물을 뒤집어쓴 듯 변했다. 프란시스 형제는 숨을 헐떡이더니 눈을 가리며 바닥에 쓰러졌다. 강렬한 빛 때문에 살이 타들어갔다. 나는 프란시스 형제의 옷가지와 피부가 녹아내리고 까맣게 탄 살덩이와 뼈만 남는 끔찍한 광경을 지켜보았다. 조금 전까지 내 팔을 붙들고 배로 돌아가자고 빌던 프란시스 형제가 천사의 독빛[16]에 죽은 것이다.

희망을 품고 있다.

16. 프란시스 신부의 죽음을 묘사한 이 자료와 클레마티스 신부를 죽음에 이르게 한 상처를 조심스럽게 검토한 천사학자들은 프란시스 신부가 엄청난 양의 방사능에 노출되어 죽음을 맞았다고 결론지었다. 이후 마리 퀴리 가족의 막대한 기부금으로 천사들이 뿜어내는 방사능 연구가 시작되었으며 현재는 헝가리 천사학자들이 연구를 진행하고 있다.

XII

프란시스 형제가 죽은 뒤 몇 분 동안의 기억은 뒤죽박죽이다. 감옥에 갇힌 천사들이 쉭쉭대던 소리는 여전히 기억난다. 시커멓게 타 쭈그러든 프란시스 형제의 끔찍한 시체도 눈에 생생하다. 하지만 나머지는 모두 어둠 속으로 사라졌다. 어찌된 영문인지 애초에 동굴을 찾아나서게 했던 바로 그 보물, 리라는 내 손이 미치는 곳에 있었다. 나는 천사가 놓고 간 보물을 허겁지겁 챙겨 까맣게 탄 손으로 집어올렸다. 그리고 흠집이 나지 않도록 메고 간 가방에 넣었다.

정신을 차려보니 나는 뱃머리에 앉아 있었다. 입은 옷은 모두 찢어져 엉망이었다. 온몸 구석구석 아프지 않은 곳이 없었다. 양팔의 살이 피로 얼룩지고 시커멓게 탄 채 얇게 벗어졌다. 턱수염 한 뭉텅이는 모근까지 타버렸다. 그제야 내가 프란시스 형제처럼 천사의 무시무시한 빛에 노출되었다는 것을 알아차렸다.

다른 사람들도 마찬가지였다. 두 사람이 서서 미친 듯이 노를 저으며 물살과 싸우고 있었다. 입은 옷은 그슬리고 살갗도 심하게 덴 상태였다. 나머지 탐사대원들은 모두 죽은 채 내 발밑에 쓰러져 있었다. 공포 속에 죽어간 듯 양손으로 얼굴을 가린 채였다. 강 반대편에 도착한 우리는 순교한 형제들을 위해 기도하고 배에서 내렸다. 배는 빙글빙글 돌며 떠내려갔다.

XIII

절망적인 일이 벌어졌다. 살인자 천사가 강둑에서 우리가 도착하길 기다리고 있었다. 놈의 아름다운 얼굴은 평화로웠다. 마치 편안한 잠에서 막 깨어난 듯한 표정이었다. 놈을 본 다른 신부들은 땅에 엎드려 기도를 올리며 애원했다. 온통 금빛으로 빛나는 천사를 보고 두려움에 사로잡힌 건 당연했다. 천사는 엎드린 신부들에게 독빛을 뿜어내 프란시스 형제처럼 죽여버렸다. 나는 무릎을 꿇고 가치 있는 임무를 위해 목숨을 잃은 형제들이 구원받기를 기도했다. 주위를 두리번거렸지만 도움이 될 만한 건 전혀 눈에 띄지 않았다. 양치기 사내는 메고 온 보따리와 사다리만 남겨둔 채 우리를 버리고 달아났는지 보이지 않았다. 배신당했다는 생각에 속이 쓰렸다. 그의 도움이라도 받을 수 있다면 좋았을 텐데.

천사가 나를 찬찬히 바라보았다. 그 얼굴은 바람이 지나간 길처럼 아무 표정이 없었다. 천사는 세상 그 어떤 음악보다 사랑스러운 목소리로 말했다. 내가 모르는 언어였지만 어찌된 일인지 의미는 정확하게 알 수 있었다. 천사는 말했다. "다시 자유를 얻느라 참으로 힘들었다. 우리를 풀어주었으니 하늘과 지상에서 크나큰 보답이 있을 것이다."

천사의 신성모독적인 말 때문에 나는 생각보다 더 화가 났다. 저런 악마 같은 녀석이 어떻게 감히 하늘의 보답을 약속하는지 도무지 이해할 수 없었다. 갑자기 있는 대로 화가 치밀어오른 나는 천사에게 달려들어 땅바닥에 쓰러뜨렸다. 분노의 일격을 당한 천사는 내게 우위를 내주었다. 빛을 뿜어내기는 했지만 천사도 나처럼 물질로 이루어진 물리적인 존재였다. 나는 재빨리 녀석의 거대한 날개를 잡아 뜯으며 무방비로 노출된 날개와 등 사이 부드러운 살을 움켜쥐었다.

온기가 있는 날개 뿌리 부분의 뼈를 쥐고 녀석을 차갑고 단단한 바위 쪽으로 힘껏 밀쳤다. 워낙 흥분한 상태여서 어떻게 그럴 수 있었는지 기억도 나지 않는다. 아는 거라고는 내가 녀석과 싸워 이기고 동굴을 빠져나갈 수 있도록 하느님께서 상식적으로 불가능한 힘을 주셨다는 것뿐이다. 이 늙은 손으로 어떻게 그리 잔인하게 녀석의 날개를 비틀 수 있었는지 도무지 믿어지지 않지만 어쨌든 나는 녀석을 쓰러뜨렸다. 얇은 유리병이 깨지는 것처럼 손안에서 뭔가 부러지는 느낌이 들었다. 갑자기 낮은 한숨처럼 공기가 빠져나가며 천사의 몸이 내 발치에 속수무책으로 널브러졌다.

내 앞에 쓰러진 몸뚱이를 살펴보았다. 내가 한쪽 날개를 잡아 뽑는 바람에 분홍색 속살이 드러났고 새하얀 깃털들은 엉뚱한 방향으로 꺾여 있었다. 천사는 고통으로 몸부림쳤다. 등에 벌어진 상처에서 푸른빛이 도는 체액이 쏟아져나왔고 가슴에서는 끔찍한 소리가 났다. 체액이 몸 밖으로 흘러나와 공기와 만나면 위험한 물질이 되는 듯했다. 가련한 녀석은 질식해 죽어가고 있었다. 날개에 생긴 상처 때문에 숨을 쉬지 못하는 것이었다.[17] 호흡이 서서히 잦아들었다. 천상의 존재와 맞붙어 폭력을 사용했다는 사실에 마음이 무척 괴로웠다. 마

---

17. 천사 날개 구조의 특징은 1907년에 발표되어 많은 영향을 미친 『천사 비행의 생리학』이라는 연구에 명확하게 드러나 있다. 천사 날개의 골격 및 폐 기능을 밝힌 이 연구는 이후 감시자에 대한 논의의 시금석이 되었다. 한때 천사의 날개는 근육으로 신체 바깥쪽에 연결되어 있다고 인식했지만, 지금은 날개 자체가 몸속의 폐가 자라난 것이며 비행에도 쓰이지만 매우 예민한 외부 장기의 기능도 한다고 알려져 있다. 좀더 연구해본 결과 날개는 폐 조직의 모세혈관에서 비롯된 부속물로, 점차 크기가 커지고 힘이 세지면서 등 근육에서 바깥으로 튀어나오는 것이었다. 완전히 자란 날개는 해부학적으로 매우 복잡한 구조를 형성해 산소를 들이마시고 날개 깃대에 난 폐포 주머니를 통해 이산화탄소를 내뿜는 호흡 작용을 한다. 천사의 호흡 작용 중 10퍼센트만이 입과 기관지를 통해 일어나므로 날개가 호흡 작용에서 차지하는 비중은 높다. 이는 아마도 천사의 신체 구조상 유일한 약점으로, 이 아킬레스건만 없었다면 천사는 완벽한 생명체였을 것이다. 클레마티스 신부는 대단히 효과적으로 이 약점을 공격했다.

침내 나는 무릎을 꿇고 하늘의 숭고한 존재를 죽여버린 것에 대해 하느님의 자비와 용서를 빌었다.

그때 희미한 소리가 들렸다. 양치기 사내가 바위 뒤에 웅크리고 숨어 나를 부르고 있었다. 그가 자기를 따라오라고 온갖 몸짓을 해 보인 후에야 나를 도와주겠다는 뜻이라는 걸 알아차렸다. 엉망이 된 몸으로 최대한 빨리 기어간 나는 양치기 사내에게 몸을 맡긴 채 늘어지고 말았다. 하느님의 은총으로 사내는 강하고 튼튼했다. 그는 덜덜 떨면서도 나를 들쳐업고 동굴에서 빠져나왔다.[18]

나는 혼란스럽기 그지없는 클레마티스 신부의 기록을 덮었다. 라파엘 박사가 번역한 가경자 클레마티스 신부의 제1차 천사 탐사 일지를 읽고 나자 상반되는 생각들이 뒤엉켜 떠올랐다. 손이 떨리는 게 흥분 때문인지 두려움 때문인지 그도 아니면 기대감 때문인지, 나를 사로잡은 감정이 무엇인지 정확히 파악할 수 없었다. 하지만 한 가지는 확실했다. 가경자 클레마티스 신부의 경험담에 압도당했다는 것이다. 그런 임무를 수행한 신부의 대담함이 존경스러운 동시에 감시자들과 맞닥뜨린 사실이 무서웠다. 사람이 하늘의 존재인 그들을 보고 그들의 빛나는 살을 만지고 그들이 만들어내는 천상의 음악을 들었다니 도저히 상상이 되지 않았다.

산소가 희박한지 책자를 덮자 금세 숨이 막혀왔다. 지하 창고의 공기가 조금 전보다 더 무겁고 탁하고 답답하게 느껴졌다. 벽돌과 석회암 벽으로 둘러싸인 작고 답답한 공간이 잠시 천사들이 갇힌 땅속 감옥으

18. 데오푸스 신부가 남긴 기록에 따르면 클레마티스 신부는 이야기를 채 마치지 못하고 숨을 거두었다.

로 변했다. 시끄럽게 흘러가는 강물 소리며 감시자들이 부르는 천상의 노랫소리가 들려올 것만 같았다. 끔찍한 환상에 불과하다는 걸 알았지만 이곳에는 한시도 더 머물 수 없었다. 라파엘 박사의 번역본은 제자리에 두지 않고 접어서 치마 주머니에 넣었다. 그리고 책과 함께 지하 창고를 빠져나와 학교의 달콤한 찬 공기 속으로 돌아왔다.

자정이 훌쩍 넘은 시간이어서 학교에 아무도 없을 게 뻔했지만 혹시라도 들키지 않도록 조심해야 했다. 재빨리 문 위 아치의 벽돌을 밀고 발끝으로 서서 좁은 공간에 열쇠를 다시 넣었다. 벽돌을 제자리에 돌려놓은 다음 표시가 나지 않도록 평평하게 다듬고 뒤로 물러나 확인까지 마쳤다. 출입문은 학교에 있는 다른 수백 개의 문들과 똑같았다. 벽돌 뒤에 무언가 숨겨져 있을 거라고 의심하는 사람은 아무도 없으리라.

학교를 빠져나와 차가운 가을 밤공기 속으로 나선 나는 늘 다니던 길을 따라 가상디 가의 아파트로 돌아왔다. 가브리엘라가 집에 있어서 책을 보고 생긴 의문에 대해 물어볼 수 있기를 바랐다. 하지만 집안은 컴컴했다. 가브리엘라의 방문을 두드려도 아무 대답이 없어서 내 방으로 향했다. 그리고 라파엘 박사의 번역문을 다시 읽었다. 일지가 나를 끌어당기는 것 같았다. 나도 모르게 세 번, 네 번 같은 내용을 읽고 있었다. 읽고 또 읽을수록 점점 더 헷갈렸다. 처음에는 그저 어딘가 불편한 느낌이었는데 밤이 깊어갈수록 끔찍이도 불안해졌다. 일지에는 내가 알고 있던 제1차 천사 탐사와 맞지 않는 내용이 담겨 있었다. 그동안 배운 내용에 어긋났다. 다른 날보다 훨씬 피곤했지만 잠자리에 들지 않았다. 대신 탐사 일지를 장별로 나눠서 읽고 또 읽으며 왜 이런 이상한 느낌이 드는지 정확한 이유를 찾기 시작했다. 클레마티스 신부가 겪은 끔찍한 경험을 여러 번 되짚어보고서야 불편했던 이유를 깨달았다. 여러 해 공부를 하고 온갖 수업을 듣고 몇 달을 도서관에서 일하며 보냈지만, 발코 부부는 클레마티스 신부가 동굴에서 발견한 악기의 역할에 관해서는 단 한 번도 언급한 적이 없었다. 제2차 탐사의 목적은 그 악기이고 나치가 쳐들어오는 걸 두려워하는 이유도 그 악기다. 그런데도 세라피나 박사님은 여태껏 그 악기가 왜 중요한지 정확히 설명해주지 않았다.

그런데 클레마티스 신부의 기록을 읽어보면 리라가 제1차 천사 탐사의 가장 중요한 목적이라는 사실이 확실했다. 발코 부부의 수업에서 대천사 가브리엘이 감시자들에게 리라를 주었다는 이야기는 들은 적 있다. 하지만 대강 언급만 했을 뿐 리라라는 악기의 중요성은 애써 설명을 피하고 넘어갔다. 그렇게 중요한 사실을 어떻게 비밀에 부쳤는지 도무지 이해할 수 없었다. 클레마티스 신부의 자료를 이미 오래전에 읽은 가브리엘라는 리라의 중요성을 뻔히 알고 있었을 거라고 생각하자 불만은 더욱 커졌다. 가브리엘라도 발코 부부와 마찬가지로 입을 다물고 있었다. 왜 나는 그들의 신임을 얻지 못한 걸까? 그동안 몽파르나스에서 보낸 시간을 돌이켜보았다. 클레마티스 신부는 '황홀한 음악이 감각을 자극해 행복에 겨워 미칠 것 같기까지 했다'고 말했다. 도대체 그 리라 소리를 들으면 어떻게 되는 걸까? 내가 가장 신뢰하는 사람들, 내가 모든 걸 바쳐 진심으로 대했던 사람들이 도대체 무슨 이유로 날 속였는지 아무리 생각해도 알 수 없었다. 그들이 내게 리라의 진실을 숨겼다면 또다른 정보도 숨기고 있을 게 분명했다.

그런 의문들을 품고 있는데 침실 창문 아래서 요란한 자동차 소리가 들렸다. 커튼을 슬쩍 열어본 나는 어느새 하늘이 옅은 잿빛으로 밝아지고 거리에 희붐한 새벽 기운이 내려앉은 것에 화들짝 놀랐다. 밤이 다 가도록 한숨도 못 잔 것이다. 하지만 잠들지 못하고 밤을 보낸 사람은 나만이 아니었다. 희미한 불빛 아래 흰색 시트로엥 트락시옹 아방에서 내리는 가브리엘라의 모습이 보였다. 도서관에서 헤어질 때 입고 있던 새틴 드레스는 여전히 윤기가 흘렀지만, 불과 몇 시간 만에 가브리엘라는 놀라울 만큼 달라져 있었다. 머리는 지저분하게 흐트러지고 피곤한지 어깨가 축 늘어졌다. 검은색 긴 장갑을 벗고 하얀 손을 드러냈다. 가브리엘라는 어떻게 할까 고민이라도 하듯 아파트 건물을 향해 돌아서더니 차에 몸을 기대고 얼굴을 양팔로 가린 채 흐느껴 울기 시작했다. 운전석에 앉아 있어 얼굴이 보이지 않던 남자가 차에서 내렸지만 어쩌려는 것인지 알 수 없었다. 내가 보기에는 가브리엘라를 해치려는 듯했다.

조금 전만 해도 가브리엘라에게 분노를 느꼈지만 본능적으로 친구를 도와야겠다는 생각이 들었다. 집에서 나와 계단을 뛰어내려갔다. 내가 갈 때까지 가브리엘라가 어디론가 가버리지 않고 기다려주기만을 바랐다. 하지만 현관에 이르렀을 때 내 생각이 틀렸다는 걸 알게 되었다. 남자는 가브리엘라를 해치려는 게 아니었다. 그는 흐느끼는 가브리엘라를 양팔로 꼭 끌어안고 있었다. 나는 현관 안쪽에 서서 어떻게 된 일인지 살펴보았다. 남자는 가브리엘라의 머리를 부드럽게 쓰다듬으며 연인에게 하듯 말을 건넸다. 십오 년 동안 살면서 그런 식으로 날 어루만져준 사람은 아무도 없었다. 들키지 않도록 살짝 현관문을 열자 가브리엘라의 목소리가 들렸다. 그녀는 흐느끼며 같은 말을 반복했다. "못 해요. 못 해요. 못 하겠어요." 절망에 빠진 목소리였다. 가브리엘라가 왜 괴로워하는지 대충 알 것 같았다. 그동안의 행동이 이제야 양심에 걸린 것이다. 그러나 정작 내가 놀란 건 남자의 말 때문이었다. "하지만 해야 해." 남자는 가브리엘라를 더 힘주어 안으며 말했다. "계속하는 것 말고는 다른 방법이 없어."

내가 아는 목소리였다. 나는 그제야 점점 밝아오는 여명 속에서 가브리엘라를 안고 있는 사람이 다름아닌 라파엘 발코 박사라는 것을 알아차렸다.

아파트로 돌아온 나는 내 방에 앉아 가브리엘라가 계단을 올라오는 소리가 들리길 기다렸다. 그녀가 문을 열고 들어서서 복도로 걸어들어오자 열쇠가 짤랑거렸다. 방으로 갈 줄 알았는데 부엌으로 향했다. 달그락거리는 소리가 나는 게 커피를 타는 모양이었다. 얼른 가서 물어보고 싶은 걸 꾹 참았다. 대신 소리만 듣고도 밖에서 무슨 일이 있었는지, 가브리엘라와 라파엘 발코 박사가 과연 무슨 관계인지 알아낼 수 있다는 양 귀를 쫑긋 세우고 어두운 방안에 앉아 있었다.

몇 시간 뒤 나는 세라피나 박사의 연구실 문을 두드렸다. 아직 일곱 시도 안 된 이른 아침이었지만 나는 박사님이 언제나처럼 이미 나와 일하고 있으리라는 걸 알고 있었다. 박사님은 머리를 단단히 말아올린 채 책상에 앉아 펜을 들고 있었다. 막 뭔가를 쓰려던 참인 것 같았다. 내가 연구실을 찾는 건 자주 있는 일이었다. 지난 몇 주 동안은 매일같이 연구실 빨간색 소파에 앉아 발코 부부의 자료를 정리했다. 하지만 클레마티스 신부의 일지를 읽느라 밤을 새워 기진맥진한데다 걱정이 있다는 게 얼굴에 드러났는지, 박사님은 내가 평소처럼 일 때문에 온 게 아니라는 걸 알아차렸다. 그녀는 얼른 소파 맞은편으로 와 앉더니 이렇게 이른 시간에 무슨 일로 찾아왔느냐고 물었다.

나는 탁자 위에 라파엘 박사가 번역한 책을 내려놓았다. 세라피나 박사는 깜짝 놀라 책을 집어들고는 책장을 넘기며 아주 오래전 남편이 번역한 내용을 훑어보았다. 책을 읽는 그 모습에서 나는 보았다. 아니, 본 것 같았다. 박사님의 얼굴에 젊음과 행복이 돌아오는 것을. 책장을 한 장씩 넘길 때마다 시간이 되돌아가는 것 같았다.

한참 만에 세라피나 박사가 입을 열었다. "남편이 가경자 클레마티스 신부의 일지를 발견한 건 한 이십오 년 전이었지. 우리는 그리스의 로도피 산맥 아래 조그만 마을에서 조사중이었어. 라파엘이 데오푸스라는 사제가 쓴 편지를 우연히 보고 알아낸 곳이었지. 데오푸스 신부가 편지를 쓴 장소는 클레마티스 신부가 탐사에서 돌아온 지 얼마 안 돼 사망한 곳으로, 사람이 몇천 명도 살지 않는 산마을이었어. 그런데 편지에 데오푸스 신부 자신이 클레마티스 신부의 마지막 말을 받아적었음을 암시하는 내용이 있었던 거야. 편지 내용만으로 클레마티스 신부의 기록을 찾을 가능성은 거의 없었어. 하지만 라파엘은 직감을 믿고 그리스로 떠났어. 사람들은 모두 돈키호테 같은 짓이라고 생각했지. 정말이지 그이의, 아니 우리 두 사람의 연구 인생에서 획기적인 사건이었어. 자료를 발견하자 곧 엄청난 일이 벌어졌어. 우리는 유명해졌고, 유럽 전역에서 강연 요청이 쇄도했지. 그 자료를 번역하자 라파엘의 명성은 더욱 높아졌고 결국 학교에 자리를 잡을 수 있었어. 파리로 오며 얼마나 기뻤던지, 얼마나 희망에 부풀었던지 지금도 기억이 생생해."

세라피나 박사는 너무 많은 이야기를 했다는 듯 갑자기 말을 멈추었다. "어디서 이걸 찾아냈는지 정말 궁금하구나."

"학교 지하에 있는 창고에서요." 나는 잠시도 머뭇거리지 않고 대답했다. 아무리 그러고 싶어도 선생님께는 차마 거짓말을 할 수 없었다.

"지하 창고는 아무나 갈 수 있는 곳이 아니야. 문은 모두 잠가두지. 들어가려면 열쇠가 있어야 해." 세라피나 박사가 말했다.

"가브리엘라가 열쇠 찾는 법을 알려줬어요. 열쇠는 다시 원래 장소에 숨겨뒀고요." 내가 말했다.

"가브리엘라가?" 박사님이 깜짝 놀라며 물었다. "가브리엘라는 어떻게 알았지?"

"그건 교수님이 아실 거라고 생각했어요." 필요 이상으로 말하지 않으려고 신중하게 단어를 골랐다. "아니면 라파엘 박사님이 아시던가요."

"난 몰라. 그이도 전혀 아는 게 없을 거고. 말해봐, 셀레스틴. 가브리엘라의 행동에서 뭔가 이상한 점 눈치 못 챘니?"

"무슨 말씀이세요?" 나는 서늘한 실크 소파에 등을 기대며 물었다. 가브리엘라가 변해버린 이유를 박사님이 알려줄 수도 있으리라 기대했다.

"내가 본 걸 말해주지." 세라피나 박사가 일어서서 창가로 다가가며 말했다. 환한 아침 햇빛이 그녀를 비추었다. "지난 몇 달 동안 가브리엘라는 몰라보게 변했어. 일단 공부가 뒤처지고 있지. 최근 제출한 작문 과제 두 건은 평소에 비해 한참 떨어졌어. 워낙 실력이 뛰어난 친구라 뒤처진다 해도 그애를 잘 아는 나나 알아볼 정도지만. 또 요즘 너무 오랜 시간을 학교 밖에서 보내. 특히 밤에. 차림새도 피갈의 홍등가 여자들 같더군. 그리고 가장 심각한 건, 자해를 하기 시작했다는 거지."

세라피나 박사는 자기 말이 틀렸다고 말해주기를 바라듯이 나를 돌아보았다. 하지만 내가 반박하지 않자 말을 이었다.

"몇 주 전 남편 강의중에 그 친구가 자기 몸을 불로 지지는 걸 봤어. 내가 무슨 말을 하는지 너도 알 거야. 오랜 시간 강단에 섰지만 그렇게 끔찍한 경험은 정말이지 처음이었어. 가브리엘라가 손목 맨살에 불꽃을 갖다대더라고. 살이 타는데도 아무렇지 않은 표정이었어. 내가 자기를 보고 있는 것도 알았어. 마치 도전하듯 나를 보았지. 할 수 있으면 수업을 중단하고 자기를 구해보라는 것처럼. 단순히 절박해서 하는 행동이 아니었어. 관심을 바라는 아이 같은 행동도 아니었고. 스스로도 통제가 안 되는 것 같았어."

그렇지 않다고, 박사님이 잘못 본 거라고, 가브리엘라는 그런 애가 아니라고 말하고 싶었다. 가브리엘라가 사고로 불에 덴 거라고 말하고 싶었다. 하지만 그러지 못했다.

"당연히 난 깜짝 놀랐어." 세라피나 박사가 말했다. "즉시 조치를 취할까 생각도 했어. 어차피 병원에 가봐야 할 테니까. 하지만 그러지 않기로 했지. 그 친구가 드러내는 여러 문제는 모두 정신적인 것이고, 만일 그렇다면 내가 개입했다가 공연히 문제를 악화시킬 것 같았거든. 하지만 두려운 이유가 하나 더 있었어. 가브리엘라의 정신 상태와는 전혀 상관없는 또다른 문제가."

박사님은 입술을 깨물었다. 어떻게 말할지 고민하는 듯했다. 나는 얼른 말해달라고 재촉했다. 가브리엘라에 대한 내 호기심은 박사님보다 더하면 더했지 덜하진 않았다.

"기억하겠지만 어제 나는 안전한 곳으로 보낼 중요한 물건들 중에 『세대의 기록』이라는 책을 넣어놓았어. 사실 그 책은 미국으로 갈 게 아니었지. 정말 중요한 것이니 나나 다른 고위급 교수가 직접 간수해야 하는 물건이거든. 그런데도 나는 그걸 다른 보물들과 함께 두었어. 가브리엘라가 우연히 볼 수 있도록 말이야. 특별히 그리고리라는 가문이 있는 페이지가 잘 보이게 펼쳐두었지. 가브리엘라가 깜짝 놀라게 하려는 의도였어. 책을 보다가 그 이름과 마주치는 순간 감정을 숨길 틈이 없도록 해야 했지. 또 그때 가브리엘라의 반응을 내 눈으로 직접 확인해야 했어. 가브리엘라가 놀라는 거 봤니?"

"물론이죠." 나는 가브리엘라가 책 속의 이름들을 보고 발작하듯 놀라던 모습을 다시 떠올렸다. "너무 이상해서 무서울 지경이었는걸요."

"이상했지." 세라피나 박사가 말했다. "하지만 예상했어."

"예상하셨다고요?" 나는 점점 더 혼란스러워졌다. 가브리엘라가 왜 그랬는지 도무지 이해할 수 없었다. "어떻게요?"

"처음엔 그저 조금 불편해하는 정도였어. 그러다가 그리고리라는 이름을 보자 히스테리 수준으로 바뀌었지. 다른 이름들도 놀랄 만한 게 있었는지 모르지만. 순수하고도 동물적인 공포였어."

"맞아요, 그랬죠. 그런데 왜 그랬을까요?"

"가브리엘라는 음모를 꾸미다가 들킨 사람이 보일 만한 특징을 모두 보였어. 죄책감으로 고통스러워했고. 그런 모습을 예전에도 본 적이 있지. 그들은 수치심을 훨씬 잘 숨겼지만."

"그럼 가브리엘라가 적을 위해 일한다는 말씀이세요?" 깜짝 놀라 나도 모르게 목소리가 높아졌다.

"확실하지는 않아. 뭔가 위험한 관계에 빠졌을 수도 있고. 도저히 감당할 수 없는 상대와. 하지만 다른 사람이 보면 변절했다고 하겠지. 일단 이중생활을 시작하면 빠져나오기가 쉽지 않아. 가브리엘라를 예로 삼게 되서 유감이지만, 자네는 그런 상황에 빠지지 않도록 주의해야 할 거야." 세라피나 박사가 말했다.

너무 놀란 나머지 나는 박사님을 멍하니 보고만 있었다. 불안한 마음을 달래줄 이야기를 듣고 싶었다. 물론 박사님은 심증뿐이지만 나는 모든 걸 알고 있었다.

"학교 지하 공간은 출입 금지야. 거기가 철저히 봉쇄된 건 우리 모두의 안전을 위해서야. 누구에게도 거기서 본 걸 말하면 안 돼." 박사님은 책상으로 걸어가 서랍을 열더니 열쇠를 하나 들어 보였다. "지하 창고로 들어가는 문의 열쇠는 단 두 개야. 하나는 내가 갖고 있어. 다른 열쇠는 라파엘이 숨겨뒀고."

"라파엘 박사님이 가브리엘라에게 열쇠를 숨긴 장소를 알려주셨는지도 몰라요." 나는 과감하게 말을 꺼내보았다. 그날 이른 아침 라파엘 박사와 가브리엘라가 주고받던 대화가 머릿속에 떠올랐다. 어떻게 된 일인지 뻔했지만 도저히 세라피나 박사에게 말할 수 없었다.

"불가능해. 그이가 그런 중요한 정보를 학생에게 알려줬을 리 없어." 세라피나 박사가 말했다.

그때는 라파엘 박사가 가브리엘라와 깊은 사이라는 건 의심도 못 했지만, 그럼에도 두 사람의 관계 때문에 마음이 여간 불편한 게 아니었다. 가브리엘라가 무슨 죄를 저질렀는지도 확실히 알지 못했다. 그보다 부끄럽게도 나는 세라피나 박사의 신뢰를 받는 상황에 비뚤어진 쾌감을 느끼고 있었다. 전에는 박사님이 나를 이렇게 진지하게 대한 적이 없었다. 지금은 내가 조교가 아니라 동료가 된 느낌이었다.

그래서 가브리엘라가 무슨 짓을 하는 건지 파악하기가 더욱 어려웠다. 만일 내가 어렴풋이 생각해온 게 맞다면 가브리엘라는 천사학자들을 배신한 것은 물론 라파엘 박사와 부적절한 관계를 맺음으로써 세라피나 박사를 배반한 셈이었다. 예전에는 그저 가브리엘라가 학업과 무관한 남자에게 정신이 팔려 있는 줄로만 알았는데, 이제 보니 내가 생각했던 것보다 훨씬 위험한 관계에 빠져 있던 것이었다. 어쩌면 라파엘 박사 역시 적을 위해 일하는 가브리엘라와 한패인지도 몰랐다. 세라피나 박사에게 말해야 한다는 걸 알았지만 도저히 그럴 수가 없었다. 내 감정을 이해하기 전까지는 누구에게도 밝힐 수 없었다.

말을 돌려야 할 것 같아 애초에 연구실에 찾아온 목적을 조심스럽게 꺼냈다.

"갑자기 다른 이야기를 꺼내서 죄송하지만……" 나는 박사님의 눈치를 살피며 조용히 말했다. "제1차 천사 탐사에 관해 여쭤보고 싶은 게 있어요."

"그래서 이렇게 아침 일찍 찾아온 거야?"

"밤새 클레마티스 신부의 기록을 읽었어요. 여러 번 읽었는데, 읽으면 읽을수록 알 수 없는 게 있었죠. 뭔가 걸렸는데 한참 만에야 이유를 알 수 있었어요. 바로 교수님이 제게 리라 이야기를 한 적이 없다는 거예요."

교수다운 침착함을 되찾은 세라피나 박사가 웃음을 지어 보였다. "그것 때문에 그이가 클레마티스 신부에 관한 연구를 포기한 거야. 그이는 십 년도 넘게 리라에 대한 자료를 찾아헤맸지. 그리스 전역의 도서관과 골동품 가게를 죄다 뒤지고 학자들에게 편지를 보냈어. 심지어 데오푸스 신부의 친척을 찾기도 했고. 하지만 소용없었어. 만일 클레마티스 신부가 동굴에서 리라를 가져왔다면—우리는 그랬을 거라고 믿어—아마도 그뒤에 잃어버렸거나 부서진 것 같아. 우리가 리라를 직접 찾아낼 방법이 없으니 그에 대해서는 입을 다물기로 한 거지."

"만일 방법이 있다면요?"

"그럼 입다물고 있을 필요가 없겠지. 지도만 있다면 상황은 달라질 거야."

"지도는 필요 없어요." 내가 말했다. 가브리엘라와 라파엘 박사 그리고 의심을 품고 있는 세라피나 박사까지, 나를 괴롭히던 걱정이 기대감에 모두 녹아버리는 것 같았다. 나는 책을 들고 도무지 이해할 수 없던 대목을 찾아 펼쳤다. "지도는 필요 없다고요. 모든 게 여기, 클레마티스 신부가 남긴 기록에 나와 있거든요."

"도대체 무슨 말을 하는 거야?" 세라피나 박사는 살인을 저질렀다는 고백이라도 들은 것처럼 나를 보았다. "우리는 여기 담긴 내용을 한 단어도 놓치지 않고 연구했어. 동굴의 정확한 위치를 나타내는 말은 전혀 없어. 그리스 근처 어딘가의 존재하지도 않는 산이 등장할 뿐이지. 하지만 그리스는 아주 넓단다."

"물론 한 단어도 빠뜨리지 않고 보셨겠죠. 하지만 그 단어들은 엉뚱한 방향을 가리켰을 거예요. 일지 원본이 아직도 있나요?"

"데오푸스 신부가 받아쓴 원본? 물론이야. 지하 창고에 안전하게 보관되어 있지." 세라피나 박사가 말했다.

"원본을 보여주시면 틀림없이 동굴 위치를 알아낼 수 있을 거예요."

(2권으로 이어집니다.)

옮긴이 **남명성**
한양대학교를 졸업하고 방송국 PD와 인터넷 기획자로 일했다. 현재 전문번역가로 활동하고 있다. 옮긴 책으로 『본 슈프리머시』 『높은 성의 사내』 『스노크래시』 『파이트』 『남겨진 자들』 『열세번째 시간』 『밤의 기억들』 『셜록 홈즈: 주홍색 연구』 『셜록 홈즈: 바스커빌 가문의 개』 등이 있다.

문학동네 블랙펜 클럽
천사학 1

초판인쇄 2013년 11월 5일 | 초판발행 2013년 11월 15일

지은이 대니얼 트루소니 | 옮긴이 남명성 | 펴낸이 강병선
책임편집 황문정 | 편집 양수현 김선희 | 독자모니터 김은희
디자인 윤종윤 이원경 | 저작권 한문숙 박혜연 김지영
마케팅 정민호 박보람 양서연 | 온라인마케팅 김희숙 김상만 이원주 한수진
제작 강신은 김애진 김동욱 임현식 | 제작처 영신사

펴낸곳 (주)문학동네
출판등록 1993년 10월 22일 제406-2003-000045호
주소 413-120 경기도 파주시 회동길 210
전자우편 editor@munhak.com | 대표전화 031) 955-8888 | 팩스 031) 955-8855
문의전화 031) 955-3576(마케팅) 031) 955-2659(편집)
문학동네카페 http://cafe.naver.com/mhdn | 트위터 @munhakdongne

ISBN 978-89-546-2280-6 04840
978-89-546-2279-0 (세트)

www.munhak.com